KB093310

2019 제64회

現代文學賞

수상소설집

안규철, 「두 개의 빈 의자」, 드로잉

| 현대문학상 기념조각 |

안규철

책은 양면적인 요소들이 중첩되어 있는 물건이다.
책에는 왼쪽과 오른쪽 페이지가 있고, 보이는 앞면과 보이지 않는 뒷면이 있다.
안과 밖이 있고, 시작과 끝이 있다. 흰 종이와 검은 잉크가 있고,
드러난 것과 숨겨진 것이 있으며, 저자와 독자가 있다.
서로 상반되면서 동시에 상호 의존적인 이런 요소들은 책이 닫혀 있을 때는 드러나지 않는다.
책은 상자와 같아서, 책장이 펼쳐지기 전에 그것은 무뚝뚝한 한 덩이 종이 뭉치에 불과하다.
책을 열면 이렇게 하나였던 것이 둘이 된다. 왼쪽과 오른쪽이, 안과 밖이, 저자와 독자가 거기서 생겨난다.
그리고 그 둘 사이에서, 낯선 한 세계의 지평선이 떠오른다.
마술사의 손바닥에서 피어나는 꽃처럼, 작은 책갈피 속에서 세계 하나가 온전한 윤곽을 드러낸다.
문학작품 앞에서 늘 그것이 경이롭다.

제64회 現代文學賞 수상소설집

박민정

모르그 디오라마 외

현대문학

역대 수상작가 최근작

심사평

예심

본심

수상소감

수상작

모르그 디오라마

박민정

수상작가 자선작

숙모들

박민정

모르그 디오라마

1985년 서울 출생. 중앙대 문창과와 동 대학원 문화연구학과 졸업.
2009년『작가세계』등단. 소설집『유령이 신체를 얻을 때』『아내들의 학교』.
장편소설『미스 플라이트』.
〈김준성문학상〉〈문지문학상〉〈젊은작가상〉수상.

모르그 디오라마

115센티미터, 15킬로그램, RH+A형. 양안 1.2.

학령기 첫해의 신체검사 기록은 여러모로 의심스럽다. 이후의 기록들과는 확연히 달랐기 때문이다. 혈액형은 평생에 걸쳐 RH+O형으로 확정되었다. 그런 것들도 잘못될 수 있는지에 대한 지식이 내게는 없다. 사실상 부모의 혈액형은 각각 AO, BO형이었기에 두 경우 모두 가능했으나, 당시 자신의 혈액형을 아내와 같은 BO형으로 알고 있었던 아버지의 의심을 샀다. 상식으로 널리 알려진 기초적 생물학 지식과 오쟁이 의식의 결합이 낳은 비극이었다. 아버지 역시 당시까지 자신의 혈액형을 정확히 알지 못했던 것이었다. 그 일이 나를 잠깐 멀리 보내는 데 일조했다.

키와 몸무게에 관한 기록도 수상하기는 매한가지였다. 고작 115센티미터의 여자아이가 왜 교실 맨 뒷줄에 앉아 있었을까. 언제나 몸집이 작았던 건 사실이지만 3.8킬로그램으로 태어난 내가 그 나이에 15킬로그램밖에 되지 못했다는 것도 의심스러웠다. 나는 언제나 학급에서 키가 가장 큰 편이었다고 기억한다. 당시 여덟 살 아이들의 평균적인 신장 수치를 조사해보아도 115센티미터는 결코 큰 축에 든다고 할 수 없다. 나는 언제나 키가 컸고, 초경 이후 3년 만에 성장이 멈췄는데도 170센티미터에 달했다. 언제나 교실 맨 뒷줄에 있었다. 그해 학급 인원은 48명, 4분단은 열두 명씩 채워졌고 여섯 줄에 걸쳐 두 명씩 앉았다. 교실은 한없이 넓어 보였고 칠판도 아득히 멀어 보였다. 담임 교사의 판서가 보이지 않는다고 핑계 대기에 충분했다. 나는 맨 뒷줄에 앉아 있었기 때문이다.

첫 아이의 신체검사 기록을 두고 부모가 어떤 갈등을 빚고 있는지 상상조차 못 한 채 나는 날마다 부모를 졸랐다. 칠판에 무슨 내용이 적히는지 나로서는 도저히 알 수가 없으므로 언제나 짝꿍의 노트 필기를 빌려 베껴야 한다. 짝꿍이 온순한 남자아이라면 선뜻 노트를 내주지만 대부분의 아이들은 내 머리카락을 잡아당기며 구박하곤 한다. 이 눈 병신아, 안경을 써. 그 말을 들은 어머니는 나를 학교 앞 안경점에 데려갔다.

시력검사 결과 학교에서 나눠준 신체검사 기록과 다소 다른 양안 0.8의 결과가 나왔다. 정직한 안경점 주인은 근엄한 얼굴로 내게 말했다. 안경을 쓰기 시작하면 계속해서 시력이 떨어질 것이란다. 0.8은 반드시 교정해야 하는 수준은 아니란다. 그는 어머니를 돌아보며 말했다. 담임 선생에게 자리를 조정해달라고 말해보는 것도 괜찮을 텐데요. 나는 고개를 저었다. 쇼케이스 너머에 있는 목걸이가 달린 빨간 뿔테 안경을 가리키며 나는 키가 커서 절대 앞으로 갈 수 없으리라고 주장했다. 나는 언제나 뒷줄에 앉아야 해. 어머니는 요즘 아이들은 안경을 쓰는 게 멋인 줄 알고 칠판 글씨가 안 보인다는 핑계를 대곤 한다고 안경점 주인에게 말했다. 그러면서도 어머니는 내 성화를 이기지 못하고 빨간 안경을 사주었다. 키와 몸무게와 혈액형과 시력에 관한 착각과 오류와 오기. 어머니 말대로 다른 애들처럼 액세서리로서의 안경이 탐나서 그런 게 아니라고 나는 주장했다. 정말로 그때부터 칠판 글씨가 좀처럼 보이지 않았고, 사물이 두세 개씩 겹쳐 보이는 난시 현상도 경험했다. 양안 1.2라거나 0.8의 기록은 내게 중요하지 않았다. 돌이켜 보면 그곳으로 가기 위한 준비 과정이었다. 내가 잠깐 죽었을 때 다녀온 곳.

이후의 삶에서 나는 실제로 바닥으로 떨어진 시력 때문에 고생했고, 지금은 시력교정술을 받아 양안 1.0이 되었으나 언제든 다시 그때로 돌아가리라는 두려움에 종종 사로잡힌다. 눈이 멀어버리던 순간. 가끔 꿈에서 나는 그날처럼 초상 사진을 찍고 있고, '팟' 하는 소리를 내며 영혼이 내게서 달아나는 분명한 감각을 느낀다. 영상미디어과 재학 시절 괴테의 잔상 효과에 대해 배우면서, 어디까지나 카메라는 인체의 시각에 대한 불신으로 발명된 기계이고 콜로디온 습판으로 초상 사진을 찍던 당시 실제로 영혼을 빼앗길까봐 두려워했다는 사람들의 이야기를 들으며 사실 나도 별다르지 않다고 생각했다. 나는 중세와 근대에 걸쳐 있는 사람이 아니지만, 더욱이 사진이론을 전공한 사람이지만 초상 사진을 찍으면 영혼이 달아나버린다는 말을 아직도 믿고 있는지도 모른다.

사진은 영혼을 빼앗아 갈 수 있는 근대의 무기다……. 요즘 들어 날마다 그 말을 실감한다. 그 일이 있고 나서부터였다. 그 일로 우리 회사는 거의 10년 만에 대형 포털의 실시간 검색어에 이름을 올렸다.

기왕에 뭇사람들의 반응, '그 회사 아직도 있어?'가 조금도 낯설지 않았다. 이제는 누구도 '구글'이나 '네이버' 같은, 포털 사이트나 검색 엔진의 일반 명사로서 이 회사의 이름을 언급하지 않는다. 대학에 다니던 10여 년 전만 해도 그렇지 않았다. 외국계 포털 사이트로서 우리 회사의 명성은 구글보다 앞섰던 것으로 기억한다. 하기야 당시는 '매킨토시'라는 명사가 통용되던 때이기도 했으니까. 그만큼 옛날이지만 아쉽기는 했다. 내가 입사한 후 회사는 퇴락 일로였고, 오랜만에 만난 동기들은 우리 회사의 이름을 들으면, 그게 아직도 있어? 하고 깜짝 놀라며 반문했다. 한때는 검색 엔진의 대명사였던 회사는 그 이름만으로도 놀림감이 되기 일쑤였다. 나는 가끔 진지하게 말했다. 기억 안 나? 우리 학교 앞에 그 이름 딴 술집도 있었던 거. 이런 말도 동기들은 일종의 자학 개그로 받아들였다. 명함을 보자마자 실소를 터뜨리는 녀석도 있었고, 회사 인트라넷 메일 주소를 보며 나도 남들과는 다르게 여기에서 메일을 만들어볼까, 지껄이는 녀석도 있었다.

대학을 졸업하고 처음 입사했을 때, 당시 회사는 종로 시내 한복판 커다란 빌딩에 입주해 있었다. 이런 곳이야말로 자본주의의 어젠다구나, 나는 그곳으로 당당하게 걸어 들어가는구나, 생각했었다. 우리 회사만 입주한 빌딩도 아닌데 그곳이 마천루라는 사실이 어찌나 나를 벅차게 만들었는지 모른다. 동기들 중 가장 먼저, 졸업식도 하기 전에, 이름난 외국계 회사에 입사한 사람은 나뿐이었다.

옛날이야기다.

그해에 스마트폰이 생겼고, 수많은 포털 사이트와 검색 엔진에서 모바일 서비스를 준비하기 시작했다. 스마트폰을 들고 다니는 사람들이 하나둘 늘어날 때 나는 그들을 죄다 얼간이들이라고 생각했다. 카메라면 카메라고, 핸드폰이면 핸드폰이지, 여러 기능이 결합되어 있다는 것 자체가 조잡스럽다고 생각해서 그때까지 '폰카'도 사용해본 적 없는 나였다. 나는 핸드폰으로 음악을 들어본 적도 사진을 찍어본 적도 없었다. 그런데 데스크톱으로도 충분히 할 수 있는 일을 돌아다니며 하고 있다니. 한국인만큼 무분별한 인터넷 사용량이 많은 족속도 없다는데 스마트폰의 도래는 흉흉했다. 회의 시간에 당당하게 스마트폰을 꺼내 검색하거나 받아 적는 사람들을 보며 나는 경악하곤 했다. 업무 시간에 무례하게 전화기를 꺼내 든단 말이야? 이런 생각이었다. 돌이켜 보면 놀라울 만큼 고루한 생각이다. 고릿적부터 웹 2.0 시대를 읊고 다녔던 부장을 포함해서, 직원 모두가 나같이 생각한 것은 아닐 텐데 단언컨대 스마트폰 이후로 회사는 망했다.

이제는 대부분 알고 있다. 결국 플랫폼을 스마트폰에 적합한 형태로 만들어내지 못했고, 그것이 몰락의 시초였다는 것을. 스마트폰은 이제 사람들 육체의 일부가 되었다. 스마트폰 사용자 모두에게 모바일은 구체 관절이나 다름없었다. 시나브로 메일 서비스, 커뮤니티, 개인 블로그, 아카이빙 서비스를 이용하는 사용자가 줄어들었고, 동기 녀석들의 반응처럼 회사의 이름은 한물간 브랜드를 의미하는 것이 되어버렸다. 그러나 분명한 건 나는 아직도 이 회사에 다니고 있었다. 언제나 징후는 보였으나 사실이 아니었던 종말을 기어이 목격하면서.

회사는 더 이상 종로 시내 한복판 마천루에 입주해 있지 않았고, 나도 더 이상 그럴듯한 '홍보팀' 소속 직원이 아니었지만. 공간과 소속은 자꾸 분절했다. 1년 전 다마스 용달에 짐을 싣고 종로를 떠나 문래동으로 올 때, 진지하게 고민했었다. 이제는 정말 떠나야 할까. 이제는 떠나가 볼까. 종말을 믿으며 하염없이 기다리는 지하 벙커의 광신도가 된 기분도 잠시 들었다.

문래동으로 이사 간 후로는 대만에 있는 본사의 지시로 국내 웹툰 사이트와 통합했다. 스타트업으로 출발해 규모를 제법 키운 회사였으나 저질 콘텐츠 일색인 사이트였다. 그 회사 사이트에 걸린 성인물 웹툰을 몇 편 보다가 기가 막혔다. 수십 개 웹툰이 올라와 있었지만 전부 폭력적인 내용뿐이었다. 특히 '몰카' 피해자 여성의 고통을 다룬답시고 그 캐릭터를 착취하는 방식은 그야말로 엑스플로이테이션 장르물 그 자체였다. 더구나 사이트에 접속하자마자 뜨는 팝업 창은 전부 유사 성매매 광고물 일색이었다. 이런 것을 만지는 사람들과 한 사무실에서 일해야 하다니, 그런 생각도 잠시 들었던 것 같다.

그날 사방팔방에서 다마스 용달이 속속 허름한 건물 주위로 모여들었다. 나는 8년 차 과장이었지만 신병 교육 대대에서 자대 배치를 받아 새로 계급을 부여받은 사람처럼 주눅 들었다. 종로에 있던 사무실보다 더 작은 사무실에 낯선 직원들과 섞여 앉으려니 난처했다. 입사 동기들과 회사 근처 골목에서 담배를 피우며 한탄했다. 어차피 잘난 사람들은 좋은 회사에서 다 스카우트해 갔으니 남은 우리들은 진짜 순장조인지도 몰라. 담배를 세 대째 피우는데 웹툰 사이트 부장이 골목 끝에서 도끼눈을 뜨며 나타났다. 여직원들이 단합하는 문화 좋네요?

오늘도 여직원들끼리만 단합해보려고 하는데 어때요?

여직원들끼리만. 나는 그 말에 담긴 함의를 잘 알고 있었다. 웹툰 사이트 부장은 기선 제압을 하려 드는 것이었다. 적어도 3년 전쯤이었다면 어땠을까. 기세등등 합석해서 한번 대결해보려 들지 않았을까. 그들의 콘텐츠를 두고 은근슬쩍 비아냥대면서. 통합이라고 해도 너희는 우리 회사의 식민지로 들어온 것이나 다름없다는 메시지를 전달하려 노력하면서. 그러나 그때의 우리는 한없이 무기력했다.

아니, 저희는 됐습니다.

우리는 누가 먼저랄 것도 없이 담배를 끄고 자리를 떴다. 그때 웹툰 사이트 부장의 표정이 어땠는지는 전혀 기억나지 않는다. 일별조차 하지 않았으므로.

웹툰 사이트와 사무실을 합치고 처음 본 풍경들 가운데 가장 인상적이었던 장면은 전화로 작가를 독촉하는 것이었다. 그 일을 하는 사람은 정직원은 아니었고 몇 개월 후 그만두었던 것으로 보아 아르바이트생인 것 같았다. 그는 유선 전화를 이용해 하루 종일 통화만 했다. 작가님 정말 이러시면 안 되죠. 오늘까지는 주셔야 됩니다. 상중이시라고요? 어제는 아프시다더니 오늘은 왜 상중이세요. 어디서도 들어볼 수 없었던 그런 말들을 듣는 재미도 있었다. 그러나 그 수화기 너머 작가란 사람들이 '몰카 피해자'의 성기를 자세히 그려놓고 대강 모자이크 처리를 한 사람들이라는 생각이 떠오르면 곧장 착잡해졌다.

그땐 미처 알지 못했다. '몰카 피해자'의 성기 노출이 얼마나 중요한 문제인지. 내게 그것은 싸구려 조회수 장사를 하는 성인 웹툰 사이트의 저질 콘텐츠일 뿐이었고, 무엇보다 사람의 그것이 아니었다. 어디까지나 사람을 흉내 내고 있는 만화 속 인물일 뿐이었다. 모자이크 처리를 한다고는 했지만 언뜻 봐도 분명히 여성의 성기를 사실적으로 묘사하고 있고, 그것이 다름 아닌 원치 않는 영상에 담기고 있는 피해자의 재현이라는 것도 전부 가상이라 생각하면 그만이었다.

마치 가상의 원본을 보여주겠다는 듯, 이제는 1년에 한두 번 올라오는 동영상 아카이빙 메뉴에 '진짜' 그것이 올라왔을 때, 나는 영상미디어과 3학년 재학 시절, 가장 존경하는 교수에게 배웠던 모르그 디오라마를 떠올렸다. 그 학기 주제는 초상의 역사였다. 교수는 스펙터클의 폭력에 대해 연구하는 사진이론가였다. 10여 년이 흐른 지금도 그날의 수업을 잊지 못한다. 파리 시체 공시소 모르그의 개방……. 신원 미상의 시체를 공개하여 유족을 찾는 일이 목적이었으나, 결국 파리 시내의 가장 즐거운 구경거리가 되어버렸던 모르그 디오라마에 대하여. 그저 눈을 감은 듯 깨끗하고 아름다운 소녀의 시체를 두고 "그 소녀는 왜 죽었을까?"를 집요하게 물었던 사람들. 교수는 미국 유학파였는데, 당시 CSI 사진감식반에서 일한 적이 있었다고 했다. 그때마다 나는 모르그 디오라마를 떠올렸어요. 빨랫줄에 널려 있듯 널린 시체를 구경하는 것만이 유일한 스펙터클인 당시 사람들의 마음은 대체 뭐였을까. 그녀는 그 이야기를 할 때 눈을 질끈 감으며 한 손으로 교탁을 짚었다.

CSI 이후 내 삶의 질은 다섯 단계쯤 낮아졌죠. 그 사진들이 잊히지 않으니까요.

그 말을 나 역시 실감하게 되리라고는, 당시에는 전혀 예상할 수 없었다.

어린 시절의 나는 잠시 죽었던 적이 있다고 많이 이야기하고 다녔다. 어린 시절의 친구들과는 대부분 임사 체험이나 사후세계에 대한 이야기를 하며 놀았고 UFO나 우주, 종말에 관한 관심도 남달랐다. 우리에겐 특별한 이야기가 아니었고, 나를 이상하다고 멀리하는 친구는 한 명도 없었다. 내가 잠시 죽은 적이 있다고 이야기하면, 아이들은 다가와서 농담조로 그건 프레디에게 잡혀간 거야? 하고 물었다. 하나 둘, 프레디가 온다. 셋 넷, 문을 잠그고, 다섯 여섯, 십자가를 쥐어라……. 친구들이 가장 무서운 영화로 꼽았던 「나이트메어」의 한 대목이었다. 나는 그 영화를 보지 않았지만 아이들이 프레디가 온다……를 읊기 시작하면 소름이 돋았다. 성인이 된 후 한 친구는 그건 영어였는데도, 왜 그렇게 귀에 착 감기게 무서웠는지, 하고 술회했다.

친구는 덧붙였다. 예술고등학교에서 문화철학을 강의하는 친구였다. 요즘 아이들은 그런 거 이해 못 해. 노스트라다무스 종말론, UFO 납치설, 버뮤다 삼각지대. 그건 우리 때의 정서일 뿐이야, 세기말 정서. 그런 말 하면 노인네 취급을 받는다고. 기억나, 새천년? 얘들은 즈믄둥이들인걸. 2000년 1월 1일에 뉴스 앵커가 진지한 얼굴로 "여러분, 지구가 종말하지 않았습니다. 안심하셨죠? 또한 밀레니엄 버그도 발생하지 않았습니다." 이렇게 말했다는 사실을 믿지도 않아. 애들 반응은 그저 헐, 대박. 바보 아니야? 이러는데, 그때 우리가 애건 어른이건 집단 바보라서 세기말 정서에 빠진 게 아니라는 걸 요즘 애들은 절대 이해 못 해……. 어항 너머 금붕어를 보면 두 손가락 벌려 확대해본다는 신인류들은 더하겠지.

친구 말대로 그땐 학급 문고에 심심찮게,『종말 이후 우리의 영혼은?』『UFO에서 살아남은 아이』『휴거』따위가 꽂혀 있던 시절이었다. 우리가 중학생이었던 1999년, 언제나 IMF 핑계를 대며 용돈을 주지 않던 부모들의 한숨과 더불어 우리를 사로잡고 있었던 것은 바로 '이 세계는 곧 끝장나리라'는 정서였다. 그건 내가 곧 해산될 지경에 놓인 회사에서 순장조임을 예감하며 머무르고 있는 것과는 전혀 다른 종류의 감정이었다. 두렵지만 설레는 것이었다. 만약 지구의 마지막 날이

온다면 사랑하는 사람들과 함께 손을 잡고 눈을 꼭 감고 소멸하리라, 생각했던 내게 아른거리던 이미지는 언제나 임사 체험에 관해 이야기를 나누고 분신사바를 하며 놀았던 친구들과 체육관 구석 매트리스 더미에 기대앉아 소멸하는 장면이었다. 노트에 그런 그림을 그렸던 적도 있다. 거기 부모는 없었다.

친구들만이 내가 'UFO급의 벙커에서 잠깐 죽었다 살아 돌아온 아이'라는 걸 믿어주었기 때문이다. 항상 붙어 다녔던 네 명의 단짝 친구는 각기 꽂혀 있는 분야가 달랐다. 우주, 버뮤다 삼각지대, UFO, 노스트라다무스. 그중 한 명은 언제나 악몽에 시달렸는데, 꿈속에서 늘 블랙홀에 빨려 들어간다고 했다. 그 애는 어머니에게 이끌려 수면 장애 클리닉에 다녀보기도 했으나 중학교를 졸업할 때까지 우주에 관한 관심은 멈추지 않았다. 매일같이 관련한 책을 읽었는데 막상 지구과학이나 물리 등 관심사를 써먹을 만한 교과목의 점수는 형편없이 낮았던 것으로 기억한다. 날마다 버뮤다 삼각지대에 대해 심각하게 고민했던 친구는 늘 돌봐야 하는 두 살 터울의 남동생이 갑자기 거기로 사라져버릴까봐 걱정했다. 동생은 어린 남자애들이 그렇듯 정신없이 쏘다니다 불현듯 길을 잃어버리기 일쑤였는데 그때마다 버뮤다 삼각지대로 추방되었을까봐 엉엉 울며 찾으러 다녔다고 했다.

나는 UFO라기보다는, 정확히는 UO에 다녀왔다고 봐야지.

날지 않았으니까, 거기는. 미확인 비행 물체가 아니라 엄밀하게는 미확인 물체.

똑똑한 척하며 말하면 아이들은 진지한 눈빛으로 고개를 끄덕였다. 유치원에 다닐 때부터 노스트라다무스를 구루로 모셨던 친구의 집에서 언제나 모여 놀며 우리는 그런 이야기를 나눴다. 그 집 거실 바닥에 깔려 있던 자줏빛 카펫의 문양을 기억한다. 나는 기억력이 좋은 아이였다. 어머니는 네 살 때 간 설악산 여행에서 들렀던 호텔 카페의 정경을 읊는 나를 보며 혀를 내둘렀다. 내가 낳았지만 정말 너는 기억력이 너무 좋은 아이다. 공부도 그만큼 잘하면 좋을 텐데. 나는 언제나 뒷말은 가볍게 무시했다.

그건 아마도 카펫의 색깔과 보색을 이루는 짙은 녹색의 격자무늬로 채워진 오각형 문양이었을 것이다. 물끄러미 내려다보며 나는 말하곤 했다. 음, UO…… 어둡고 차가웠지. 등이 자꾸 벽에 닿았고 뒤통수도 벽에 닿는데 온몸이 섬뜩해질 정도로 차가웠거든.

거기엔 왜 간 거야?

그때 나는 아이들에게 거기가 어디였는지, 왜 거기까지 가게 되었는지에 대해서는 결코 말해주지 않았다. 그곳은 아버지의 회사가 있던 여의도였고 아버지는 나를 병원에 데려간 후 하루 종일 데리고 다니며 놀아줬다. 처음 있는 일이었다. 웬디스 햄버거를 먹었고 63빌딩에서 수족관을 구경했고 난생처음 아이맥스 영화를 봤다. 롤러코스터를 타는 내용이었는데 당시만 해도 화질이니 의자의 움직임이니 형편없는 수준이라 영화를 다 보고 나서 나는 먹은 것을 전부 토하고 말았다. 화장실에서 나왔을 때 아버지가 보이지 않았고, 나는 63빌딩 안에 있는 UO로 가게 되었던 것이다.

당시만 해도 이름을 듣는 것만으로도 수많은 어린이들의 마음을 설레게 했던 마천루, 63빌딩이었다. 올림픽대로를 지나갈 때마다 지금은 턱없이 낮아 보이는 저 빌딩이 그때는 왜 그렇게 높아 보였을까 생각했다.

거기가 어디였고 왜 갔는지에 대해서는 분명 알고 있지만, 아이들의 질문에 정말로 답할 수 없었던 것들은 따로 있었다. 이 부분에 관해서는 내게 기억이 없다. 왜 등과 뒤통수가 벽에 닿았던 거야? 차가운 것 말고 뜨거운 건 없었어?

몰라.

정말로 어떤 부분은 조금도 기억이 나지 않는다. 성인이 된 지금까지도.

거기 누가 있었어? 아니면 너 혼자였어?

이 대목에 관해서는 기억나는 것과 반대로 아이들에게 거짓말로 둘러대곤 했다.

아마도 혼자였을 거야.

팟.

하얀 플래시가 터졌고 그때 나는 죽었어.

그때도 세기말이었다. 19세기 말. 파리의 센강 가운데, 시테섬에 있었던 시체 공시소 모르그. 하루에 만 명 이상이 몰려들기도 했다고 했다. 쇼케이스 너머에 있는 시체를 구경하러. 1880년대 후반, 센강에서 건져진 소녀의 두상, '센강의 신원 미상의 소녀'에 대해 교수는 미간을 찌푸리며 설명했다. 폭행의 흔적도 없이 깨끗했고, 게다가 예상했겠지만, 아름다웠고…… 만면에 미소를 띠고 있었죠. 남자 때문에 죽었다는 소문이 호사가들 사이에서 파다했고요. 그녀의 두상은 매장되기 직전 공시소의 병리학자에 의해 석고로 제작됩니다. 이 두상은 수많은 복제본으로 만들어졌고, 먼 훗날 구강대의 구강 소생법 훈련을 위한 심폐소생술 마네킹이 되었습니다.

교수는 설명을 마치고 죄송합니다, 하며 가방에서 생수를 꺼내더니 알약을 두 알 털어 넣었다. CSI 사진감식반에 관한 설명을 들은 후였기 때문에 나는 그녀의 증상을 일종의 PTSD(외상 후 스트레스 장애)로 이해하며 수업에 임했고, 자신이 하고 싶은 공부를 열심히 했을 뿐인데 병을 얻었다니 정말 인생이란 알 수 없는 참혹함이다, 생각했던 것 같다.

CSI 이후 내 삶의 질은 다섯 단계쯤 낮아졌죠.

나도 그렇게 말할 수 있을까.

그 영상을 본 이후, 내 삶의 질은 다섯 단계쯤 낮아졌죠. 어린 시절 알 수 없는 공간에 감금되어 잠시 죽었다 살아 돌아왔는데도 괜찮았던 내가. 그런데 삶의 질은 무엇을 기준으로 판단할 수 있을까? 이 삶의 다섯 단계 위쯤은 뭐고, 여기서부터 다섯 단계 아래쯤은 무얼까? 내가 다시는 영상을 보기 전으로 돌아갈 수 없다는 것은 분명하다. 임사 체험을 하기 전으로 돌아갈 수 없듯. 나는 비로소 내가 가장 존경했던 그 교수는 단지 선병질적이었던 사람이 아니라, 자신의 상태를 명확하게 설명할 수 있는 비교적 건강한 사람이었다는 것을 깨달았다.

그 일을 내가 온전히 전담해야 했다. 8년 차 과장이었고, 아카이빙 서비스에 대해 가장 잘 알고 있는 사람이 나였으므로. 그날 수많은 사람들에게 잊혀져가던 우리 회사의 이름이, 이제는 구시대의 유물쯤으로밖에 취급되지 않는 우리 회사의 이름이 대형 포털의 실시간 검색어 1위에 올랐을 때 친구들에게 문자가 왔다. 처음에는 드디어 너희 회사 없어지는 건 줄 알았어, 그런데 이게 무슨…… 나는 핸드폰을 꺼두고 골목에서 동기들과 담배를 피웠다. 동기 중 한 명이 뇌까렸다. 난 이게 주술적인 생각이라는 거 인정해. 무식한 말이라는 거 인정하는데, 저 회사랑 통합했기 때문 아닐까? 저 회사의 음습한 기운이 결국 이런 일을 만들어낸 거 아닐까?

하지만 그게 정말로 무식한 말이라는 것은 우리 모두가 잘 알고 있었다.

동영상 아카이빙 메뉴에는 몇 년간 별다른 게시물이 올라오지 않았다. 1년에 한두 번쯤 9·11테러의 내막 같은 영상을 개인 소장 용도로 올리는 이용자가 있었고, 그만큼 텅 비어 있는 메뉴는 회사의 퇴락 일로를 의미할 뿐이었다. 아이들이 아무도 찾지 않는 텅 빈 놀이터에서 삐걱삐걱 움직이는 녹슨 그네일 뿐이었는데, 그날 동영상 열 개가 한꺼번에 올라온 것이다.

웹툰 작가들이 무성의하게 처리해놓은 모자이크조차 되어 있지 않은, 여자의 성기가 드러난 영상이. 그것도 몰래카메라 영상이었다. 정확하게는 비동의 유포 성적 촬영물. 그중 세 건은 정황상 강간으로 추정되었다. 사이트는 잠시 접속이 불가능할 정도로 방문자가 폭주했다. 로그인도 성인 인증도 필요 없는 사이트에 범죄 영상이 날것으로 올라왔으니 그날만큼은 온갖 매체에서 우리 회사를 다뤘다. 포털○○코리아 음란물 대량 업로드 사태……. 대부분의 매체에서 뽑은 제목이 그랬다. 누군가 새벽에 업로드한 동영상은 몇 시간 동안이나 방치되었고, 삭제된 후에도 이미 널리 유포되고 있었다. 사무실은 객도 없는 초상집 같았고, 부장은 실내에서 줄담배를 피워댔다.

그 영상 전부를 돌려봐야 했다. 동영상마다 알 수 없는 이름이 붙어 있었다. 식별 코드 같기도 한 그것들. 인도코끼리12, 인도코끼리-M14……. 남자 직원들은 이게 품번이야 뭐야, 뇌까렸는데 나는 그때 품번이라는 말을 처음 들었다. 그것이 일본 AV의 상품 식별 번호라는 것을 들었으나 동의할 수 없었다. 이 영상은 전부 스너프물일 뿐이었다. 이건 포르노가 아니었다.

　망해가는 회사에 이런 짓을 한 인간이 누군지 얼굴을 보면 침이라도 뱉고 싶었는데, 업로드한 자를 추적해 경찰과 함께 만나보니 뜻밖에도 중학생 소년이었다. 아이는 키가 작았고 온순해 보였다. 조사를 받는 내내 고개를 푹 숙이고 있었다. 나는 입술을 깨물다 겨우 한마디 했다.

　왜 그랬어요?

　사촌 형 집에 놀러 갔는데…… 급하게 제 아이디로 저장해두고 싶어서요, 마음에 드는 것들만…….

　그래도 이건 몰카, 아니 범죄물이잖아요.

　아이는 고개를 슬며시 들며 말했다.

　그래도 진짜잖아요……. 사촌 형이 국산 아니면 볼 필요가 없대요. 전부 가짜라고…….

　경찰이 피식 웃었다. 쓸데없는 이야기 그만하시고.

　형법 제243조 음화 반포의 죄, 그보다 정보통신망 이용촉진 및 정보보호 등에 관한 법률, 음란물 유포행위 처벌규정, 이 새끼 이거 보호관찰 때려야 하는 거 아니야, 이런 말이 오가는 동안 나는 뜬금없이 언젠가 들은 법 조항을 떠올렸다.

　민법 제844조 1항 처가 혼인 중에 포태한 자는 부의 자로 추정한다.

　나는 간호사가 내 팔을 몇 번이고 주무르던 순간을 기억하고 있다. 그날, 내가 죽은 날이었다. 그날 받은 검사가 혈액형 검사라는 것을 이미 알고 있던 나는 치를 떨었다. 아버지는 BO-BO라고 알고 있는 부부 사이에서 A형이 나올 리가 없다고 생각하고, 내가 초등학생이 되어 받은 첫 신체검사 결과를 맹신하며 날마다 어머니를 잡았다고 했다. 태어난 직후부터 평생에 걸쳐 O형으로 확정된 혈액형이 단 한 번 A형으로 오기되는 바람에 생긴 일이었다. 잘못 표기되었으리라는 어머니의 항변에 아버지는 직접 혈액형 검사를 받아 증명하지 않으면 믿지 못하겠다고 했다. 내일 데려가서 내가 그 친구에게 검사받게 할 거야, 그 말을 나는 안방 문틈에 귀를 대고 들었다. 아버지는 민법 제844조 1항 같은 건 알지도 못했을 것이고 그런 걸 알고자 하는 오쟁이 남자는 세상에 없다. 그런 법 조항이 생기기 전이나 후나 다름없을 것이다.

그래도 나는 그날의 나들이가 즐거웠다. 병원에 가기 전까지는.

간선 버스라고 부르는 시내버스를 처음 타본 날이었다. 아버지는 부러 자가용을 몰지 않고 버스에 태워 나를 여의도에 데려갔다. 아빠 회사는 처음 가보는 거지? 아버지는 다정했고, 우리는 잠실에서부터 여의도까지 창밖을 구경하며 여행하듯 갔다. 아빠 회사는 저기야, 아버지는 63빌딩 근처 아무 빌딩이나 가리키며 말했다. 아버지 회사에 들어가볼 수 있을 줄 알았는데 우리가 간 곳은 장미아파트 근처에 있는 낡은 가정의학과였다.

의사는 아버지의 친구였다. 훗날 대학 시절 나는 그를 여의도 술집에서 우연히 마주치게 되었는데, 주변 의사들에게 절친한 친구의 딸이라고 소개하는 그를 나는 멍하니 바라만 봤다. 이제 보니 형수님과 똑같이 생겼네. 그 말에 반감이 들었고 나는 고개를 숙이며 사업 번창하세요, 인사하고 술집을 나와버렸다. 그 옛날 그가 옆에 어린 나를 앉혀두고 했던 말들을 기억한다. 혈액형이란 건 단순한 게 아니라 항원, 항체가…… Cis AB형, weak A, weak B의 사례를 봐도……. 그가 아버지를 설득하려 했다는 건 알고 있다. 중요한 건 그 말들보다 내게 남은 팔꿈치 안쪽의 감각이었다. 간호사는 아이가 워낙 말라서 혈관을 찾기가 힘드네요, 하면서 주삿바늘을 여러 번 찔러 넣었다. 이제 그만하면 안 돼요? 겁에 질린 내가 말할 때까지.

팟.

안경잡이 여자애, 잠깐 이리 올래.

UO에 갈 때, 나는 며칠 전에 구입한 빨간 뿔테 안경을 쓰고 있었다.

새파랗게 어린놈의 새끼가 어른들 물건이나 취급하고 말이야, 너 인마, 양아치 새끼는 아니라는 거 알고 봐주는 거야. 부장은 마치 공안형사처럼 아이를 윽박질렀다. 아이는 촉법소년에 관한 법률에 의해 처리될 것이라고 했다. 어른들 물건. 나는 부장의 말에서 종말의 기운을 느꼈다. 나는 처음으로 구글에 접속해서 '서울' '길거리' '일반인', 그리고 '서울 거리 여자'를 쳐보았다.

이것이 서울 피토레스크였다. 교수라면 그렇게 말했을 것이었다. 1999년의 우리들이었다면 다 함께 이불을 뒤집어쓰고 여긴 우리가 죽은 세상이야, 우리는 이곳에서 적응해서 살든지, 어떻게든 빠져나가려고 노력해야 해, 라고 말했을지도 모른다.

그런데 여기서 빠져나가면 다시 우리가 살아가고 있는 세상이야. 나는 그렇게 말하고, 노스트라다무스를 구루로 모시던 친구는 아니, 그곳은 암흑, 세상의 끝이지, 라고 말했을 것이고, 버뮤다 삼각지대를 날마다 상상하던 친구는 우리는 세상이 모르는 곳에 있어, 라고 말했을 것이며, 우주 때문에 잠 못 자던 친구는 괜찮아, 유니버스는 무한하니까, 어디든 갈 곳이 있어, 라고 말했을 것 같다고 생각했다. 이런 이야기는 우리끼리만 하는 아주 내밀한 이야기였다.

성기 노출만 아니었더라도 이런 개망신은 없었을 텐데, 부장은 줄

담배를 피우며 뇌까렸다. 마케팅팀 과장인 입사 동기는 하필이면 왜 딱 그 부분, 그 부분이 클로즈업된 영상들에 꽂힌 거야, 어린놈의 새 끼가, 하고 말했다. 나는 영상을 초 단위로 돌려봐야 했다. 경찰에 가 기 전 확인해야 하는 부분은 영상이 어디까지 정보통신법에 저촉되는 지 여부였으므로. 대학 시절 했던 과제가 떠올랐다. 시나리오 실기 특 강이란 수업이었는데, 컷 단위로 영상에 쓰인 기법과 장면, 대사를 텍 스트로 옮기는 과제였다. 스터디룸에 모두 모여 시뻘개진 눈으로 정 지 버튼을 계속 누르며 정신없이 타이핑을 했다. 그때처럼 나는 초 단 위로 범죄 영상을 멈추며 어디까지 성기가 드러나는지 확인해야 했다. 여자의 얼굴이 선명하게 보였다. 남자 목소리가 들렸다. 이런…… 한 동안 못 봐서 어떻게 살아야 하노. 한없이 다정한 목소리였다.

영상을 분석한 날 동기와 술을 마셨다. 동기는 힘들었지? 물었다. 종말이 별거냐, 이런 게 종말이지. 마지막에 개 같은 꼴 본다 진짜, 하 고 술을 들이켰다.

사실, 나도 성범죄 피해자야.

동기는 뜬금없이 고백을 했다. 그런 이야기를 들어본 적은 없었다. 나는 마른안주를 손으로 휘저으며 고개를 들지 못하고 물었다. 언제? 어디서? 아, 이런 건 물어보면 안 되는데. 동기는 덤덤하게 말했다. 누 구 하나 성범죄 피해자 아닌 사람 있을까?

나는 고개를 들며 말했다.

나는 아닌데?

동기는 입꼬리를 올리며 그래, 내가 말실수했다, 대화를 마무리했 다.

나는 아니었다.

나는 그날 잠깐 죽었을 뿐이었다. 일시적으로 눈이 멀었고.

그 일을 계기로 임사 체험에 관심을 갖게 되었고, 시력의 불안정함에 대해 생각하다 영상미디어과에 진학하게 된 것이었다. 나는 잠깐 죽었을 뿐이었는데 기억이 정확하지 않다.

그 일에 대해서 어머니는 섬세하지 못한 방식으로 추궁했다.

기억이 안 난다니, 기억이 안 난다고? 너같이 기억력이 좋은 애가? 이유식 그릇 디자인까지 기억하는 너잖아. 빨리 자세히 기억해봐. 어떤 일을 겪은 건지.

그날 63빌딩 1층 비상구 너머에 있던 미확인 벙커에는 나 혼자만 있었던 건 아니었다. 또 하나의 몽타주가 어른거렸다. 나는 그것의 생김새와 촉감, 냄새 따위를 기억하지 못한다. 마치 벽에 그려진 그림처럼, 내게는 점, 선, 면, 입체로 이루어진 오브제가 아니었다. 내게 오브제란 오직 그 공간이었다.

그런 내가 아버지의 담뱃갑 뒤에 인쇄된 실종 아동 사진을 보며 경기를 한 것이었다.

아이를 찾습니다, 담뱃갑에 배포된 인쇄물에는 14세가량의 안경을 쓴 소년이 있었다. 나는 그 사진을 보며 순간 거품을 물었다. 쟤야, 쟤, 쟤가 그랬어. 그 후의 일은 기억나지 않는다. 눈을 떠보니 어머니와 아버지가 양쪽에서 나를 내려다보고 있었다. 어머니는 물수건을 갈아주며 계속 물었다. 쟤가 누군데. 쟤가 뭘 했는데. 그때부터 나에게는 구체적인 감각이 아닌 관념으로, 14세가량의 안경 쓴 청소년이 UO의 몽타주로 기억되기 시작했다. 교복을 입고 까까머리를 한 남자 청소년의 이미지 자체가 그대로 UO의 몽타주가 되어버린 것이다.

그리고 마치 플레어처럼, 잘못 들어간 빛이 풍경을 지우듯 여전히 삭제된 장면들.

안경잡이 여자애, 잠깐 이리 올래.

잠깐 와봐.

빨간 안경이 예쁘잖아.

나는 걸어가며 대꾸하고 있다. 야, 너도 안경잡이잖아. 왜 안경 썼다고 놀려?

뭐? 조그만 게 반항하는 거야?

그리고 기억이 없다.

차가운 벽. 튀어나온 뒤통수와 등줄기가 자꾸만 찬 벽에 닿았던 감각, 팟, 하고 터지던 플래시, 발목에 감긴 옷…….

나는 종말을 믿고 구원을 기다리는 광신도처럼 더 이상 벙커에 붙어 있지 않기로 하고, 회사에 사표를 냈다. 곧 대만에 있는 본사에서 해산을 지시할 것이라는 소문이 돌기도 했다. 첫 직장이자 오랫동안 다닌 회사였는데 짐이라고 정리할 것도 별로 없었다. 사무실 책상 첫 번째 서랍에 동기들이 가끔 넣어주곤 했던 초콜릿이나 캐러멜 따위를 보며 잠깐 울적해졌을 뿐이었다. 오랫동안, 사무실에서든 집에서든 인터넷 익스플로러 시작 페이지는 우리 회사 웹 페이지였다. 바꾸고 싶었으나 무엇으로 바꿔야 할지 몰랐다. 소년이 올린 영상의 이미지가 잊히지 않았다. 나는 용기를 내 웹하드 사이트에 접속해 보았다. 성인물 카테고리에 '국산'이라는 네임카드가 붙은 게시물을 하나씩 클릭해봤다. 전부 비동의 유포 성적 촬영물이었다. "내 친구가 찍은 내 여친……" 나는 이토록 수많은 '일반인'들을 살아가면서 대면해본 적 없었다. 댓글 창에는 "남자 목소리 들으니까 내가 아는 카센터 사장님 같은데" 따위의 방담이 가득했다.

죽은 자의 식별 초상 그 자체가 스펙터클이었죠. 모르그 디오라마를 설명하던 교수는 내내 얼굴이 창백했다. 그녀는 언제나 두꺼운 가죽 표지로 된 강의노트를 들고 다녔다. 한 번이라도 그것을 훔쳐보고 싶다는 열망이 내겐 가득했다. 이제 와 드는 생각은 아마 교수가 언제나 끼고 다니던 그 노트에는 초상의 역사와 스펙터클 이론에 관한 정갈한 정리뿐만 아니라 가끔 견딜 수 없는 순간에 터져 나오는 방언 같은 말들도 곳곳에 적혀 있지 않았을까, 싶다.

나는 처음으로 상담 센터에 심리 상담 프로그램을 등록했다.

상담사는 첫 만남부터 '기억 일지'를 쓰라는 과제를 내주었다. 기억이라면 내가 동네 최고다, 자부하던 나였다. 어머니가 말하듯 '이유식 그릇의 디자인' 같은 것, 내가 토끼가 그려진 젖병을 물고 있을 때 어머니가 아버지에게 '이제 그만 꺼져'라고 말했던 것, 그간 만난 담임교사의 성함과 그들의 프로필, 1997년 레터맨 쇼를 본뜬 이주일 쇼에 나와 당시 대선 후보 세 명을 똑같이 흉내 내던 코미디언들의 몸짓, 이런 것들을 나는 누구보다 정확히 기억한다.

그러나 어떤 부분에 대해서는 기억이 없다.

나는 상담 6회 차가 되도록 기억 일지를 제출하지 못했다.

상담사와는 초진 설문지와 몇 종의 테스트를 통해 '죽음'에 관한 생각을 나누었다. 당신에게 죽음은 매우 관념적이고 흥미로운 것이군요. 사실 자살이란 자해의 가장 극단적인 단계라고 보면 돼요. '자기가 원하는 특정한 방식의 죽음에 관한 그림이 있다'는 게 당신의 결론인데, 그런 사람은 자살할 수 없어요. 어린 시절에 시력이나 임사, 사후세계에 빠져들었던 건 아마 다른 까닭이 있을 것 같은데…….

상담사는 조심스럽게 물었다. 그녀는 섬세하게 추궁할 줄 아는 사람이었다.

어떤 일이 당신을 PTSD 환자로 만들었을까요? 최근의 그 영상 말고, 어린 시절에 말이에요.

어린 시절에 항상 우울했어요. 신체검사 기록은 잘못 나오고, 부모는 그걸 두고 싸우고, 아버지가 나를 두고 친자인지 의심했죠. 나들이를 가장해서 병원에 데려가 혈액형 검사를 시켰고요. 그런데 그 시절 세기말적 정서는 저희 또래 무리들에게는 너무 흔한 것이어서 죽음, 종말, 뭐 이런 단어에 매혹되었던 건 그리 특별한 것 같지 않아요.

상담사는 내 눈을 빤히 들여다봤다.

지금도 논리적으로 말하려고 애쓰고 있네요. 그냥 말해도 돼요.

그때 내게는 불현듯 교실에서 친구들이 종이로 얼굴을 가리고, 슬금슬금 다가오며 불렀던 노래가 기억났다.

하나 둘, 프레디가 온다. 셋 넷, 문을 잠그고, 다섯 여섯, 십자가를 쥐어라…….

나는 눈이 멀었던 적이 없었다. UO의 몽타주가 제 교복 셔츠의 넥타이를 풀어 내 눈을 감겨버렸기 때문에 암흑에 갇혔을 뿐이었다. UO는 컴컴해서 플래시가 터졌고, 그때 내게는 실제로 들리지 않았을 소리, '팟'이 환청처럼 들렸으며, 그때 영혼이 달아났다. 담배를 피우러 다녀온 아버지는 비상구 문 앞에 쓰러져 있는 나를 발견했다.

나는 상담사에게 대답했다.

나는 죽었던 적이 있어요.

(나는 발가벗겨진 채 사진을 찍혔고) 그때 죽었어요. ▪

숙모들

　지난해 겨울, 연일 뉴스는 '대통령의 여자'라는 제하 스캔들로 떠들썩했다. 평소 뉴스를 거들떠보지 않던 사람들도 알람을 맞춰두고 뉴스를 시청했다. 관련 특종을 내보낸 뉴스 프로그램은 여느 인기 드라마보다 높은 시청률을 기록했다고도 했다. 반년 가까이 뭇사람들의 이목을 잡아끈 사건들은 '대통령의 여자'로 수렴되었다. 청와대에 드나들며 주요 정책과 인사에 관여한 사람이었다. 그가 비선 실세로서 얼마나 많은 월권을 행사했는지 날마다 보도되었고 그 내용은 언뜻 정리할 수도 없을 만큼 방대했다. 나는 사건 속에서 하나의 단어에 주목했다. 비선 실세였던 여자가 청와대에 경호팀을 붙여 데리고 들어갔다던 사람, '주사 아줌마'였다. 나는 비참함을 느꼈다. 그게 무슨 일을 하는 사람인지, 어떤 사람인지는 관심 없었다. 나는 그 단어를 듣고 고모를 생각했다.

방문 판매를 하고, 영업을 하고, 보험을 팔고, 텔레마케팅을 하고, 기업부동산 매매를 하고, 영업을 하고 텔레마케팅을 하고 보험을 팔고, 이제는 베이비시터를 하는 고모.

　고모는 20대에 두 번 결혼했고 모두 실패했다. 그녀 인생이 실패했다는 게 아니라, 그저 결혼에 실패했다는 이야기다. 첫 번째 결혼은 내가 태어나기 전에 했다. 그땐 결혼식을 올리지 않았다. 첫 남편의 얼굴은 사진으로도 구경할 수 없었다. 그와의 관계에서 아이가 생겼고 6개월 차에 자연유산을 했다. 그때 엄마가 고모를 돌봐주었다. 당시 남편은 집에 들어오지 않았다. 이런 이야기를 고모가 처음 내게 털어놓았을 때, 나는 진심으로 화가 나서 대꾸했다. 미친놈의 새끼네. 부인이 그 지경인데 집에도 안 들어와봐? 뭐 하는 새끼야?

　뭐 하는 새끼였는지, 내게 알려주기 위해서 고모는 설명을 시작했다. 고모가 스물한 살이었던 1982년이었다. 당시 남편은 대학생이었다. 정확히는 복학생이었다. 고모는 그 남자와 만난 지 하루 만에 결혼을 약속했고 그때부터 같이 살았다. 그 이야기를 듣던 당시의 나는 서른 살이었는데 내 인생에는 그런 남자가 없었다. 그런 식으로 사랑에 빠져본 적도 없었기에 나는 아주 잠깐 고모가 부럽다고 생각했다. 곧 그 생각을 지워버렸지만. 남자는 유명한 사립대의 건축공학과 학생이었다고 했다. 군대에 다녀와서 돈을 버느라 복학을 못 하고 있었고, 졸업 학기만을 남겨둔 상태였다. 고모랑 살기 시작한 당시에는 새벽마다 인력시장에 나가 막노동 일을 했다. 밤이 되면 마주 앉아 그날 벌어온 돈을 같이 세는 것도 하루 이틀이지, 언제까지 이렇게 살 건가, 싶었던 순간 남편이 털어놓았다고 했다. 사실은 학교에서 제적당했다고. 그때 고모는 어릴 적부터 자기 아버지가 무섭게 경고하던 빨갱이인가 싶어

덜컥 놀랐고, 대학생을 만나고 싶었던 자기 욕망에 배반당한 것이라고 생각했다. 학교에서 제적당했어, 학교가 싫어하는 일을 앞장서서 하다가……. 그때 고모는 그에게서 돌아앉으며, 뭘 했는지 더 이상 듣고 싶지 않아, 나도 대충 알고 있어, 대답했다. 그런데 그는 고모에게 자기 말을 들어봐야 한다고, 너는 모른다고 역설했고 고모는 기분 나빴다고 했다. 그런데 그 후 그가 털어놓은 이야기는 정말로 고모가 상상할 수조차 없었던 이야기였다.

그래서 네가 그 학교에 간다고 했을 때 사실 정말 놀랐다. 기절하는 줄 알았어.

고모의 첫 남자가 다닌 대학은 내가 졸업한 곳이었다. 나는 경기도에 있는 그 대학 지방 캠퍼스를 졸업했다. 교수들은 자신들이 학교를 다니던 시절에 서울 캠퍼스에 위치했던 학과가 어느 날 갑자기 처음 들어보는 지역의 허허벌판에 지은 가건물로 쫓겨났던 이야기를 자주 하곤 했다. 군대에 있어서 사정을 전혀 듣지 못했는데, 복학 신청을 하려고 학교에 찾아가 보니 난생처음 듣는 동네를 일러주며 학과 사무실이 그리로 이전했으니 가보라고 했다. 행정실 조교가 보기에 딱했는지 약도를 하나 주더라……. 신입생일 적부터 자주 들었던 이야기였다. 당연히 학생들은 학과 이전 반대 투쟁을 했고, 폭력 시위를 한 학생들은 숱하게 제적을 당했다. 당시 지방으로 쫓겨났던 학과 중 하나가 건축공학과였던 것도 알고 있었다. 고모의 첫 남편은 학과 이전 반대 투쟁을 하다가 제적을 당했던 것이었다. 고모는 자기가 임신한 후부터 남자가 더 열심히 일하기는커녕 날마다 술을 마시며 자기를 구박했다고 했다. 맨날 대통령 욕했지. 그 새끼가 전교생 단결을 막으려고 지방에 캠퍼스를 만들어서 학생들을 분산시킨 거라고. 그런 말 듣기도 싫었어. 나랑 무슨 상관이야. 듣는 나 역시 기가 찼다. 고모는 첫 임신 중에 그 꼴을 보며 견뎠던 것이었다.

두 번째 남편은 나도 본 적 있다. 고모부…… 다섯 살 때 즈음인가, 고모랑 고모부랑 함께 자연농원에 갔다. 고모부라는 말이 좋은지 그는 내게 계속 고모부 해봐, 라고 했다. 그 남자와는 결혼식을 올렸다. 할아버지가 돌아가신 후라 고모는 우리 아빠의 손을 잡고 입장했다. 아직 다이애나 왕세자비의 웨딩 스타일이 유행하던 시절이라 꽃이 달린 커다란 웨딩 모자를 쓴 고모는 긴 머리를 풀어 어깨까지 내려뜨리고 있었다. 어린 나는 그게 올림머리보다 훨씬 예쁘다고 생각했는데, 나중에 듣기로는 사실상 재혼이었기 때문에 머리를 풀었다고 했다. 두 번째 남편에게 고모는 자신이 결혼한 적 있다는 사실을 끝까지 숨겼다. 그러면서도 결혼식 사진 속 고모는 누구도 추궁하지 않은 과거를 자백하듯 머리카락을 풀어 내려뜨리고 있었다. 내가 잠시나마 고모부라고 불렀던 남자는 끝내 자기 아내의 과거를 눈치채지 못했지만, 그도 결국 금방 떠났다.

그 모든 일이 고작 한 사람의 20대에 일어났다고 생각하면 아찔하다. 그 나이가 얼마나 미성숙한지 아는 지금으로서는.

고모는 두 번째 남편과 헤어진 후 우리 집에서 살기 시작했다. 지금도 엄마가 떠올릴 때마다 괜히 팔았다고, 그대로 두었다면 그게 얼마나 불어났겠느냐고 원통해하는 영동주공아파트에 살던 시절이다. 14평짜리 아파트였다. 방 두 개에 비좁은 거실 겸 부엌이 있었다. 자바라로 여닫던 아주 좁은 다용도실과 언제나 온 식구의 빨래가 널려 있던 베란다도. 부모는 그 집을 무척 지겨워했다. 하루라도 빨리 이

사 가서 번듯한 공부방을 만들어주겠다고 엄마는 날마다 말했다.

작은방을 고모와 내가 함께 썼다. 고모는 내가 초등학교를 졸업할 무렵까지 독립하지 못했다. 내가 언제나 '내 방'이라고 불렀던 곳 한편에 고모의 공간이 작게 마련되어 있었다. 접었다 펼쳤다 할 수 있는 작은 경대와 한 단짜리 책장, 노란 양초와 성모상. 고모는 내가 잠든 척을 하면 양초에 불을 붙이고 숨죽여 기도를 했다. 고모가 기도하는 동안 나는 자주 깨어 있었는데, 기도를 마친 고모가 숨을 불어 초를 끄면 생일 케이크 냄새가 난다고 생각했다.

그 이야기를 고모에게 한 적 있었다.

고모는 우리 집에서 살던 초기에 아동도서 출판사 영업사원으로 방문 판매를 다녔는데, 때론 먼 지역까지 고속버스를 타고 출장을 가기도 했지만 일찍 집에 들어와 내게 식사를 차려주던 때가 더 많았다. 이때의 경험은 고모에게 여러모로 나쁜 영향만 끼쳤던 것 같다. 영업사원으로서도, 베이비시터로서도 고모에게는 유의미한 경험이 아니었다. 그렇다는 것을 지금 나는 알고 있다. 그때의 나에게 고모는 베이비시터와 다름없었다. 고모가 유치원에 데리러 왔던 것, 학습지를 밀리지 않고 풀었는지 매일 검사해주던 것을 선명하게 기억한다고 나는 말했다. 식탁에 앉아 산수 학습지를 풀 때 고모가 바투 앉아 나를 주시하던 기억이 또렷하다고.

나는 01과 10을 구분하는 것을 정말 어려워했었지. 9까지 적다가 10을 적을 차례가 되면 머릿속이 하얘져서 달력을 쳐다봤는데, 그때마다 고모가 내 뒤통수를 눌렀어. 달력 보면 안 돼, 하고. 학교에 입학하고서는 같이 식탁 유리 밑에 깔아둔 구구단 매트를 보며 구구단을 외웠고.

이런 추억을 이야기하는 것은 우리에게, 고모와 나에게 별달리 특별한 일은 아니었다. 우리는 남 욕을 하다가도 불현듯 옛날이야기를 하곤 했다. 고모는 밥을 먹다 말고, 내가 그때 너에게 모든 것을 주리라고 생각했어, 어쩌면 이 아이가 나를 부양할 수도 있다, 아니면 말고…… 그 생각을 처음 했던 순간이 그때야, 라고 뜬금없이 말하기도 했다.

내가 초등학교에 입학한 해였다. 교문 앞에서 날마다 작은 상자에 병아리를 풀어두고 한 마리에 100원씩 파는 병아리 장수가 있었다. 친구들이 죄다 병아리를 한 마리씩 사서 검은 봉지에 담아 들고 가던 날 나도 얼떨결에 병아리를 샀다. 참새도 무서워할 만큼 겁이 많았는데, 그땐 친구들에게 뒤처지기 싫었던 것 같다. 집이 가까워오자 손에 받쳐 든 병아리가 갑자기 무서워지기도 했고, 대체 이걸 집에 데려가서 뭘 어쩌자는 건가 싶기도 했다. 고모가 현관문을 열어주었다. 나는 순간 병아리를 등 뒤로 숨겼다.

고모는 그때 빨간 책가방을 멘 내가 움찔하며 눈치를 보는 모습, 뒤로 숨긴 병아리가 삐약, 하고 소리를 냈을 때 새빨갛게 달아오르던 얼굴을 보며 이 아이에게 모든 것을 주리라고 다짐했다고 했다. 그렇게 약해 빠진 아이가 자신을 부양할 수도 있겠다는 생각을 어떻게 할 수 있었는지, 매번 나는 그게 농담이라 해도 이해가 잘 되지 않았다.

고모의 실적을 올려주려고 엄마가 전부 일부러 구입했다고는 했지만, 그 덕에 어린 시절 내게는 좋은 책들이 많이 있었다. 그중 전집 몇질은 지금도 보관하고 있다. 다른 전집들도 함부로 버린 적 없었다. 깨끗하게 읽고 전부 보육원에 기부했다. 고모가 커다란 합성 피혁 가방을 메고 힘들게 팔러 다닌 책들이었다. 바다 생태계의 신비, 매미와 벼의 한살이, 누에와 누에고치와 식충식물의 비밀 따위를 그 책들에서 처음 배웠고, 다윈이나 간디, 마틴 루터 킹 같은 사람들도 알게 되었다. 번역된 그림 동화책을 날마다 읽고 또 읽었으며 수채화로 일러스트를 따라 그렸다. 고모는 모든 아이들이 너처럼 책을 열심히 읽는다면 좋겠다며 뿌듯해했다. 하교 후에 날마다 식탁에 앉아 책을 읽는 나를 보며 고모는 이 일을 하기를 참 잘했다고 했다. 어느 날인가부터 고모는 틈틈이 내 옆에 앉아서 뭔가 열심히 공부하기 시작했다. 우리 가족은 고모가 뭘 공부하는지 알지 못했다. 위로 넘기는 4절지 문제집으로 반년간 공부하던 고모가 돌연 공부거리들을 전부 쓰레기장에 버리고 온 날, 나는 새로운 단어를 배웠다. '초대졸'이라는 단어였다.

고모는 반년간 독서지도사 자격시험을 준비했던 것이었다. 출판사와 연계한 문화센터에서 독서지도사 양성 과정을 수강하며 공부하고 있었다. 영업을 다니면서 틈틈이 자격증 취득 준비를 했는데, 시험을 이틀 앞두고 고모는 포기하고 말았다. 독서지도사의 기본 자격요건이 '초대졸'이라는 것을 그제야 알았기 때문이었다. 6개월 동안이나 문화센터에 비싼 수강료를 내며 수업을 들었는데 누구도 그런 건 알려주지 않았다. 나는 고모와 엄마가 안방에서 이야기 나누는 것을 엿들었다. 초대졸 이상이어야 자격증 취득이 가능하다는데 나는 몰랐어. 내가 들은 말은 울음 섞인 그 말 한마디뿐이었다. 나는 그게 무슨 뜻인지 엄마에게도, 고모에게도 결코 묻지 않았다. 그 말의 완전한 뜻도 고모가 울었던 까닭도 몇 년이 흐른 후에야 혼자 깨달았다. 그 일 이후로 고모가 뭔가 공부하는 모습을 본 적은 한 번도 없다. 1970년대에 지어진 복도식 아파트, 한 층에 열 개 가구가 빼곡하게 모여 있던 영동주공

아파트를 떠올리면, 언제나 자동으로 좁디좁은 거실 겸 부엌의 4인용 식탁에 나란히 앉아 있는 고모와 내가 생각난다. 학습지를 검사해주던 고모보다 더욱 자주 떠오르는 건 연갈색 갱지로 된 4절지 문제집을 넘겨가며 공부하는 고모의 모습인데, 그런 말을 고모에게 한 적은 없었다. 항상 2B연필 한 다스와 점보 지우개를 두고 허리를 꼿꼿하게 편 바른 자세로 공부하던 고모. 싱크대 앞 작은 창문을 넘어 들어오던 해질 녘의 빛과 주황색으로 물들던 하얀 레이스 커튼이 내게는 그 시절을 온통 요약해주는 장면같이 느껴지고, 진지한 표정으로 공부하던 고모가 언제나 그 장면 안에 머물러 있다고 어떻게 이야기할 수 있을까. 이 순간이 영원했으면 좋겠다고 어린 내가 잠깐 생각했던 것도.

서울에 아직도 그런 복도식 아파트가 많이 남아 있다는 것을, 나는 지웅이네 집에 가보고서 알았다.

지웅이는 고모가 돌보는 15개월 남자아이였다. 당시 아이의 부모가 출근하는 주중에 고모는 새벽부터 늦은 밤까지 꼼짝없이 그 집에 머물렀다. 나는 주말 이틀을 쉴 틈 없이 일했다. 고모가 베이비시터 일을 시작한 후부터 좀처럼 우리가 만날 짬이 나지 않았다. 하지만 고모가 부탁한 서류는 빨리 전해주어야 했다. 그 바쁜 와중에 마지막 재판을 남겨두고 있었다. 퇴직한 회사와의 싸움이 3년째 이어지는 중이었다. 그나마 고모가 가진 것 중 가장 내세울 만한 건 역시 성당 교우 인맥이었다. 오래된 교우 중 변호사가 있었고, 고모의 딱한 사정을 알게 된 그가 푼돈을 받고 사건을 맡아주고 있었다. 그가 개입하자 일이 전보다는 수월하게 흘러갔다. 고모는 오랫동안 변호사 없이 싸우느라 지쳐 있었다. 그러나 변호사가 나타나니 역시 달랐다. 그에 의하면, 재판에서 유리할 수도 있는 증거물을 뜻밖에 내가 가지고 있었다. 나는 하루라도 빨리 그것을 전해주고 싶었다. 고모는 아이 부모에게 양해를 구하고, 나를 주중에 그 집에 부르기로 했다. 나로서는 생판 모르는 사람의 집에 방문한다는 것이 찜찜했지만 고모의 사정을 생각하면 어쩔수 없었다.

엄마가 언제나 원통해하던 영동주공아파트는 이미 10년 전에 허물어져 초고층 주상복합 아파트로 바뀌었다. 우리는 오래전에 아파트를 팔고 다른 동네로 이사했기에, 나는 그 동네에 도닥도닥 붙어 있던 복도식 아파트들이 전부 재건축되었으리라고 생각하고 있었다. 누구나 살고 싶어 하는 강남 한복판 노른자위 땅에 걸맞은 최신식 주거 시설로. 그러나 오랜만에 대치동에 갔을 때 아직도 내가 어릴 적 봤던 아파트들 대부분 그대로 남아 있는 걸 보고 깜짝 놀랐다. 베란다에 장독이 진열되어 있고, 더러 거실에 거대한 라디에이터가 있는 옛날식 아파트가 아직도 있을 거라고 생각하지 못했다. 가까이 다가서면 오금이 저렸던 턱없이 낮은 복도 난간과 군데군데 세워져 있는 자전거와 유모차들. 매매가 10억 원을 우습게 호가하는 아파트는 내가 어렸던 1990년대의 모습 그대로였다.

벨을 누르자 고모가 지웅이를 안고 나왔다. 어랏! 택배 아저씨가 아니네? 누구세요? 지웅아, 누구세요, 해봐, 고모가 혀 짧은 소리를 내며 지웅이를 얼렀다. 그러고 보니 현관문 바깥에 '택배 기사님들께 부탁드립니다. 아이가 놀라니 초인종 대신 노크를 부탁드립니다'라는 메모가 적혀 있었다. 나는 지웅아 미안, 하며 집 안으로 들어섰다.

한 24평, 아님 28평? 내가 묻자 고모는 32평이야, 대답했다. 옛날식 아파트답게 방들은 작았고 거실이 넓었다. 영동주공아파트에 살던 시절, 우리 집에도 너른 거실이 있다면 얼마나 좋을까, 말했던 엄마가 기억났다. 그러면 친구들도 매일 데려올 수 있을 텐데. 그 말에 나는 대답했었다. 나는 친구 많지 않으니까 상관없어. 나는 좁은 거실 겸 부엌의 4인용 식탁이 정말로 좋았었다.

그런 생각을 하며 지웅이네 거실을 둘러보았다. 어린아이를 키우는 집답게 온 바닥에 매트가 깔려 있었고, 거실 구석에 어린이용 텐트와 작은 볼풀장이 있었다. 무지갯빛 작은 공들로 가득한 볼풀장을 잠시 넋 놓고 바라보는데 고모가 지웅이를 업으며 말했다. 아기 엄마가 복직할 때 텐트랑 볼풀장이랑 이것저것 사들였어, 애한테 미안하다고. 아기 아빠랑 울면서 밤새 공을 닦았대. 나는 고모를 돌아보며 물었다. 이 집은 산 거래? 아님 전세야? 결혼하자마자 강남 아파트라니 대단한데? 고모는 목소리를 낮추며 전세야, 말했다. 그러더니 입을 오므리며 저기 CCTV 있어, 하고 눈치를 줬다.

오늘 지웅이 병원 가야 하는데 같이 가자. 고모는 이유식을 만들며 말했다. 나는 식탁에 앉아 지웅이를 지켜보고 있었다. 지웅이는 순한 아이였다. 이유식 레시피 책을 작은 손으로 정신없이 떠들어 보는 게 꼭 책을 읽는 것 같아 신기했다. 고모는 부엌일을 하는 틈틈이 식탁에 와서 지웅이를 얼러주었다. 나는 아이를 구경하다가도 고모가 말한 CCTV 쪽을 자꾸 쳐다봤다.

내가 와 있어도 정말 상관없는 거지? 애 엄마한테 잘 이야기한 거지?

고모는 내게 커피를 건네주며 말했다.

그럼. 아기 엄마가 숙모님 사정 이해한다고, 조카분이랑 천천히 커피도 한잔하라고 했어.

숙모. 고모는 지웅이네 가족에게 숙모였다. 들을 때마다 적응되지 않았다. 이모님 같은 흔한 호칭을 쓰지 않고 왜 숙모라 하느냐 물었더니 고모는 그게 이 아파트 문화라는데 뭐, 하고 대답했다. 고모는 지웅이를 무릎에 앉혀놓고 이유식을 먹였다. 지웅이는 한 입 먹고 한 입 뱉었고 턱받이는 금세 더러워졌다. 가만 보니 턱받이뿐만 아니라 비닐가운도 입고 있었다. 고모는 이건 일회용이야, 아무리 저지레해놔도 버리면 그만이지, 하고 웃었다.

많이 좋아졌다……. 나는 거실에서 본 볼풀장을 떠올리며 말했다. 그런 볼풀장이 집 안에 있다는 건 내가 어릴 적엔 상상도 못 해본 일이었다. 아홉 살 때 고모가 볼풀장에 데려가준 적이 있었다. 구민회관에 새로 생긴 어린이 체육센터에 만들어진 커다란 볼풀장이었다. 나는 다른 애들처럼 신나게 돌아다니지 못하고 가만히 한자리에서 공만 만지작거렸다. 고모가 멀리서 손을 흔들어주었다. 나는 고모에게 그걸 기억하느냐고 묻지 않았다.

나는 고모에게 서류를 건네주었고, 함께 외출 준비를 했다. 아기 엄마 요새 진짜 바쁘대. 거기가 우리나라에서 제일 큰 로펌이잖아. 나는 고개를 끄덕였다. 고모가 그 로펌에서 일하는 사람들의 아이를 돌보고 있다는 게 신기하게 느껴졌다. 고모는 지웅이네 집에 고용되었다는 것을 가슴 깊이 감사하게 여겼다. 경력도 없고 자식을 키워본 적도 없는데 베이비시터 교육을 1년 동안 받은 게 전부인 자신으로서는 과분한 일이라고 했다. 그들이 오랜 성당 교우의 사촌들이라는 것은 마치 채용에 전혀 영향을 미치지 않았다는 듯이.

지웅이 부모가 일하는 로펌은 국내 최고의 로펌이었다. 전화 상담료만 한 회 100만 원에 달한다는 곳이었다. 재벌 로펌이라 불리는 곳이었고 그곳을 소재로 영화와 드라마도 몇 편 만들어졌다. 지웅이의 부모는 그 로펌 사무실 직원들이었다. 지웅이 엄마의 육아 휴직 만료를 몇 달 앞두고 고용된 고모는 얼마간 파트타임으로 일하다가 그녀가 복직한 후 풀타임으로 아이를 돌보고 있었다. 부부의 연봉은 다른 곳에 비하면 꽤 높은 편인 것 같았지만 고모가 받는 월급은 부부 중 한 사람 월급의 절반에 달했다. 그 이야기를 듣고 나는 조금도 놀라지 않았다. 물론 지웅이 부모의 부모들은 부자라고 할 만한 사람들이기는 했으나, 돈이 많은 사람들만 베이비시터를 고용하는 시절은 진작에 지나갔다. 주변 지인들도 하나둘씩 아이를 낳으면서 진지하게 베이비시터에 관한 문제를 상의하곤 했다. 가끔 아이를 키우는 지인들을 만날 때 그들의 입에서 베이비시터라거나 이모님이라는 단어가 나오면 나는 가슴이 뜨끔했다. 고모가 지웅이를 돌보는 일을 시작한 후부터였다. 조선족 베이비시터를 고용했다가 CCTV를 돌려 보고 해고했다는 사람이 있었다. 아이를 앉혀두고 손가락질을 하며 기를 죽이고 있었다고 했다. 내가 언제나 말했지? 조선족은 안 된다고. 그 말을 들은 후 나는 그 사람을 다시 볼 수 없었다.

낮이건 밤이건 공기가 매섭게 찼다. 고모는 지웅이에게 패딩을 입히고 모자를 씌우고 목도리를 둘러줬다. 아기띠를 메는 고모를 도와주었다. 고모는 이제 많이 늙어 있었다. 50대 초반까지만 해도 고모가 늙었다고 생각하지 않았는데, 이제는 꼼짝없이 늙은 장년 부인이었다. 머리카락이 희끗희끗했고 볼은 움푹 패어 있었다. 고모가 가장 많이 안아보고 돌봤던 아이는 나였다. 자식을 낳아본 적도 없고 조카라고는 오빠의 딸인 내가 유일했다. 지웅이만 할 때의 나를 안고 있는 고모 사진이 생각났다. 앞머리에 핑클펌을 하고 겨자색 원피스를 입고 진주 목걸이를 한, 비록 결혼하고 유산하고 이혼하는 산전수전을 겪은 후였지만 변함없이 젊고 예쁜 20대 여자였다. 고모는 아기띠에 바람막이까지 두른 후 외출 준비를 마쳤다. 함께 복도를 걸어가다가 맞은편에서 오던 아주머니와 마주쳤다. 고모 또래로 보이는 장년 부인이었다. 두터운 잠바를 입고 아기띠를 하고 있었다. 그 품에 안긴 아이가 고개를 이리저리 돌렸다. 고모는 친근하게 말을 걸었다.

유진이는 어디 다녀와?

문득 언젠가부터, 아기를 안은 여자들이 전부 50대 이상의 나이 든 여자들로 보인다는 사실을 깨달았다. 고모가 아기 보는 일을 한 후 유독 신경 쓰이게 된 건가 했는데, 아파트 주변에서는 확실히 그랬다. 고모는 그날 단지를 벗어날 때까지 세 명의 베이비시터와 인사를 나누었다. 바람막이를 덮은 유모차를 끌고 지나가는 여자에게 고모는 반말을 했다. 리안이 숙모, 애 숨 막히겠다. 마치 아파트 베이비시터의 노동조합이 존재하는 것 같아 보이는 풍경이기도 했다. 그날 이후 종종 나는 15층 복도 난간에서 그들의 모습을 부감하는 상상을 하곤 했다. 메리고라운드처럼 빙글빙글 단지를 돌며 서로에게 안부를 묻는 숙모들. 아기띠를 하고 유모차를 끌며, 자기 아이를 키울 때는 상상도 못했던 육아 정보를 공유하는 그들이었다. 고모에게도 지웅이를 돌보게 된 후 새로운 정보가 많아졌다. 아이에게 어떤 동영상을 보여주면 좋은지 고모는 문자로 자주 이야기했다. 고모의 유튜브 구독 채널 목록에는 뽀로로나 또봇 시리즈 따위는 물론 어린이에게 좋은 판소리, 클래식, OST 등 다양한 음악과 영상이 즐비했다. 이렇게나 볼거리가 많다니. 나는 일요일 아침에 하는 디즈니 만화동산만 봤는데. 고모는 박수 치며 웃었다. 그랬지, 네 아빠는 애가 텔레비전 보는 유일한 시간에 리모컨으로 채널을 돌려버리는 짓거리를 하고. 네가 「다람쥐 구조대」

랑 「빙글뱅글」 보겠다고 꽥꽥 울던 거 생각난다. 고모는 아직도 나에 대해 기억하는 게 참 많았다. 아빠는 전부 잊어버렸을 것이었다.

고모는 거의 이틀에 한 번씩 지웅이의 동영상을 보내왔다. 요란한 전자음악을 배경으로 고개를 까딱거리며 춤을 추는 모습, 볼풀장에 앉아 공을 만지작거리는 모습(고모는 이 영상에 '이건 꼭 너 같다'라는 메시지를 붙였고 나는 조금 놀랐다), 블록을 쌓는 모습. 이렇게 어린 아이가 블록을 하나하나 쌓아 올린다는 게 신기해서 나는 몇 번이나 영상을 돌려 봤다. 어느새 나는 지웅이의 동영상을 기다리게 되었고, 뜸하다 싶으면 고모에게 재촉하기도 했다.

어느 날 고모는 뜬금없는 사진들을 보내왔다.

하나같이 내 취향은 아닌 핸드백, 구두, 머플러 따위였다. 고모는 전화를 걸어 마음에 드는 게 있느냐고 물었다. 나는 전혀, 하고 대답했다. 고모는 아쉬워하며 다시 잘 살펴보라고 했다. 어디서 났느냐고 물었더니 고모는 설명했다. 아기 엄마가 산 것들. 쇼핑몰에서 잘못 배달해줬나봐. 교환이나 환불은 안 된대. 조카분이 혹시 쓰시려는지 물어봐달래서. 나는 중고 거래 사이트에서 팔면 되지 왜 모르는 사람에게 떠넘기느냐며 짜증을 냈다. 고모는 한숨 쉬며 말했다.

그러게. 한 돈 백만 원어치 사기당해서 지금 아무것도 하고 싶지 않은가봐. 사이트도 없애고 도망갔다는데 아기 엄마가 전화해서 따졌대. 너 내가 다니는 회사가 어딘 줄 알아, 라는 말이 목구멍까지 올라왔는데 삼켰다더라.

그 말을 들을 때 나는 잠시 숨을 멈췄다.

지웅이 엄마가 다니는 회사가 어디인지, 어떤 곳인지 나는 잘 알았고 항상 그 사실을 걱정하고 있었다. 고모는 눈치 없이 떠들어댔다. 아기 엄마가 풀 죽어서 지웅이랑 놀아주기도 싫다고 하고 무척 예민해져 있어. 돈을 떠나서 너무 기분이 나쁘다잖아. 직장맘이니까 낙이라고는 인터넷 쇼핑밖에 없었는데, 내가 보기에는 한 번도 안 쓸 물건을 너무 많이 사들이기는 했거든. 애가 초인종이 여러 번 울리면 스트레스 받아서 울고 그러는데 말이야. 택배는 계속 오고. 어제는 울음을 한 시간이나 안 그쳐서 꿀밤 한 대 때려줬어, 어쩔 수 없이.

고모, 미쳤어?

나는 소리를 질렀다.

고모, 지웅이는 고모가 대충 해도 되는 조카가 아니잖아. 잘못하면 큰일 난다고. 게다가 그 애 부모 주변에는 율사들 천지야. 잘 알면서 왜 그래?

고모는 잠시 침묵하다 울먹였다.

애가 너무너무 말을 안 듣는데 그럼 어떡해? 딱 한 대도 못 때려?

나는 베이비시터 교육을 1년간 받는 동안 도대체 뭘 배웠냐고 말하고 싶은 걸 꾹 참고 어디서 그랬느냐고 물었다. 다용도실. 고모는 풀 죽은 목소리로 대답했다. 대답을 듣자마자 거기에까지 CCTV를 달아두지는 않았으리라는 생각이 들었다. 다행이라고 생각했다.

나도 속상했어. 지웅이가 너무 놀랐는지 딸꾹질을 하더라고. 안아주면서 아프냐고 물었더니 고개를 끄덕이더라. 그 말을 들으니 아파트에 찾아갔던 날, 병원에서 나와 택시를 잡으려는 내게 손을 흔들던 지웅이의 모습이 떠올랐다. 지웅이는 아기띠에 안긴 채로 조막만 한 손을 펼쳐 내게 흔들어 보였다. 그 모습은 한동안 잊어지지 않았다. 모자에 눌려 축 처진 눈으로 나를 쳐다보며 인사하던 지웅이가 생각날 때마다 태어난 지 1년이 조금 넘은 아이가 대체 어떤 계기로 작별과 배웅을 배우게 된 것인지 골똘히 헤아려보게 되었다.

고모는 나와 다툰 날 이후로 지웅이 동영상을 보내지 않았다. 거의 날마다 지웅이가 뭘 하고 놀았는지 타전하던 고모는 얼마간 좀처럼 연락을 하지 않았다. 이러다 말겠지, 하며 나도 먼저 연락하지 않고 내버려두었다. 재판이 얼마 남지 않았다는 것을 깨닫기 전까지는. 중요한 일을 앞두고도 연락하지 않는 걸 보면 어지간히 마음이 상한 것 같았다. 고모가 상처받으면 쉬이 털어내지 못한다는 걸 사실 나는 누구보다 잘 알았다. 기업부동산 일로 중, 고등학교 동창부터 그간 거쳐 온 직장 동료들까지 전부 잃어버렸을 때 고모는 좀처럼 회복하지 못했다. 보험을 파는 일과는 다른 종류의 일이라는 걸, 그건 범죄에 가까운 일이라는 걸 고모는 몰랐다. 입사하자마자 받은 과장 명함을 대학생인 나에게 건네주며, 이제 돈을 좀 벌 수 있을 것 같다고 천진난만하게 말하던 고모였다. 쓰레기 같은 땅을 속여 파는 일이라는 걸 고모가 언제쯤 깨달았는지 나는 지금도 모른다. 전남편들과의 성생활에 대해서 이야기를 나누는 '같이 늙어가는' 처지가 되었지만 그 이야기를 고모와 나눌 수는 없으므로. 기업부동산은 금기어였다. 그때와 경우는 다르지만 지웅이를 금기어로 만들고 싶지는 않았다. 나는 재판 준비를 잘하고 있느냐며 문자를 보냈다. 고모는 짧게 응, 하고 답장을 보냈다.

그렇게 다시 몇 달을 연락하지 않았다.

고모를 안 보고 사는 날도 오게 될까. 사실 성인이 된 이후에는 그런 생각을 여러 번 했었다. 지금으로서는 상상도 할 수 없는 일이지만, 언젠가는 그렇게 될 수도 있지 않을까. 생각만으로도 아찔한 상실감이 등줄기를 훑고 지나가는 것 같았다. 부모와는 당분간 연락하지 않아도 불안하지 않았다. 그들은 나를 버릴 리가 없었다. 그러나 고모는, 살면서 잃어버린 다른 수많은 사람들처럼 언젠가 말도 없이 떠나버릴 것 같았다. 내가 중학교에 입학하던 해, 고모가 영동주공아파트를 떠나던 그날부터 예감하던 것인지도 몰랐다. 한창 IMF 사태로 떠들썩하던 해였다. 초등학교 졸업식을 며칠 앞두고 나는 울음을 터뜨렸다. 좋아하는 연예인이 홍보하는 브랜드의 교복을 사달라고 1년 전부터 신신당부했는데, 지자체에서 그 지역 모든 공립학교에 신입생들은 새 교복을 구입할 수 없도록 하는 지침을 내렸다. 대신 나눔 행사를 열어 졸업생들의 헌 교복을 물려받도록 했다. 지금 생각하면 전시행정이지만 한편으로는 1990년대 말에 뜬금없이 도래한 생시몽 공동체 같기도 한 얄궂은 일이었다. 중학교 반 편성 배치고사를 본 날부터 학교 앞에서 받은 교복 브랜드 판촉물을 소중하게 모으던 나는 서럽게 울었다. 고모는 내 교복을 사주려고 열심히 돈을 모아왔다면서 속상해했다. 대신 그 통장을 내게 주겠다고 했다. 꼭 필요한 데에만 써야 해. 고모는 울다 지친 나를 데리고 나가 우동을 사주며 말했다. 나와 마주 앉아, 그릇께로 흘러내리는 머리카락을 계속 잡아주던 고모는 며칠 후 말도 없이 떠났다. 고모가 내 졸업식에 참석하지 않으리라고는 꿈에도 생각해본 적 없었다. 초등학교 졸업식 사진을 보면 나는 퉁퉁 부은 얼굴로 인상을 몹시 찌푸리고 있다. 졸업 기념 논술경시대회에서 1등을 했다는 이유로 조회대에 올라가 '미래인재어린이상'을 받게 되었는데, 전교생의 박수가 터져 나오던 순간 고모가 이 모습을 보지 못한다는 게 억울해서 눈물을 흘렸다.

고등학생이 되어 처음 핸드폰을 갖게 되었을 때 나는 고모에게 약속을 하라고 다그쳤다. 적어도 3일에 한 번, 꼭 안부 문자를 할 것. 고모는 그때까지 나에게 말도 없이 집을 나간 이유에 대해서 이야기해주지 않았다. 원망 섞인 말을 묵묵히 듣고 있을 뿐이었다. 그때 이후로 10년이 넘도록 우리는 3일을 넘기지 않고 문자를 주고받았다. 그 습관이 변호사가 말한 '뜻밖의 증거물'을 만들어준 것이었다. 고모는 5년 동안 일한 보험회사에서 퇴직금을 받지 못해 싸우는 중이었다. 회사 측에서는 모든 영업사원을 자영업자로 취급했으며 실적에 따른 수당을 지불할 뿐이었으니 퇴직금을 줄 이유가 없다고 주장했다. 고모는 비슷한 시기에 퇴사한 동료들과 모임을 꾸려 소송을 준비했다. 그러던 중에 모임의 한 사람이 잠적했고, 사 측에서 그를 회유하며 퇴직금에 달하는 돈을 건넸다는 것을 알게 된 고모는 깊은 상처를 받았다. 고모는 날마다 정해진 시각, 아침 여덟 시 반까지 회사에 출근해야 했으며 점심시간 30분 외에는 절대 자리를 비우지도 못했고 번번이 지각비까지 냈는데 어떻게 자영업자겠느냐고 했다. 출퇴근 카드를 찍는 회사도 아니었기에 노동자성을 증명받을 길이 보이지 않았다.

고모와 거의 매일 만나 이런저런 이야기를 나누던 변호사가 '조카분이랑 주고받은 문자'를 기적적으로 발견한 것이었다. 고모는 당시만 해도 3일에 한 번 문자를 하겠다는 약속을 지키기 위해 출근할 때마다 내게 문자를 보내왔다. 전부 아침 여덟 시 반 이전에 보낸 문자들이었다. 고모 지금 출근하는 중, 오늘은 지각할 뻔, 지각비 낼 위기, 몇 년 동안 꾸준히 보낸 문자들이 고스란히 남아 있었다. 노동자성을 인정받을 수 있는 중요한 증거물이었다.

사실은 그때부터였는지도 몰랐다. 고모를 잃어버릴 수도 있지 않을까, 그런 예감이 현실적으로 육박하기 시작했던 것은. 어릴 때부터 사소한 일로 많이 다퉜지만 그렇게 심하게 다퉈본 적은 없었다. 고모와 내가 자영업자, 노동자성, 이런 단어를 주고받기 시작한 무렵부터. 고모는 이런 일이 생각보다 엄청 힘든 거였구나, 하루에도 몇 번씩 포기하고 싶다, 고 내게 털어놓았다. 살면서 억울했던 적 많았지. 전부 법으로 해결하려 들었으면 지금보다 더하면 더했지 덜한 일들이 아니었는데, 싸우려고 마음먹고 보니 그렇게 무서울 수가 없다고 말했다. 회사로부터 비밀리에 회유당한 동료의 이야기를 듣게 된 때였다. 고모는 못하는 술을 들이켜며 말했다. 한 인연이 떨어져 나갈 때마다 지난 모든 인연이 다시 한꺼번에 떨어져 나가는 것 같다……. 그래도 끝까지 해보려고 해, 이번에는 참고 넘어가지 않으려고 해. 나는 그런 고모가 대견했다. 그런데 왜 이야기가 그쪽으로 흘러갔을까.

너는 그래도 많이 배웠으니까, 대학원도 나왔으니까 네 앞가림 잘하니까 결혼 안 한 대도 걱정 없어. 나는 발끈했다. 나야말로 고모랑 비교할 수도 없이 불안정해. 속 편한 소리 할 거야? 대학원을 졸업한 후로 주중에는 학원에서 파트로 논술을 가르치고, 주말에는 여덟 가구를 돌며 풀타임으로 과외 수업을 하는 중이었다. 어지간한 학원에서는 마흔이 넘은 강사를 신규 채용하지 않았고, 과외 수업이야말로 연애처럼 언젠가 돌연 중단될 수 있는 일이었다. 그런데 고모랑 비교할 수도 없이, 라는 말을 한 까닭은 돌이켜 봐도 알 수 없다. 그런 말이 왜 나왔는지. 또한 왜 이런 식으로 말이 길어졌는지.

내가 뭘 가졌는데. 나는 뭐 자영업자야? 전세 보증금 없어서 공부방도 못 차리는데. 사업자 등록도 못 하고 간판도 못 달고 전봇대 광고 수준인데 내 앞날은 걱정 없다고? 고모는 늘 그랬지. 내가 고모를 부양할 수도 있겠다고. 나는 누구 부양 못 해. 나 하나 앞가림하기도 힘든데, 고모는 나에게 모든 걸 주겠다고 해놓고 언제 뭐라도 준 적 있어?

고모는 소주잔을 집어 던졌다.

나는 네 덕 보려고 한 적 한 번도 없어. 너는 너희 아빠랑 똑같아. 이제 그만 집에서 나가라고 하던 오빠 딸답다, 아주.

그날의 대화가 해결되지 않은 채, 우리는 다시 수다를 떨고 외식을 하러 다니고 재판을 준비하고 안부 문자를 주고받아왔던 거였다.

고모는 생각보다 훨씬 이르게 다시 파트타임으로 전환되었다. 지웅이가 어린이집에 다니게 되었다고 했다. 두 돌도 안 되었는데 벌써? 나는 깜짝 놀랐다. 고모는 단체복을 입은 지웅이 사진을 보내주었다. 무심코 사진을 확대해 보다가 아이가 입은 옷에 박혀 있는 글자를 보고 다시 놀라고 말았다. 어린이집 이름은 아이 부모가 다니는 로펌의 이름과 같았다. 재벌 로펌, 기득권 율사의 대명사 같은 3음절의 단어. 앞니 두 개를 보이며 환하게 웃는 아이가 입은 옷에 찍혀 있는 걸 보자니 착잡했다. 고모는 로펌 빌딩에 있는 직원 어린이집이라고 말해주었다. 나와 연락하지 않은 몇 달 새 고모의 근무처가 바뀌어 있었다. 그새 번갯불에 콩 구워 먹듯 지웅이네는 종로에 있는 로펌 근처 아파트로 이사를 했다. 고모의 근무는 오후에 어린이집에서 지웅이를 찾아와 부모가 퇴근할 때까지 돌봐주는 쪽으로 조정되었다. 당연히 월급은 줄어들었고, 고모는 주말에만 베이비시터를 구하는 집을 알아봐야겠다고 했다.

주중에 학원, 주말에 과외도 아니고 주중과 주말에 각기 다른 아이를 돌본다는 게 나로서는 와닿지 않았지만 고모로서는 그럴 수밖에 없었을 터였다. 심란한 기분에 젖어 있다 문득 생각이 나서 물었다. 그 엄마, 그때 말했던 인터넷 사기는 어떻게 한대? 고모는 얼른 알아듣지 못하고 무슨 이야기냐고 반문하다 겨우 기억해내며 말했다. 그러고 말았지 뭐. 지웅이 엄마, 그런 로펌에 다닌다지만 자기한테 뭔 힘이 있냐고, 다 귀찮다며 물건만 어디 처박아두고 말았어. 그런 짐이 많으니까 이사할 때 힘들다는 소리나 하지.

고모와 나는 벤치에 앉아 샌드위치를 나눠 먹었다. 30분 후면 지웅이를 데리러 가야 했다. 문득 어떤 생각이 스쳤고, 나는 고모에게 물었다. 거기 로펌 어린이집이면 다양하게 섞여 있겠네. 사무장, 조사관, 변호사……. 고모는 마지막 한 조각을 입에 욱여넣으며 대답했다. 그 어린이집에 변호사 애들은 하나도 없대.

나는 로펌 빌딩까지 고모를 바래다주었다. 고모는 문 앞에서 나를 돌아보며 물었다. 오랜만에 지웅이 안 보고 갈래? 멈춰 선 고모 주변으로 장년 부인들이 바삐 모여들었다. 여기서는 그런 호칭으로 불리지 않겠지만, 몇 달 전 아파트 단지에서 본 그 숙모들이었다. ▪

수상후보작

노 크
우다영

마흔셋
윤이형

넌 쉽게 말했지만
이주란

우리들
정영수

상 우
최은영

돌 담
최진영

왼쪽의 오른쪽, 오른쪽의 왼쪽
한유주

우다영

노크

1990년 서울 출생.
2014년 『세계의문학』 등단.
소설집 『밤의 징조와 연인들』.

노크

하얗고 반듯한 신호 대기선 앞에 차를 세우고 전화를 받았다. 폭우 속에서 차창으로 달려드는 빗소리 때문에 희미하게 울리던 그 여자의 전화를 어쩌면 받지 못할 수도 있었다.

"누구세요?"

전화 수신감이 좋지 않아서 에어컨을 멈추고 라디오 소리를 작게 줄이며 '누구시라고요?' 하고 재차 물었다. 아주 먼 곳으로부터 송신된 것 같은 음성으로 여자는 내가 오래전에 사귀었던 사람의 이름을 댔다.

"지난주에 교통사고로요."

아 지난주에요. 나는 고개를 끄덕이며 창밖을 내다봤다. 나이 든 가로수와 새로 생긴 가게의 알록달록한 간판들이 세찬 비를 맞고 있었다. 거리 쪽으로 커다랗게 창이 난 카페 안에서 그런 전경을 무심히 바라보는 연인이 있었다. 연인의 시선 끝에 내가 있었지만 그들은 초점 없는 눈으로 나를 풍경의 일부처럼 바라봤다.

여자는 간결한 단어들로 자신이 그 사람의 연인임을 밝혔다. 그리고 슬쩍 일러주는 투로 말했다.

"당신을 만나러 가고 있어요."

"네?"

내가 무어라 대답하기 전에 날카로운 잡음이 일며 전화는 먹통이 되었다. 기괴한 기계음이 잠시간 차 안을 울렸다. 잡음이 사라졌을 때 여전히 여자는 태연한 어조로 말하고 있었다.

"알아도 어쩔 수 없는 일이니까요. 오늘 저녁에 봐요."

차 안의 공기는 금세 습해졌다. 나는 다시 에어컨을 켜고 오늘 내 일정은 빨라도 일곱 시 이후에 끝나며 집으로 돌아가 처리해야 할 일들이 있음을 설명하고 특별한 이유가 아니라면 전화나 메일로 일을 보았으면 한다는 의사도 전달했다. 내가 차분히 말을 마친 후에도 여자는 아무런 대꾸가 없었다. 잠시 후 여자가 말했다.

"당신에게 전해줄 게 있어요."

어쩌면 여자가 터무니없이 어릴지도 모른다는 생각이 들었다. 나는 신호가 바뀌는 것을 확인하고 8차선 사거리를 향해 차를 출발시키며 여자를 타일렀다.

"그래도 오늘은 곤란해요. 날씨도 이런데……."

왼쪽에서 환한 빛이 빠르게 다가왔다. 반사적으로 브레이크를 밟자 반동으로 타이어가 물 위에서 옆으로 회전하며 차체가 빙글빙글 돌았다. 미끄러지던 차가 완전히 멈춰 섰을 때 시야는 아주 엉뚱한 방향으로 바뀌어 있었다. 여전히 거센 빗줄기가 자동차의 단단한 철강과 유리 위로 떨어졌지만 빗소리는 아득히 사라졌다.

하얗고 눈부신 빛이었다.

불과 한 치 앞에 커다란 네 개의 전조등을 형형한 동공처럼 빛내는 덤프트럭이 서 있었다. 시멘트를 실은 거대한 타원 모양의 통이 비스듬하게 회전하는 덤프트럭이었다. 달달 떨리는 엔진의 진동으로 오래전에 말라붙은 진흙이 빗물과 함께 조금씩 땅 위로 떨어지고 있었다.

여자의 목소리가 들렸다.

"일곱 시까지 갈게요."

사방에서 사나운 경적 소리가 울렸다. 여자는 어떤 소음도 듣지 못한 사람처럼 말했다.

"지금 그 도시로 가고 있어요."

덤프트럭이 서서히 움직이는 것을 바라보며 나도 핸들을 잡고 차선을 바로잡았다. 이대로 가도 될까 생각하는 사이 트럭은 금세 사라지고 마비됐던 도로는 말끔해졌다. 참았던 숨을 길게 내쉬며 휴대폰을 확인했을 때 전화는 이미 끊어져 있었다. 낮은 볼륨의 라디오에서 먼 나라의 지진 소식이 흘러나왔다.

외국계 잡지사에서 에디터로 일한 지 3년 남짓 되었다. 공항에 비치되는 3개 국어 월간지에는 일절 국어가 사용되지 않았다. 주로 명품과 화장품, 트렌드에 맞는 옷과 컬러를 다루지만 패션지라고 할 수도 없었다. 때에 따라서 예쁘고 아기자기한 음식과 그런 음식들을 파는 식당을 소개하기도 하고, 규모가 크진 않지만 내실이 훌륭한 독립 영화제를 취재하거나, 흥미로운 내력의 인물을 인터뷰하기도 했다. 한마디로 일정한 테마가 없는 것이 그 잡지의 테마였다.

잡지사에 들어가기 전에는 오랫동안 아무런 일도 하지 않으며 지냈다. 배가 고플 때 일어나 커피를 한 잔 마시고 아무 책이나 들고 가까운 카페로 가서 샌드위치를 먹으며 읽고 싶은 만큼 책을 읽었다. 집 안에 부드러운 햇볕이 깔리는 시간이면 소파에 누워 낮잠을 자기도 했다. 밤에는 오래 자지 못하고 깨는 불면이 있었다. 해가 지면 빽빽하게 잡아놓은 약속대로 여러 사람을 차례로 만나거나 내키지 않으면 모두 취소하고 혼자 강가로 산책을 갔다.

정기적으로 하는 일이라면 스윙바에 다니는 것이었다. 적게는 일주일에 두 번, 많게는 다섯 번씩 스윙바에 나가 온몸이 땀으로 젖을 때까지 춤을 췄다. 어느 날 스윙 선생은 스윙 댄스에서 사용하는 근육이 성교에 쓰이는 근육과 같다고 실없는 소리를 했다. 그때 내 파트너는 무표정하게 그 얘기를 듣다가 내 날갯죽지를 토닥이며 오해할까봐 하는 말인데 지금까지는 건성이었어 하고 속삭였다. 근육이 아직 덜 풀렸던 것 같아. 얼마 후에 그는 침대에서도 내게 같은 말을 했다. 그건 순전히 나를 웃기기 위해 했던 말로, 나는 그와의 시간이 즐거웠다. 그는 깨끗한 피부와 유연하고 단단한 몸을 가지고 있었다.

이제 와 생각해보아도 그런 그의 몸 어디가 아팠던 건지 짐작할 수가 없다. 그는 가끔 함께 있다가도 어디론가 사라졌다가 나타나거나 며칠씩 연락이 되지 않다가 불쑥 돌아오곤 했다. 그때마다 아팠다고 둘러댔는데 어디가 아픈 건지 물어도 대답해주지 않았다.

구멍 같은 거야. 나한테 작은 구멍이 있는데 여기엔 내가 빠질 수도 있고 내 곁의 다른 사람이 빠질 수도 있어. 구멍에 빠지는 일은 정말 무서운 일이지만 운이 좋다면 빠지지 않을 수도 있지. 그러니까 구멍 같은 건 모르고 지내는 게 좋아.

그가 병이 아니라 교통사고로 죽었다니 이상한 기분이 들었다. 아주 오래전 일도 아닌데 그 사람과 보냈던 시간들은 몇 가지 기억 말고는 어쩐지 잘 떠오르지 않았다. 그와는 서너 달 정도 만나다가 자연스럽게 헤어졌다. 크게 다투고 헤어진 것이 아니어서 마주치면 웃으며 안부를 묻기도 했던 것 같다. 스윙바에 나가는 일은 점차 소원해지다가 결국 나가지 않게 되었다.

호텔 정문에 차를 멈추고 내리자 재색 제복을 입은 직원이 커다란 우산을 받쳐주었다. 그에게 차 키를 건네주며 매끄러운 돌바닥 위에 괴이한 모양으로 고인 물웅덩이와 그 위로 떨어지는 두터운 빗방울들을 살펴보았다. 물속에 잠긴 것처럼 비 냄새도 나지 않았다. 서두르지 않으면 다 젖으실 겁니다. 우산을 받쳐주던 중년의 남자가 부드럽게 일러주었다. 벌써 구두 앞코에 빗물이 튀고 복숭아뼈 언저리 스타킹에 까만 물 얼룩이 져 있었다. 나는 조금도 젖지 않은 남자의 제복을 바라보며 고개를 끄덕였다.

로비 한쪽에 자리한 카페에 도착했을 때 선배는 벌써 인터뷰를 시작하고 있었다. 이번 인터뷰는 선배의 개인 업무로 사실 내가 동행할 필요는 없는 일이었다. 하지만 따라오면 근사한 저녁을 먹게 될 거라는 선배의 장담에 그러겠다고 대답해버렸다. 이런 비가 쏟아질 줄 알았다면 거절했을 거였다.

선배의 인터뷰이는 단정하다는 느낌이 드는 남자였다. 깨끗하게 정리된 머리나 손톱, 적당한 길이로 떨어지는 바지선 같은 것들이 그런 인상을 주었다. 다리를 꼬고 앉아 있었지만 허리가 반듯하고 전체적인 자세가 편안해 보였다. 그는 몇 년 전부터 여러 나라를 오가며 활발하게 활동하고 있는 구두 조각가였다. 말 그대로 펌프스 힐이나 스틸레토 플랫 같은 구두 모양 조각만을 고집해서 '슈즈 파파'라는 별명을 가지고 있다고 일전에 선배가 말해주었다.

나를 본 선배는 눈짓으로 인사하고 그대로 인터뷰를 진행했다. 남자는 선배의 행동을 보고도 나를 전혀 의식하지 못한 것처럼 한 번도 시선을 돌리지 않았다. 나는 그들에게서 조금 멀찍이 떨어져 가방에 들어 있던 카메라를 꺼내 이따금 사진을 찍었다. 남자가 입꼬리를 들어 올리고 웃거나 턱 언저리를 쓰다듬으며 곰곰이 생각에 빠졌을 때 그를 앵글에 담고 셔터를 눌렀다. 남자의 등 뒤로 인공 폭포와 길게 굽이치며 로비를 가로지르는 물길이 보였는데 작고 둥근 돌들 위로 흐르는 물은 맑고 시원해 보였다.

인터뷰는 길게 이어졌다. 나는 적당한 거리에 자리를 잡고 뜨거운 커피를 한 잔 주문했다. 카페 안은 쾌적하고 냉방이 잘 되어 있어서 후텁지근한 바깥의 날씨를 잊게 했다.

여자에게 다시 전화가 걸려 온 것은 주문한 커피가 나온 직후였다.

"문제가 생겼어요."

전화기 너머로 딱히 짐작할 수 없는 시끄러운 소음이 들렸다. 여전히 여자와의 수신감은 아주 멀어서 나는 말소리를 놓치지 않기 위해 집중해야 했다. 여자의 요점은 사정이 생겨서 좀 더 늦은 시간에 도착할 것 같다는 것이었다.

"사고가 났나요?"

"아뇨. 사고가 아니라 좀 이상한 일이에요."

여자는 설명하기 귀찮다는 투로 말했다.

"타고 있는 버스가 움직일 수 없게 됐어요."

"곤란한 상황이면 다음에 다시 약속을 잡아도 돼요."

"그건 안 돼요."

여자는 단호했다.

"당신에게도 좋지 않을 거예요."

나는 알겠어요, 하고 대답하며 묘한 기분에 사로잡혔다. 직감적으로 무언가가 어긋나고 있다는 것을 느꼈다.

여자는 버스에서 내려 갓길을 따라 휴게소까지 걷겠다고 했다. 그곳에서 다른 버스나 택시를 알아보겠다고. 나는 깜짝 놀라 물었다.

"이 빗속을 걷는다고요?"

"여긴 비가 오지 않아요."

여자는 작게 한숨을 쉰 것 같았다.

"아주 무더워요."

"비가 오지 않아요?"

여자는 듣고 있지 않았다. 옆에 있는 다른 누군가에게 뭔가를 묻고 있었다. 나는 먼 곳의 희미한 얘기 소리를 들으며 고개를 창가로 돌리고 폭포처럼 쏟아지는 뿌연 비를 바라보았다. 잠시 후 여자가 결론짓듯 말했다.

"그곳에 도착하면 열 시가 넘을 것 같아요. 주소를 알려주면 집으로 갈게요."

나는 그러고 싶지 않았다. 여자에게 집을 알려주는 일은 정말이지 하기 싫었다. 하지만 여자는 문자로 남겨주세요, 라고 말하며 멋대로 전화를 끊어버렸다. 나는 끊어진 전화를 들고 탁자 위에 놓인 식어가는 커피를 바라봤다. 못된 장난에 걸려든 기분이었다.

어느새 인터뷰를 마친 선배와 남자가 나란히 걸어왔다. 가까이서 보니 선배가 평소보다 세심하게 화장을 한 것을 알 수 있었다. 선배는 자연스럽게 남자의 허리에 손을 올리고 우리 파파를 소개할게 하고 말했다. 남자는 처음으로 나를 똑바로 바라보고 고개 숙여 인사했다. 그는 자신의 본명을 말하고 희미하게 웃으며 덧붙였다.

"파파라고 부르셔도 좋아요."

"방으로 올라가면 파파가 맛있는 저녁을 사줄 거야."

선배가 기분 좋은 목소리로 말했다. 나는 그러자고 대답하며 휴대폰을 가방 안에 넣고 다정한 그들의 뒤를 따라 또각또각 구두 소리를 내며 걸었다.

파파의 복층 스위트룸은 높은 천장부터 바닥까지 닿는 큼직한 통유리 너머로 검고 축축하게 젖어가는 지상이 내려다보였다. 검푸른 커튼이 드리워진 창가에는 작고 반질반질한 티크 테이블과 벨벳 방석이 깔린 두 개의 등받이 의자가 놓여 있었다. 응접실 한쪽에 가지런히 놓인 폭이 좁은 간이 옷장과 서랍장, 붉그스름한 콘솔, 납작한 원목 앰프, 목재로 마감된 웨인스코팅 벽에 촘촘히 걸린 자개 장식 액자들이 부드러운 조도의 무드등 아래서 반짝였다. 그런 아늑한 방 안에서 바라보는 바깥 풍경은 물 위에 번지는 한 폭의 수채화처럼 고요하고 희미했다.

커다란 코발트색 가죽 소파 주위에는 열댓 개의 구두 조각상들이 상점의 쇼윈도와 흡사한 구도로 전시되어 있었다. 조각상이 놓인 무광택의 얇은 철제 진열대는 모두 높낮이가 달랐다. 그 위에 신상품처럼 반듯하게 서 있는 하이힐도 있고, 막 벗어놓은 것처럼 아무렇게나 끈이 풀린 옥스퍼드화도 있고, 누군가 오래 구겨 신은 것 같은 레오파드

무늬의 플랫도 있었다.

"그 플랫은 조금 클 거예요."

파파가 곁으로 다가와 진열대 상판에 음각으로 새겨진 메모를 손가락으로 가리켰다. 작품명은 슈즈 파파의 열세 번째 플랫, 소재는 범고래 등뼈, 그리고 사이즈는 7 반이었다.

"아마도 사이즈 6이 조금 안 되겠네요."

내 발을 내려다보며 파파가 말했다.

"보면 알 수 있나요?"

"내가 아는 한 틀린 적이 없어."

선배가 소파 깊숙이 몸을 묻으며 말했다. 파파는 말없이 웃으며 돌아섰다. 그는 금세 와인과 과일을 내오고 느린 음악을 틀고 인터폰으로 음식을 주문했다. 내가 선배에게 다가가 무슨 사이인지 묻자 선배는 빙글빙글 웃으며 대답하지 않았다. 나는 고개를 저으며 같이 웃었다. 선배는 세련된 스타일에 단순명료한 성격을 가진 여자였다. 어떤 면에선 무심하고 냉정한 성정이 있었지만 나와는 죽이 잘 맞았다.

주문한 음식이 도착할 때까지 빠른 속도로 검붉은 와인 두 병을 비웠다. 주로 선배와 파파가 대화를 주도하며 대부분의 와인을 마셨다. 나는 그들의 대화에서 파파의 나이가 마흔이 조금 넘고 정확히는 나보다 열세 살이 많다는 것을 알았는데 나이보다 훨씬 어려 보인다는 것에 놀랐다. 선배와도 꽤 나이 차이가 났지만 선배는 파파에게 스스럼없이 반말을 했다. 파파는 나에게 자신을 편하게 대해줄 것을 부탁했다. 처음 만난 나이 많은 남자와 친구처럼 대화하는 것은 기묘한 느낌이었는데 어쩐지 그것이 어렵거나 거북하지 않았다.

"신경 쓰이는 일이 있어 보여."

나를 보며 파파가 불쑥 말했다.

"그래 보여?"

"응. 아주 근심스러운 얼굴이야. 나는 암석이나 동물의 뼈를 보면 그 안에 놓인 조각의 형상이 보여. 지금 네 얼굴에는 까맣고 단단한 것이 있어."

파파는 검지 끝으로 내 얼굴을 가리키며 어지러운 무늬를 그렸다.

"말해봐. 무슨 일인지."

나는 와인을 한 모금 마셨다.

"그래, 말해봐. 이야기하고 나면 마음이 편해질 수도 있어."

선배가 내 잔에 와인을 좀 더 따라주며 말했다.

"이건 좀 기분 나쁜 이야기인데, 분위기를 망치지 않을까?"

파파가 부드럽게 웃었다. 나는 느닷없이 걸려 온 여자의 전화에 대해, 오래전에 겨우 서너 달을 사귀었던 사람에 대해 간략하게 이야기했다. 의도하지 않았지만 그것은 객관적이고 기계적인 형태로 정리되어 전달됐다. 내 이야기를 차분히 듣고 선배가 물었다.

"죽은 사람이 남긴 물건을 전해주려는 걸까?"

"잘 모르겠어요."

"미처 돌려받지 못한 물건이 있어?"

나는 고개를 저었다.

"만나도 괜찮을 것 같아?"

파파가 물었다.

"이상하게 들릴지 모르겠지만,"

나는 단어를 신중하게 골랐다.

"그 여자가 나를 해칠 것 같아서 좀 무서워."

파파는 골똘한 표정으로 팔짱을 끼고 까맣게 어두워진 창밖을 내다 봤다. 그건 어떤 의미도 없는 행동이었지만 나와 선배도 무언가를 찾 듯 창으로 시선을 돌렸다. 두터운 유리창 때문에 거의 들리지 않던 빗 소리가 투두둑 투두둑 나방들이 몸을 부딪치는 소리처럼 둔탁하게 울 렸다. 방 안에는 아다지오의 나른한 피아노 콘체르토가 흘러나오고 있 었다.

"열 시까지 얼마 남지 않았는데 주소를 알려줄 거야?"

파파가 진지한 표정으로 내 얼굴을 들여다보았다.

"별수 없이 그래야겠지."

나는 왜 그것이 별수 없는 일인지도 모르면서 그렇게 말했다.

"이건 어때."

파파가 내 쪽으로 몸을 기울였다.

"이 방을 알려주고 여기서 우리랑 같이 그 여자를 기다리는 거야."

"그건 너무 실례잖아."

나는 손사래 쳤다.

"잘 들어봐."

파파는 가볍게 내 무릎을 잡았다.

"이 방은 언젠가 내가 떠나고 나면 다른 사람이 사용하게 될 거야. 그 사람이 떠나면 또 다른 사람이 들어오고 그렇게 사람이 끊임없이 들어오다가 가끔은 텅 비게 될 거야. 내 말 이해하겠어?"

내가 뭐라고 대답하기도 전에 선배가 손뼉을 치며 동의했다.

"그러니까 이 방은 껍데기 같은 거구나!"

"내 말대로 해. 정말 아무에게도 위험하지 않은 일이야. 알겠지?"

나는 조금 망설이다가 그러겠다고 말하고 여자에게 호텔 주소와 방호수를 적어 보냈다. 파파와 선배는 창가의 탁자로 자리를 옮겨서 담배를 피웠다. 나란히 앉은 그들은 작은 입 모양으로 속삭이며 하얗고 둥근 연기를 뱉어냈다. 그런 모습은 처음 보는 장면이었지만 아주 오래된 기억처럼 느껴졌다.

파파가 전화를 받으러 비즈니스 룸으로 들어간 사이 선배는 자신의 스커트 안으로 손을 집어넣고 얇은 나일론 스타킹을 벗어 구석으로 던져버렸다. 나는 좀 당황했지만 선배가 손가락으로 내 다리에 점점이 묻은 물 얼룩을 가리키자 고개를 끄덕이며 나 역시 스타킹을 벗었다. 맨다리에 닿는 가죽 소파의 감촉은 시원하고 부드러웠다. 선배가 넌지시 파파가 통화하고 있는 사람은 그의 전처라고 일러주었다. 그들은 조언이 필요할 때나 온기가 필요할 때 서로에게 다정하게 대해주곤 한다는 것이었다. 나는 그렇군요 하고, 대답하며 선배의 얼굴을 살폈지만 어떤 기색도 찾아낼 수 없었다.

통화를 마친 파파가 새 와인을 들고 와 비어 있던 세 개의 잔에 채웠다. 이미 우리는 꽤 많은 양의 와인을 마신 상태였다. 음식들은 차갑게 식어 있었다. 선배는 이런 걸 먹을 수 없다며 자리에서 일어나 인터폰으로 몇 가지 음식을 주문했다. 그 사이 파파와 나는 별말 없이 창밖의 비를 내다보며 와인을 한 모금씩 마셨다. 술을 삼킬 때마다 파파의 목울대가 위아래로 움직였다. 문득 파파가 물었다.

"로비에 있던 수로 봤어?"

나는 고개를 끄덕였다.

"그건 이 호텔 제일 꼭대기 층에서부터 모든 층을 돌아 내려온 물이야. 시내나 연못, 폭포처럼 여러 가지 형태로 바뀌면서 흐르도록 조성된 아주 공을 들인 조형물인데, 어떤 층은 진짜 호수처럼 한 층의 거의 모든 면적에 물이 고여 있어."

"멋지네."

"근데 그게 그렇지 않아. 물은 아주 무겁거든."

파파는 손가락으로 높은 천장을 가리키며 딱딱하게 말했다.

"그건 아주 위험해질 수 있다는 말이야."

선배는 주문을 마친 후에도 벽 근처를 오가며 누군가와 통화하고 있었다. 나는 무거운 물에 대해 생각해보았다. 머리 위에서 흐르고 있을, 이렇게 큰 건물을 휘감을 만한 양의 무거운 물을 떠올려보았다.

"확실히 그건 좀 불안하네."

"그렇지?"

"응. 지진이라도 나면 큰일이겠어."

"지진이 날까?"

파파가 웃었다.

"이곳이라고 오지 않는다는 법은 없지."

"어디에 지진이 났어?"

나는 차분하게 라디오에서 들었던 소식을 전해주었다.

"먼 나라에서 지진이 났대. 큰 산이 무너지고 건물과 도로가 종이처럼 휘어서 부서졌대."

파파는 나를 물끄러미 바라보았다.

"그런 특보를 왜 나는 듣지 못했을까? 내가 아침에 들은 것은 덤프트럭과 충돌해서 누군가 죽었다는 사고 소식뿐이었는데."

순간 차갑고 무서운 기분이 들었지만 금방 고개를 끄덕이며 말했다.

"그럴 수 있지. 지금 어느 곳에는 한 방울의 비도 내리지 않는 것처럼 말이야."

파파도 고개를 끄덕였다. 그는 전화를 마치고 다가오는 선배에게 지진 소식을 들었느냐고 물었다. 하지만 선배는 대답하지 않고 창백한 얼굴로 말했다.

"미안해. 가봐야겠어."

선배는 허둥대지 않으려 노력하며 가방과 카디건을 챙겼다. 나는 그렇게 얼이 빠진 선배의 얼굴을 처음 보았다. 무슨 일이냐고 물어도 선배는 입을 열지 않았다. 파파와 내가 걱정스러운 목소리로 여러 번 묻고서야 조그맣게 대답했다.

"병원으로 가야 해."

그건 혼잣말이나 중얼거림 같았다. 선배는 방문을 열고 떠나버렸다. 파파와 나는 한동안 말없이 자리에 앉아 있었다. 나는 어느 병원 하얀 침대 위에 누워 있을, 크게 다쳤거나 혹은 이미 죽었을지도 모르는 선배의 소중한 사람에 대해 생각했다. 그건 슬프거나 무섭다기보다 아주 오래전부터 알고 있어서 조금 지겨워진 이야기 같았다.

음식은 얼마 지나지 않아 도착했다. 게가 들어간 뜨거운 스튜와 바질을 곁들인 고등어 요리가 왔다. 와인에 졸인 윤기 나는 닭고기와 수란 샐러드, 꿀과 크리스피 시리얼에 덮인 튀긴 해산물도 있었다. 뒤이어 작고 동그란 두부 크로켓과 얇은 훈제 햄 꼬치, 그릴에 구운 감자와 시나몬 향이 좋은 사과파이, 편으로 썬 딸기와 생크림, 하얗고 바삭한 비스킷, 질 좋은 위스키 초콜릿과 과일이 든 부드러운 치즈까지 응접실 탁자 위에 차려졌다. 그건 선배가 있었더라도 다 먹을 수 없는 많은 양이어서 파파와 나는 어리둥절한 얼굴이 되었다. 어째서 이런 음식들이 주문되었는지 알 길이 없었다. 어느새 시간은 열 시에 가까워졌다. 여자에게서는 아무런 연락이 없었다.

나는 손으로 비스킷을 조금 집어 먹고 사과파이를 베어 물다가 본격적으로 포크를 들었다. 신선한 치즈를 맛보고 꼬치에서 뭉근하게 익은 채소를 하나씩 빼서 먹었다. 입으로 음식을 가져가며 눈으로 다른 음식을 쫓았다. 미처 깨닫지 못했던 식욕이 일었다. 파파도 서두르는 동작으로 닭고기 살을 발라 먹었다. 축축한 분홍색 뼈를 추려 접시 한 구석에 아무렇게나 쌓아두었다. 나는 게를 껍질째 잘근잘근 씹어 달짝지근한 육즙을 빨아 먹고 남은 것을 닭 뼈 위에 뱉어 놓았다. 먹는 속도는 점점 탄력이 붙었다. 파파도 나도 끔찍한 허기에 휩싸여 음식을 자르고 쪼개 입안에 넣었다. 그것이 충분히 부드럽고 유동적인 형태가 될 때까지 따뜻한 침과 함께 굴리고 씹어서 목으로 넘겼다. 그러면서 우리는 와인을 두 병 더 비웠는데 이제는 정말 취하는 기분이 들었다.

"궁금한 게 있어."

소파에 거의 드러누운 파파가 말했다.

"네가 했던 가장 나쁜 짓이 뭐야?"

"나쁜 짓?"

"응."

"그런 건 생각해보지 않았는데."

"그런 걸 생각해보는 건 중요한 일이야. 그러니 잘 생각해보고 말해 줘."

파파의 표정은 진지했다. 나는 눈꺼풀이 자꾸 감겨서 깊게 생각하지 못하고 되는대로 말했다.

"실은……."

나는 정말 그랬는지 기억을 더듬었다.

"그 사람을 사귈 때 세 명의 남자를 동시에 만나고 있었어."

"지난주에 죽었다는 그 사람 말이야?"

파파는 어이없다는 듯이 웃었다. 나는 누군가의 죽음을 말하며 웃고 있는 파파의 입을 이상한 기분으로 쳐다보며 고개를 끄덕였다.

"맞아. 하지만 그 남자들을 모두 정말 좋아했고, 그들도 나를 만날 때 행복해 했으니까 역시 이건 나쁜 짓이 아닌 것 같네."

나는 파파와 비슷한 포즈로 소파에 누웠다.

"파파는 어떤 짓을 해봤어?"

파파는 잠시 주저했다.

"내가 이런 말을 하면 나를 싫어하게 되지 않을까? 그건 싫은데."

"그렇지 않을 거야."

"약속해줄 수 있어?"

"그럼."

파파는 고개를 기울이고 나를 가만히 바라보았다. 그리고 천천히 입을 열었다.

"열다섯 살이던 해의 일이야. 나는 아버지와 단둘이 살고 있었는데 생활이 아주 비참했어. 학교에 가지도 않고 제초를 하며 돈을 벌어야 했지. 주로 무덤 위에 난 구불구불하고 질긴 풀들을 베어내는 일을 했는데 그때마다 나는 수그린 내 얼굴을 마주 보고 반듯하게 누워 있을 죽은 사람들을 생각했어. 그런 생각은 점차 또렷한 투시의 형태로 바뀌었는데 아마도 내가 원석에서 조각의 모양을 보는 것과 비슷한 일이었던 것 같아. 시간이 흘러 또다시 잡초가 무성해진 무덤에 가면 이

전과 달리 그 사람들이 나를 알아봐. 위협하거나 고약하게 굴지는 않지만 가만히 쳐다보고 보듬어보지. 또래 아이들과 전혀 다른 세계에 살고 있었던 건데 그때는 미처 그런 생각도 해볼 겨를이 없었어. 상상이 돼?"

나는 고개를 끄덕였다.

"운이 좋으면 잔디 깎기 일이 들어왔어. 잔디를 깎는 일은 정원에 잔디가 있는 좋은 집들이 있는 동네로 가야 하는 일이었어. 차비와 이동 시간을 생각해도 충분한 보수를 받았지. 주로 교외의 전원주택가로 잔디를 깎으러 갔어. 이용객이라곤 나밖에 없던 시외버스 터미널에 내려서 능선을 타고 꽤 먼 거리를 걸으면 나오는 조용한 부촌이었어. 어느 날은 내가 잔디를 깎으러 간 집 정원에 작은 축구 골대가 있는 거야. 서너 살배기 아들이 있었는데 그 애의 아버지는 내가 잔디를 깎는 동안 어린 아들과 작은 공을 차며 놀았어. 빨간색과 초록색이 어지럽게 뒤섞인 가벼운 고무공을 발목 안쪽 복사뼈나 발끝으로 살살 차면서 아이가 충분히 따라올 수 있도록, 때론 작은 발로 공을 차볼 수 있도록 해주었어. 그 애의 어머니는 예쁘게 머리를 쓸어 넘기며 파라솔이 있는 티 테이블에 앉아 그 모습을 지켜보았지. 그건 괴상하게 불균형한 광경이었어. 그때 나는 너무 어려서 그것의 이름을 몰랐어."

파파는 기억을 더듬듯 눈을 내리깔았다.

"내가 그 애의 어머니에게 보수를 받아 정원으로 나왔을 때 그 애의 아버지가 나를 스쳐 집 안으로 들어갔어. 그는 전화기를 보여주며 아내에게 무언가를 말하고 있었는데 정원에는 그들의 어린 아들이 혼자 공을 차며 놀고 있었지. 나는 그 아이가 의외의 방향으로 튀어 오르는 손바닥만 한 작은 고무공을 따라 정원 밖으로 나가는 것을 지켜보았어. 그때 다시 한 번 부부를 돌아보았는데 그들은 조금 무표정한 얼굴로 대화를 나누고 있었어. 어느새 아이는 꽤 멀리까지, 공이 구르는 야트막한 내리막을 따라 총총총 달려가고 있었어. 그건 내가 돌아가야하는 버스 터미널과도 같은 방향이어서 아이의 뒤를 따라 걸었어. 나는 그때 저 작고 보드라운 아이가 이토록 씩씩하게 공을 쫓는다는 사실에 놀라고 있었어. 이따금 뒤를 돌아봤지만 허겁지겁 길을 따라 달려오는 아이의 부모는 보이지 않았지."

파파는 입을 다물고 더 이상 말하지 않았다. 나를 쳐다보려고도 하지 않았다. 나는 그를 재촉하지 않고 기다렸다. 한참 후에 파파가 말했다.

"버스 터미널로 가는 길 중간에 아이는 나랑 다른 방향으로 갔어. 끝없이 펼쳐진 내리막을 따라 내려가고 있었지. 나는 그곳에 왔을 때와 마찬가지로 완만한 능선을 넘어 터미널로 돌아와서 딱딱한 플라스틱 의자에 앉아 울었어. 길을 잃은 어린애처럼 서럽게 울었지. 그날 집으로 돌아가는 버스 대신에 아무 버스나 잡아타고 그곳을 떠났어. 집으로 돌아가면 나는 결국 차갑고 딱딱하게 죽으리라는 막연한 확신이 있었지. 그 후로 집에 돌아가거나 아버지를 만난 적은 한 번도 없어. 나는 그때 내가 이전과는 다르게 살아야 한다는 것을 깨달은 거야."

불현듯 파파가 내 눈을 들여다보며 말했다.

"아이는 무사히 유복한 가정으로 돌아갔을 수도 있고 아니면 타고난 인생의 운들을 크게 잃고 비참하게 살고 있을 수도 있어. 이제 나로서는 영영 확인할 수 없는 일이야. 그런데 어쩐지 아이가 잃은 어떤 것들과 동일한 양의 축복이 나에게 옮겨졌다는 생각이 들어. 그건 전혀논리적인 사고가 아니지만, 원칙적으로 그런 식의 영향과 교환은 있을 수 없지만, 그럼에도 불구하고 말이야."

파파가 희미하게 웃었다. 어떤 의미의 웃음일까. 짐작하기 어려웠다.

"열 시야. 그 여자는 아직 연락이 없어?"

나는 고개를 주억거렸다. 파파가 손을 뻗어 내 팔을 잡았다.

"왜 걱정스러운 얼굴이야? 만나고 싶지 않던 사람이 오지 않은 건데."

"잘 모르겠어."

"아까 그 여자가 너를 해칠 것 같다고 한 말, 자세히 설명해줄 수 있어?"

입술을 깨물고 내가 했던 말에 대해 생각해보았다.

"그냥, 그 여자가 나에게 그 남자의 죽음에 대해 뭔가 탓하고 있는 기분이 들어."

"남자와 그럴 만한 일이 있었어?"

"전혀. 아니, 모르겠어."

나는 조금 횡설수설했다.

"문제는 내가 정말 아무것도 모르겠다는 거야."

파파의 손은 나를 다독이듯 팔에서 어깨로 그러다 등과 목으로 부드럽게 이동했다. 오래 사용해서 닳은 가죽처럼 거칠고 딱딱한 손이었다.

"아마도 여자가 전해주려는 것은 네가 모르는 어떤 것일 거야. 그건 기억 속에서 사라진 네가 했던 가장 나쁜 짓일 수도 있지."

나는 손끝으로 파파의 손등을 매만지며 생각도 해보지 않고 고개를 끄덕였다.

"그렇지만 여전히 그 여자가 무섭다면 이렇게 생각해봐. 너는 그 여자를 피해 잘 모르는 낯선 남자와 이렇게 단둘이 남겨진 거야. 어떤 게 더 무서운 것 같아?"

나는 잠시 소리 내서 웃었는데 이내 더는 웃음이 나오지 않았다.

"좀 씻고 싶은데 괜찮을까?"

파파가 내 눈치를 살피며 물었다.

"네가 불편하다면 씻지 않을게."

"이곳은 파파의 방이니까 허락 같은 건 필요 없지 않아?"

파파가 욕실로 들어가고 닫힌 욕실 문 너머에서 물소리가 나자, 그제야 공을 쫓아가는 어린아이의 뒷모습을 지켜보며 걷는 것이 아주 무서운 일이라는 생각이 들었다.

파파를 기다리며 구두 조각들을 구경했다. 취기가 돌아 몽롱해진 기분으로 와인 잔을 들고 커다란 디귿 자 소파를 따라 비틀비틀 걸었다. 등허리를 굽히거나, 낮게 무릎을 꺾고 앉아 정교하게 다듬어진 돌과 죽은 동물의 뼈를 살펴보았다. 각기 다른 종류와 상태로 남겨진 신을 수 없는 구두들은 진짜보다 더 자연스러운 주름과 부드러운 가죽의 질감을 가지고 있었다. 물결처럼 휘어진 토오픈 힐과 반으로 접힌 토슈즈, 지퍼 열린 부티와 목 꺾인 레인 부츠, 버클과 리본과 큐빅과 테슬이 달린 로퍼들, 끈 떨어진 슬링백, 한 짝만 남은 뮬 슬리퍼. 그것들을 계속 들여다보고 있자 어린 시절 좋아했던 책들이 떠올랐다. 운명의 사랑 앞으로 돌아온 유리 구두와 춤을 추며 세상의 끝으로 간 빨간 구두, 몸이 땅 위로 두둥실 떠오르지 않도록 열다섯 살이 될 때까지 신어야 했던 납이 달린 구두와 두 번 구르면 땅을 가르는 대지 여신의 구두에 매혹됐던 시절이 있었다. 또 요정과 구두를 바꾸고 영영 그림자의 나라로 가버린 소녀와, 백 번째 구두를 마저 짓지 못해 집에 돌아오지 못하고 노파가 돼버린 소녀의 이야기도 떠올랐다. 그녀들 중 누구도 구두를 신기 전에 자신의 운명을 점치지 못했다. 운명은 구두를 신는 순간 발아래서 시작되어 다시는 이전에 서 있던 곳으로 돌아가지 않았다.

어느새 구두 조각들에 빙 둘러싸였다. 구두 앞코가 모두 나를 향하고 있었다. 어쩐지 구두를 신고 꼿꼿하게 서 있는 가느다란 종아리가 눈앞에 아른거렸다. 같은 방향으로 놓인 구두들은 모두 불행하게 죽은 여자의 흔적처럼 음산한 기운을 내뿜었다. 유령이 된 그녀들이 나를 내려다보며 힐난하는 것 같아서 고개를 들 수 없었다. 차가운 공포가 밀려왔다. 오한이 일어서 양팔을 감싸 안았다. 돌연한 생각이지만 이대로 내가 죽을 것 같은, 반드시 죽을 것 같은 기분이 들었다. 누구라도 와주길 간절히 바라는 마음으로 여자에게 전화를 걸어봤지만 전원이 꺼져 있었다. 음악은 언제부턴가 멈춰 있었고 파파의 방은 오랫동안 아무도 머물지 않은 것처럼 고요 속에 잠겨 있었다. 나는 와인을 병째 들고 침대로 기어 들어가 몸을 떨었다. 조금씩 와인을 홀짝이며 잘 모르는 낯선 남자가 돌아오길 기다렸다.

파파는 내가 잠이 든 후에야 돌아와서 침대에 걸터앉은 채 나를 흔들어 깨웠다. 나는 파파의 목에 팔을 두르며 잠꼬대처럼 속삭였다.

"생각해봤는데 그 여자 덤프트럭을 만난 것 같아."

"왜 그렇게 생각해?"

파파가 팔을 뻗어 내 등과 허리를 어루만지며 물었다.

"그렇게 크고 무서운 건 피해볼 도리가 없어."

파파는 그렇겠네 하고 말하며 내게 몸을 밀착했다. 물처럼 출렁이는 침대 위에서 내 이마와 파파의 이마가 맞붙고, 파파의 가슴과 내 가슴이 맞닿았다. 파파의 성기는 바지 아래서 단단하게 부풀어 나에게로 파고들었다. 내가 숨을 들이쉬고 내쉴 때마다 따뜻한 그것이 배 아래에 조금씩 닿았다가 떨어졌다.

"그런 건 어디에서 오는 걸까. 오래된 흙먼지로 뒤덮인 거대하고 무거운 것들 말이야."

"어디로 가는지는 짐작할 수 있지."

파파의 목소리는 단조로웠다.

"그런 건 동물처럼 습성을 가지고 있으니까."

"그런 선택은 누가 하는 거지. 왜 오늘 나는 살고 누군가는 죽었을까."

나는 지그시 눈을 감으며 스스로도 이해할 수 없는 말들을 했다.

"그건 선배의 사람이 아니라 파파의 사람에게 갈 수도 있었어."

"그래. 이상한 일이지."

파파가 나를 타이르듯 말했다.

"하지만 살짝 꼬인 채 연결된 세계에서는 수평이나 수직상에서 절대로 만날 수 없는 먼 곳의 사람과도 만나게 돼. 가령 고대에 날아올랐던 새가 오늘 아침 땅 위에 짧은 그림자를 드리우는 일이나, 지구 반대편 설원의 슬픈 노랫소리를 불현듯 오래된 기억 속에서 듣게 되는 일말이야."

여전히 빗방울은 단단한 유리창을 향해 사나운 기세로 달려들고 있었다. 나는 저 많은 물은 모두 어디로 갈까, 문득 생각했다. 물은 정말 무거울 텐데, 걱정하다가 역시 구멍은 숨겨두는구나, 납득하며 고개를 끄덕였다. 이제 빗방울은 낙하하는 모습이나 피부에 닿는 습도가 아니라 무언가와 충돌하는 소리로만 남아 있었다. 머리 위로 무거운 물이 흐르고 언제 땅이 뒤틀릴지 모르는 호텔 방에서 나는 그런 소리들을 듣고 있었다.

파파가 내 이름을 불렀다.

"미안. 잠깐 졸았나봐."

나는 반쯤 뜬 눈으로 기묘하게 음영이 진 파파의 얼굴을 들여다보았다. 그런 얼굴의 윤곽은 처음 본다고 생각했다.

"그래? 그럼 아무것도 듣지 못했겠구나."

파파는 웃으며 큰 손으로 내 머리를 쓰다듬었다. 손의 움직임은 딱딱한 대리석이나 범고래의 뼈를 살펴보는 것처럼 세심하고 부드러웠다. 파파가 속삭였다.

"너에게 정말 중요한 충고였는데." ▪

윤이형

마흔셋

1976년 서울 출생. 연세대 영문과 졸업.
2005년 〈중앙신인문학상〉 등단.
소설집 『셋을 위한 왈츠』 『큰 늑대 파랑』 『개인적 기억』 『러브 레플리카』 등.
〈문지문학상〉 수상.

마흔셋

거울을 들여다보다 로커로 돌아가 티셔츠를 꺼내왔다. 몸매를 가려주는 검은색 점프수트 수영복 위에 헐렁한 티셔츠를 덧입고 나서야 탈의실 밖으로 나갈 마음이 생겼다. 잘 보여야 할 누군가가 있는 것은 아니었지만 걱정을 끼칠 만큼 추레해 보이고 싶지도 않았다. 오늘은 재윤에게 중요한 날이었다.

엄마가 살아 계셨을 때보다 정확히 16킬로가 늘었다. 힘들면 살이 쪽쪽 빠지는 체질인 사람들은 얼마나 좋을까. 나는 반댄데. 마흔이 넘어가면서부터 늘상 먹던 다이어트 식단이 더 이상 듣지 않았다. 나는 군살이 붙어 둥그렇고 둔하게 변해가는 내 몸을 미워하지 않는 법을 자의 반 타의 반으로 배웠다. 평생 보통인 몸으로 살다가 막상 겪어보니 낯설기는 했어도 그렇게 막 징그러울 정도로 내가 싫지는 않았다. 하지만 건강이 나빠지는 것은 생각해보아야 할 문제였다. 계단을 내려가다 발목을 접질려 인대가 끊어졌을 때도, 승모근 근처 어깨가 눈물이 나올 만큼 욱신거려 찾아갔을 때도 정형외과 의사는 불어난 체중이 원인이라고 했다. 다행히 반깁스는 일주일 만에 풀었고 어깨와 목 부위는 물리치료 두 번 만에 통증이 사라졌다. ㅈㅈㅈㅈㅈㅈ, ㅈㅈㅈ ㅈㅈㅈ, 체외충격파가 발사될 때마다 상반신이 연발 기관총에 맞아 죽음의 춤을 추는 몸처럼 흔들렸다. 운동을, 좀 해야겠다, 물리치료실 침대에 누워 나는 생각했다. 엄마의 치료가 끝나면.

하지만 정작 모든 것이 끝나고, 장례식이 끝나고, 엄마의 집과 물건들 정리까지 끝난 어느 날부턴가, 한낮이 되어도 누운 자리에서 일어날 수가 없었다. 잡혀 있던 강의들을 연달아 펑크 내고, 한 달을 멍한 공백으로 흘려보내고 나자 여름이었다. 겨우 몸을 일으켜 며칠 동안 여행 사이트에서 호텔팩 검색을 하다가 재윤을 부를 생각을 했다.

—휴가 같이 보내지 않을래. 고아가 된 기념으로.

—누나, 난 괜찮아.

—너 수영장 안 갈래.

빨리 수영장에 가보고 싶다고, 수술한 뒤로 재윤은 여러 번 말했었다. 무섭지만 조금이라도 덜 무서워하고 싶어서 남자 탈의실에도 들어가보고 싶다고 했었다.

—……글쎄. 때 되면 가겠지.

—나랑 가자.

—어?

—여름이잖아. 내가 얼마나 우아하게 헤엄치는지 보여주겠어.

—뭐야…….

수화기 저편에서 재윤이 어이없다는 듯 웃었다. 매번 한 톤씩 낮아지다가 이제 최저점을 찾은 듯 안정된 재윤의 목소리를 들으니 마음이 조금 놓였다. 하지만 여전히, 그 애의 노트북 바탕화면에 떠 있던 '자살금지'라는 커다란 문구가 떠올랐다. 재윤에게 그 문구는 그냥 적어놓은 것이 아니었다. 나는 재윤이 죽어버릴까봐 두려웠다. 재윤마저 떠나버릴까봐 두려웠다.

어렸을 때는 노인처럼 공중목욕탕을 좋아해서 여름이건 겨울이건 한 달에 한 번씩은 꼭 같이 목욕탕에 가자고 졸라대던 아이였다. 중학생이 되자 동생은 중성적인 스타일의 옷만 입기 시작했고 동시에 극도로 폐쇄적인 아이로 변했다. 알고 지내던 모든 일반 친구들과의 관계를 끊은 건 대학생 때, 새로운 사람들을 만나는 일을 그만두고 회사와 집만 오가게 된 건 서른 살 무렵부터였다. 각자 독립을 하고 남남에 가깝게 지내다 보니 내가 아는 건 그 정도뿐이었다.

언제부턴가 재윤은 공중화장실도 가지 않으려 했다. 삭발에 가깝게 짧게 깎은 머리를 하고 여자 화장실에 들어가면 여자들이 무서워할 것 같고, 남자 화장실에 들어가면 남자들이 다가와 시비를 걸거나 해코지를 할 것 같다고 했다. 어느 쪽도 갈 수가 없다고 했다. 자기는 어느 쪽도 아닌 것 같다고.

—사람들이 내 몸만 쳐다보는 것 같아. 내 가슴만. 엉덩이도. 언니, 내 다리는 왜 이렇게 가늘까. 어깨가 더 넓었으면 좋겠어. 내가 탄탄하고 똑바르고 힘세 보였으면 좋겠어.

그전에는 자신이 여자가 아니라는 생각은 또렷해도 몸 자체에 대한 이물감은 그렇게 극심하지 않은데, 어찌어찌 참을 수 있을 정도였는데, 갑자기 심해져서 이제는 견디기 힘들 정도라고 했던 게 언제였는지, 확실히 기억나지 않았다. 나는 남자로 살아야겠어, 재윤이 분명히 내게 말한 건 3년 전이었다. 재윤은 이미 트랜스젠더퀴어 커뮤니티에서 ftm female-t-male 전환 시술에 대한 모든 정보를 모으고 호르몬 주사를 시작할 준비까지 마쳐놓은 상태였다. 가슴의 지방을 절제할 거라고 했다. 얼마나 오랜 시간이 걸리든 철저히 준비해서 가족관계증명서상 성별 정정까지 마치고 싶다고 했다. 사춘기 때부터 동생이 다른 아이들과는 조금 많이 다르다는 걸 알고 있었지만, 막상 그 말을 들으니 눈물이 났다. 살을 칼로 저며낸 듯 내 가슴이 얼얼하고 아렸다.

　─미안해, 늦게 말해서…… 하지만 나도 확신이 생길 때까지 기다려야 했거든.

　나는 어떤 긍정적인 말도 하지 못했다. 커뮤니티에 들어가 글들을 읽을수록 걱정이 되고 무섭고 불안해서, 지금 생각하면 하지 말았어야 할 무지한 말들을 쏟아부으며 재윤을 몰아세웠다.

　─꼭 몸을 바꿔야 되니? 비수술로 사는 사람들도 많이 있잖아. 조금만 더 생각해보면 안 돼? 나중에 생각이 다시 바뀌면, 그럼 어떡해? 무섭지 않아? 나는…… 너를 잃어버리는 느낌이야. 엄마한테는 비밀로 하면 안 돼? 나만 알고 있으면 안 돼?

　─언니, 나는…… 잃어버리고 말고 할 것도 없어. 나는, 이 세상에 내가 없는 느낌이야. 진짜 내 몸이 없고, 몸 없이…… 시커먼 석유 같은 데 푹 절여진 무겁고 이상한 껍데기를 쓰고 하루 종일 돌아다니는 것 같고, 그게 매일이고, 그렇게 산 지 30년이 넘었어. 37년이야.

　─……

　─언니, 나는 내가 있었으면 좋겠어.

　그게 재윤이 나를 '언니'라고 부른 마지막 날이었다. 내게 말하고 사흘 뒤, 재윤은 엄마에게도 말했다. 엄마도, 나도, 끝까지 축하한다는 말을 하지 못했다. 엄마의 이야기를 들으면 나는 그 감정에 덮어쓰기되어 도저히 재윤에게 입이 떨어지지 않았고, 재윤의 말을 들으면 한없이 엄마가 밉고 재윤에게 미안했다. 아버지가 살아 계셨으면 아마 그 양반도 듣기 좋은 말은 하셨을 리가 없을 테니, 동생은 가족 중 누구에게도 축하받지 못했다.

그 축하를 지금 할 생각이었다.

본격 휴가 시즌이 시작되려면 일주일쯤 남아 있었고 평일이어선지 수영장 안은 생각만큼 붐비지 않았다. 하지만 두렵다면 두렵기 충분할 만큼의 사람들이 거기 있었다. 재윤은 호텔 화장실에서 수영복으로 갈아입고, 그 위에 반바지와 티셔츠를 걸친 채 수영장으로 와서 탈의실로 들어갔다. 나는 비치 의자에 앉아 남자 탈의실 문 쪽을 보고 있었다. 얼마나 시간이 지났을까, 탈의실 문이 열리고 비치 타월을 두른 재윤이 천천히 걸어 나왔다.

내 눈 속에서 햇빛이 부서졌다. 눈이 부셨다. 재윤이 웃고 있어서였다. 내가 있는 곳까지 걸어온 재윤은 비치 의자 위에 타월을 풀어 내려놓았다. 상처가 다 아물어 깨끗해진 납작한 가슴과 그렇게 넓지는 않아도 쫙 펴진 어깨, 운동으로 조금씩 근육이 붙기 시작한 팔, 제법 보기 좋게 탄탄해져가는 몸을 한 잘생긴 내 동생이 거기 있었다. 나는 자리에서 일어나 박수를 쳤다. 쭈뼛거리는 그 애의 얼굴에 대고 몇 번이고 사진을 찍었다. 통통한 내 얼굴이 최대한 작게 나오도록 조준해서 함께 셀카도 찍었다. 언제부터 누나였는지, 언제부터 누나여야 옳았는지 확실히 알지는 못했지만, 그래서 줄곧 미안했지만, 나는 이제 재윤의 누나였다.

*

　처음 기차라는 걸 타본 건, 어쩌다 보니 해외에서였다. 대학교 2학년 때 아버지가 (1년 후 회사가 부도날 것을 전혀 알지 못한 채) 웬일로 통 크게 선물해준 비행기 티켓을 들고(사양하지도, 가족 중 다른 누구에게 양보하지도 않은 것은 물론이다) 나는 배낭을 꾸려 혼자서 유럽으로 날아갔다. 유레일 패스라는 승차권을 끊으면 유럽을 횡단하는 거의 모든 기차를 어디서나 몇 번이든 타고 내릴 수 있었고, 어디로든 갈 수 있었다. 한국 전체가 버블로 터질 것처럼 부풀어 오르던 짤막하고 미친 호황의 시기였다. 기차에서 샌드위치로 점심을 먹고 기차 화장실에서 티셔츠를 빨아 말려 입고 어차피 없을 빈방을 찾아 낯선 도시의 숙소들을 헤매 다니는 대신 밤 기차를 타고 잠을 잔 뒤 아침이면 또 다른 낯선 도시에 떨어졌다. 어떤 기차는 의자가 커다란 초승달 모양이었다. 가는 곳마다 내 눈에만 보이는 분홍빛 비눗방울들이 터지는 것 같았고, 도시마다 새로운 향기가 흘러 다녔다.

　어디에도 머무르거나 닻을 내리지 않고 살고 싶다고 생각한 건 아마 그 짧고 미친, 경제적으로는 아니더라도 문화적으로는 톡톡히 혜택받은 20대 초반의 한 조각이 너무도 달콤해서였던 것 같다. 나는 내가 평생 어느 곳에도 고이지 않기를 바랐다. 한국에 돌아와서는 새롭고 귀엽고 예쁜 것들을 찾아내는 눈과 감각을 지닌 친구들과 함께 새로 생긴 카페에서 카페로, 팬케이크에서 팬케이크로, 음악에서 음악으로, 책에서 책으로 기민하게 흘러 다녔다. 대학교 4학년이 되어 검고 암울한 외환위기의 구름이 머리 위 하늘을 빼곡히 뒤덮었을 때에도, 나는 다음번(이 언제가 될지는 모르겠지만) 여행은 어디로 갈지를 생각하고 있었다. 부도와 실직으로 인한 아버지의 경제적·정신적 몰락을 보고도 그다지 크게 절망은 하지 않은 채 도피를 꿈꾸고 있는 내가 조금 걱정된다는 생각이 잠시 스쳤지만, 그것조차 오래가지 않았다. 아버지는 얼마 뒤 다행히 새 회사에서 일하게 되었고, 나는 대학을 졸업했다. 열나게 이력서들을 써서 부친 끝에 별 볼 일 없는 회사에 취직했고, 약간은 더 재미있는 회사를 찾아갔고, 그 뒤에는 조금 더 재미있는 회사를 찾아갔다. 그 일을 반복하다가 마음이 맞는 동료들을 만나 연구모임을 만들었고, 뒤늦게 대학원에 들어갔다. 새로운 분야를 공부하고, 새로운 사람들을 만나고, 또 다른 분야를 공부했다. 공부를 계속해볼까도 잠시 생각했지만 돈 버는 게 더 재미있어 다시 회사로 돌아갔고, 그러자 다시 공부 생각이 났다. 대체로 그런 식이어서 한 우물을 파진 못했다. 지루하거나 권태롭게 지나간 날들은 별로 없었다. 몇 명인가와 연애를 해보았지만 나 자신을 양보하고 싶을 만큼 좋다는 마음은 들지 않았다. 누군가를 유혹하고 싶다는 충동으로 온몸의 피가 끓어오른 적도 몇 번 있긴 했다. 하지만 불과 이틀이나 사흘 정도만 지나면 어김없이 전에는 보이지 않던 단점들이 눈에 들어오면서 그 사람에게 쏠 시간과 돈을 차라리 내게 쓰는 것이 현명하겠다는 생각이 선명한 경고음을 울리곤 했다. 나는 언제나 내가 우선이었다. 뒷바라지도 2등 시민 노릇도 희생도 조력도 하기 싫었다.

시간강사가 되어 대학에 자리를 얻은 뒤로는 일주일에 두세 번씩 낯선 도시로 기차를 타고 달려갔다 돌아왔다. 혼곤한 눈으로 차창 밖을 바라보고 있을 때면 기차에 탄 게 아니라 내가 기차가 된 것 같았다. 승객들은 내 몸을 채웠다가 빠져나가는 내용물이었고, 나는 반투명한 젤라틴으로 만들어져 레일 위를 미끄러져 달려가는 묘하고 이상한 기차였다.

서른세 살이 되자 그때까지 버티고 있던 주위의 친구들이 약속이라도 한 듯 생물학적 위기감(서른여섯 살이면 이미 노산이라는)을 거론하면서 일제히 결혼을 선언했다. 그렇게 갑자기 집단적으로 결혼해버릴 줄은 몰랐기 때문에 조금 놀라긴 했지만, 많은 사람들의 삶에서 그 나이 대에 발현되는 신비한 욕망이 내 안에는 애초부터 결여되어 있음을 알았으므로 서운하거나 불안하지는 않았다. 같이 놀 사람들이 사라져 심심해졌지만 또 새로운 사람들을 만나고 친구를 사귀었다. 옛 친구들이 결혼 생활과 육아에 시달리다가 어렵게 시간을 내 나를 만나러 올 때면 연민과 우월감이 뒤섞인 시큼한 감정이 들곤 했으나 내색하지는 않았다. 명절이면 그 애들은 내게 시댁에 데리고 갈 수 없는 개들과 고양이들의 펫시팅을 부탁했다.

나는 내 이름으로 된 두 권의 책을 갖게 되었다. 가끔은 케이블이나 라디오 방송에도 나갔다. 성공하고 싶다는 마음은 별로 없었다. 다만 결코 지루한 사람만은 되고 싶지 않다는 생각이 들어, 일본의 절이나 유럽의 대성당에 가게 될 때면 잊지 않고 그렇게 빌곤 했다.

엄마의 번호로 국제전화가 걸려왔을 때 나는 후쿠오카행 신칸센 열차에 올라 막 자리에 앉은 참이었다. 방학이었고, 언제나처럼 혼자였고, 2박 3일의 둘째 날이었다. 번호를 본 순간 든 생각은 재윤에게 무슨 일이 생긴 게 아닐까 하는 것이었는데, 전화기에서는 낯선 목소리가 흘러나왔다.

—재경이니? 나 엄마 친구 숙자 아줌마야. 엄마가 조직검사를 하셨는데, 결과가 나와서 알려줘야 할 것 같아서 전화했거든.

숙자 아주머니가 엄마의 전화기를 빼앗아서 전화를 건 모양이었다.

나는 곁에서 울먹이는, 화를 내며 말리는 엄마의 목소리가 들려오기를 말없이 기다렸다. 내가 영원히 잊지 못할 그 목소리가 들려오기를.

*

이상하게 들리겠지만, 나는 언제부턴가 엄마가 암에 걸렸다는 소식을 전해 듣게 되리라는 예감을 지니고 살아왔다. 이유는 몰랐다. 엄마가 죽게 된다면 사고는 아닐 것 같았고, 아마도 암, 일 거라고 생각했다. 그것은 복숭아씨처럼 단단하고 굳은, 죄책감의 주름이 깊게 새겨진 예감이었다. 아버지가 돌아가신 후 나는 정기적으로 엄마에게 생활비를 부쳐드렸지만 경제활동을 하지 않는 엄마에게는 아마도 턱없이 부족한 액수였을 것이다. 나와 재윤 가운데 누구에게든 말을 꺼내 함께 살고 싶다는 마음을 드러내고 싶었을 텐데도, 엄마는 전혀 내색하지 않고 경기도 외곽의 낡은 아파트에서 혼자 지냈다.

엄마는 영민하고 선량한 사람이었지만 자식들의 삶을 위해 지나치게 헌신했고, 아버지와 결혼 생활을 하는 동안 단호함과 생기와 자존감 대부분을 잃어버렸다. 딸들에게 좋은 남자를 만나 결혼하라는 닦달을 해댈 만큼 지루한 사람은 아니었으나, 거기서 크게 벗어난 창의적인 무언가를 우리에게 기대하지도 않았던 것 같다. 아무것도 미래를 위해 접어두거나 쌓아올리지 않고 돈은 버는 족족 여행 비용으로, 눈앞의 시간은 책과 영화를 보는 데 고스란히 써버리는 큰딸과, 태어날 때부터 남자의 정신을 갖고 있어서 가슴을 도려내고 자궁을 들어내겠다는 장기 계획을 세우고 그에 맞춰 치밀하게 직장을 구하고, 누구의 도움도 받지 않고 돈을 모으는 작은딸이라는 조합은, 아마도 엄마의 예상에는 들어 있지 않았을 것이다.

엄마를 방치하고 있다는 죄책감을 매일 밤 베개 밑에 깔고 잠을 자면서도, 나는 가능한 한 엄마에게서 멀리 떨어져 있으려고 했다. 어떻게 그럴 수 있었니, 숙자 아주머니는 그렇게 묻지는 않았지만 몹시 슬픈 눈으로 나를 보았다.

—굉장히 오래돼서…… 아마 참을 수 있는 만큼은 다 참고, 더 이상은 참을 수 없게 된 모양이야. 그러니까 나더러 병원에 같이 가달라고 했겠지.

병실에서 엄마가 잠든 틈을 타 나는 엄마의 전화기를 열어보았다. 거기에는 엄마가 숙자 아주머니와 주고받은 몇 달치 카톡 기록이 저장돼 있었는데, 그에 의하면 엄마는 지난 몇 년간 동생과 나 몰래 다섯 차례 입원을 했다가 퇴원했고(위궤양, 대상포진, 방광염, 장염, 방광염), 마지막에는 방광염으로 보기에는 지나치게 강한 통증이 지속되어 내원해 검사를 받은 결과, 그것은 실은 방광이 아니고 자궁에서 시작된 통증이었으며, 종양이 주변 장기에 이미 너무 많이 전이되어…… 뭐 그런, ㅈㅈㅈㅈㅈㅈ, ㅈㅈㅈㅈㅈㅈ, ㅈㅈㅈㅈㅈㅈㅈㅈㅈㅈ…… 탕탕탕탕탕탕……의 연속이었다. 병원비도 그동안 숙자 아주머니에게 신세를 져온 모양이었다. 눈물 나도록 흔해 빠졌지만 사실은 세상에 딱 하나뿐인 이야기, 오직 나, 무심하고 또 무심했던 장녀만이 독자로 설정된 서사였다. 거기에는 이 모든 사태에 대한 아주머니의 논평과 질문(입원을 하셨다면 그래도 재경이는 와서 엄마를 돌봐주고 있겠지요? 큰딸이잖아요), 그에 대한 엄마의 변명(일하느라 바쁜 애 부르기 그래서. 나 혼자 할 수 있어), 거기에 놀라 이어지는 힐난에 가까운 질문(재윤이는요. 둘 중 하나는 와야 하지 않겠어요. 엄만데요)과

방어(아휴, 걔는 자기 문제로 고민이 많아. 됐거든), 분노(아니, 지금까지 얼마나 숨긴 거예요? 또 어디가 안 좋으신 거예요? 정말 말씀 안 하실 거예요?)와 손사래(아니, 아니라니까. 참 나, 귀찮아라), 그리고 폭발(언니! 거기 가만있어요, 나 지금 가니까) 또한 곁들여져 있었다.

─재윤이한테는 얘기하지 마라. 하더라도 좀 나중에 해. 걔 안 그래도 힘들어.

다음 날 아침 게슴츠레 눈을 뜬 엄마는 그렇게 말했다. 엄마와 재윤은 이미 당분간 서로를 안 보고 살기로 결정을 내려 연락하지 않는 상태였다. 재윤의 뜻이었다. 같은 상담사에게 상담을 받으며 서로의 뜻을 조율해보려고 노력했지만 엄마는 끝내 재윤의 커밍아웃을 마음으로는 받아들이지 못했고, 그것을 견디지 못한 재윤이 아예 보지 말고 살자는 결단을 내린 것이었다. 자신은 앞으로 점점 몸이 달라질 텐데, 이해하지 못한 채 엄마가 그 과정을 보면 볼수록 서로가 더 힘들어질 뿐이라는 것이었다. 다른 선택지가 없었던 엄마는 그때부터 하루에 한 번이나 두 번씩 전화를 걸어 작은딸에게 하고픈 이야기를 내게 대신 쏟아붓기 시작했다.

물론 울기도 했고 말이다.

혼자서 한참 헤엄치던 재윤이 풀 옆에 붙은 작고 동그란 욕조 모양의 온수풀로 건너왔다. 나는 보글보글 거품이 끓어오르는 물속에 허벅지와 무릎을 번갈아 주무르며 앉아 있었다. 몹시 더운 날이었는데도 30분쯤 수영하자 금세 따뜻함이 그리워졌다.

─누나, 엄마 말야. 나 때문이었던 거지, 역시? 스트레스 받아서.

─하지 마라…… 그렇지 않다고 한 번만 더 말하면 열 번이다.

―하지만 자궁이었잖아.

재윤은 그렇게 말하고 웃어 보였는데, 내 동생이어선지는 모르겠지만 왕가위 영화 남자 주인공의 그것처럼 짙고도 슬픈, 참으로 여러 사람 가슴을 아리게 할 웃음이었다. 한숨이 절로 나왔다.

―어떻게 내가 떼어버리겠다고 마음먹은 바로 거기에서 시작이 됐냐고. 나 때문에 그런 거 아니냐고. 내가 말을 해서.

―그런가.

―어?

―너, 부두 인형이었냐. 네가 네 몸에 명령하면 그대로 주위 사람이 그렇게 되냐? 그럼 나는, 여기를 조심하면 되냐?

내가 두 손바닥을 가슴에 올려놓자 재윤이 소리 내 웃다가 사레에 들려 한참 콜록거렸다.

―여자가 나이 마흔 넘으면 겪게 되는 최악의 일이 뭔지 알아?

―뭔데.

―2년에 한 번씩 국가에서 실시하는 생애전환기 건강검진이라는 게 있는데, 그중에 유방암 찾아내려고 하는 유방촬영술이라는 게 있거든. 근데 무슨, 완전히 무지막지하게, 납작한 아크릴판 밑에 가슴을 끼우고, 그걸 꽉 눌러서, 쥐어짠다? 진짜 끔찍해. 가슴을 눌러서 호떡을 만드는 거야. 비명이 막 저절로 나오는데…….

―그거, 나도 나오겠네? 조만간. 나도 이제 마흔이니까.

―아, 그렇구나.

―누나, 그거 나도 받아봤어. 수술하기 전에. 내가 뭐뭐 했다고 말 안 해서 몰랐나?

―아, 참 그랬구나. 응, 몰랐어.

나는 아차 했다. 너는 안 받아도 되겠다, 부럽다…… 나는 여자니까 계속 받아야 되는데. 그렇게 딴에는 웃기려고 꺼낸 말인데, 자꾸만 실수를 한다. 자꾸만 잊어버린다. 재윤이 정확히 어떤 곳에 있는지를. 너는 저쪽이니까, 너를 응원한다고 애써 선의로 건넨 것이, 앞질러버린다. 잘못 짚어서, 오히려 건드려버리고 만다. 재윤은 이제 달라졌으니까 어떤 건 겪지 않아도 될 거라고 나는 자꾸 생각해버렸지만, 그렇지 않았다. 재윤은 '달라지는 중'이었고, 거기에는 이쪽과 저쪽이 복잡하게 섞여 있었다. 나는 어떤 것들이 재윤에게 괜찮고 어떤 것들이 괜찮지 않은지 여전히 어이없을 정도로 잘 몰랐다.

　―가슴 관련 체크는 나도 계속 받아야 돼. 난 어차피 지금 다니는 병원에서 다 받으니까, 거긴 따로 갈 필요 없을 것 같은데. 그거, 강제는 아니지?

　―아, 아닐 거야. 그냥 국가에서 공짜로 해주는 거니까. ……미안, 기분 상했니?

　―어? 아니? 야…… 뭐 그런 거 가지고 기분이 상해. 누나 요즘 왜 그래. 갱년긴가 진짜.

　재윤이 내 등짝을 손바닥으로 짝! 때리며 웃었다. 나는 겨우 숨을 길게 내쉬었다.

　―나 갱년기 맞아.

　―소심대마왕이 돼부렀네. 그 자신감 뿜뿜하던 이재경은 어디 갔냐.

　―……

　―그거 상당히 아프지……. 근데 왜 그렇게 할까. 그냥 초음파 같은 걸로 들여다보면 안 되나, 나도 그 생각 했어.

　그러게, 초음파로도 보는데, 그렇게 초초초원시적인 방법으로도 찍어야만 되는 이유가 있나……. 나는 중얼거리다가, 문득 내뱉어버렸다.

—너 몰랐지? 너 가슴 수술한 날, 엄마 왔다가 가셨었다, 잠깐. 너 자고 있을 때.

—어?

—알고 있었어?

—아니. 그걸 왜 이제 말해.

—……엄마가 말하지 말라고 해서. 엄마는 또, 네가 알면 힘들다고.

—……

—……

—하지만 안 올 거라 그랬는데. 보기 싫다고. 그런 건 죽어도 안 보겠다고 그랬는데.

—너 같으면 안 오겠냐? 자식이 피 철철 흘리면서 아마존 전사같이 가슴을 잘라내는데.

—엄마, 울었어?

—당연히 울지. 네가 엄마 입장이었어도 울었을걸.

—퓨…… 짜증난다.

—너도 엄마 항암치료 받을 때 왔었잖아.

—두 번밖에 안 갔어, 난.

—그 정도면 됐어. 별로 볼 거 없었어. 근데 잠깐만, 너 되게 커진 것 같다 아담스 애플, 이제. 나한테만 그렇게 보이는 건가? 코털도 길어져서 코에서 삐져나오고 막.

—아 진짜…… 털은 호르몬 맞으면 원래 그래.

나는 재윤의 다리에 제법 북슬북슬 나기 시작한 굵고 까만 털들을 신기하게 바라보았다. 몰랐는데 가까이서 보니 가슴과 배에도 털이 나 있었다.

—뭘 그렇게 빤히 봐. 민망하네.

재윤이 웃으면서 눈에 고인 물기를 닦아냈다. 털 한 오라기, 턱수염 한 올, 콧수염 하나하나가 자라나 살을 뚫고 나올 때마다 그 애가 거울을 들여다보며 얼마나 좋아했을지 눈에 보여서 조금 마음이 놓였다. 그렇게 웃으려고, 그 애는 그토록 오랜 시간 동안 혼자서 싸워왔고 지금도 싸우고 있는 것이었다.

마지막에 희미하게 한 번 웃고는 고운 얼굴로 간 엄마도 마찬가지였고.

오직 자신에게만 들리는 아우성을 속에 품은 채, 진짜와는 다른 모습으로 자신을 보고 듣고 짐작하고 취급하는 세상 속을 계속 걸어가야 하는 괴리감과.

말하고 싶은데 입을 다물어야 하는 수두룩한 순간들과.

그런 고립 상태와.

엄마와 재윤은, 내내 싸워왔던 것이다.

나는 어떤 것과도 그런 식으로 싸워본 적이 없었다.

*

20대에는 철없는 젊은이들이 종종 그러하듯, 나 역시 식물을 키우는 사람들을 보면 저 사람은 이제 끝났군, 노년이로군, 생각하곤 했다. 저렇게 말 없고 정적인 것을 곁에 두면 좋은가. 재미있나. 무슨 일이 있어도 꽃만은 좋아하게 되지 말자! 다짐하기도 했다. 차라리 아침 드라마를 보자!

하지만 작년에는 두 번이나 식물을 키우려고 시도했었다.

외로웠던 것이다.

숨 쉬는 짐승을 데려다 키울 용기는 없었다. 동물은 병들고, 죽고, 죽으면 태워서 장사 지내줘야 하고, 가슴속이 욱신거리고, 애달픔이 남는다.

풀이나 꽃은 비교적 쉬워 보였다. 눈도 입도 얼굴도 없었으니까. 그런데 실패했다. 한 번은 아무것도 모르고 너무 추운 늦가을에 상추 씨를 심는 바람에 얼어버려서 싹이 안 났고, 다른 한 번은 온도는 맞았는데…… 물에 적신 화장솜에 씨를 얹어 싹은 틔웠지만 화분에 옮겨 심는 과정에서 싹들이 죄다 힘없이 나동그라지더니 제풀에 꺾여 죽어버렸다. 영양가가 많다는 분변토며, 새로 산 꽃삽이며, 목초액이며…… 죄다 아까웠다. 딱 한 번만 더 해볼까, 생각하다가 이상하게 기분이 상해서 그만둬버렸다.

뭘 키울 주제는 안 되는 모양이었다. 그냥 늘 하던 대로 나 자신이나 키우자고 마음먹었다.

그런데, 그게 기대만큼 잘 되지 않았다.

아마존에서 주문까지 한 생리컵이라는 물건에 무리 없이 적응할 수 있을 줄 알았다. 낙태죄 폐지 시위에 나가고, 세미나에 참여하면 20대 여성들 틈에 끼어 젊어지고 발랄해지고 예리해질 수 있을 줄 알았다. 그렇지 않았다. 세상의 속도가 너무 빨랐다. 바람처럼, 풀잎처럼 가벼워야 할 때 코끼리처럼 육중해져서 걸을 때마다 바닥에 퉁, 퉁 하는 둔한 소리가 울려 퍼졌다. 어떤 이슈에서는 젊은 사람들이 무엇 때문에 그렇게 분노하는지, 그게 어떤 지점 때문인지 끝까지 이해할 수 없었다. 그렇게 열심히 공부하고 따라가려고 애썼는데도, 강의 평가에서 가끔 부연설명도 없이 '인권 감수성이 부족하셔서 많이 불쾌했습니다……'라는 코멘트를 받기도 했다.

사람에게 혼을 다해 몰두해본 적은 없었다. 내 삶의 즐거움은 대체로 일과 공부와 취미에서 비롯되었다. 그런데 마흔 살이 넘어가자, 그 부분이 돌아가는 느낌도 매끄럽지 않아졌다. 젊은 저자일 때 머리 위에 걸려 있던 매력과 호감도 상승 버프가 사라지면서 나를 너그럽게 봐주던 모든 사람들이 말없이, 일제히, 은퇴해버린 것 같은 기분이 들기 시작했다. 처음으로, 정말로 세상 가장자리로 밀려난 느낌이 들었다. 악평이라도 좋으니 관심을 받고 싶은 마음에 매일 자신의 이름을 검색해봤지만 아무도 아무 말도 하지 않았고, 새로운 출간 제의도 오지 않았다. 사람들의 눈은 이미 다음 세대 저자들에게 쏠려 있었다. 학생들은 강의에서 점점 말수가 적어졌고, 나는 총기가 떨어져선지 벌써 노안이 찾아온 건지 책도 영화도 예전만큼 집중해서 들여다볼 수 없는 데다 봐도 잘 이해가 되지 않았다. 가진 것이라봤자 교양에 속하는 몇 가지 학문에 관한 지식과 그것을 가르치는 기술뿐인데, 둘 다 오직 나만 할 수 있는 일은 아니었다. 새 일이나 새 자리를 찾자면 인맥이 있어야 할 텐데, 나는 평생을 인맥 같은 건 우습게 여기고 코웃음 치며 살아왔던 것이다.

오래전에 연락이 끊긴 옛 친구들은 학부모가 되어 바쁜 듯했다. 새로 만난 사람들과 공부 얘기를 하는 건 재미있었지만 개인적인 친분으로 이어지는 일은 드물었다. 15년을 사귄 절친과는 모 일러스트 도용 사건에 대한 입장 차이 때문에 SNS에서 서로 다른 진영의 조리돌림에 얽혀 들어가는 바람에 연락이 끊겨버렸다. 그 사건도 물론 중요한 문제이긴 했지만, 그랬지만…… 그 친구와 그런 이유로 헤어지게 될 거라곤 상상하지 못했다. 절교를 한다면 내 영혼이나, 그 친구의 영혼이나, 내 글이나, 그 친구가 쓰는 시 같은 좀 더 개인적이고 본질적인 부분이 원인일 줄 알았다.

재윤이 커뮤니티 사람들의 긴밀한 연결망 속으로 떠나버리고, 엄마가 돌아가시고 나자 뒤늦게 혼자가 된 기분이었다. 혼자라는 게 늘 편했는데, 세상에 내가 단 한 명이고 나는 나로 완전하다고 생각할 때마다 언제나 자부심에 가까운 감정을 느껴왔는데. 매번 숨을 깊게 들이마셔야 했고, 늘 하던 일들이 새로 배워야 하는 일처럼 두려워졌다. 이렇게 늦게 어지러움을 느껴도 되는 것일까. 이렇게 일찍 낡아버려도 괜찮은 것일까. 꼿꼿해야 한다고 생각할수록 그러기가 어려웠다. 사람들 앞에서 옷에 오줌을 싸버린 걸 들킨 사람처럼 나는 나를 황망하게 바라보았다. 앞에 놓인 길이 벽돌 길인 줄 알았는데, 두부로 만들고 빨간 페인트를 뿌려놓은 길처럼 보이기 시작했다. 그렇다고 이 방향이 아니라는 확신이라도 있나. 하다못해 통장에 매일이 불안하지 않을 만큼의 잔고 액수라도 있어야 하는 거 아닌가. 그것조차 없었다(사실은 그게 제일 없었다). 하지만 나 역시 많은 사람들에게는 그럭저럭 괜찮고 멋있는 중년의 삶을 살아가고 있는 것처럼 보일 것이다. 틀림없이 그럴 것이었다.

그리고 나 역시, 영원히 알 수 없을 것이었다. 몸속에 커다란 암 덩어리가 자라나고 있다는 사실을 알면서도 그렇구나, 하며 혼자 누워 잠들어야 했던 엄마의 하루하루와, 가슴을 조이며 기대하다가 새로 만난 누군가가 자신을 남자로 보면 속으로만 기뻐했을 동생의 마음과, 군대 얘기가 나올 때 면제라고 둘러대며 느꼈을 그 애의 심정 같은 것들을. 호르몬 주사를 맞기 직전까지, 그리고 맞고 난 뒤에도 한동안,

생리를 하면서 재윤은 어떤 기분이었을까. 그 경험은 그 애에게 어떤 것이었을까. 지금 회사에서는 어떻게 지내고 있는 걸까. 새로 사람들이 들어올 때마다, 괜찮은 걸까, 재윤은.

자기와는 다르게 수술을 전혀 하지 않고도 ftm으로 살길 원하는 사람들이 많다고, 그 사람들을 어렵게 만들고 싶지 않다고, 재윤은 여러 번 이야기했었다. 그 애는 그건 사람마다 다른데, 사람마다 다르니까, 말을 할 때 매번 그렇게 강조하고 조심했다. 일반들의 답 없는 무지와 오해 때문에 자신과 같은 사람들이 매번 되풀이해야 하는 수많은 불필요한 설명을 한 번이라도 덜어주고 싶다고 했다. 그러려면 더 열심히 공부해야 하고, 힘껏 살아 있어야 한다고.

그렇게 거대하고 절박한 질문들은 아니어도, 아무에게도 말할 수 없는 어떤 막막한 심정은 내게도 있었다. 나는 매일 아침에서 밤까지 그것의 조각들이 내 몸속을 작은 반딧불들처럼 날아다니다 새벽이 되어서야 꺼지는 광경을 느리게 느리게 지켜보곤 했다.

*

수영복 위에 걸치고 있던 젖은 티셔츠를 벗고 재윤의 옆 레인으로 들어갔다. 거추장스럽게 몸에 엉겨 붙는 젖은 옷이 사라지자 조금은 가벼워진 느낌이었다. 내 몸을 감싸고 압박해오는 서로 다른 방향의 물결들과 내 입에서 나와 보글거리며 부서지는 공기 방울들과 그리고 나……만 존재한다고 느껴질 때까지 나는 묵묵히 헤엄쳐 앞으로 나아갔다. 다시 온수풀로 옮겼을 때, 재윤이 말했다.

—고마워, 누나.

—응?

—같이 수영장 오자고 해줘서. 사실 아직은 무리 아닐까 싶었는데, 괜찮았어. 나 이제 조금 덜 이상해. 아주 안 이상하지는 않아도 덜 이상해.

—재윤아.

—응.

—아주 가끔씩은 서로 얼굴 보면서 지내자.

그러기 힘들 거라는 걸 알았기 때문에 굳이 건넨 말이었다.

—응. 누나도 건강하고. 운동 열심히 해서 체력 좀 키우고. 우울증 오는 것 같으면 병원 제때제때 가서 약 꼭 챙겨 먹어.

—응.

방으로 돌아온 재윤은 샤워를 하고 머리를 말린 다음 노트북을 열어 키보드를 타닥타닥 두드리며 무언가를 적기 시작했다. 나는 TV를 켜고, 케이블에서 청동기시대 유적쯤으로 느껴지는 「프렌즈」를 보았다. 레이철과 모니카와 챈들러와 내가 제일 좋아했던 조이와 센트럴 퍼크. 냉면을 먹을까, 밤에는 공기가 선선하니까 스키야키 같은 따뜻한 국물 음식을 먹을까, 아니면 룸서비스로 피자를 시켜 먹을까.

아까 찍어둔 재윤의 상반신 사진을 엄마에게 전송하고 싶었다. 전화기를 들어 하늘을 향해 조준하고, 읽지 않는 엄마에게 카톡을 보냈다. 내가 그러고 있는 걸 보던 재윤이 말했다.

—참, 그 사진 있으면 나 좀 줘봐.

—무슨 사진?

—엄마 노트북 화면에 배경화면으로 깔려 있던 거. 누나가 저장했잖아.

—아, 그거?

나는 조금 놀라서 되묻고는 전화기를 뒤졌다. 재윤에게는 어쩌면 그것조차 잊고 싶은 것으로 남지 않을까 나는 생각했었다. 사진을 첨부하고 전송 버튼을 눌렀다.

엄마가 죽기 전 마지막까지 매일 들여다봤던 그 사진 속에서 초등, 아니 국민학생인 재윤과 나는 갈색 걸스카우트 단복을 입고 동그란 뚜껑 모양의 모자를 쓴 채 나란히 웃고 있었다. 재윤이 긴 머리를 하고 치마를 입고 찍힌 정말 몇 장 안 되는 사진 중에 한 장. 엄마는 그걸 스캔해서 배경화면으로 깔아놨다. 말하자면 재윤 모니터의 '자살금지' 문구와 똑같은 기능을 했을, 엄마를 버티게 해주었을 사진. 엄마의 고집, 완고한 믿음, 어쩌면 오기 같은 것.

—나 이때 기억나.

—그래?

—응, 누나가 6학년이었고, 내가 3학년이었고. 그런데 우리가 같은 보였잖아. 우리 보를 상징하는 꽃이 민들레였어. 누나가 보장이었고. 우리 둘 다 학교에서 '다른 애들이랑 어울리려면 이런 데 들고 그래야 돼'라면서 강요해서 억지로 들었잖아. 그런데 나는 하다 보니까 생각보다 재미있었어. 기능장 따고, 캠프파이어 하고, 길에서 브라우니 팔고 그런 거. 누나랑 같이 해서 그랬나. 하여튼 이때 다 같이 산으로 하이킹을 갔는데, 생각 안 나? 산에서 길을 잃었었잖아.

어렴풋이 기억이 났다. 우리는 보 단위로 움직였었다. 선생님들이 숲속 길을 따라 미리 놓아둔 표식들을 따라가면서 베이스캠프를 차례로 찾아내 거기서 받은 미션을 수행하고, 다음 베이스캠프로 이동해야 했다. 그런데 걸어도 걸어도 다음 베이스캠프가 나오지 않았다. 표식들도 사라져버렸다. 해가 뉘엿뉘엿 저물기 시작할 무렵의 산속과 사방에 깔려 있던 덤불들과 아무리 가도 나오지 않는 길과 조급하게 깜빡이던 마음속 경고등과 내 뒤를 따라오던, 내가 책임지고 인솔해야 하는 5학년, 4학년, 3학년 아이 셋. 그중에 내 동생. 시간이 별로 없었다. 해가 지기 전에 길을 찾아내야 했다. 쿵쿵쿵 뛰던 가슴과 오줌이 마렵다고 울먹이던 한 아이와…….

─왜 그런 일이 일어났지?

─앞서간 애들 중에 누군지 모르겠지만 어떤 나쁜 년이 화살표를 엉뚱한 방향으로 돌려놨어. 일부러.

맞아. 그 나쁜 놈. 누구였는지는 몰라도, 세상엔 왜 그런 애들이 있을까. 왜 그런 악의들이 자꾸만 자꾸만 생겨나는 걸까.

─대체 왜 그랬지?

─그때 누나가 좀 똑똑하고 예뻐서, 대장님도 보장들 중에서 누나를 유독 예뻐하고 그래서, 학교에 적이 많았어.

─우리 다음에 온 애들도 길을 잃었나?

─그건 모르겠고…… 기억나는 게, 밤이 거의 다 됐을 때 큰길로 통하는 길을 누나가 기적적으로 찾아내서, 마을이 나와서, 거기 어른들이 막 걱정을 하면서 이렇게 어린 학생들이 어떻게 길을 찾았냐고, 그 산이 밤에는 뱀 나오는 산인데 정말 정말 용하다고, 천만다행이라고…… 그랬던 기억이 나. 선생님들이 거기 주민들한테 수소문해서 결국 우릴 찾아오시고.

등을 두드리고 따뜻한 것을 챙겨주던 어른들의 손이, 나도 희미하게 기억나는 것 같았다. 그 조그만 애들 넷이서 어떻게 길을 찾았을까. 어두웠을 텐데. 무서웠을 텐데. 잘 모르겠지만, 그때 할 수 있었으니까 어쩌면 지금도 할 수 있지 않을까.

—누나.

—응.

—나 자궁 수술할 때 와줄 수 있어? 아직 좀 남았지만, 일정 잡히면 연락할게.

—……그럼, 당연히 가야지.

—수술할 때까지만 엄마 생각, 조금씩 하려고. 이 사진도 그때까지만 갖고 있으려고. 그다음엔 지우려고. 누나 어릴 때 사진은 따로 갖고 있을게. 독사진으로 한 장 줘, 나중에.

—그래.

—이제 밥 먹으러 가자. 배고프다.

재윤이 몸을 일으켰다. 나는 눈으로 사진을 찍었다. 그 애의 옆모습을, 지금 이 순간 재윤의 미소를 오래도록 기억해두고 싶었다. 그 얼굴을 가슴속 바탕화면으로 깔아두면 나도 자살하지 않을 수 있을 것 같았다. 하지만 한편으론 컴퓨터라는 것을 처음 갖게 되었던 옛날부터 지금까지 줄곧 그랬던 것처럼 내 바탕화면에는 앞으로도 아무것도 깔아두지 않아도 좋을 거라고, 비어 있지만 그래도 괜찮을 거라고…… 그런 생각이 들기도 했다. 엄마 안녕, 우리 잘 살게. 걱정하지 말고 훨훨 날아가. 나는 속으로 중얼거렸다.

나는 일어나 점퍼를 걸치고 키를 챙겼다. 창밖으로 도시의 푸른 밤이 고요히 내리고 있었다. ∎

이주란

넌 쉽게 말했지만

1984년 경기도 김포 출생. 추계예대 문창과 졸업.
2012년 『세계의문학』 등단.
소설집 『모두 다른 아버지』.
〈김준성문학상〉 수상.

넌 쉽게 말했지만

이곳의 낮은 짧고 이곳의 밤은 길다. 나는 낮에는 보통 집안일을 하고 해가 지면 책을 읽거나 집 근처를 걷는다. 딱히 해야 할 일은 없지만 만들면 할 일은 많고 낮 시간은 빨리 지나가는 것처럼 느껴진다. 만들고 치우고 만들고 치우다 보면 아무 생각이 없어진다.

자몽청을 만들어보기로 한다. 자몽 손질은 처음 해봤는데 그래서인지 잘 되지 않았다. 자몽의 과육만 발라내려고 했는데 자몽 알갱이가 한 알, 한 알 떨어져 나오더니 두 손이 알갱이로 범벅이 되었다. 즙이 줄줄 흘러 이미 자몽차 두 잔을 완성한 기분이었다. 차를 만들긴 만들었고 손에는 자몽팩을 했다 생각했고, 그러니까 망쳤다는 생각 같은 건 하지 않았다.

청을 다 만들어놓고서(다시는 하지 말아야지 다짐하고서) 흐미를 한 시간 정도 들었다. 바람이 부는 휘파람 소리, 광활한 대지의 노래.

후미인지 흐미인지(후미가 맞는 것 같다) 모르겠지만 나는 그냥 흐미라고 한다. 처음 라디오에서 흐미를 들었을 때가 생각난다. 그 이후로 계속 찾아 듣고 있는데 흐미를 들을 때의 나는, 같이 듣는 사람이 진지하면 같이 진지했고 웃음이 터지면 같이 웃곤 했다. 다큐를 검색해서 그들의 삶의 모습을 보며 들을 때는 우는 사람은 있어도 웃는 사람은 없다. 나는 몽골에 가본 적은 없지만 몽골에서 흐미를 배워본 사람을 둘이나 알고 있다.

이곳에 온 다음 날, 나는 올해의 첫 매미 울음소리를 들었었다. 그렇게 6월이 갔고 7월이 가고 있다. 하루하루가 가고 있다는 것, 시간이란 것이 흐르고 있다는 것을 아주 잘 느끼고 있다. 시간이 흐른다는 것을 의식하면서 숨을 쉬는 일은 재미있고 행복하다. 서울에 살 때의 나는 시간이라는 것이 두려웠고 이런 말을 꽤 자주 했었다.

미안해. 시간이 없어.

무엇이 미안하다는 것인지, 또 그 말은 진심이었는지 생각해본다. 나는 그때의 내가 화가 나 있었다고 생각한다. 내 시간만 없는 것도 아니었을 텐데.

111년 만의 폭염이라고 한다. 3단지 앞 버스 정류장에서 붕어빵과 옥수수를 파는 아주머니는 오늘 같은 날에도 나왔을까? 이런 것을 궁금해하며 지낸다. 예전에는 다른 많은 것을 궁금해하며 지냈다. 보통 누군가에 대한 불만에서 시작하는 것. 그 사람은 대체 왜 그럴까! 궁금해하는 것. 조금 더 친밀한 관계와 서로 간의 이해를 쌓기 위한 궁금증이 아니었다. 그저 욕의 다른 얼굴일 뿐이었지.

내가 요즘 이렇구나, 나만 옳다고 생각하는구나, 자각을 한 뒤에 서울을 떠나야겠다고 다짐했다. 돈을 많이 버는 것은 아니었으나 나름대로 자리를 잡아가던 일을 정리하기까지…… 미련을 버리기가 힘들어 오래 걸렸다.

고향으로 돌아온 지 두 달이 넘었는데 아직 W를 만나지는 못했다. 그는 나의 오래된 친구인데 봄에 결혼을 하고 신혼여행을 길게 다녀온 뒤 미뤄둔 일을 하느라 시간이 없다고 한다. 그는 이곳으로 돌아왔다는 내 말에 "넌 참 하고 싶은 대로 하고 사네"라고 말했고 나는 그게…… 꼭 그렇지만은 않다고 해명하고 싶었지만 그러지 않았다. 그만두자, 그렇게 생각했다. 그 말이 많이 기분 나쁜 것은 아니었고 나를 다 알지 않는 한 충분히 나올 수 있는 말이니까. 나는 우리가 꼭 만나야 한다고 생각하지는 않았지만 "얼른 시간을 맞춰보자"고 여러 번 말했다. 그는 지금 경찰이 되어 엄마와 내가 살고 있는 동네의 관할 파출소에서 일하고 있다.

그러니까 그때가 언제였더라, 어느 휴일에 다시 보기로 텔레비전을 보는데 W가 나왔다. 나는 정말 그가 맞는지 확인하기 위해 집중해서 텔레비전을 보았다. 그는 후줄근한 모습으로 연예인에게 고민 상담을 했다. 노량진과 여의도 등 몇 군데 역 근처에 천막을 치고 연예인이 한 명씩 들어가 사람들을 기다린다. 그리고 들어온 사람들과 대화를 나눈 뒤, 탁자에 놓인 종이에 나쁜 기억을 쓴 다음 지우개로 지우는 콘셉트의 방송이었다. W는 미래에 대한 불안감을, 마치 죄를 지은 사람처럼 몹시 주눅 든 모습으로 말하다가 끝내 눈물을 터뜨렸고 연예인은 그런 그에게 "나도 젊었을 적에 매일매일 불안했다"고 말했다. W는 연필을 들어 지우고 싶은 나쁜 기억들을 차례로 적어나갔고, 그런 다음엔 연예인이 준 지우개로 그것들을 하나씩 지워나갔다. 나는 우리가 함께 보낸 어린 시절을 떠올리며 나쁜 기억 대신 아름다웠던 기억을 찾으려 했지만 그건 불가능해 보였다. 그날 오후 내내 나는 생각했고, 마침내 자율 학습 시간에 몰래 나가 배스킨라빈스 아이스크림을 먹었던 것, 그 정도를 나는 기억해낼 수 있었다.

아직 이곳에 서너 명 정도의 오랜 친구들이 산다. C는 타 지역에서 일을 하다가 적어진 급여를 감안하고서 몇 년 전 이곳으로 돌아왔고, W는 노량진에서 오래 공부를 하다가 경찰이 되어 돌아왔다. 그리고 K는 고등학교를 졸업한 뒤 가족 모두 부천으로 이사를 갔다가 작년에 엄마와 함께 돌아왔다. K의 할아버지와 할머니가 모두 병원에 계시게 되어 누군가는 꼭 돌봐드려야 했기 때문이다.

올해 2월쯤에 나는 K의 집엘 갔었다. 할아버지와 할머니는 없는 할아버지와 할머니의 집. 아무래도 상황이 좀 그래서 집들이 같은 느낌으로 간 것은 아니었고 그냥 생활에 필요한 몇 가지를 사 갔다. 손 세정제와 물티슈, 디퓨저 같은 것들이었다. 작년 가을에 이케아에서 산 가구를 함께 조립하기 위해 갔던 이후로는 처음이었다. 당시의 나는 토요일 아침 아홉 시까지 출근을 해야 했지만 새벽 다섯 시까지 가구를 조립했었다. 아무튼 우리는 떡볶이를 안주로 낮술을 조금 했고, 뒤늦게 도착한 M과 함께 K의 집 근처에 있는 장릉으로 산책을 하러 갔다. 추웠지만 낮이어서 날씨가 좋았다는 기억이 난다. 우리가 산책을 간 곳은 원종과 인헌왕후의 무덤이었다. 급할 일도 없는데 급하게 나오느라 모두 현금이 없었는데 입장료 결제를 카드로 할 수 있을까, 가는 내내 그 이야기만 했다. 그리 큰 걱정은 아니었지만 다시 돌아가고 싶진 않았다. 안내소를 기웃거리는데 직원이 얼굴을 내밀고 "오늘은 무료"라고 말했다. 우리는 왜 무료인지 궁금해하면서 가벼운 발걸음으로 입장했다.

"운이 정말 좋았다."

운이 정말 좋았다고 우리는 여러 번 이야기했다. 입장료는 천 원이었지만 뭐랄까, 그즈음의 우리에겐 천 원짜리 입장료를 내지 않아도 되는 일보다 운이 좋았던 일은 없었던 것이다. K는 정말이지 크게 숨을 들이마시고 내쉬며 오랜만에 조금 숨통이 트인다고 말했다. 아닌 게 아니라 K는 아픈 할아버지와, 아픈 할머니와, 일을 하며 양쪽 병원을 다니는 엄마를 보는 일상에 조금 지친 기색이었다. K는 담담하게 이런저런 이야기를 하며 울컥 목이 메는 것도 같았지만 금세 공기가 시원하다며 좋아했다. 우리는 역사관이라고는 전혀 없는 채로, 오래전 살았던 두 사람의 무덤가를 걸었다. 그리고 얼마 되지 않아 K의 할아버지가 돌아가셨다.

M과 나는 피자를 먹다가 장례식장으로 출발했다. 장례식장에 도착했을 때 K는 보이지 않았다. 가족 모두 할아버지를 위한 미사를 드리고 있는 중이고 곧 올 거라는 말을 전해 들었다. M과 내가 자리에 앉아 식사를 하려고 할 무렵 K가 가족들과 함께 울면서 들어왔다. 모두가 울고 있었고 그 모습을 식사를 하던 많은 사람이 바라보았다. 저것봐, 저 집안이 다 저렇게 키가 커. 내 뒤에 앉아 있던 한 아주머니가 말

했다. 아마 우리 집 식구들(단둘이지만)을 보았다면 이렇게 말했겠지. 저것 봐, 저 집안이 다 저렇게 작고 뚱뚱해. 나는 오래 살아야겠다고 생각했다. K는 곧 나를 발견했고 곧장 내 옆으로 와 오래 울었다. 우리는 밥을 먹으며 술을 조금 마셨다. 나는 K의 할아버지를 잘 알지는 못했다. 고교 시절, K는 할아버지와 할머니의 집에 살았고 그래서 집에 놀러 갈 때마다 본 적은 많았지만, 모르겠다. 인사도 하는 둥 마는 둥 하고 곧장 2층으로 올라가기 바빴다. M과 나는 할아버지를 둘러싼 많은 이야기들 중에서 할아버지의 '착함'에 중점을 둔 여러 에피소드를 들었다. K도 부천으로 간 뒤 오래 떨어져 살았기 때문에 많은 것을 기억하진 못했지만 엄마나 친척들로부터 전해 들은 이야기를 더해 우리에게 들려주었다. 좀 따뜻한 이야기였다. 내게는 할아버지도, 할아버지 비슷한 것도 없지만 나는 어쩐지 어떤 한 사람이 살다가 죽었다는 것이…… 어떤 한 사람이 살다가 죽었다는 것을…… 비로소 느낄 수 있었다. 어떻게 들릴지 모르겠지만 그때서야 처음으로 죽음이라는 것을 느꼈던 것이다. 그간의 많은 죽음들을 나는 도저히 믿을 수가 없었다. 스스로도 믿을 수 없고 믿어지지도 않던 날들.

할아버지가 돌아가신 것을 할머니는 모르신다고 K는 말했다.

흐미에 대한 영상을 끄고 붕어빵을 파는 아주머니를 생각한다. 오늘 나오셨을까, 붕어빵을 사 올까, 옥수수를 사 올까. 엄마는 옥수수를 참 좋아하는데. 그냥 둘 다 살까, 고민하고 생각한다. 얼굴을 씻고 밖으로 나가면서 요즘의 내가 이런 생각들을 열심히 한다는 것을 알았고 기분이 좋았다. 나는 죽어도 알 수 없는 타인의 마음 같은 것을 신경 쓰면서 초조해하지 않고 내가 결정하면 되는 것들을 생각하는 것. 그것이 죽느냐 사느냐는 아니고 붕어빵이냐 옥수수냐 하는 것이지만.

엄마와 나는 214동에 살고 있고 가끔 실수를 할 때를 제외하곤 우리 집이라고 말하지 않고 엄마 집이라고 말한다. 214동의 현관은 두 군데다. 엘리베이터에서 내려 오른쪽으로 틀면 두 갈래 입구가 나온다. 그중에서 한 군데는 바로 주차장과 연결되고 다른 한 군데는 작은 공간이지만 나무 그늘 아래 벤치가 몇 개 있다. 거기에서 나는 술을 마시거나 담배를 피우는 청소년들을 종종 마주치곤 한다. 이쪽으로 나가 내 걸음으로 7-8분쯤 걸어가면 3단지 앞 버스 정류장이 나온다. 부채를 부치며 걸어갔는데 아주머니의 천막은 튼튼한 줄로 꽁꽁 싸매진 채다. 그걸 보니 다행이란 생각이 들었다(엄마도 이 더위에 힘들게 일하고 있을 텐데 엄마 걱정은 안 하고 아주머니 걱정이나 했네). 엄마는 야외에서 일하는 것은 아니지만 일을 할 땐 고무로 된 장갑과 앞치마와 장화를 착용해야 해서 다른 계절에도 늘 온몸이 땀에 절어 들어오곤 했다.

엄마는 여섯 시면 출근을 했다. 원래는 아홉 시까지인데 일찍 나가서 일을 미리 해놓아야 마음이 편하다고 한다. 아홉 시까지 가서 일을 시작하면 아무리 최선을 다해도 시간이 부족하다는 것이다. 아무튼 그런다고 돈을 더 주는 것은 아니기 때문에 엄마가 일찍 오는 것이 부담스럽다고, 여사님은 말했다고 한다.

영양사라든지 조리장이라든지 그렇게 부르는 게 아냐?

그냥 여사님이라고 해.

가장 상관이 누군데?

그런 건 본 적 없고 그냥 박지성 닮은 형사랑 여사님만 봐.

엄마 외에 일하는 직원은 한국인과 결혼한 베트남 여성인데 한국말도 잘하고 아주 성실하다고 한다. 나는 엄마랑 같이 거기에서 일하고 싶다는 생각을 자주 한다. 나는 자신이 있었다. 쌀을 씻어 밥을 하고 김치를 썰고 설거지를 하고 바닥을 청소하는 것. 유치장에 들어갈 도시락에 반찬을 많이 담으면 안 좋은 소리를 듣기 때문에 조금씩만 담도록 주의하는 것. 늘 넉넉히 담는 것이 습관이 되어 있는 엄마는 그 부분이 조금 어렵다고 했다. 나는 새벽마다 출근하는 엄마를 배웅하고 다시 조금 더 자곤 한다.

붕어빵도 옥수수도 사지 못하고 돌아오는 길에 보니 현관 벤치에 지유와 지우가 있었다. 얘들은 여기 와서 알게 된 초등학생들인데 옆에서 고등학생들이 술을 마시건 담배를 피우건 개의치 않고 자기들끼리 잘 논다.

방학했지?

어제요.

내가 말을 걸자 뒤를 돌아 나를 보며 대답한다. 둘 다 옷에 뭘 잔뜩 묻힌 채, 액괴인지 슬라임인지(흐미인지 후미인지 모르겠는 것처럼) 하는 것을 주물럭거리고 있다.

그거 안 지겨워?

이번엔 다른 방법으로 만든 거예요.

안 더워?

더워요.

근데 왜 밖에서 놀아?

내 말에 둘은 대답이 없었고 다시 등을 돌려서 가지고 놀던 것을 조물락조물락한다. 근데 왜 밖에서 노냐니? 덥지만 밖에서 놀고 싶으니까 놀겠지. 나는 바보 같은 말을 했다고 생각했고 그 애들의 침묵이 마음에 들었다. 잠시 그 옆에 앉아 작은 두 손들을 바라보았다. 흙이 없어서 저러나? 생각했고 지유와 지우는 꽤나 열심히 슬라임을 주물렀다.

야. 너 김체리 알지(채리인지 체리인지는 모르겠다)

응.

걔 꿈이 초능력자래.

말도 안 돼.

땀을 흘리며, 둘은 체리의 근황에 대해 이야기를 이어나갔다. 나는 체리가 부러웠다.

사탕 갖다줄까?

아니요.

왜?

당뇨병 걸려요. 우리 아빠가 당뇨거든요?

그럼 마이쮸는?

마이쮸 주세요!

사탕은 안 되고 마이쮸는 돼?

둘은 대답이 없었고 나는 집으로 올라가 마이쮸를 가지고 내려왔다. 하나를 까먹었고, 나머지는 지유와 지우에게 주었고 나는 다시 올라왔다.

엄마가 올 시간이 다 되어간다. 콩나물김칫국을 끓이기로 한다. 음식 솜씨가 별로 없어서 천천히, 열심히 해야 한다. 엄마는 처음에 내가 "엄마, 나 여기로 들어와도 돼?"라고 물었을 때 아무런 대답을 하지 않았고 나는 예상치 못한 엄마의 반응에 상처를 받은 뒤 새벽 세 시에 택시를 타고 서울로 돌아와 오래 울었었다. 잊을 수도 없고 원망도 없다.

내일 영화 볼까?

M이다. 나는 응, 이라고 답장을 보낸다. 내가 버스를 타고 갈게. 데리러 오지 않아도 돼. 아니야, 데리러 갈게. 아냐, 미안하게 왜 그래. 내가 갈게. 광역버스를 타면 금방 가. 에이, 너무 덥잖아. 음…… 그러면 내가 60-3번을 타면 영화관에서 만나면 좋겠고 8000번을 타면 송정역까지 와주면 좋겠고 21번을 타면 개화역까지 와주면 좋겠어. 먼저 오는 것을 타고 연락할게. 그렇게 해줄래? 응, 알겠어.

모든 것이 더 조심스러워지고 있다. 영화를 보기로 했으면 영화를 보면 되지, 어떻게 가는지가 이렇게나 중요한 문제인가 모르겠다. 데리러 온다고 했을 때 그냥 그러라고 할 순 없었던 걸까. 나는 어딘가 조금씩 달라지고 있는 나의 태도로 인해 일상의 대화가 불편하다는 느낌을 받았고 그것을 완전히 자각한 뒤부터 자주 괴로웠다. 그러나 결국엔 지금의 나 자신을 받아들여야 한다는 것을 알게 되었는데 당연한 말이었지만 쉽지는 않았다. 내가 왜 이렇게 되었는지 알고 싶었기 때문이다. 그러나 자꾸만 달라지는 나는, 나이기 때문에 나 자신을 아무 이유 없이 받아들일 것이고 그런 다짐을 하게 된 것에는 M의 영

향이 컸다. 나도 모르게 M을 괴롭히다가,

착하게 사는…… 그런 어떤, 수행을 하는 중이야?
아니?
내가 싫지 않아?
왜 싫어?
달라진 거 모르겠어?
그게 왜?

이런 대화를 하게 되었다. 계속 서로 묻기만 하는……. M은 내가 그를 의심스러운 포즈로 바라보거나 앞뒤 없이 무례한 말을 해도 늘 한결같은 시선으로 나를 바라봐준다. 하지만 사기꾼들이 원래 그런 법. 몇 년에 걸쳐 신뢰를 심어준 뒤 모든 것을 앗아가는 인간들도 있고 하니 마음 한편에 끈을 놓지 말자. 생각했지만 내게 사기를 쳐서 M이 얻을 것은 무엇인가 생각하니 딱히 모르겠는 것이었다.

한동안 우리 사이에는 대화가 없었다. 지난가을부터 올봄까지 나는 정말 자주 울었는데 M에게 바라는 것이 있는 것은 아니었다. 나는 단지 모든 것을 멈추고 싶었고 그러나 그 후의 삶이 두려워 자주 울었다. 그런 나의 매일에 대한 말들은 할 수 없었다기보다는 하면 안 되는 것에 가까웠다. 그즈음엔 내가 몇 년 전, 오래 알고 지낸 후배에게 들은 "누나. 그렇게 살지 마세요"라는 말을 자주 복기했다. 쉽게 내뱉은 말이었을까. 어렵게 꺼낸 말이었을까.

그러니까 나는 무엇인가? 나는 내가 거의 모든 것을 멈추고 싶었다거나 이곳으로 돌아올 수밖에 없었던 이유가 그 말 때문이라고는 생각하지 않는다.

콩나물김칫국은 엄마에게 합격점을 받았다. 나는 엄마와 함께 저녁식사를 하고 작은방으로 간다. 긴 밤이 시작된다. 휴대폰으로 이런저런 뉴스를 보고 챙겨 듣는 팟캐스트를 듣고 『얼굴 빨개지는 아이』를 읽고 낙서 같은 그림도 그려보고 베란다 너머 맞은편 동의 불빛들이 하나둘 꺼져가는 것을 보고 옛날 생각도 조금 했다. 이제 릴케니 니체니 하는 것들은 읽지 않는다. 이어폰을 끼고 흐미에 대한 다큐멘터리를 찾아본다. 제 몸의 움직임에서 나오는 몸의 소리, 자유로운 새들의 지저귐, 멀리서 들리는 염소 울음소리, 동물의 젖을 짜는 소리, 아직 변성기가 오지 않은 남자아이의 휘파람 소리, 그리고 공기 소리, 그러니까…… 침묵이 아닌 공기의 소리를 오래 듣는다. 날이 밝아왔고 이어폰을 빼자 엄마의 코 고는 소리가 들려왔다. 나는 엄마가 많이 불안하고 많이 힘들 거라고 생각한다.

엄마, 나 나가.
응, 잘 놀고 와.
개화역에서 내렸고 M이 기다리고 있었다. 영화는 놀랍도록 재미가 없었고 M은 어땠는지 몰라도 나는 오랜만에 M을 만난 것이 좋았다. 영화를 본 뒤에는 같이 초밥을 먹었고 나는 M에게 버스 정류장까지 데려다달라고 말했다. 신호를 받아 기다리고 있을 때 마침 배차 간격이 20분인 버스가 조금 앞에 서 있는 것을 발견했다. 나는 M에게 "난

저 버스를 타야 해. 가능하다면 앞질러줘"라고 부탁했다. M의 차는 버스를 앞질렀고 나는 얼른 내려 뒤이어 멈춰 선 버스에 올라탔다. 모르겠다. 그냥…… 기분이 너무 좋았다. '성공!'이라는 생각까지 들었던 것이다.

버스를 잘못 탔다는 것을 깨달은 건 집에 거의 다 와갈 무렵이었다. 내려서 갈아타면 금방이었기 때문에 초행길이었지만 별일은 아니었다. 집에 갈 때 버스 안에서만 지나치던 동네였다. 덥지만 조금만 걸을까 하는 생각에 높이 솟은 건물들과 도무지 끝날 것 같지 않은 공사 현장을 지났다. 초대형 이단 교회와 경전철이 들어설 예정이라고 한다. 그리고 정말 오랜만에, 영농자재백화점 앞에서 석기를 보았다. 선글라스를 쓰고 있었지만 나는 단번에 그를 알아볼 수 있었다.

야!

어.

오랜만이다?

어.

씨발, 어밖에 모르냐?

……

어디 가?

집에.

그래, 더운데 조심히 가라.

응, 갈게.

소문에 따르면 석기가 미쳤다고 했는데, 모르겠다. 완전히 미친 건 아닌 건가. 그냥 잊으려다가 W에게 문자메시지를 보냈다.

나 사거리에서 석기 봤어.
석기 형을 봤다고?
응. 정신병원에 있다 하지 않았어?
퇴원해서 요즘 돌아다닌다고 들었어. 별일 없었지?
응.
다행이다. 빨리 들어가. 무슨 일 있으면 연락하고.

나는 더 걷지 않고 버스를 갈아탔다. H마트에서 붕어빵 아주머니가 나왔다. 나와 아주머니는 몇 걸음 간격을 두고 같이 걸었다. 아주머니는 214동 쪽으로 앞서 걸었고 현관 앞 벤치에서 청소년들에게 술과 담배를 주었다. 갈색 머리를 한 교복을 입은 학생 하나가 아주머니에게 천 원짜리 몇 장을 주는 것을 보았다. 나는 못 본 척, 그 옆을 지나 집으로 들어왔다. 온몸이 땀에 젖어 있었다. 샤워를 하고 작은방에 누워 이어폰을 꽂고 흐미를 들었다. 작은방엔 딱 나 하나 누울 공간이 있다. 여길 내 공간으로 만들고 싶다.

낮잠을 조금 자고 일어나 일기를 몇 줄 쓰다가 서울에 살 때를 떠올려 본다. 아침에 일어나서 출근 준비를 하고 일을 한 뒤 돌아와 씻고 밥을 먹고 나면 하루가 지나 있었고 말하자면 일기에 쓸 일도 일기에 쓸 말도 일기를 쓸 필요도 없었다. 기껏해야 남의 욕이라든가 나 자신이 싫다는 그런 말들이나 썼다. 나는 그때 일에 대해 많이 생각했어야 했다. 그랬다면 그렇게 현실을 미워하지만은 않았을 텐데 하는 아쉬움이 있다. 그냥 정말 싫다, 정말 정말 싫다, 그렇게만 생각했다. 그다음부턴 막무가내로 싫어하기만 했다. 일을, 하루를, 그러나 다른 방법을 모르는 나를. 화를 참 자주 냈다는 기억인데 지금은 그렇지 않아서 다행이라는 생각이 든다. 자고 일어나니 W로부터 다음 주쯤에 K와 함께 만나자는 메시지가 와 있었다.

아침에 엄마를 배웅하고 라면을 하나 끓여 먹은 뒤에 세탁조 청소를 해보기로 한다. 사둔 지는 벌써 몇 달은 된 것 같은데 차일피일 미뤄왔다. 엄마와 따로 살기 시작하면서 나는 내가 빨래에 꽤 공을 들이고 있다는 것을 알게 되었다. 엄마와 함께 살 땐 빨래는 거의 엄마가 했고 엄마는 밝은색 빨래와 어두운 색 빨래는 구분했지만 겉옷이며 수건이며 속옷 모두 한꺼번에 빨았다. 나는 밝은색 겉옷, 어두운 색 겉옷, 밝은색 잠옷, 어두운 색 잠옷, 수건, 속옷, 양말을 모두 구분해서 빨았는데 어두운 색 잠옷이라도 버려버릴 것을, 너무 많은 구분에 갇혀 정말 힘들었다. 매일 빨래를 할 수밖에 없었던 것이다. 오래 망설이다가 세탁조 클리너를 구입한 순간, 나는 이제 그만 멈출 때가 왔다고 생각했다. 방은 개판인데 세탁에만 공을 들이는 나의 뇌 구조를 바꿔야 할 것만 같다고 늘 생각해왔는데 세탁조 클리너를 보며 웃음 짓는 나를 보고는 이대로 가다가는, 정말 이대로 가다가는 안 될 것 같다는 생각이 아주 강력하게 들었다. 이미 일주일이면 일주일, 한 달이면 한 달 내내 빨래를 하는데 한 달에 한 번씩 추가로 세탁조까지 청소하고 있을 나의 모습…… 그런 나의 미래……. 나는 구입한 세탁조 클리너를 개봉하지 않았고 그것은 내 조촐한 이삿짐에 담겨 이곳으로 왔다.

이삿짐을 싸던 날 역시 나는 많이 울었는데 그간의 눈물과는 좀 다른 느낌이었다. 아, 이제 살았다, 뭐 그런 생각도 조금 들었던 것 같다. 옷가게에 걸려 있다면 아무도 사지 않을 것만 같은 나의 옷들을 정리하며 세 개나 되는 옷장이 그제야 의아하게 느껴졌었다. 이 모든 옷장들을 산 것은 다름 아닌 나인데.

세탁조 청소를 하려면 내용물을 부은 뒤 불림 코스를 설정해야 했는데 이것저것 눌러봐도 불림 코스를 설정할 줄 몰라 애를 먹었다. 그러다가 서비스 센터에 전화를 걸어 안내를 받은 뒤에야 세탁조 청소를 시작했다. 무슨 말인지 잘 알아듣지 못했지만 나도 모르게 네네, 거리다 보니 전화를 끊은 뒤였다. 온수로도 하지 못했고 불림 코스로 설정하지도 못했지만 일단 하긴 했다…… 생각했다. 한 것도, 안 한 것도 아니라는 생각이 들었지만, 안 한 것은 아니니까.

나는 안경을 벗고 렌즈를 껴야겠다고 생각했다. 안경을 벗고 세수를 하다가 두 손의 움직임을 멈춰보았다. 눈과 입을 닫고 잠깐잠깐 숨을 멈춘 시간. 나는 이렇게 생겼구나. 징그럽다. 구멍이 너무 많은 것 같다. 눈과 입을 계속 열어두고 아무거나 보고 아무 말이나 하며 살았구나. 그렇구나. 그러고 싶진 않았는데. 나는 숨을 크게 쉬며 수건으로 얼굴을 닦고 렌즈를 꼈다. 가벼워진 느낌이 들어 좋았다.

세탁기의 표준 코스가 끝나고 세탁조 안에 박힌 명칭을 알 수 없는 동그란 망을 떼어냈을 때, 그 안에서 내 주먹만 한 부피의 먼지 뭉치가 나왔다. 그간의 나는 빨래를 한 것이 맞는가 하는 의문이 들었고 다행히 이제 우리는 모두 가벼워졌다.

유튜브에서 흐미를 재생시켜놓고 쌈장을 만들 준비를 한다. 엄마 음식의 특징은 파와 마늘이 많이 들어간다는 것이다. 가령 오이지무침 같은 것은 오이지 맛은 안 나고 파, 마늘 맛만 나는 것이다. 싫다는 것은 아니고 누가 이런 식을 주입한 것도 아니지만 나 역시 파와 마늘을 많이 넣는 편이다. 나는 된장과 고추장에 파와 마늘을 잔뜩 다져 넣고 매실액과 들기름과 깨를 넣어 열심히 섞었다. 그렇게 잔뜩 쌈장을 만든 건 집에 농구공만 한 양배추가 있기 때문이다. 엄마가 이 동네에서 사귄 지인에게 받은 것이라고 한다.

엄마는 이곳으로 이사를 온 뒤에 몇몇 사람들과 안면을 트게 되었다. 자세히는 몰라도 그렇게 새로 사귄 사람들이 4-5명 정도 되는 것 같다. 403호와도 역시 안면을 트고 지내는데 그 아주머니는 늘 현관문을 열어놓고 지내서 엘리베이터에서 내려 복도 쪽으로 가려면 인사를 안 하려야 안 할 수가 없었다고 한다. 403호 아주머니는 특히 강아지를 아주 싫어한다고 한다.

예전에 한번은 이런 적도 있었다. 내가 쉬는 날이어서 엄마 집엘 가 있었는데, 엄마가 퇴근길에 소뼈를 잔뜩 들고 들어온 것이다. 엄청나게 구겨진 타 지역 마트 봉지에 아무렇게나 담은 것이었다. 엄마는 들어와서는 무언가 당황스러운 표정을 지었다.

그게 뭐야?

몰라, 뼈는 뼈데…….

뼈? 어디서 났어?

엘리베이터에서 어떤 할아버지가 줬어.

뭐?

모르겠다. 할아버지가 엄마가 가진 걸 뺏어간 것도 아니고 뭔가를 주었다는데도, 엄마와 나는 한참을 그 할아버지의 행동에 대해 이야길 나누었다. 말하자면 의심스럽다는 것이었다. 1층에서 엘리베이터를 탔는데 갑자기 뼈가 너무 많다면서 주었다는 것이다. 엄만 4층에서 내려야 했기 때문에 엉겁결에 그걸 받아 내린 모양인데 만약 더 위층에 살았다면 할아버지와 얘길 나눠볼 수 있었을 것이다. 그러니까 아무리 뼈가 많아도 그렇지 처음 보는 사람에게 왜 갑자기 뼈를 주는지 나는 너무 궁금했지만 알 길이 없었다.

할아버지가 혼자 살아서, 이걸 고아 먹을 줄 모르는 게 아닐까.

그렇다면 너무 미안한데…….

고아서 갖다 줄까?

그건 안 돼.

엄마가 결국 그 뼈를 어떻게 했는지는 모르겠다. 아무튼 그 외에도 밭이 있는 한 아주머니(이번에 양배추를 준)와도 친분이 생겨 고구마, 양배추, 토마토, 고추, 오이 등 각종 채소와 야채들을 자주 얻는다고 한다. 그냥 아는 사람들이 생겼다는 것이 신기해서 어떻게 하다가 알게 되었냐고 묻자 엄마는 "그냥 길 가다가"라고 심드렁하게 대답했다. 물론 나도 버스나 지하철에서, 혹은 마트에서 너무 편하게 말을 거는 사람들을 본 적은 있지만, 그렇지만 그 관계를 이어가고 있는 엄마는, 뭐지? 엄마, 어떻게 하면 그럴 수 있어? 그리고 왜 계속 이어가?

이어간다는 생각은 아냐.

이어간다는 생각은 아니라고 한다. 나는 자꾸만 끊겨가는 나의 관계들에 대해 잠시 생각했다. 쌈장을 만들어놓고 양배추를 적당히 잘라 찐다. 아주 조금만 찌는 것이 나의 비법. 찐 것도 안 찐 것도 아닌 것처럼 쪄야 한다. 그래야 아삭하고 맛있다. 푹 찐 양배추(엄마의 방식)는 내가 가장 싫어하는 음식 중에 하나다. 나는 살짝 찐 양배추를 식힌 다음에 냉장고에 넣어둔다. 그리고 로또를 맞춰 보았고, 5등에 당첨되었다는 것을 확인했다. 15,000원어치 샀는데.

올봄이었나, 일을 하던 중에 로또를 맞춰 보다가 상사에게 걸린 적이 있었다. 대놓고 걸린 것은 아니었고 내 책상 옆을 지나가던 그녀가 내가 여섯 개의 숫자를 책상 위에 써놓은 것을 보고는 "그 숫자들은 뭐냐"고 물었던 것이다. 나는 급하게 숫자들을 지우며, 아무것도 아니라고 말했다. 그러자 그녀는 "로또구먼, 아무것도 아니긴 뭘 아무것도 아냐"라고 말한 뒤 자기 자리로 가 앉았다. 알면서 뭘 물어보고 지랄이야, 나는 속으로만 생각했다.

옷을 갈아입고 H마트에서 식초와 미역, 국수와 수프를 샀고 다음에 지유나 지우를 만나면 주려고 초콜릿도 샀다. 붕어빵 아주머니가 오픈 준비를 하고 있는 것을 보았지만 붕어빵이나 옥수수가 완성되기까지 기다리기가 힘들 것 같아 그냥 집으로 돌아왔다. 정말 더운 여름이다. 집에 돌아와 휴대폰을 보니 M으로부터 청주에 가자는 메시지가 와 있었다. 응, 가자. 나는 가자고, 답장을 보냈다. M이 어디든 가자고 하면 나는 갈 것이다. 메시지를 보내고 얼마 지나지 않아 엄마가 퇴근을 했고, 남의 밥을 만들다 온 엄마에게 밥을 차려준다. 차게 식혀둔 양배추쌈 밥상은 오늘도 합격점을 받았다.

너무 덥긴 한데, 이따가 산책 갈까?
그때 그 산책로로?
거긴 너무 멀지 않아?
저번에 본 그 미나리를 뜯고 싶은데 여태 못 갔거든.
그거 더러워서 못 먹어, 엄마.
아니, 그냥 키우려고.
키운다고? 그럼 가자.

난 그냥 집 앞 공원이나 걸을 생각이었는데 엄마는 단박에 좀 멀리 떨어져 있는 산책로를 원했다. 거기 어떤 더러운 수로 끝에서 본 미나리를 뜯고 싶다는 것이다. 봄이었고, 그때도 엄마가 원했었는데 그즈음엔 늘 미세먼지가 최악이어서 먹든 안 먹든 안 좋을 것 같다고 내가 많이 말렸었다. 엄만 그걸 잊지 않고 있었다. 그때 뜯게 둘걸, 싶었고 지금이라도 다시 기회가 생겨 다행이라는 생각이 들었다. 다행이기 이전에, 미안하고 고맙다는 생각. 너무 쉬운 일들이라고 생각해왔지만 나는 이제 그런 일들을 가장 우선으로 여기고 싶다. 나는 이제 그렇게 살고 싶다.

이렇게 입고 가도 될까?
그건 너무 잠옷 같은데.

이건 괜찮니?

응, 괜찮아.

엄마는 엄마가 가진 옷 중에서 가장 이상한 옷을 꺼내 입었다. 옷이 몇 벌 없어서 그렇다. 외출복을 입으면 또 빨아야 하니까, 그냥 이상한 옷을 입고 나간다. 정말 이상하지만, 입고 나간다.

봉지 내가 챙길게. 미나리 담을 거.

내 말에 엄마가 좋아하는 기색이다. 엄마는 빈손이고, 나는 휴대폰과 봉지를 챙겨 밖으로 나갔다. 엘리베이터에서 M에게 안전 운전을 하고 저녁을 맛있게 먹으라는 메시지를 보냈다.

현관 벤치에서 슬라임을 갖고 놀던 지유와 지우가 내게 알은체를 했다.

안녕하세요!

어, 저녁 먹었어?

네, 오리고기! 배불러요.

좋은 거 먹었네.

근데 또 배고파요!

뭐야. 재밌게 놀아.

아직 해가 쨍쨍했고 엄마와 나는 걷기 시작했다. 엄마는, 오늘 초저녁잠을 자지 않았고 이제 산책까지 하면 밤에 푹 잘 수 있을 거라고 좋아했다. 폭염 때문에 그런지 산책로엔 사람이 한 명도 보이지 않았다. 관리가 되고 있지 않은지, 조성된 지 얼마 되지 않았는데도 풀이 엄청나게 자라 있었다. 어디선가 구렁이라도 한 마리 나올 것 같은, 그런 길이었다. 나는 관리자로부터 방치되어 풀 냄새로 가득 찬 그 산책로가 마음에 들었다. 40분가량 걸었는데, 그동안 걷는 사람 한 명, 자전거를 탄 사람 한 명을 볼 수 있었다.

걔네들은 누구야?

응?

아까 집 앞에 어린애들.

아, 그냥 아는 애들.

꼬맹이들을?

나도 아는 사람 많이 생겼거든?

누가 뭐랬니.

시시껄렁한 얘길 나누며 걸었고, 미나리가 있던 곳을 찾기가 어려웠다. 돌다리를 건너서 조금만 더 걸으면 된다는 것. 미나리의 위치에 대한 엄마와 나의 기억은 같았지만 무성하게 자라버린 풀 때문에 돌다리가 아예 보이질 않았던 것이다. 우리는 결국 돌다리를 건너지 못하고 계단을 통해 다리를 건넜다. 그리고 새로 생긴 편의점에 들러 천 원짜리 음료수를 사서 마시며 잠시 땀을 식혔다. 우리는 음료수를 금세 다 마시고 왔던 길과 반대편 길로 걷기 시작했다. 그리고 색색의 조명이 켜져 있는 다리 아래를 지나자마자 전에 보았던 작은 수로를 발견했다. 나름 수문까지 있었다. 지금 위치에서 팔을 뻗기에는 미나리에 닿지 않을 것 같고, 사람이 내려가기엔 공간 확보가 쉽지 않을 것 같았다. 어떡하지, 하는데 엄마는 엉성해 보이는 철문을 잡고 고개를 90도로 숙여 미나리를 뽑기 시작했다! 나는 휴대폰으로 손전등을 켜

미나리를 비췄다. 빨간색 티셔츠를 입은 몸이 마른 아저씨가 트로트를 들으며 우리 곁을 지나갔고 나는 혹시 무슨 나쁜 말이라도 들을까 겁이 나서 짐짓 자연스러운 척을 하느라 엄마에게 "진짜 덥다. 그치"라며 그야말로 새삼스러운 말을 건넸다. 엄마는 안전하게 몸을 다시 올렸고, 서너 줄기의 미나리는 내가 챙겨온 봉지에 담았다. 누구도 뭐라 하지 않았고, 우리는 이제 집에 가기만 하면 되었고, 나는 그 사실이 너무 좋았다.

집에 와선 내가 먼저 샤워를 했고 그 사이 엄마는 미나리를 다듬어 1리터짜리 플라스틱 음료수 병에 담아 놓았다. 그렇게 몇 개월을 뽑고 싶어 했던 것에 비해 너무 대충 꽂아 놓아서 당황스러웠지만 엄마 마음이니까. 엄마가 씻는 사이에 나는 계속 미나리를 바라보았다. 하루에 내가 '미나리'라는 말을 이토록 많이 해본 적은 없었다. 더 생각해 볼 것도 없이 이런 적은 처음이라는 것을 안다. 그리고 앞으로도 그럴 일은 거의 없을 거라는 것도 안다. 나는…… 그동안……. 나는 이제 그렇게 살지 않을 것이다.

청주에 지인이 하는 일본 라멘 가게가 있다고 했고 거길 가보는 것 말고 다른 계획은 없이 M과 나는 청주로 갔다. 일찍 일어나긴 싫었지만 새벽 여섯 시에 일어나 준비를 마치고 일곱 시에 출발했다. 예전 같으면 피곤하다는 이유로 가지 않겠다고 했을 것 같다. 자고 싶은 만큼 자고 출발하면 고속도로 정체를 겪어야 하고, 그게 싫기 때문에 그냥 가지 않는 것을 택하는 편이 쉬웠다. 나는 요즘 피곤하지 않고, 새벽 네 시쯤 잠들었지만 다행히 여섯 시에 일어날 수 있었다.

우리는 청주에서 라멘을 먹었다. 청주 시청 근처 골목에 있는 작은 가게였다. 이렇게 더운데 요즘 누가 라멘을 먹느냐며 M의 지인인 사장이 우릴 보고 웃었다.

정말 여기 오려고 청주에 왔다고?

그는 세 번쯤 같은 질문을 했고 M이 세 번 모두 그렇다고 대답했지만 그는 M의 말을 잘 믿지 않는 것 같았다. 아침과 점심 식사를 모두 거른 상태라서 우리는 아주 빠르게 음식을 먹어치웠다. 그리고 밖으로 나왔고, M은 대전으로 차를 몰았다. 운전석 쪽 타이어 공기압이 갑자기 40대로 떨어져 잠시 정비소에 들른 것 말곤 별다른 일은 없었다. 정비소 직원은 땀을 흘리며 너무 더워서 센서가 잠깐 말을 듣지 않았던 것 같다고 설명해주었다.

굉장히 친절하다.

내 말에 M은 아무 말이 없었고,

자기 일을 한 것뿐이지만 정말 친절했어.

나는 한 번 더 말했다. 최근 몇 년간 나는 고마운 것도 잘 모르고(아무것도 잘 모르고) 지냈다. 서울을 떠나오기 얼마 전엔 내 고민을 자주 들어주던 직장 동료와 "바쁘면 사람 노릇 못 한다"는 책의 글귀를 보며 같이 웃곤 했었다.

두부와 새우, 과자 같은 것을 사서 소주와 맥주를 마셨다. 나는 평소보다 덜 마셨고 M은 평소보다 더 마셨다.

오늘 왜 이렇게 안 마셔?

배가 불러.

토할 것 같아?

응.

그럼 토하고 마시면 되지.

토하는 건 싫어.

그런 걸 두려워하지 않아야 새로운 것을 먹어볼 수 있는데.

그건 그렇지만 나는 얼마 먹지 못하고 숙소 창밖이나 바라보다가 일찍 잠들었다. 그리고 오래 자지 못하고 새벽에 잠에서 깼다. 깨어나니 8월 1일이 되어 있었다. 이렇게 또 시간이 흐르고 있는 것이다. 나는 잠든 M을 바라보다가 밖으로 나갔다. 내키는 대로 여기저기를 걸었는데 숙소에서 멀지 않은 곳에서 유명 스크린 골프장의 본사를 보았다. 나는 내가 지금 여기서 웬 스크린 골프장 본사를 보고 있다는 것과 내일을 걱정하지 않아도 되는 것이 낯설었고 그 낯선 기분이 좋았다. 요즘의 나는 다른 걱정은 있어도 전에 늘 하던 걱정은 없다. 나는 그 걱정들을 정말 그만하고 싶었다.

편의점에서 컵라면과 삼각김밥과 만두와 콜라를 사서 숙소를 향해 다시 걸었다. 돌아오니 M은 여전히 자고 있다. 아직 여덟 시도 되지 않은 시각이고 운전을 오래 했고 술도 마셨으니까 깨우지 않고 그냥 둔다. 나는 「TV 동물농장」이 하길 기다리면서 혼자 삼각김밥과 물을 먹었다.

일요일 한낮의 엑스포 공원은 오래전 문을 닫은 놀이동산처럼 한산했다. 두 평 정도 되는 것 같은 안내소의 직원은 휴대폰을 들여다보다가 우릴 발견하고 흠칫 놀라는 기색을 보였다. 정말이지 드넓은 그 공원에서 우리는 아인슈타인 동상과 아주 작고 재미있어 보이는 놀이기구, 거북이, 꿈돌이, 정승의 얼굴, 커다란 하이탑 운동화 모양의 조형물, 돌하르방 등을 보았다.

모르겠어. 저 조형물들 전부…… 난 모르겠어.
혹시 공원이 너무…… 너무 넓어서?

너무 더워 오래 걷지 못하고 차로 돌아왔다. 그 공원은 의문투성이였고 우리는 아무것도 알 수 없었지만, 그래도 좋았다. M은 최근 몇 년간의 나를 잘 견뎌주고 있다.
아직도 그 일 때문에 미안해하고 있어?
M은 대답이 없었고, 내가 재차 묻자,
견디거나 그런 건 난 못 해.
한마디를 들을 수 있었다. 나는 그의 그런 태도가 진심이었으면 좋겠다고 생각한다. 수행이 필요한 사람은 M이 아니라 나일 것이다. 서울로 가는 길에 3층 규모의 문구센터를 발견한 우리는 곧장 들어가 차량용 방향제와 체스, 색연필과 배드민턴 세트를 샀고 다시 집으로 출발했다. 성산대교를 건너 불과 얼마 전까지 살던 집 근처를 지날 때 어쩐지 숨이 막히는 것 같았지만 잠깐이었다.

엄마는 내가 대전에서 사 온 빵을 맛있게 먹었다. 나는 하루짜리 여행의 짐을 풀고 샤워를 하고 설거지를 하고 휴대폰을 조금 만지작거렸다. 일찍 누웠는데 어디선가 귀뚜라미 소리가 들렸고 조금 이따가는 매미 소리도 들렸다. 몹시 피곤했지만 잠은 오지 않는 밤. K에게서 "고양이 한 마리를 임시 보호하고 있는데 혹시 같이 지낼 생각이 있느냐"는 메시지가 왔다. 이름은 삐용이. K는 이미 세 마리의 고양이와 함께하고 있어 더는 어려운 모양이다. 나에겐 한 마리의 고양이도 없지만…… 지금 나는 고양이가 아니라 나 자신과 함께 살아야 한다. K는 삐용이의 사진을 몇 장 보내며 주변에 혹시 함께 살 수 있는 사람이 있는지 생각해봐 달라고 부탁했고 나는 최선을 다해보겠다고 말했다. 그러고선,

방울토마토나 체리나, 아무튼 그렇게 생긴 거 있지? 그런 건 가져오면 안 돼.

할머니가 입원해 있는 병원에 가는 일에 대해 설명해준다. K는 자신을 둘러싼 일들을 모두 받아들였고 마음이 편안하다고 했다. 나는 가만히 K의 마음을 상상해보았다.

눈을 떠 휴대폰을 보니 M으로부터 메시지가 와 있었다.

전기 스위치 같은 것을 사러 다니는 꿈을 꿨어.

바보 같으니라고. 대체 뭘 하며 살기에 저런 꿈을 꾸는 거야. 나는 꿈 속의 M을 상상하며 조금 웃었다. 엄마 방에 가보니 엄마가 있기에 여름휴가인가 보다 했다. 식탁 위에 있는 탁상 달력을 보니 이틀간 쉰다는 표시가 되어 있다. 나는 달걀을 삶고 김치를 볶았다. 김치를 볶는 것도

너무나 쉬운 일이라고 생각해왔지만 최선을 다해 천천히 볶아보았다.

내가 지금까지 했던 김치 볶음 중에 가장 맛있게 된 것 같다. 서울에서 짐을 정리하던 즈음엔 맛없기가 힘든 간단한 음식도 이상하게 죄다 망쳐버렸던 기억이 난다. 이렇게 간단한 걸, 그땐 왜 그랬을까. 내겐 시간이 필요했다. 생계를 위한 일을 하거나 우는 시간을 빼고 나서의 시간. 많이 바란 것은 아니었고 그냥 두세 달만 쉬고 싶었는데 아예 그만두지 않는 한, 두세 달을 쉴 수 있는 방법은 없었다. 그것뿐이었다. 나도 더 가난해지고 싶진 않았지만…… 마지막엔 정말이지 뛰어내리고 싶었다.

너 1.5층 살았잖아.

응, 엄마. 아무튼 나 지금 마음이 너무 편안해…… 그래서 고맙고 미안해.

나도 너랑 사니까 좋다.

근데 왜 처음에 오지 말라고 했어.

엄마와 믹스커피를 마신다. 사실 영농자재백화점 앞에서 석기와 마주친 뒤로 석기에게 만나자는 연락이 매일 왔었다. 나는 그를 만나고 싶지 않았다. 엄마가 커피 잔을 내려놓았고 나는 설거지를 하고 괜히 냉장고며 탁자 위며 아무 데나 뒤져보다가 밝은색 겉옷을 모아 세탁기를 작동시킨 뒤 작은방으로 들어갔다. 빨래 좀 그만해. 엄마가 말했지만 듣는 체도 안 했다.

씨발 너 진짜 인생 그렇게 살지 마라.

석기로부터 메시지가 왔다. 지금은 아침 아홉 시 30분인데, 지금 막 화가 난 것은 아닐 테고……. 나는 석기가 내게 왜 이런 말을 했을지 생각해본다. 다른 것에 화가 나 있었는데 마침 그 화살이 나를 향했던 것일까, 아니면 내게 전부터 하고 싶던 말이었을까. 오빠, 그러니까 이건 나도 정말 궁금하거든. 그렇게 살지 말라는 게 대체 무슨 말인지, 그럼 어떻게 살아야 하는지 나도 정말 궁금하거든. 생각은 했지만 답장을 보낼 수는 없었다. 그 말이 진심이라는 생각도 들지 않았고 혹여 진심이라 해도 그건 결국 아무도 모르는 일이기 때문이다. 그때 또 메시지가 왔다.

나 어제 아기 낳았어.

C의 메시지였다. C가 엄마가 되었고 나는 이모 같은 것이 된 모양이다. 나는 얼마 전 구입한 초콜릿을 가지고 1층 현관 옆 벤치로 간다. 지유와 지우는 없었다. 열 시쯤 된 것 같은데 너무 덥다. 초콜릿을 들고 벤치에 앉아 있는데 남자애 두 명과 여자애 두 명이 다가와 죄송한데 담배 좀 사다 달라고 말했다. 나는 싫다고 말한 뒤에 나도 모르게 그들에게 초콜릿을 내밀었다. 나는 요즘 시간이 이렇게 가고 있구나, 하는 것만 생각한다. ▪

정영수

우리들

ⓒ김봉곤

1983년 서울 출생. 한예종 서사창작과 전문사 졸업.
2014년『창작과비평』등단.
소설집『애호가들』.

우리들

정은과 현수를 알게 되었을 때 내가 스스로도 이해하기 어려울 정도로 급작스럽게, 거의 저돌적으로 그들에게 빠져든 건 당시 내가 인생에서 더 이상 건질 만한 것이 없다는 생각에 몰입해 있었기 때문일지 모르겠다. 나는 회의로 가득 차 있었고, 어디에서든 자그마한 희망의 불씨라도 발견하고 싶었던 것 같다. 하지만 희망이란 때때로 멀쩡하던 사람까지 절망에 빠뜨리곤 하지 않나? 아니, 오로지 희망만이 인간을 나락으로 떨어뜨릴 수 있다. 게다가 희망은 사람을 좀 질리게 하는 면이 있는데, 우리들은 대체로 그런 탐스러워 보이는 어떤 것들 때문에 자주 진이 빠지고 영혼의 바닥을 보게 되고 회한의 수렁에 빠지게 된다.

정은은 책을 써서 크라우드 펀딩을 통해 판매하려는데 도움을 받고 싶다고 내게 연락해 왔다. 이제는 잘 만나지 않는 나의 오래된 친구를 통해 내 연락처를 알게 되었다는 것이었다. 정은과 현수는 느슨한 릴레이션십을 유지하고 있는 커플처럼 보였는데, 자신들의 이야기를 쓰고 싶다고 했다. 그 일의 당위성에 대해서는 회의를 품지 않을 수 없었으나(나는 그런 책이 낼 만한 가치가 있다고 생각할 만큼 순진하지는 않았다) 그 무렵의 나는 스스로가 무엇에라도 쓸모 있는 존재라는 증거가 필요했고, 나의 알량한 출판사 경력을 원하는 그들이 조금은 고맙게 느껴지기까지 했다. 그들은 내가 편한 곳이면 어디든 찾아오겠다고 해서 나는 상수동에 있는 한 카페의 위치 링크를 보내주었다.

　두 사람을 만났을 때 가장 먼저 받은 인상은 그들이 삶에 능숙한 사람들이라는 것이었다. 문을 열고 들어서서 내게 첫인사를 건네고 자리에 앉는 속도나 한 사람이 나와 대화를 나누고 다른 한 사람이 음료를 주문하는 과정, 본론에 들어가기 전에 던지는 간결하고 우호적인 질문들은 커피가 채 나오기도 전에 나를 안심시키기에 충분했다. 이건 나중에 그들에게도 한 이야기지만 두 사람을 만나기 전에는 자기들의 연애 이야기를 책으로 내고 싶어 한다는 말만 들었을 때 일반적으로 사람들이 얻었을 법한 선입견을 가지지 않을 수 없었는데("아니, 이번에는 또 어디서 나타난 자기애자들이람?") 나는 두 사람 중 하나, 혹은 두 사람 모두가 조금은 허황한 세계관을 품고 있으며 적잖이 과장된 자의식에 사로잡혀 자신과 주변 사람들을 왜곡된 시야로 바라보는 그런 부류겠거니 하고 생각했던 것이다.

　그런데 막상 만나 보니 예상과는 달리 그들은 내가 그동안 알고 지낸 어느 누구보다 스스로에 대해 잘 알고 있는 사람들처럼 보였다. 두 사람과 대화를 시작한 지 얼마 되지 않아 나는 그들이 어디에서 어떻게 행동해야 하는지 알고, 누구에게 언제 어떤 말을 건네는 게 적절한

지 아주 잘 아는 사람들이라는 걸 알 수 있었다. 대학을 졸업하고 세상에 나온 지 몇 년 되지 않아 아직 애송이였던 내가 보기에 그들은 아주 세련되고 근사한 커플이었다. 특히나 깊은 인상을 준 것은 현수였다. 그는 내가 그동안 살면서 만나보지 못한, 믿기지 않을 정도로 선한 얼굴을 가진 남자였다. 잘은 모르지만 그건 마치 한 번도 상처 같은 것을 받아본 적이 없고 누군가에게 상처를 입힌 적도 없는 듯한…… 어떤 결핍도 느껴본 적 없으며 어떠한 열등감도, 그 어떤 억울함이나 수치심도 없는 세계에서 살아온 사람만이 가질 수 있는 얼굴이었다.

그들은 그동안 겪은 일을 함께 쓸 것이라고 했다. 필요하다면 서로의 기억을 상기시켜가면서 일어난 일들과 그들이 느꼈던 감정들을 재현할 거라는 이야기였다. 가능한 한 사실과 가깝게, 할 수 있는 한 진실되게. 정은은 내게 자신들이 쓴 원고를 봐주는 것 외에도 그들이 애초의 의도와 다른 방향으로 나아가고 있을 때나 작업을 하다가 그들 사이에 원치 않는 갈등(연인 관계에서 일어나는 감정 다툼까지 포함해서)이 생겼을 때 조정하는 역할까지를 부탁했다. 내가 보기에 그들이 하려는 일은 간단한 듯하면서도 불가능에 가까워 보였는데, 그 불가능성과는 별개로 일 자체는 흥미로워 보였기에 수락해야겠다고 금세 마음을 먹은 상태였다. 그러나 나는 이렇게 말함으로써 내가 쉬운 사람이 아니라는 것을 보여주었다.

"근데 그런 건 아니 에르노가 이미 쓰지 않았어요?"

"그건 소설이잖아요." 정은이 대답했다.

"앙드레 고르는요?"

"그건 일방의 편지였고요." 현수가 대답했다.

죽이 잘 맞는 커플이로군. 나는 그 문답으로 그들이 적어도 문학에 문외한은 아니라는 걸 확인할 수 있었는데, 좀 더 대화를 해보니 그 정도가 아니었다. 그들은 내가 예상했던 것보다 글쓰기라는 행위에 대해, 책이라는 사물에 대해, 문학이라는 표현 양식에 대해 진지한 태도를 갖고 있으며, 작가들(특히나 그들이 편애하는)에 대해서는 거의 경외에 가까운 무한한 신뢰를 품고 있다는 것을 느낄 수 있었다. 정은은 역사상 최고의 작가로 솔제니친과 프리모 레비를 꼽았으며(그녀가 왜 그런 글을 쓰겠다고 했는지 대충 알 만했다), 현수는 톨스토이와 플로베르를 좋아한다고 했는데 그의 지나칠 정도로 맑고 선한 얼굴을 생각하면 의외라는 생각이 드는 한편 나름대로 수긍이 가기도 했다. 그들은 자신들이 쓰려고 하는 것이 문학적인 성취를 이루어낼 거라는 과대망상은 결코 하지 않았다. 그저 그 글을 씀으로써 자신들이 겪게 될 변화, 그리고 일을 끝마친 후에 남겨질 것들에 대해 현실적인 기대를 하고 있을 뿐이었다. 크라우드 펀딩을 통해 판매하기로 한 것도 그저 그 일을 이어갈 동력이 필요했기 때문이고, 독자의 존재를 상정했을 때 더욱 분명한 글쓰기가 가능할 것 같아서라고 했다. 그들은 자기들 단둘이서는 그 작업을 만족스럽게 해내지 못하거나 아니면 아예 끝마치지 못할 것 같았다고 했는데 그 생각에는 나 또한 동의하는 바였다.

나에게는 그날의 대화가 즐거웠음은 물론이고 그날의 공기, 소리, 빛, 우리를 둘러싸고 있던 모든 것이 완벽한 조화를 이루고 있었다는 기억이 있다. 느릅나무로 만든 원목 탁자와 의자들은 단단하면서도 편안했고, 창을 통해 들어온 햇빛은 콘크리트 벽을 부드러운 흰빛으로 물들이는 한편(그 빛에 환히 빛나던 현수의 올리브색 스트라이프 셔츠……), 공간을 반쯤 채운 젊은이들의 나른한 목소리와 전동 커피그

라인더가 이따금씩 만들어내는 청량한 소음이 마음을 가라앉혀주었고, 차분히 돌아가는 서큘레이터가 에어컨에서 나오는 선선한 공기를 성실히 우리 쪽으로 보내왔으며……

그런데 지금에 와서 생각해보면, 그날의 분위기가 그렇게나 완벽했던가? 그들이 정말 그렇게나 아름다운 사람들이었나? 어쩌면 내가 그들을 실제보다, 그들이 그랬던 만큼이 아니라 그랬으면 하는 것만큼 아름답게 꾸민 기억 속으로 밀어 넣고 있는 것이 아닐까? 아니면 두 사람이 이후에 보인 모습들, 내가 지켜봐야 했고, 지켜보기를 강요당하다시피 했던 그 일들과 내가 알던 그들의 대비를 보다 드라마틱하게 하기 위해(그래서 그들에게 더욱 철저히 낙담하기 위해) 무의식중에 설정한 일종의 장치 같은 것은 아니었을까? 나는 자문하곤 했다. 그러나 적어도 분명한 것은 그들과 헤어진 뒤 한 시간쯤 지나 받은 문자 메시지를 보고 내가 안도감에, 아니 순간적으로나마 강렬한 행복감에 사로잡혔다는 사실이다. "오늘 즐거웠어요. 다음에는 해방촌에서 만나요." 그것은 실로 오랜만에 느낀 감정적 고양이라고 할 수 있었다. 나는 정은의 메시지를 받고 내가 그들의 면접에 통과했다는 사실을 알았다.

그때는 내가 나름대로 각오를 품고 떠난 상하이행에서 뜻한 바를 이루지 못하고 낙오자의 심정이 되어 한국으로 돌아온 지 얼마 되지 않은 시기였다. 그곳에서 하던 일을 그만두고 서울로 돌아오기로 결심할 때만 해도 이것이 나를 위한 최선의 선택이라고, 잘못된 판단을 돌이키기에 지금만큼 적당한 타이밍은 없다고 스스로를 설득했고 그건 거의 성공했지만(결국 서울로 돌아왔으니까) 막상 돌아와서는 금세 깊이를 알 수 없는 패배감에 빠져들었다. 아무런 소득 없이, 어쩌면 삶에서 가장 중요한 시기였을 1년을 그곳에 버리듯이 팽개쳐두고 돌아온 것이 나의 인생 자체를 실패작으로 만든 것 같았고, 앞으로 더 이상 어떤 일도 제대로 해내지 못할 것만 같은 기분이 들었다.

　그런 시기가 처음은 아니었다. 전공이 적성에 안 맞는다는 이유로 앞뒤 가리지 않고 어디서 났는지 알 수 없는 용기로 대학을 그만두었을 때(그러나 나는 곧 공황 상태에 빠져 허겁지겁 편입 학원을 찾았고), 졸업 후 오랜 기간 매달렸던 언론사 입사 시험을 포기하기로 결심했을 때에도 내 삶이 돌이킬 수 없이 망가졌다는 생각으로 절망에 빠졌다. 하지만 나는 그럴 때마다 자기혐오인지 자기애인지 알 수 없는 감정에서 기인한 듯한 마조히즘의 도움을 받아 그 일들로 인해 고통받으면서 동시에 그 참담함을 즐겼다. 그것은 나의 장점이자 단점인 지독한 낙관주의와 만성적인 우울증이 결합해 만들어진 결과물이었고, 그래서 상하이에서 돌아온 후에도 무기력에 몸을 맡긴 채 우울과 비관을 곱씹으며 달콤한 회한에 잠겨 하루를 보내곤 했다.

　상하이로 떠날 때 혼자 살던 서교동 집을 정리했기 때문에 나는 은평구 신사동에 있는 어머니 집을 임시 거처로 이용하고 있었다. 어머니는 내가 독립하고 나자 이제 혼자 사는데 넓은 집이 무슨 소용이냐며 나와 아버지가 남기고 간 짐을 모조리 치운 뒤 방이 단 두 개뿐인 작은 아파트로 이사해버려 나는 거실 구석에 깔아둔 매트에서 지내야 했다. 그러나 시장에서 대충 고른 싸구려 매트나 딱딱한 팔걸이가 있는 2인용 소파 위는 회한에 잠겨서 하루의 대부분을 보내기에 마땅한 장소가 아니었다. 나는 해가 높이 뜨면 어쨌든 밖으로 나와 스타벅스나 모교 도서관을 전전하며 시간을 보냈다. 주로 노트북을 들고 나가 구인 사이트를 보는 둥 마는 둥 하다가(더 이상 출판 일은 하지 않겠다는 굳은 의지로 '사람인'이나 '잡코리아' 같은 일반적인 구인 구직 사이트만 둘러보았는데 도무지 기웃거려볼 만한 곳도 없어서 나는 더욱 슬퍼졌다) 몇 년째 연락 한 번 주고받지 않은 옛 친구들의 인스타그램을 처음부터 끝까지 다 훑는다거나 새 트위터도 올라오지 않는 타임라인을 계속 새로 고침 한다거나 하면서 인생을 낭비하다가 도서관에 가서 나처럼 삶에 실패한 인물들이 나오는 소설을 읽었다. 삶에 실패하는 인물이 나오는 소설을 찾는 것은 그다지 어렵지 않았다. 서가에서 아무 책이나 뽑으면 거기에는 처참하게 실패한 인물들이 있었다. 가끔가다 밑도 끝도 없이 명랑한 인물이 나오는 소설(이를테면 『그리스인 조르바』 같은)도 나왔지만 대체로는 원하는 책을 얻을 수 있었다. 어떨 때는 참을 수 없이 외로워져서 아무 기억이나 붙잡고 그것을 한참 동안 그리워하기도 했다. 그러고는 어느 정도 시간이 지나면 언제 그랬냐는 듯이 그것들을 까맣게 잊어버렸는데, 그러다가 다시 또 무언가를 그리워하고……

그 그리움의 상자에서 가장 많이 꺼냈던 것은 아이러니하게도 연경이었다. 그러고 싶지 않았지만 어쩔 도리가 없었다. 그녀는 내가 상하이로 떠나는 데, 더 이상 서울이라는 곳에 하루도 더 머물 수 없는 심정이 되어 새로운 장소에 대한 열렬한 갈망을 품고 실제로 이곳을 떠나기까지 하는 데 거의 직접적인 원인을 제공한 인물이었다. 나는 그녀와 관련된 모든 것에서 멀어지고 싶었는데, 대학 시절부터 그녀와 함께 보낸 오랜 시간, 나에게는 평생에 가깝게 느껴지는 그 시간들에서 헤어 나오지 않고 다시 삶을 시작한다는 건 불가능하다고 생각되었기 때문이다. 연경을 처음 만났을 때만 해도 나는 타인과 관계 맺는 일에 서툴렀고 누군가와 그렇게나 길고 고단한 감정적 투쟁을 할 수 있다는 것은 상상도 해보지 못한 어리숙한 학생일 뿐이었다. 하지만 삶에서 그런 일이 충분히 일어날 수 있다는 사실을 알고 있었더라도, 새로운 자극이나 찾아보려고 놀러 간(어떻게 보면 그 '새로운 자극'이라는 걸 찾아낸 셈이긴 했다) 타 학교 축제에서 우연히 알게 된 여학생이 나의 삶(특히 감정적 영역에서의 삶)에 이렇게나 지대한 영향을 끼칠 거라는 걸 어떻게 알 수 있었을까? (당연히 정은이 내게 연락을 해왔을 때 역시 나는 아무것도 예감하지 못했는데, 그렇게 생각하다 보면 그런 걸 미리 알 수 있는 사람이 누가 있겠는가, 하는 생각을 하게 되고 곧이어 우연인지 운명인지 알 수 없는 삶의 무자비함에 아득한 무력감을 느끼게 되는 것이다……)

연경을 그리워하는 날들을 보낸 것도 그때가 처음은 아니었다. 우리는 4년 동안 연인으로 지내다가 내 군 입대를 계기로 헤어지게 되었는데, 제대 후에도 그녀를 완전히(일단은 그렇게 말해볼 수 있을 정도로) 잊는 데까지 꽤 오랜 시간이 걸렸고 그전까지는 틈날 때마다 그녀를 그리워했다. 그 시기의 감정에는 물론 어느 정도 타당성이 있었다. 적어도 나는 우리가 스스로의 선택이 아닌 불가항력적인 상황에 의해 이별을 맞이한 것이라고 믿었고, 그런 사연에는 그때만 해도 20대였던 나의 감성을 자극하는 어떤 비극의 요소가 있었던 것이다. 우리는 거의 모든 처음을 나눠 가졌으며 거기에는 육체적인 것보다 감정적인 것이 훨씬 더 큰 비중을 차지했다. 우리는 첫 애정과 첫 질투를 공유했고 첫 환희와 첫 쾌락과 첫 증오와 첫 환멸과…… 그 밖의 많은 것을 주고받았다. 그래서 나는 이미 어떤 운명적인 끈이 우리를 꽁꽁 묶어버려서 그것이 옳은 방향이든 아니든 우리는 결국 함께할 수밖에 없다는 생각을 하기에 이르렀던 것이다. 그리고 이윽고, 우리는 자그마치 5년이라는 시간이 지나서(그동안 나는 서너 번의 연애에 실패한 뒤였다) 다시 연인이 되었지만 그녀와의 재회는 내가 그리움에 잠겨 상상하곤 했던 애틋한 만남과 전혀 다른 모습이었고, 그것은 애틋하다기보다는 참혹한 모습이었으며, 우리는 잔인할 정도로 서로에게 가혹했던 몇 년을 보낸 뒤 애정과 증오가 뒤엉켜 더 이상은 서로를 그리워할 수 없을 정도로 엉망진창이 되어 헤어지지도, 헤어지지 않지도 못한 채 누군가가 대신 우리를 완전히 끝장내주기만을 기다리는 상황에 처하고 말았다. 한번 그런 방향으로 진행된 관계는 다시 좋은 쪽으로 나아갈 기미가 보이지 않았으며 결국 내가 상하이로 떠나고 나서야 우리는 서로에게서 벗어날 수 있었다.

그런데 내가 연경을 그리워한다니? 그것은 어쩌면 내가 철이 든 이후에 한 그 어떤 일보다도 우스운 일이었지만 나는 그러고 있었다. 마치 기억상실증에 걸린 사람처럼 다시 그런 멍청한 짓을 하고 있었다. 그러면서 동시에 그녀와 함께했던 시간 중 (나의 무의식이 조심스럽게 기억의 지뢰밭을 헤쳐 선별해낸) 가장 안전한 추억들을 떠올리는 스스로에 대해 소스라치게 놀라곤 했다. 그럴 때마다 나는 그리움에 시달리면서도 그 시기는 이미 지나갔으며 내가 그리워하는 것들은 실제로 더 이상(어쩌면 애초에 단 한 번도) 존재하지 않는다는 사실을 상기하려 노력했다. 그래서 그리움의 바다에서 허우적대다 보면 나는 더욱 외로워졌고, 그러면서 또다시 무언가를 그리워하고……

이런 상황이었으니 내가 정은과 현수를 기억하는 방식을 결정짓는 데는 연경이라는 존재가 큰 역할을 했으리라고 생각하지 않을 수가 없다. 아니 좀 더 정확하게 말하자면 나는 연경이라는 사람 자체가 아니라 나와 연경이 관계 맺던 방식과 그 두 사람의 관계 형태에서 극적

대비를 발견한 것이었다고 볼 수 있다. 서로를 사랑한다고 여겼던 연경과 내가 서로에게 서로를 주장하며 충돌했던 순간들은 격렬했으며 그만큼 부풀려졌고, 강렬한 고통과 함께 알 수 없는 쾌감(위태로운 관계에서 오는 긴장과 해소의 반복이 주는 조금은 중독적인 형태의)을 수반했다. 때로는 고통인지 쾌감인지 구별할 수조차 없었던 감정의 무조건적인 분출들, 폭발들!…… 우리가 사랑이라는 성스러운 이름으로 자행한 가학적 행위들은 거의 피로 물든 십자군 전쟁이나 다름없었다. 우리는 끊임없이 비난하고 오해하고 실망하고 항변하고 항복하고 용서했다. 그리고 마침내 상하이로 향하는 항공기에 앉아 만 피트 상공에서 나는 콜레트의 『여명』을 읽다 말고(그 책이 내게 어떤 영향을 주었는지 분명히 알 수는 없지만) 불현듯 속으로 이렇게 외치며 그녀에게서 영원히 벗어나기로 결심했던 것이다. 그래서 사랑은? 그럼 이제 사랑을 내놔봐. 그건 대체 어디 있는데?

그런가 하면 정은과 현수는 내가 언젠가 막연히 나에게도 도래할 것이라고 기대했던 삶, 진짜 어른의 삶을 살고 있는 것처럼 보였는데, 무엇보다 그들이 맺고 있는 관계에서 그랬다. 그들은 서로를 완전한 독립체로 대하면서도 끊을 수 없는 강한 유대를 맺고 있었고 그것은 사랑과 신뢰를 기반으로 한 아주 단단하고 영속적인 결합으로 보였다. 그건 내가 구체적으로 그려보지는 못했지만 만약 그런 것이 존재한다는 사실을 알았다면 그렇게 되기를 바라 마지않았을 완벽한 형태의 관계 같았다. 그들은 나보다 겨우 두세 살 많을 뿐이었지만 나는 두 사람이 마치 나보다 한 세대는 위의 사람들인 것 같다고 생각했다. 유행에 뒤처졌다거나 고리타분해서가 아니라 두 사람이 내가 그래왔고, 그러고 있는 것보다 이 세상을 훨씬 더 많이, 잘, 속속들이 '활용'하고 있다고 느꼈기 때문이다.

그처럼 '완전한 어른'으로서의 그들을 떠올릴 때마다 나는 자연스럽게 우리가 만나곤 했던 공간을 함께 떠올리게 된다. 녹사평역에서 그늘 한 점 없는 언덕길을 땀을 주룩주룩 흘리며 걸어 올라 찾아가곤 했던 해방촌의 카페는 그들만의 아지트였다. 오래된 복층 주택을 개조한 그 건물 중앙에 위치한 아르데코풍의 육중한 나무 문을 열면 소름이 돋을 정도로 서늘한 공기가 순식간에 몸을 감쌌고, 나는 고불고불 연결되어 있는 작은 방들 사이에 규칙 따위 없이 숨겨져 있는 층계를 올라 그들이 늘 차지하고 앉아 있던 3층의 구석방으로 갔다. 그러면 현수는 내게 얼음 조각이 가득 든 차가운 커피를 내밀었는데 스트로를 입에 물고 몇 모금 들이켜고 나면 어느새 더위는 사라지고 땀에 젖어 등에 들러붙던 셔츠는 다 말라 있곤 했다. 매번 햇빛이 비치지도, 매번 그만큼 덥지도, 그리고 매번 그처럼 눈부시지도 않았을 해방촌에서의 날들이 내게는 그런 이미지로 남아 있었다. 그 나무 문을 밀고 들어설 때 나는 어떤 차원의 문을 통과해서 그들이 존재하지 않던 세계에서 그들이 존재하는 세계로 이동하는 듯한 느낌을 받았다. 문을 열면 펼쳐지는 청명한 벽빛…… 눈이 멀 듯 짙은 그 초록……

나는 그들의 과거사, 그러니까 그들이 내게 써서 보여주는 이야기에 대해서는 묻지 않았다. 그들도 그 이야기는 꺼내지 않았고, 서로 말로 하지는 않았지만 그것은 우리 사이에 있던 거의 유일한 근로 협약이라고 할 수 있었다. 그래서 나는 그들의 이야기가 적힌 글을 읽으면서 그 속에 있는 인물들이 다름 아닌 바로 그들이라는 사실을 충분히 실감하지 못했다. 그들이 사설 인문학 강좌에서 고대 그리스 철학 수업을 듣다가 가까워졌고, 수업이 끝난 뒤에도 서로 책을 빌려준다는 좋은 핑계로 따로 만나 차를 마시고 함께 전시를 보러 가며 점점 가까워지는 이야기는 내게 그들이 함께 쓰는 소설 속 이야기처럼 느껴지기까지 했다. 글 속의 남자는 보수 성향의 메이저 일간지에서 기자로 일하고 있지만 내 눈앞에 있는 현수는 그저 제국시대 한량처럼 보일 뿐이었고, 글 속의 여자는 한 문화교류재단에서 코디네이터로 일하고 있는데 정은은 왠지 어린 나이에 임용된 영문학과 교수님 같은 느낌이었던 것이다. 하지만 그랬기 때문에 나는 오래전 출판사에서 편집 일을 하던 때처럼 어느 정도 거리를 둔 채 그들의 원고를 읽고 고쳐 나갈 수 있기도 했다. 그들은 내가 읽는 것이 조금 느려진다 싶으면 이렇게 말하곤 했다. "왜요, 재미없어요? 이 부분 좀 지루하죠?"

두 사람과의 만남이 이어지면서 나는 그들이 나를 대하는 방식이 빠르게 달라지고 있다고 느꼈다. 그들은 작업을 도와주는 외주자보다는 그들과 함께 한 시절을 보낼 친구로서 나를 원하고 있는 듯했다. 두 사람은 보여줄 원고가 없을 때에도 맥주를 마시자거나 드라이브를 가자거나 하면서 나를 불러내곤 했다. 그들에게는 차가 없었기 때문에 우리가 했던 드라이브라는 건 택시를 불러 종로나 북악산 자락을 한 바퀴 돌고 다시 해방촌으로 돌아오는 식이었고, 우리는 마치 친구의 차를 얻어 탄 것처럼 편하게(늘 앞좌석에 탔던 현수는 뒷좌석의 나와 정은을 마주 볼 수 있을 정도로 몸을 옆으로 틀었다) 수다를 떨었다. 그러나 그들이 나를 필요로 하는 만큼 나 또한 그들을 필요로 했던 것도 사실이다. 솔직히 말하면 나는 그들과 함께 있는 것이 즐거웠고, 그들과 더 가까워지고 싶었으며, 그들의 일부가 되고 싶었다. 나는 종종 스스로가 느끼기에도 그들에게 과도할 정도의 애정을 품고 있다고 생각했다. 그것은 어쩌면 내가 그들의 내면(그들이 보여주는 원고를 통해)과 외면(그들과 물리적으로 함께하는 시간의 양에 비례해)을 모두 소유하고 있다는 착각에서 비롯된 유대감 때문인지도 몰랐다. 나는 연경을 비롯해 어떤 사람도 그런 방식으로 소유해본 적이 없었다. 그렇다 해도 우리 셋이 그러한 관계가 되기를 먼저 바랐던 것은 그들이었다는 생각을 하지 않을 수가 없었는데 그건 정은이 네 번째 원고, 두 사람에 관해 내가 전혀 예상하지 못했던 의외의 사실이 담겨 있는 원고를 넘긴 것이 그들에 대한 나의 애착이 충분히 가시화되어 그들도 그것을 느꼈을 게 분명해졌을 무렵이었기 때문이다.

정은은 여느 때와 같이 해방촌의 활엽수림에서 프린트된 원고를 내게 건넸는데, 이번 원고는 평소보다 오랫동안 고민하고 다듬은 흔적이 역력했다. 거기에는 내가 그들에 대해 알아야 할 가장 필수적인 사실이 할 수 있는 한 조용하게, 전혀 대수롭지 않은 것처럼 자연스럽게, 최대한 극적이지 않은 방식으로 서술되어 있었다. 하지만 도리어 그러면 그럴수록, 그녀가 글 안에서 딴청을 피우면 피울수록, 뒤로 물러나면 물러날수록 그 글이 보여주고 있는 진실, 그러니까 그들이 결혼한 사람들이라는 사실, 밤 열한 시가 되면 해방촌의 안전 가옥에서 퇴장해 서로의 가정으로 돌아가야 한다는 사실, 그곳에는 정은을 맞이하는 또 다른 남자가 있고, 현수를 기다리는 아내와 세 살 된 딸아이가 있다는 사실을 더욱 드라마틱하게 드러낼 뿐이었다.

나는 그 원고를 읽으면서 내가 그동안 그들에게서 숱하게 보아왔던, 누구에게나 호감과 신뢰를 줄 만한 여유롭고 자신감 있는 미소가 이제는 거의 보이지 않을 정도로 희미해진 것을 보았고, 그들이 긴장한 채, 어떤 간절함을 품은 채 나를 바라보고 있다는 걸 느꼈다. 나는 그제야 그들이 나를 찾은 이유를 분명히 알 수 있었다. 그들은 오랫동안 오직 둘만이 존재했던 세계에 이제는 그들에게 동의해줄 타인이 필요하다고 느꼈으며 그게 그들의 세계가 지속될 수 있는 하나의 방법이라고 생각했던 것이다. 그들은 어떤 유적도 역사도 없는 그들의 애처로울 정도로 빈약한 세계를 증언해줄 목격자를 원했고, 최후의 순간에 그들의 편에 서줄 동조자를 원했으며, 점점 커져가는 그들의 죄책감을 함께 나눌 공범을 원했다.

네 번째 원고에 담긴 내용이 내게 적잖은 충격을 준 것은 사실이었다. 그러나 그 글을 읽고 난 후 나의 태도가 특별히 바뀐 것은 아니었다. 아니, 아무것도 바꾸지 않음으로써 우리의 관계가 전과 다른 양상으로 완전히 바뀌었다고 말할 수도 있을 듯하다. 나는 이전과 마찬가지로 원고의 내용에 대해서는 반응하지 않았다. 우리는 평소처럼 소설에 대해, 영화에 대해, 미술에 대해, 그 밖의 모든 것에 대해 이야기를 나누었지만 그 내용에 대해서만은 입을 열지 않았다. 물론 나는 원고를 읽은 뒤 피드백을 했고, 어떤 부분을 어떻게 다듬으면 좋겠다느니, 이 부분에서 전달력이 조금 떨어진다느니, 한 꼭지의 분량이 너무 길다느니 하는 소리를 했지만 그 속에 들어 있는 가장 중요한 내용에 대해서는 아무 말도 하지 않았다. 그러는 한편 나는 그들에게 직접적이지 않은 방식으로, 전보다 더욱 호의적으로 행동함으로써 내가 두 사람에게 여전한 애정을 품고 있음을 알리려 애썼다. 나는 내가 새로 알게 된 사실에 대해 전혀 신경 쓰지 않으며 당신들에게 윤리적 지탄을 가할 생각이 추호도 없고 앞으로도 당신들의 편에 설 것이라는 뜻을 전달하고자 했다. 그것은 거짓이나 배려가 아니다. 오히려 나는 네 번째 원고를 읽은 후 전보다 더 그들에게 끌리게 되었는데 그것은 그들이 나와 다른 차원의 '진정한' 삶을 경험하고 있다고 여겼기 때문이었다. 두 사람이 외도를 하고 있다는 불온하고도 엄연한 진실은 그때의 나에게 그들이 그저 그런 연인 관계가 아니라는, 그들의 사랑이 지천에 널린 흔하디흔한 애정이 아니라 위험과 고난을 (심지어 죄의식마저) 함께 나누며 이어나가고 있는 숭고하기까지 한 행위라는 것을 증명해줄 뿐이었다. 그것을 알고 있는 사람이 나밖에 없다는 사실도 그들에 대한 유대감을 더욱 강화해주었다. 두 사람이 그 험난한 상황에서 감정적으로 의지할 수 있는 대상은 오직 나뿐이었다. 나는 그들의 일을 전보다 더 열심히 도왔는데, 그건 그들이 자신들의 이야기를 쓰려고 했던 데에 애초에 내가 기대했거나 염려했던 것보다 더 충분한 명분과 설득력이 있다는 걸 알게 되었기 때문이었다.

그 일이 내게 준 영향 중 하나는 나도 글을 쓰기 시작했다는 것이었다. 그들이 자신들에 대해 쓰는 것처럼 나는 연경과 나에 대한 글을 쓰기로 마음먹었다. 그리고 그것을 연경에게 보낼 생각이었다. 연경에게서 도망치듯 상하이로 떠날 때, 물론 무언의 합의가 없었던 것은 아니지만 분명하게 서로의 뜻을 전했던 것이 아니었기 때문에 우리의 이별은 조금 어정쩡한 형태였던 게 사실이다. 정은과 현수를 보면서 나는 연경과 나의 관계를 정리할 필요를 느꼈으며 우리가 대체 왜 그런 식으로밖에 지낼 수 없었는지 서로에게 해명해야 한다고 생각했다. 그녀의 생각을 알고 싶은 만큼 나 또한 그녀에게 나의 생각을 분명하게 전달하고 싶었고 그러려면 우선 내가 그녀와의 긴 만남을 통해 어떤 것들을 느껴왔는지 알아야 했으며 그 방법은 역시 글쓰기뿐이라는 생각이 든 것이다. 그리고 내 글의 독자가 될 수 있는 사람은 연경뿐이었다.

그러나 막상 글을 쓰는 건 쉽지 않았다. 어디서부터 시작해야 할지 알 수가 없었고, 일단 시작을 한다 해도 그것이 완전히 잘못되었다는 생각과 함께 다른 방식의 도입이 계속해서 떠올랐던 것이다. 어떻게든 글을 이어나가다 보면 그때 정말 그랬었나? 하는 의문이 들고, 글을 쓰다가 나의 기억이나 감정이 바뀌기도 했다. 어떨 때는 내가 너무 공격적인 어조로 말하고 있다는 생각이 들다가 또 어떨 때는 지나치게 변명을 늘어놓고 있다는 생각이 들었다. 이를테면 나는 이렇게 썼다. "잘 지냈니? 너의 인스타에서 종종 개를 데리고 산책하는 사진을 봤어. 그동안 네가 잘 지내는지, 아니면 그렇지 않은지 주시하고 있었다는 말을 하려는 건 아니야. 오히려 네가 개를 데리고 한강공원을 즐겁게 산책하는 사진을 보아도 더 이상 내 마음이 나빠지지 않는다는 사실을 말하려는 거야. 상하이에서 나는 가끔 내가 이곳으로 유배를 와 있는 건 아닌가 하는 생각을 했거든. 원래 있던 자리에서 예전 그대로의 삶을 유지하고 있는 너의 사진들을 보면 화가 치밀어 오를 때도 있었어. 사실 매일 화가 났지. 언제나 화가 났어. 상하이에서의 내 생활이 그다지 만족스럽지 않았던 탓도 있었겠지. 사촌 형이 하고 있다는 의료 기구 사업은 그다지 잘 흘러가고 있지 않았어. 잘 흘러가지 않을 뿐만 아니라 올바른 방향으로 가고 있지도 않았어. 내가 보기엔……애초에 성공이란 걸 기대할 수 없을 만큼 절망적이었어. 무슨 대단한 결과물을 바라고 그곳으로 갔던 건 아니었지만 떠나기 전 적어도 거기에서는 내가 쓸모 있는 사람이 될 수 있을 거라는 기대가 없었던 것도 아니거든. 네가 숱하게 얘기했던 대로 나는 한 번도 스스로에게 온전히 권리나 책임을 쥐여줘본 적이 없으니까. 나는 늘 도망칠 구석을 만들어두었어. 변명할 여지를 두었지. 그래서 이번에는 조금 다른 삶을 살아보고자 했던 거야. 그런데 나는 한 달이 지나기도 전에 그곳에 질려버리고 말았어. 그건 내가 결국 그곳에서 철저한 실패를 경험할 거라는 사실을 직감했기 때문이야……" 나는 한 문단이 끝나기도 전에 이야기가 딴 길로, 쓸데없이 비관적인 방향으로 빠져들고 있다는 걸 깨닫고는 쓰기를 멈췄다. 심지어 연경의 일과는 상관도 없는 이야기였다. 나는 다시 썼다. "상하이에서는 시간이 많았어. 그래서 나는 가장 최근에 있었던 일, 그러니까 우리가 함께 겪은 비극에 대해서 생각할 수밖에 없었지. 너도 알다시피 그곳은 유구한 역사와 찬란한 미래가 있는 곳이잖아. (적어도 겉으로 보기에는 그렇지.) 나도 상하이에 처음 방문한 많은 사람이 그러듯이 황푸강 동편의 눈부신 마천루와 서편의 유서 깊고 광대한 정원에 감탄했어. 그런데 어느 날 와이탄의 강변을 걷던 도중 그것들이 모종의 강박으로 축조된 것들이라는 사실을 깨달은 거야. 내가 보고 있던 건 조악한 전통과 빈약한 미래뿐이었던 거지. 적어도 내가 느끼기에 상하이에는 진정한 의미에서 시대란 존재하지 않았어. 심지어 현대조차도 없었지. 오로지 몰취향이 만들어낸 키치함뿐이었어. 거기에서 우리의 관계를 환기하는 무언가를 발견하는 것이 어려웠을까? 우리가 맺어온 관계를 상징하는 건 상하이가 가지고 있는 어떤 면이 아니라 그곳에 부재하는 무언가였어. 우리가 가지지 못했고 가질 생각조차 하지 못했던……" 나의 글은 겉돌고 있었다. 나는 그녀에게 직접적으로 말해야 했다. 허황된 상징이 아니라 날것 그대로의 목소리로. 그러나 정작 글을 쓰기 시작하고 나서 깨달은 건 내가 연경에게 무슨 말을 하고 싶은지는커녕 스스로 그녀에 대해 어떻게 생각하고 있는지조차 정확히 알지 못한다는 사실이었다. 나는 그것을 알기 위해 끊임없이 글을 썼다 지웠다. 애초에는 그녀와 나에 대해 시작부터 끝까지, 정말이지 알파와 오메가를 몇 장이 되었든 구구절절 써볼 작정이었지만, 나는 열흘이 넘어가도록 제대로 된 한 문단도 만들어내지 못했다. 그래도 일단 날이 밝으면 책상에 앉아 뭐라도 쓰려고 노력했다. 글은 점점 연경에게 보내는 편지에서 스스로를 돌아보는 형태로 변해갔다. ("나는 그녀로 인해 고통받으면서 동시에 그 참담함을 즐겼다……") 나는 의도나 형식이나 수신인보다 그저 어떤 것들을 상기하는 방식으로 글을 써 내려가고 있었다. 그것은 무언가를 해명하거나 설명한다기보다는 그 일을 다시 경험하는 일에 가까웠으며 그 경험은 또 다른 해석을 불러일으켰고 그래서 나는 나에 대한, 그녀에 대한, 우리가 겪은 일들에 대한 기억을 끊임없이 수정해야 했다.

정은이 붉은색 혼다 세단을 몰고 내가 있는 곳까지 찾아온 건 내가 그런 식으로 수십 장의 글을 쓰고 지우고 다시 썼다가 치워두기를 반복하는 작업에 몰두해 있을 때였다. 그녀는 내 어머니가 종종 앉아 담배를 피우곤 하는 아파트 단지 입구의 등나무 그늘에 서서 나를 기다리고 있었다. 내가 나오자마자 그녀가 꺼낸 말은 글쓰기를 그만두고 싶다는 것이었다. 내가 왜 그러느냐고 묻자 그녀는 더 이상 글을 쓸 이유가 없어졌다고 했다. "다 끝났어. 현수가 집으로 돌아갔어." 나는 정은의 얼굴을 살폈지만 그녀의 감정을 알기가 어려웠다. 불안해하고 있는 것 같기도 하고 화가 난 것 같기도 했으며 어딘지 다급해 보이는 듯도 했다. 어쨌든 평소의 자애로운 모습과는 전혀 다른 모습이었다. "싸웠어요?" "우리는 싸우지 않아. 우리는 싸워본 적도 없어." "정말이에요?" "그래, 우린 한 번도 싸운 적이 없어." "그럼 대체 뭐가 어떻게 된 건데요?" "그냥…… 다 끝났어." "뭐가 다 끝났다는 거예요?" 정은은 그러고도 한참 동안 똑바로 말을 하지 않아 나를 속 터지게 했다.

"그럴 때 있잖아. 한창 물놀이에 빠져 있다가 뒤를 돌아보았는데 해안이 까마득히 멀어 보일 때. 돌아갈 수 없을지도 모른다는 생각이 들 때……" 이런 식으로 추상적인 비유를 늘어놓는가 하면 "사실 우리는 처음부터 알고 있었어. 책을 쓰기로 하기 전부터, 그러니까 널 만나기도 전부터 말이야" 같은 알 수 없는 소리를 하기도 했다. 그렇게 한동안 본론으로 들어가지 못하고 머뭇거리다가 그녀는 이렇게 이야기를 꺼냈다. "지난주에…… 지난주에 우리는 너무 멀리까지 가버렸어. 지난주라니, 그 이후로 몇 달은 지난 것 같은데 그게 불과 일주일 전이라는 게 믿기지가 않아."

정은은 우리가 그녀의 차를 타고 드라이브를 갔던 날에 대해 말하고 있었다. 그녀의 말처럼 우리는 결코 멀리 가지 않았다. 적어도 물리적으로는. 우리가 간 곳은 택시를 타고 종종 다녀오기도 했던 북악산 자락일 뿐이었다. 그날 그녀는 처음으로 차를 몰고 왔다. 도장이 군데군데 벗겨지고, 손잡이를 돌려서 차창을 내려야 할 만큼 연식이 오래된 차였다. 나와 현수는 그 차가 누구 것인지 묻지 않았다. 그 이유는 우리 모두 듣지 않아도 그것이 누구의 것인지 알고 있었기 때문이다. 오히려 우리는 (적어도 나는) 그동안 왜 그 차를 한 번도 몰고 온 적이 없었는지 묻는 편이 더 자연스러웠겠으나 그 역시 하지 않았다. 그저 아무 말 없이, 신나 하며 그 붉은색 혼다에 올랐을 뿐이었다. 그날 우리 셋은 여느 때와 다름없이 즐거운 시간을 보냈다. 평소와 다른 점이라면 우리가 평소보다 더 즐거운 시간을 보냈다는 것이었다. 우리는 왠지 모를 이유로 들떠 있었다. 그것이 문제라면 문제였을까? 우리는 자동차 바퀴의 마찰음을 뚫고 들어오는 매미와 풀벌레 울음소리를 들으며 한밤의 북악산 스카이웨이를 달렸다. 정은이 급커브 길에서 속도를 줄이지 않고 핸들을 꺾을 때마다 현수와 나는 즐거운 비명을 질러 댔다. 우리는 잠시 앉아 있을 만한 장소를 찾기 위해 부암동 골목길로 들어갔고, 모두 그곳은 초행이어서 가게는 하나도 보이지 않고 온통 주택들뿐인 어두컴컴한 골목을 오랫동안 헤맸다. 그러다가 차가 뒤로 넘어갈 것만 같은 가파른 언덕이 나타나 중간쯤에서 올라가기를 포기 하고 식은땀을 흘리며 한참을 후진해 다시 경사가 완만한 길로 나왔을 때, 어둠 속에서 노란빛을 내고 있는 선술집을 발견한 것이다.

그곳은 테이블이 서너 개뿐인 아주 작은 선술집이었는데 오래된 책들이 벽을 가득 메우고 있었고 모서리에 비스듬히 세워져 있는 전축에서는 1980년대 건전 가요가 흘러나오고 있었다. 우리는 그곳을 아주 마음에 들어 했으며, 거기로 우리를 인도한 하느님과, 북악산의 산신과, 낡은 혼다에 깃든 요정에게 감사하며 아사히 생맥주를 마셨다. 운전을 해야 하는 정은을 빼고 현수와 나는 맥주를 서너 잔 마셨지만 술보다는 그곳의 분위기와 우연이 준 일탈의 기운에 취해 있었다. 그런데 평소보다 좀 더 목소리를 높여 문학과 삶에 대해 논하고 있던 중 현수가 충만한 기쁨에 가득 찬 목소리로 이렇게 말했다. "우리 매년 여름마다 여기 올까?" 우리가 단 한 번도 이야기해본 적 없는 다음 여름에 대해 이야기할 만큼 현수는 그곳이 마음에 들었던 것이다. 우리가 단 한 번도 이야기해본 적 없는 다음의 다음, 또 다음의 여름에 대해 이야기할 만큼 현수는, 그리고 우리는 그날의 분위기가 좋았던 것이다. 그 이후 잠시 동안, 결코 길지는 않았지만 모두가 느낄 수 있을 정도로 분명하게 정적이 흘렀다. 매해 여름이란, 이런 아름다운 계절이 한 번도 아니고 두 번도 아니라 셀 수 없이 많이 지속될 여름이란 우리가 감당하기에는 너무나 아득하고 눈부신 말이었다. 그동안 우리가 종종 나누기도 했던 조금은 과장된 약속들과 달리 그건 우리 모두를 미몽에서 깨울 만큼 강력한 주문이었다. 물론 그 짧은 정적 이후에 우리는 다시 활기를 되찾았고, 문학과 삶에 대해 목소리를 높였지만 그 뒤로는 모든 게 공허하게 느껴질 뿐이었다. 그 주문이 내게 준 실감은 언젠가 우리가 서로를 잃을 거라는 것이었고, 그 상실에 대한 두려움만큼 내가 그들을 사랑하고 있다는 사실이었다. 그러니 그때 느낀 공허함은 다른 누구의 것이 아닌 분명 나의 것이었다. 그 공허함은 정은의 것이고 현수의 것이었지만, 그만큼이나 나의 것이기도 했다.

"너를 내려주고 집으로 돌아가는데 왠지 울음을 참을 수가 없었어. 네가 차에서 내리는 순간부터 주체할 수 없이 눈물이 나더라. 너한테 겨우 손을 흔들고 집으로 향했는데, 도저히 운전을 할 수가 없어서 갓길에 차를 세워놓고 한참 동안 소리 내 울었어." 나는 뭐라고 대답해야 할지 몰라 가만히 있었다. 그녀가 내 앞에서 울음을 터뜨릴지도 모른다는 생각이 들었지만 그러지는 않았다. "그러고는 안 되겠다고 생각했지. 더 이상 이런 식으로는 안 되겠다고." "그래서요?" "집에 들어가자마자 남편한테 모두 말해버렸어." "어디까지요?" "전부 다." 나는 그녀가 말하는 '전부'가 무엇인지 모두 알 수는 없었지만 그녀가 남편에게 말했을, 아니면 말해야 했을 최소한의 이야기가 무엇이었는지는 알 수 있었다. 그녀는 또한 그 사실을 바로 현수에게 알렸다고 했다. 현수는 당황하지 않고, 오히려 담담한 말투로 앞으로 힘들어지겠네, 라고 대답했다는 것이었다. 누가? 모두가. 뭐가? 전부 다.

"며칠 동안 우리는 그 어느 때보다도 많은 이야기를 나눴어. 하루 종일, 다음 날도, 그다음 날도, 매일매일 우리는 끝없이 이야기를 했어. 내 남편은 의외로 담담했어. 현수가 있는 해방촌까지 나를 차로 데려다줄 정도로."

"이제 해방촌이 낯설게만 보여. 그리고 그만큼 현수도 낯설어 보여. 단 며칠 사이에. 이상하지?"

"그곳에서 우리가 가장 많이 한 말이 뭔지 알아? 사랑한다는 말이었어."

"아마 다시는 그 말을 할 수 없으리란 걸 알았기 때문이었겠지."

"그렇다면 그 말은 뭘까?"

"다시는 할 수 없는 말."

"다시는 말할 수 없는 사랑이란 말은 뭘까?"

나는 때로 사랑이라는 건 그 자체로 의미를 품고 있지 않은, 그저 질량이 있고 푹신거리는 단어일 뿐이라고 느끼곤 했다. 나와 연경이 서로에게 사랑한다고 말한 순간을 세어보면 얼마나 될까? 우리는 서로가 그 말을 그 자체로서 받아들이지 못할 때뿐만 아니라 심지어 그 말을 제대로 듣고 있지 않을 때조차 마치 우리 사이의 빈 공간을 메우려는 것처럼 그 말을 쏟아냈다. 구멍이 뚫린 튜브에 계속해서 호흡을 불어 넣는 것처럼. 그러나 우리의 말들이 완전히 무의미했다고 할 수 있을까? 우리라는 공간을 채우기 위해서 더 이상 아무 뜻도 남지 않은 언어라도 멈추지 않고 채워 넣는 것 외에 무엇을, 형체를 잃어가는 우리가 우리를 유지하기 위해 그 일 외에 더 무엇을 할 수 있었을까?

그 이후에 내가 할 수 있는 일은 없었지만 나는 한동안 현수를 만나는 일에 집착했다. 그에게 무슨 말이라도 들어야 한다고, 내가 그들에게서 완벽히 유리되어 예전처럼 누구와도 연결되지 않은 온전한 나로서 살아가려면 누군가가 분명한 목소리로 이 모든 관계에 종언을 고해야 한다고 생각했던 것 같다. 그러나 그는 정은의 남편이 그들에게 허락한 시간, 관계를 정리하기 위한 마지막 일주일을 보낸 뒤에는 정은은 물론이고 나와도 만나려 하지 않았다. 그는 전화로 그 이후 있었던 일에 대해 충분히 설명해주었지만 나를 보기는 힘들 것 같다고 했다. "너를 보면 정은이 떠오를 거고, 난 아마 견딜 수 없을 거야."

나는 그 모든 일이 이렇게 당황스러울 정도로 맥없이 끝날 수는 없다고 생각했다. 정말 이게 다야? 이게 끝이야? 그들의 세계는 이렇게 사라져버릴 만한 게 아니었다고, 내가 그 해방촌의 언덕을 올라 도달한 세계는 이런 게 아니었다고 나는 생각했다. 그러나 그에게 무슨 말이든 하려고 하면 할수록 그들의 세계에서 나는 완전한 이방인일 뿐이라는 사실만 깨달을 뿐이었다.

나는 거의 두 달이 지나서야 현수를 만나게 되었다. 그날은 바람이 많이 부는 날이었고 꽤 쌀쌀했으며 심지어 바닥에는 갈변한 낙엽마저 몇 개쯤 떨어져 있어서 이젠 가을이라고 하지 않을 수 없는 계절이었다. 시청 앞에서 만난 그는 밤색 카디건을 걸치고 있었고 그래서 그런지 낯선 사람처럼 보였다. 나는 하마터면 그를 알아보지 못할 뻔했다. 어쩌면 사람은 계절마다 다른 얼굴을 지니고 있는 것일까, 하는 생각을 하면서 그를 보았는데 계절이 어떻게 되었든 그가 가진 선한 얼굴만은 여전했다. 현수는 내게 사과를 건넸다. "미안해." 그는 그 말을 하러 나왔다고 했다. 그러나 무엇에 대해? "뭐가요?" "모르겠어. 어쨌든 다." "그동안 뭐 하고 지냈어요?" "아무것도 안 했어." 그는 힘없는 미소를 지어 보였는데 나는 어쩐지 그 미소가 비겁하다고 생각했다. 그렇게 선한 얼굴로 그렇게 기운 없는 미소를 지어버리면 내가 그를 원망한다는 사실이 마치 올바르지 않은 일처럼 느껴지니까. 그러나 사실 나는 내가 그를 원망하는 것이 올바르지 않은 일이라는 것 정도는 이미 알고 있었다. 어떤 사람들이, 어떤 세계가 있었고 이제는 존재하지 않는다. 여름은 지나갔다. 그해의 모든 태풍이 소멸했고, 모든 매미는 울음을 그쳤고, 아이들은 모두 물에서 나왔다. 그게 다였다. "글을 계속 써요." 나는 그에게 말했다. 미리 생각하지도 않은 말이었는데 나도 모르게 몇 번이고 그 말을 하고 있었다. "당신들의 이야기를 쓰라고요." 물론 나는 그가 그러지 않을 거라는 걸 알고 있었다.

이제 와 돌이켜 보면 내가 현수와 무슨 이야기를 나누려고 했던 것인지 알 수가 없다는 생각이 든다. 그에게 사과를 받으려던 것도 아니고 그들에게 글을 이어 쓰라고 강요하려던 것도 아니었다. 아마도 그를 만나 무언가를 확인하거나 기다리기 위함이라기보다는 그저 어떤 시기를 연장시키고 싶었던 게 아닐까 싶다. 나는 온전히 나로서 존재하고 싶었던 것이 아니라 오히려 온전히 나로서 존재하게 되는 걸 피하고자 했던 것 같다. 꽤 오랫동안 무엇이 나를 그렇게 만들었나 돌이켜 보았지만, 그건 옳은 질문이 아니었다. 오히려 무엇이, 그들이 나를 그렇게 만들 수 있도록 했는지가 더 나은 질문이었던 것 같다.

그들에 대해 쓰게 된 건 나였다. 나는 연경에 대해 쓰다가, 그녀를 생각하면 생각할수록 정은과 현수에 대해 쓰지 않고 연경과의 일을 복기하는 것은 불가능하다는 사실을 깨닫게 되었다. 그런가 하면 정은과 현수에 대해 쓰면서 연경에 대해 쓰지 않는다는 것은 모든 것을 무의미하게 만드는 일이었다. 나는 현수를 만나고 돌아온 후로 우리에 관한 글을 쓰기 시작했다. 물론 그 글 또한 끊임없는 다시 쓰기의 과정만 거칠 뿐 도무지 완성되지 않았고 여전히 그러고 있는 중이지만, 그 일이 나에게는 도움이 된다. 만약 어떤 식으로든 글을 완결 짓게 된다면(그런 일이 일어날 가능성은 매우 희박해 보이지만) 나는 그걸 연경에게 보낼 생각이었는데 이제는 그게 좋은 생각인지 알 수 없어졌다. 이미 그 일들은 연경에게서 아주 멀리 떠나왔기 때문이다. 모든 것이 끝난 뒤에 그것을 복기하는 일은 과거를 기억하거나 기록하는 것이 아니라 오히려 재해석하고 재창조하는 일이니까. 그것은 과거를 다시 경험하는 것이 아닌 과거를 새로 살아내는 것과 같은 일이니까. 그러나 읽을 사람이 아무도 없는 글을 쓰는 것은 생각보다 고독한 일이다. 그래서 어느 날 나는 글을 쓰다가 어쩌면 내가 영원히 혼자일지도 모른다고 생각했고, 그게 문득 참을 수 없이 두려워졌다. ▪

최은영

상우

1984년 경기도 광명 출생.
2013년 『작가세계』 등단.
소설집 『쇼코의 미소』 『내게 무해한 사람』.
〈허균문학작가상〉〈김준성문학상〉 등 수상.

상우

정아가 상우를 처음 본 건 국민학교 4학년 겨울방학의 어느 날이었다. 전날 눈이 많이 내려서 병원까지 가는 길은 온통 얼어 있었다. 엄마가 빙판에 넘어지지는 않을지 걱정스러워서 정아는 "엄마, 천천히, 천천히"라고 말하며 엄마의 뒤에서 걸어갔다.

텔레비전처럼 생긴 모니터에 까만 화면이 떴다. 의사가 엄마의 동그란 배 위에 투명한 젤리를 바르고 기계로 문지르기 시작하자 푸악 푸악, 하는 소리가 들렸다. 빠른 속도로 푸악푸악푸악. 그리고 화면에 어떤 그림자 같은 것이 떴다. 그것은 조금씩 움직이고 있었다.

"건강하네요."

엄마는 미소 지으며 화면을 바라봤다.

"동생이야. 안녕, 해봐."

정아는 엄마의 손을 잡고 작은 목소리로 화면 속 그림자에게 인사했다.

"안녕."

화면 속 낯선 그림자가 정아에게 답했다.

푸악푸악푸악.

그때 상우에게는 이름이 없었다.

상우는 기분 좋은 냄새가 나는 아주 작은 아기였다. 붉은 얼굴에, 애써서 눈을 뜰 때면 이마에 가로로 주름이 잡혔다. 모든 것이 쪼글쪼글했다. 발바닥도, 손가락도, 입술도. 정아는 아기의 얼굴을 홀린 듯이 오랜 시간 바라보곤 했다. 분유를 먹을 때 머리에 땀이 송송 맺히는 것도, 모빌을 바라보고 있는 표정도, 얼굴이 터져 나갈 듯이 떼를 쓰고 우는 모습도 정아의 눈에는 신기하게 보였다.

어떻게 저렇게 작은 콧구멍으로 숨을 쉬지. 목도 제대로 가누지 못하는 작은 아기를 바라보며 정아는 옅은 한숨을 쉬었다. 아기가 죽거나 아플까봐 무서웠지만, 한편으로는 그 작은 존재의 여리고 약해 보이는 모습에 매혹되기도 했다.

상우는 유난히 정아를 따르고 좋아했다. 상우에 대한 정아의 애정도 그만큼이나 각별했다.

학교에 다녀온 자신을 내복 바람으로 아장대며 맞아주던 아이, 숙제하고 있으면 옆에 앉아서 괜히 이런저런 말을 시켜 귀찮게 하던 아이, 정아의 다리를 꼭 안으며 귀여운 짱구 이마를 비벼대던 아이. 그런 아이가 자라 학교에 가고, 수학 문제를 풀고, PC방에 가서 게임을 하고, 피아노를 치고, 초등학교를 졸업할 때쯤 정아는 대학을 졸업했다.

상우는 부모의 장점만 물려받아 키가 크고 호감 가는 인상이었다.

영감님이라는 별명이 있을 정도로 매사에 느긋했다. 친구들 사이에서 인기가 있었고 타고난 공부 머리가 있어 천천히 예습 복습을 하는 정도로만 공부해도 늘 상위권에 들었다. 달리기와 수영을 잘했다. 어느 정도 피아노 레슨을 받고는 혼자 익혀 베토벤의 소나타를 연주했다.

우리가 어떻게 남매일 수 있지. 정아는 종종 그 생각을 하며 서글퍼지면서도 그 애가 자신의 동생이라는 게 자랑스러웠다. 자신이 상우 삶의 일부이며, 상우가 자기 삶의 일부라는 사실이 좋았다.

상우는 무리 없이 대학에 입학했고, 군 복무도 문제없이 마쳤다. 과외를 해서 자신이 쓸 돈을 충당했다. 시간이 나면 장을 봐서 밥상을 차렸다. 피아노 쳐줘. 정아가 부탁하면 상우는 피아노를 쳤고, 정아는 벽에 등을 기대고 앉아 그 애의 연주를 들었다.

상우가 없었더라면 나는 어떤 사람이었을까. 피아노를 치는 상우의 등을 보며 정아는 생각했다. 훌쩍 자란 모습을 보면서도 정아의 눈에 상우는 언제나 물가에 내놓은 아이였다. 이런 애정에 대해 상우나 다른 사람에게 이야기해본 적은 없었다. 유난스러운 마음을 표현해서 그 애를 질리게 하고 싶지 않았고 부담을 주고 싶지도 않아서였다.

상우가 제대할 때쯤 가족은 뿔뿔이 흩어졌다. 부모는 그해 봄, 귀농 공동체에 들어갔다. 그곳은 공동체 구성원들끼리 함께 농사를 짓고, 가축을 키우고, 마을의 일을 나눠서 하며 삼시 세끼를 같이 먹고 협동하며 살아가는 대안적인 마을이었다. 그즈음 정아도 결혼을 해서 신혼집에 들어갔다.

상우가 혼자 사는 집은 정아의 신혼집에서 걸어서 20분 정도의 거리에 있었다. 거리는 가까웠지만 둘은 자주 만나지 않았다. 남편 천호가 출장을 가면 정아는 그제야 산보 가듯 상우의 집까지 걸어가서 밥을 얻어먹고 늦게까지 그 애와 이야기를 나누곤 했다.

정아가 보기에 상우는 모든 면에서 놀라울 정도로 개방적인 사람이었다. 그 애는 세상 모든 낡은 관념을 비웃었다. 마음이 열려 있고, 두려움이 없어 다른 사람들의 시선 같은 건 상관하지 않는 것처럼 보였다. 자신이 한계라고 정해놓은 울타리들을 그 애는 웃으며 걷어찰 수 있었다. 그런 상우를 정아는 마음속 깊이 질투하고 선망했다.

스물셋의 상우는 처음으로 정아에게 자기 애인을 소개했다. 둘이 나란히 앉아서 얼굴을 마주 보고 웃는 모습이며, 툴툴거리며 사랑싸움을 하는 모습이 정아의 눈에는 그저 예뻐 보였다. 그 애들은 계산이 없고 자유로웠고 대화가 잘 통했다. 서로를 바라보는 표정이 애틋했다. 그 애들을 보며 정아는 어떤 사람도 그녀를 그런 눈빛으로 바라본 적이 없었다는 사실을 쓸쓸한 심정으로 돌아봤다.

"우리도 그렇게 좋기만 한 건 아니야. 힘들 때가 많아."

상우의 말에 정아는 미소 지었다.

"걔가 떠날까봐 무서워……."

너는 진짜 삶을 살고 있구나. 정아는 부러움과 사랑이 섞인 마음으로 그런 상우를 물끄러미 바라봤다.

"마음 편하게 먹어. 젊을 때 여러 사람 만나보는 거지. 얼마나 좋아."

"난 이런 게 더 좋아. 한 사람에게 집중하는 거. 지금으로서는 걔 말고 다른 사람 만나는 게 상상이 안 돼."

"그래. 재미로 이 사람 저 사람 가볍게 자고 다니는 애들 나도 별로야. 네가 그렇게 안 놀아서 좋아."

정아의 말에 상우는 묘한 표정을 지었다.

"내 말은…… 그 사람이 그 사람이라는 거지."

정아는 웃으면서 말했지만 상우는 그 말에 대답하지 않았다.

결혼 생활이 1년도 지나지 않아서 정아는 그 결혼이 실수였다는 사실을 알아차렸다.

"결혼하면 괜찮을 줄 알았어."

그의 말에 그녀는 헛웃음을 터뜨렸다.

정아는 둘이 꽤나 잘 맞는 커플이라고 생각했다. 결혼할 사람은 알아보게 되어 있다는 사람들의 말을 그와의 만남을 통해 그녀는 이해할 수 있었다. 예전 애인들은 그녀를 끝없이 불안하게 했다. 며칠씩 핸드폰을 꺼놓거나, 친구들에게 그녀를 소개하지 않거나, 사랑을 확인하는 결정적인 말을 하지 않는 식이었다. 그녀는 관계 안에서 갈급했고 언제나 가난했다.

스물아홉에 임용고시를 통과하고 교사가 되자 사정이 바뀌었다. 그 이후로 알게 된 남자들은 친절했고 그녀를 존중했다. 그녀를 진지하게 고려했다. 이 남자들이 바라보는 대상은 내가 아니라 나의 안정된 직업과 연금이다. 그녀는 달콤한 말을 건네며 다가오는 남자들을 차갑게 바라봤다.

천호는 소개팅으로 만난 교사였다. 그는 몇 번의 만남 후 사무적인 방식으로 결혼을 제안했다. "거짓말은 하지 않을게요." 그는 단도직입적으로 말했다. 사랑한다는 둥, 항상 생각이 난다는 둥, 그런 말은 하지 말자고 했다. "우린 가족을 만드는 거예요. 안전하고 튼튼한 가족을 만드는 거죠. 한 팀이 되는 겁니다. 잘할 수 있을 거예요."

천호의 프러포즈를 승낙하고 돌아오는 길, 지하철역 거울에 비친 자신의 모습이 부쩍 늙어 보여서 정아는 피로를 느꼈다.

"첫눈에 반했다느니 운명 같은 사랑이라느니 해도 결국 다 똑같아지잖아요. 바보 같은 소리지."

결혼 준비를 하면서 천호는 종종 그런 말을 했었다. 낭만적인 사랑, 낭만적인 결혼에 대한 그의 냉소는 어쩐지 정아의 마음을 편안하게 해줬다. 이성적인 계산에 따른 결혼에는 배신이 없으리라고 생각했던 것이다.

그런 천호가 누구보다도 사랑에 사로잡힌 사람이라는 사실은 오래 감출 수 있는 문제가 아니었다. 그는 사랑하는 사람을 잊기 위해 결혼을 선택했다. 결혼이라는 제도가 그의 감정을 가둬주리라고 순진하게 믿었던 것이다. 그러나 그의 계획은 1년도 되지 않아 성공하지 못한 것으로 판명되었다. 섹스를 하면서도 그는 정아에게 입 맞추지 않았다.

"넌 비열한 개새끼야."

그런 상투적인 말에는 힘이 없었다. 정아는 그에게 상처를 줄 수 없었다. 어떤 끔찍한 말로도, 행동으로도 그녀는 그의 털끝 하나도 상하게 할 수 없었다. 그가 집을 나간 밤, 정아는 혼자 벽을 보고 돌아누워 그 시간 동안 자신이 결국 천호를 좋아하게 됐다는 사실을 인정했다. 속인 사람은 천호만이 아니었다. 나는 나를 속이려고 했으니까. 인생을 우습게 보고, 꼼수를 쓰려 했지. 정아는 제대로 울지도 못하고 여러 날 잠을 설쳤다.

이혼 후, 정아는 전셋집을 정리하고 근처의 투룸으로 이사했다. 상우는 자주 정아의 집을 찾아왔다. 지나가다가 메로나가 보이기에 사와봤어, 고기 샀는데 양이 너무 많아서 가져왔어, 「왕좌의 게임」 새 시즌 다운받았는데 같이 볼래, 그런 이유를 대면서.

상우는 천호가 정아를 떠났다는 사실만 알고 있었을 뿐, 정아에게 정확히 무슨 일이 있었는지에 대해서는 묻지 않았다.

그 시기에 정아는 상우의 여러 면모를 알아가게 됐다. 상우는 한 사람과의 내밀하고 깊은 관계를 원했다. 여러 친구들이 있었지만 그 친구들 안에서 자신이 맡은 역할을 할 뿐이었지, 특별히 가까운 친구는 없어 보였다. 친구들이 만나자고 하면 기쁘게 응했지만, 자기 쪽에서 먼저 만나자고 하지는 않았다. 겉으로 보이는 모습만 달랐을 뿐 상우는 그런 면에서 정아 자신과 유사한 사람이었다.

애인 말고도 가까운 사람을 사귀어두는 게 좋아. 정아는 그렇게 말하고 싶었지만 자신에게는 관계에 대한 조언을 할 자격이 없다는 생각에 입을 다물었다.

상우는 애인과의 관계에서 끝없는 불안을 느꼈다. 항상 핸드폰을 들고 있었고 상대가 전화를 받지 않으면 조바심을 냈다. 그런 상우의 모습에서 20대의 자기 모습이 보여서 정아는 마음이 편하지 않았다.

애인과 헤어진 뒤에 상우는 한순간도 쉬려고 하지 않았다. 운동을 하고, 영어학원을 다니고, 상식 스터디에 참여하고 아르바이트를 하면서 상우는 취업 준비를 했다. 상우는 졸업하기 전, 광고회사에 취직했다. 연수를 마치고 부서 배치를 받고서는 야근을 하지 않는 날이 없다시피 했다.

"사람들이 다 괜찮아."

상우는 그런 말을 버릇처럼 했다. 그럴 수 없다는 것을 알면서도 정아는 상우의 말에 속고 싶었다. 상우는 동료들과도 꽤 친해진 것 같았다. 상우의 인스타그램에는 회사에서 사귄 동료들과 이곳저곳을 다닌 사진이 올라왔다. 일본으로 같이 여행을 다녀온 사진, 서로의 집에서 같이 모여 노는 사진도 보였다. 젊고 아름다운 상우와 동료들은 꼭 영화에서 튀어나온 사람들 같았다. 동생에게 집착하는 나이 든 누나처럼 보이고 싶지 않아서 정아는 하트를 누르고 싶은 마음을 억눌렀다. 상우는 인스타그램에 정아의 사진을 올리지 않았다. 그 별것도 아닌 일에 정아는 상우의 삶으로부터 밀려나는 느낌을 받았지만, 그래야 한다는 것을 알았다.

상우가 취직한 지 2년 정도가 지났을 때였다. 상우는 인스타그램 계정을 한동안 비공개로 전환했다가 삭제했다. 카톡 목록에서도 사라졌다. 처음에 정아는 그 일을 대수롭지 않게 여겼다. 상우는 인스타그램에 사진을 올렸다 지웠다 하기를 잘 했고, 비공개로 전환했다가 다시 공개로 전환하던 아이였으니까. 카톡 계정을 지우고 싶다고도 몇 번 이야기하곤 했기에 정아는 그 모든 일을 대수롭지 않게 여겼다.

정아는 고3 담임으로 바쁜 나날을 보내고 있었다. 주말이 되어서야 밀린 빨래를 하고 부족한 잠을 잤다. 엄마의 생일이 다가오고 있어서 정아는 상우에게 전화했다. 상우에게 한 달 넘게 연락이 오지 않았을 때였다. 상우는 전화를 받지 않았다.

'부산에 출장 왔어.'

얼마 지나지 않아 상우는 문자를 보냈다.

'엄마 생신에 같이 갈래?'

정아의 문자에 상우는 한동안 답하지 않았다.

'누나 계좌로 입금했어. 요즘 바빠서 갈 수 없을 것 같아.'

'알았어. 바쁜데 괜히 신경 쓰지 마.'

얘가 많이 바쁘구나. 그 정도로만 생각하고 정아는 장바구니를 챙겼다. 장을 보고 자전거를 타고 집에 돌아오는 길, 정아는 상우 방에 불이 켜져 있는 것을 봤다. 부산으로 출장을 갔다는 아이가 30분도 되지 않아 서울로 돌아올 수는 없었다. 방에 친구가 있나, 그런 생각을 하고 있을 때 건물 현관에서 상우가 나오는 모습이 보였다. 그 애는 흰 야구 모자를 쓰고 감색 트레이닝복을 입고 나왔다. 몰래 훔쳐본 느낌이 좋지 않아 정아는 자전거 핸들을 잡고 돌아가려 했다.

"누나."

상우가 낮은 목소리로 정아를 불렀다. 정아는 앞으로 가려다 말고 뒤를 돌아봤다. 상우가 그녀 쪽으로 걸어오고 있었다. 그런 상우의 모습을 본 건 처음이었다. 면도가 되어 있지 않아 여기저기 수염이 난 얼굴에, 눈에서는 상우 특유의 빛이 사라져 있었다. 그 순간 정아는 많은 것을 알아차릴 수 있었다. 상우는 회사에 다니지 않는다. 그리고 회사를 관두게 된 사실을 자신에게 알리지 못할 만한 이유가 있다. 정아는 놀란 표정을 드러내지 않기 위해 애쓰면서 그 애를 바라봤다. 상우는 정아를 보며 어깨를 으쓱했다.

"이렇게 됐네."

상우는 그간의 사정에 대해 대강 이야기했다. 대수롭지 않게 말하려 했지만 실패한 것처럼 보였다. 고개를 숙인 상우는 트레이닝복 상의 주머니에 손을 넣고 구부정하게 서 있었다. 순간이었지만 상우는 예전보다 더 작아진 것처럼 보였다.

"어디 맥주라도 마시러 갈래?"

상우는 고개를 저었다.

"이번 기회에 좀 쉬어. 잠도 자고 여행도 가고."

상우는 정아가 이해할 수 없는 표정으로 웃고 있었다. 주머니에 손을 넣고 정아의 길과 반대쪽으로 천천히 걸어가던 그 애의 뒷모습이 그날 이후 정아의 눈에 오래 밟혔다.

엄마의 생일이 있던 주말, 정아는 엄마가 사는 공동체에 갔다. 공동체는 시외버스를 타고 세 시간, 다시 마을버스를 타고 40분은 더 들어가야 하는 외진 곳이었다. 마흔 명 정도 되는 공동체 구성원들은 하루 세 번 같은 집에서 같이 밥을 먹었다. 엄마의 생일이라고 점심에 미역국이 나왔고, 정아도 그들과 함께 앉아서 밥을 먹었다. 엄마는 좋아 보였다.

공동체 구성원 중 몇몇은 같은 동네에서 엄마와 함께 생협 조합원으로 활동하던 사람들이었다.

"상우는?" "상우 얼굴 본 지 오래됐네." 그런 말들을 들으며 정아는 상우가 직장 일로 바쁘다고, 자기도 얼굴을 보기 어렵다고 대답했다.

"선생님 오셨네." 공동체의 다른 구성원들도 정아에게 다가와서 살갑게 인사했다.

"전공이 뭐라고 했죠?" 그렇게 묻고 마는 사람도 있었고 "대학은 어디 나왔다고 했죠?"라고 묻는 사람도 있었다. 그들은 엄마를 둘러싸고 자식들 참 잘 키우셨다는 칭찬을 했다. 그곳에 갈 때마다 겪는 일이었지만 적응할 수가 없었다.

"정말 지겨워." 정아는 비닐하우스 앞에 서서 엄마에게 이야기했다. "여기까지 온 사람들이 그렇게 속물적으로 말하는 거."

"아!" 엄마는 새로운 사실이라도 알아냈다는 듯이 웃으며 감탄했다.

"나는 결국 암으로 죽을 거야." 엄마가 말을 이었다. "당장은 아니지만, 어쩌면 당장 반년 뒤에 그렇게 될지도 모르지만. 기왕 사는 거 좀 재미있게 살 수 없겠니? 폼 좀 내보면서 살 수 없겠어? 내가 자랑할 게 뭐가 있어. 나이 들면 사람들 노는 데 끼기도 어려워. 그럴 때 은근히 자식 자랑이라도 해보는 거지. 이런 내가 속물이라고 하면 그래, 난 속물로 살다 죽으련다."

엄마는 그렇게 말하고 웃었다.

"나 이혼한 거 사람들한테 얘기 안 했어?"

"그걸 얘기해서 뭐하게. 너만 불편하지. 넌 사람들이 귀찮게 구는 거 좋으냐?"

"아니."

"상우는."

"몰라. 바쁜가 보지 뭐."

"얘가 요즘 연락이 뜸하네. 그러라지. 아들은 단순해. 멀리 있어도 걘 내 손바닥 안에 있어."

엄마는 매사를 그렇게 확신하는 경향이 있었다.

"난 항상 너희가 특이한 애들이라고 생각했어. 내가 살아보니 대부분의 형제는 같은 배에서 나온 남이더라고. 근데 너희는 아주 어릴 때부터 서로 좋아했지. 그게 항상 안심이었어, 나는."

"다행이네."

"정아야."

"응."

"별거 없어. 건강하기만 하면 되는 거야."

엄마는 부채를 부쳐 정아의 얼굴에 시원한 바람을 보냈다.

상우에게서는 연락이 오지 않았다. 그럴 수 있지. 처음에는 그렇게 생각했고 걱정이 되기도 했다. 회사를 자발적으로 그만둔 건 아니라는 짐작이 갔다. 무슨 큰 실수를 했을까. 얼마나 괴롭기에 내게 연락하지도 않지. 그러다 혹시 자신이 상우에게 잘못한 일이 있는 건 아닌지 걱정되기도 했다. 그러나 아무리 기억을 되짚어도 특별히 안 좋은 일은 없었던 것 같다. 마침내 정아는 상우에게 화가 났다. 자신이 이런 일에 얼마나 예민한지 상우가 잘 알고 있었기에 더 그랬다. 상우는 엄마에게도 연락하지 않는다고 했다. 엄마가 연락하면 전화를 받기는 하지만 별로 대화를 하고 싶어 하는 것 같지 않다고. 그 애가 엄마 생일에 전화 한 통 하지 않았다는 것을 정아는 나중에서야 알게 됐다.

상우가 정아를 찾아온 건 엄마의 생일로부터 석 달이 흐른 초가을이었다. 청바지에 검은 셔츠를 입은 상우는 말쑥한 모습이었다. 깨끗하게 면도한 얼굴에 머리카락에 왁스를 발라 단정하게 고정했다. 그 애는 집에서 만든 반찬 몇 가지를 반찬통에 넣어 가져왔다. 부엌 식탁에 앉아서 라디오를 켜고 정아 쪽으로는 시선을 주지 않았다. 저녁을 먹었느냐는 말에 상우는 그렇다고 답했다. 밤 아홉 시가 되어가고 있었다.

"엄마 생신에 전화도 안 했다며?"

상우는 깍지 낀 손을 앞으로 뻗어 기지개를 켰다.

"공동체 사람들이 안부 묻더라. 너 잘 지내는지."

"아, 그 '진보적인' 사람들?"

'진보적인'이라는 말을 할 때 상우는 두 손가락을 접으며 큰따옴표 표시를 했다. 평소 같았으면 같이 웃으며 말을 이어갔을 테지만, 상우의 목소리에 담긴 분노에 가까운 감정이 불편해져서 정아는 입을 다

물었다. 별다른 말을 하지 않았는데도 살얼음판을 걷는 것처럼 불안했고 상우의 무례한 태도에 화가 났다.

"엄마 생신에 안 간 건 이해해. 그래도 전화 한 통 없었던 건 아니야. 아무리 생각해봐도 네 태도, 이해할 수 없어."

"그렇겠지."

둘은 한동안 침묵했다.

"너, 실망스럽게 변했어."

"그럼 실망해. 누나한테 만족 주려고 사는 거 아니야."

정아는 라디오를 껐다.

"우리 얘기해."

"그래. 하고 싶은 말 있으면 해봐."

그렇게 답하고 상우는 무표정한 얼굴로 입술을 뜯었다.

"일이 있으면 말을 해야 되는 거 아니야? 무슨 일인데."

상우는 억지로 웃으려 하다가 실패하고 고개를 숙였다. 침묵 속에서, 위층 남자가 샤워하는 소리가 들렸다.

"누난 내가 회사 관둔 이유 왜 안 물어?"

상우는 고개를 들어 정아를 봤다. 그 애는 곧 울 것처럼 보였다.

"여러 번 말하려고 했는데, 누나에게는 그럴 수 있다고 생각했는데……."

상우는 천장을 바라보다 말을 이었다.

"회사에서 건강 검진을 받았어."

상우는 그 말을 하고 나서 여러 번 말을 이으려다 실패하고, 다시 이으려다 실패했다. 샤워하는 위층 사람이 노래를 부르기 시작했다. 저게 무슨 노래였지. 그녀는 그 멜로디에 집중했다. 어떤 노래인지 알아내기만 한다면 아무 일도 일어나지 않으리라는 근거 없는 생각에 사로잡혔다. 알 것 같기도 한 노래였다. 무슨 노래였지. 저건…… 그때 남자가 노래를 멈췄다. 멈추지 마. 정아는 생각했다. 무슨 노래인지 알 아낼 수만 있다면…… 물소리가 끊기고, 화장실 문을 닫는 소리가 들 렸다.

"누나…… 난…… 나는……."

오래전, 고등학생이던 정아는 독감을 앓는 상우를 보며 그 애를 대 신해 아프고 싶은 열망을 느꼈었다. 차라리 병이 자신에게 옮아 붙기 를 바랐었다. 상우를 보며 그녀는 그때의 그 감정을 고스란히 다시 느 꼈다. 그녀는 아이처럼 우는 상우의 어깨에 손을 얹었다. 그 애의 몸에 서 나오는 열기가 정아의 손바닥으로 전해졌다.

"HIV 바이러스에 감염됐어."

정아는 그대로 그 자리에 서 있었다. 상우의 어깨에 얹은 손을 떼지 도 못하고, 어디로 움직일 생각조차 하지 못한 채로. 심장 뛰는 소리가 귓가에 들렸다. 시야가 좁아지는 것 같다가 갑자기 앞이 보이지 않아 정아는 눈을 감았다. 상우는 정아를 부축해서 의자에 앉히고 자신은 맞은편에 앉았다.

한번 말을 시작했으니 어쩔 수 없다는 듯이 상우는 작은 목소리로 그간의 사정을 설명했다. 가장 최근에 만난 애인에게 감염되었다. 그 사람은 급성 HIV 바이러스 감염자였는데 본인도 그 사실을 나중에 알 게 됐다. 그 말을 하면서 상우는 식탁 위에 올린 손을 꽉 쥐었다.

"팀장이 나를 불렀어. 검사 결과를 보여주면서. 별말 하지는 않았지 만 그날로 짐 싸서 나왔어."

5개월 전의 일이었다. 멀미할 때처럼 속이 울렁였다. 침에서 신맛이 났다. 확실해? 오진 아니고? 그렇게 묻고 싶었지만 그런 말이 어떤 의미도 없다는 것을 그녀도 알고 있었다.

"지금…… 어떤 상태야?"

다행히 약이 잘 받는다고 상우는 대답했다. 초기에 발견되었고, 바이러스 수치가 높지 않았으며 약을 먹은 후로 바이러스가 점점 감소하고 있다고 말했다. 이대로 진행된다면 결국은 미미한 수준의 바이러스만 지니고 살 수 있다고. 다른 만성적인 질병처럼 평생 관리하며 사는 것이라고. 문자 그대로 살 만큼 살 수 있다고. 상우는 작은 목소리로 그런 이야기를 겨우 이어나갔다.

"다른 사람들은……."

상우는 고개를 저었다.

"회사 사람들, 연락 없었어."

상우는 거기까지 말하고 침묵했다. 멀리서 스포츠카가 엔진 소리를 내며 달려가는 소리가 들렸다. 사람들이 수군대는 모습을 정아는 가만히 앉아 그려봤다. 이직하더라도 희망은 없어 보였다. 그 소문에서 상우는 자유롭지 못할 것이다. 정아는 식탁 유리에 비친 자기 얼굴을 바라봤다. 왼쪽 눈과 정수리를 관통하는 불이 느껴졌다. 두통은 한번 밀려오더니 강도를 더해갔고, 정아는 그 통증이 그녀를 떠나지 않기를 바랐다.

"누난 이제 내가 두려울 거야."

그 말을 하고 상우는 정아를 쳐다보려다가 그녀의 시선을 피해 식탁 모서리를 바라봤다. 상우의 눈물이 그대로 자기 가슴을 베는 것을 느끼며 정아는 그 자리에 얼어붙은 듯이 앉아 있었다.

"아니야. 상우야, 난……."

"아니, 누나. 그렇게 쉽게 말하지 마. 누나 감정, 그렇게 쉽게 장담하지 마."

둘은 한동안 마주 보고 앉아 있었다. 상우는 자리에서 일어나서 싱크대 옆에 올려둔 반찬통들을 냉장고에 넣었다.

"나랑 앉아서, 내가 만든 음식, 아무렇지 않게 먹을 수 있을까."

상우는 냉장고를 바라본 채로 작은 목소리로 그 말을 했다.

"말하지 않고서는 누나를 만날 수 없을 것 같았어. 내가 만든 음식, 누나에게 마음 편히 줄 수 없을 것 같았어. 누나……."

정아는 상우의 떨리는 어깨를 응시했다.

"가족들은 몰라야 돼."

"알았어."

"말하지 마."

"알았어, 알았어, 상우야."

상우는 몇 번이나 정아에게 다짐을 받았다. 그리고 긴 밤이 찾아왔다. 상우는 거실에, 정아는 안방 침대에 누웠다. 자기 심장 뛰는 소리가 크게 들려 잠이 오지 않았다. 위액이 역류해서 목이 따가웠다. 상우도 잠들지 못하고 있다는 사실을 정아는 알았고, 상우에게 이런 밤이 이제는 익숙한 것이 아닐까 싶어 가슴 아팠다.

5개월 전의 일이라고 했다. 정아는 눈을 뜬 채로 지난 5개월간 상우가 어떤 시간을 보냈을지 어림했다. 회사를 나오고, 회사 동료들에게서 외면당하고, 혼자 검사를 다시 해보고, 확진을 받고, 약을 먹기 시작했을 그 애를. 정아에게 말하기까지 그 애는 몇 번이고 용기를 내고 다짐하고 포기하고, 다시 희망을 품었을 것이다. 정아와 자신의 이야기를 나눌 수 있다는 희망을. 5개월은 결코 짧은 시간이 아니었다.

방 안으로 서서히 빛이 들어올 무렵, 다른 층에서 샤워하는 소리, 변기 물 내리는 소리가 들렸다. 그 소리를 들으며 정아는 잠에 빠졌다. 눈을 떴을 때 상우는 이미 집을 나간 후였다. 쪽지나 문자를 남겼나 싶어 살펴봤지만, 아무것도 찾을 수 없었다.

　정아는 인터넷으로 HIV에 대한 글들을 읽었다. 상우의 말이 전부 사실이라면, 상우는 운이 좋은 편이었다. 초기에 발견했고, 모아놓은 돈으로 약을 구입할 수 있었으며, 약에 큰 부작용이 없었으니까. 그러나 정말 그럴까. 정말 그런 걸까. 땀으로 젖은 손이 차가웠다. HIV가 관리할 수 있는 질병이라는 말은 사실이었지만 시기를 놓치거나 약이 맞지 않아 심각하게 아픈 사람들도 존재했다. 정아는 자신의 상태에 대한 상우의 설명이 모두 사실이기를 바라면서 한편으로는 그 애가 그녀 마음을 편하게 하려고 중요한 사실을 가리고 있는 건 아닐까 두려워졌다.

　정아는 상우가 준 반찬을 꺼냈다. 멸치볶음, 견과류조림, 시금치무침, 연근조림이었다. 오후 다섯 시가 되도록 한 끼도 먹지 않는데 입맛이 돌지 않았다. 상우는 감염 여부를 말하지 않고서는 자신이 만든 음식을 그녀에게 마음 편히 줄 수 없다고 이야기했다. 그 비참한 마음을 정아는 짐작할 수 없었다.

　정아 누나에게까지만. 상우는 그렇게 선을 그었을 것이다. 그 애가 그 선을 몇 번이나 긋고 지웠을지 정아는 알 수 없었다. 정아는 위로받지 못하는 감염자들에 대한 글을 읽었다. 용기를 내 가족들에게 말했으나 오히려 가족으로부터 버려진 사람들의 이야기를 읽었다. 상우도 그런 글들을 읽었을 것이다. 그리고 상상했을까. 차갑게 변하는 정아의 얼굴을, 다시는 찾아오지 말라고 매몰차게 말하는 정아의 얼굴을 그리며 두려워했을까. 가슴이 무너지는 것 같아서 정아는 입을 다물고 울었다.

정아는 어떤 엄마의 인터뷰를 읽었다. 자기 자식이었지만 무서웠다는 말, 뭐가 뭔지도 모르고 처음에는 고무장갑을 끼고 자식을 대했다는 이야기를 읽었다. 자식이 아픈데도 주위 사람들에게 이야기할 수 없어 숨기고 살아가는 사람들의 이야기를 읽었다.

상우는 정아가 자신을 두려워할 것이라고 말했다. 아니라는 대답은 그 순간 진실했다. 난 널 두려워할 수 없어. 정아는 그렇게 염원했던 것이다. 그렇지만 정아는 상우가 말한 두려움에서 자신이 완전히 자유로울 수 없다는 사실을 인정했다.

어느 누가 감염자와 같은 공간에서 숨을 쉬고 싶을까. 관용이라는 것은 약한 사람들을 위한 것이지 그런 사람들을 위해 존재하는 것이 아니다. 과거의 정아는 확실히 그렇게 생각했었다. '아, 그 진보적인 사람들?' 그 말을 하며 상우가 짓던 표정은 정아를 향하고 있었다.

정아는 상우가 준 반찬을 먹었다. 꼭꼭 씹어서 맛을 느끼려고 노력했다. 연근조림은 크게 달지 않고 아삭했고 시금치무침도 간이 잘되어 있었다. 모든 음식이 맛있었다. 그런데도 정아는 자신이 상우의 음식을 자신 안의 무언가를 증명해내기 위해 억지로 먹었다는 느낌을 받았다.

'자살은 HIV 감염자들의 두 번째 사망 원인이다.' 정아는 그 문장이 한참의 해독이 필요한 고대 언어라도 되는 듯이 한참을 바라보다 컴퓨터를 껐다. 잠이 오지 않았다.

주말은 갔고, 정아는 푸석한 얼굴로 출근을 했다.

가슴속에 자갈이 가득 든 것처럼 무겁고 답답한 날들이 이어졌다. 이 선생님, 어디 아파요? 얼굴이 왜 그래요? 묻는 동료 교사들과 학생들의 질문에 정아는 예의로라도 제대로 웃어줄 수가 없었다. 쉬는 시간이면 화장실에 가서 변기 위에 가만히 앉아 있었다. 내 동생이 아픈데 아무에게도 말할 수가 없어. 정아는 생각했다. 얼마나 아픈지도 모르고, 마음이 어떤지도 모르고 나는 아무것도 모르고 심지어 그 애가 두렵기까지 했어. 정아는 화장실 문에 붙은 거울을 바라봤다. 거울은 집요하게 정아를 바라보고 있었다.

정아는 그 주 내내 아무렇지 않은 것처럼 상우에게 문자를 보냈다. '반찬이 맛있어서 벌써 다 먹었다.' '잠은 잘 잤냐.' '오늘 공기가 너무 좋다.' 그러다 밤이 되면 다급해진 마음으로 문자를 보냈다. '핸드폰 쥐고 잘게. 어느 시간이든 필요하면 연락해.' '말하고 싶으면 연락해.' 상우는 늘 짧게 답했다. '응.' '알았어.' '누나도.'

토요일, 정아는 아침에 집으로 가도 되느냐고 상우에게 문자를 보냈다. '응. 지금 집이야.'

상우의 문자를 받고 정아는 짐을 싸기 시작했다. 깨끗하게 씻은 반찬통, 책 몇 권, 주전부리들, 상우가 챙기는 길고양이 간식, 세일 기간에 샀다가 전해주는 것을 잊었던 옷가지들 같은 것들을 가방에 넣어 정아는 집을 나섰다.

상우는 말쑥한 얼굴로 정아를 맞았다. 그 애는 체크무늬 셔츠에 잘 다린 검은 바지를 입고 있었다. 가까이 가니 좋은 향기가 났다. 정아는 상우 집 거실에 가방을 부려놓고 입을 열었다.

"잘 먹었어. 다 맛있더라."

"그래?"

상우는 그렇게 말하고 벽에 기대어 그녀를 내려다봤다. 그 모습이 정아를 불안하게 했다. 무슨 말이라도 해야 한다는 걸 알면서도 머릿속이 텅 비어서 아무 말도 할 수가 없었다.

"잘 지냈어?"

상우는 정아의 질문에 묘하게 웃었다.

"잠은 잘 잤고?"

상우는 답하지 않고 얼굴에서 웃음을 지웠다. 정아는 어쩐지 조급해져서 입을 열었다.

"자책하지 않았으면 좋겠어. 나한테도 생길 수 있는 일이었어. 누구에게나 생길 수 있는 일."

상우는 팔짱을 끼고 앉아서 웃기만 했다.

"너는 운이 심하게 없었을 뿐이었어."

"알아."

상우의 말투에 칼이 숨어 있다고 정아는 생각했다. 그녀는 상우로부터 등을 돌려 쪼그리고 앉아 짐을 정리하는 척했다. 어떻게 네가 내 앞에서 이렇게 당당할 수 있어. 그녀는 상우의 태도가 마음에 걸렸고, 상우의 침묵이 당황스러워 화가 났다. 그 순간의 불편함에서 벗어나고 싶어 무슨 말이라도 해야 할 것 같았다.

"내가 너 이해하는 거, 당연하게 생각하지 않았으면 좋겠어. 물론 너에 비할 바는 아니겠지만, 내가 느꼈을 충격, 무시하지 마."

정아는 필요 이상으로 높아진 자기 목소리를 듣고 놀랐다.

"뭐라고?"

상우는 정아의 말에 그렇게 답하고는 부엌 의자에 앉았다. 그건 정아가 바랐던 장면이 아니었다. 그런 식으로 상처 주고 싶었던 건 아니었다. 한참의 침묵이 흐르고 상우가 입을 열었다.

"어떻게 날 이해한다고 말할 수 있어…… 어떻게 그럴 수 있어."

상우는 스스로에게 묻듯이 작은 목소리로 그 말을 했다.

"누난 항상 그런 식이었어. 날 안다고, 난 착한 애라고, 좋은 애라고, 그렇게 말하면서 누나가 보고 싶은 부분만 보려고 했잖아."

상우는 울먹이는 목소리로 말하고 있었다.

"그래서 누나한테 거짓말했어. 이 지경이 돼서도 누나가 생각하는 착한 동생이고 싶었나 보지."

"상우야."

"모르는 사람이었어. 그냥 바에서 만난 사람."

그 말을 하면서 상우는 울기 시작했다.

"거짓말이었어. 전혀 모르는 사람이었다고."

정아는 그 순간, 상우가 무슨 말을 하는지 온전히 이해할 수 없었다.

"그냥 섹스가 좋아서 잔 거였어. 안전하지 않은 방식으로 했지. 그날 밤, 여러 번."

정아는 피아노 의자에 시선을 뒀다. 이명이 울렸다.

"누나가 예전에 그랬지. 내가 아무하고나 막 자고 다니는 애들이랑 달라서 좋다고."

정아는 상우에게 다가갔다.

"내버려둬. 그냥 가버려."

상우의 어깨를 만지려던 손으로 정아는 자기 몸을 감싸 안았다.

"안됐네. 내가 그런 애여서. 그런 애는 이런 일 당해 마땅한 거 아니야?"

"내가 그런 말을 했던 건……."

"누난 그럴 때 없어? 그냥 정신 나가버릴 때까지 막 하고 싶을 때 없냐고."

정아는 그 애 쪽으로 한 걸음을 옮겼다.

"그래서 매형이 떠났겠지. 누나가 만족을 주지 못했을 테니까."

그렇게 말하고 상우는 상처 입은 얼굴로 정아를 바라봤다.

"누나."

정아는 아무 말도 하지 않고 신발에 발을 꿰고 현관을 나섰다.

"누나."

상우는 누나, 누나, 말하면서 울고 있었다. 상우가 자신에게 상처를 주기 위해 안간힘을 썼으리라는 것을 그녀는 알았다. 상우가 그런 식으로 상우 자신을 상처 입히고 싶었으리라는 것도 알았다. 그것이 상우의 유약하고 어설픈 공격이라는 것을 알면서도, 진심이 아니라는 것을 알면서도 아픈 마음은 어쩔 수가 없었다. 그런 공격은 언제나 성공하기 마련이었으므로.

어쩌면 오래전부터 알고 있었는지도 모른다고 정아는 생각했다. 사이좋은 남매, 서로를 이해해주고 지지해주는 남매라는 평가 뒤에 숨어 있던 상우와의 거리에 대해서. 그 거리가 줬던 두려움에 대해서.

정아가 대학에 다닐 때 상우는 가끔씩 잠이 오지 않는다면서 요를 끌고 와서 정아의 침대 아래에서 잤다. 그렇게 누워서 서로 얼마나 많은 이야기를 나눴을까. 상우는 가족에게 이야기하지 않을 만한 내밀한 이야기를 정아에게 하기도 했다. 그것이 고마웠으면서도 언젠가부터 정아는 그런 순간이 두렵기도 했다.

상우는 정아에게 자신의 내밀한 이야기를 하고는 한동안 정아를 냉담하게 대했다. 자신의 이야기를 들었다는 이유만으로도 그녀를 증오할 수 있다는 듯이. 그 시간이 지나면 그 애는 다시 예전 모습으로 돌아왔고, 그럴 때마다 정아는 무슨 말을 어떻게 해야 할지 알 수 없었다.

세상 무던한 영감님. 그것이 정아를 포함한 가족들이 상우를 명명하는 방식이었지만 정아는 그것이 사실이 아니라는 사실 또한 알고 있었다. 상우는 상처를 쉽게 받았고, 그만큼 상처를 쉽게 줄 수 있는 재주 또한 갖춘 사람이었다. 세상 사람들이 선호하지 않을 만한 자기 모습을 감추는 것에 능할 뿐이었다.

정아가 그랬듯 상우 또한 자기 기준으로 정아를 판단했으리라고 그녀는 생각했다. 보수적이고 뼛속까지 고루하면서, 겉으로는 진보적이고 열린 사람인 양 말하고 행동하는 위선자. 상우가 정아를 그렇게 평하지 못할 이유가 무엇일까.

상우는 말했다. 정아가 자신의 착한 모습만 보기를 원했다고. 그래서 자기도 그렇게 행동하려고 노력했다고. 그 말은 말 그대로 사실이었을 것이었다. 분명 그런 부분이 있었을 테니까.

상우를 이해한다는 말을 하고 싶었던 건 아니었다. 너를 이해하는 게 당연한 건 아니라고까지 거칠게 말하고 싶었던 건 아니었다. 그런데도 불안해져, 두려워져, 정아는 어쩔 수 없는 기침을 하는 사람처럼 말을 뱉었다. 말을 하면서도 이미 후회하고 있었어. 정아는 상우에게 그렇게 말하고 싶었다. 다시 상우에게로 돌아가서 그 애가 무사한지 확인하고 싶었다. 그렇지만 자신의 다친 마음을 그렇게 빨리 무시하고 싶지는 않았다. 상우도 알기를 바랐다. 자신도 너의 말에 베일 수 있는 사람이라는 것을 그 애가 알기를 바랐다.

우리는 우리를 몇 번 잃어버렸을까.

정아는 아기였던 상우를, 킥보드를 타고 달리던 어린 상우를, 자꾸만 키가 자라 교복을 여러 번 사야 했던 상우를, 들뜬 얼굴로 대학 생활을 하던 상우를, 사회생활에 대한 자신감으로 눈이 반짝이던 상우를, 자기가 아무리 힘들어도 정아에게 가슴 아픈 말은 곧 죽어도 하지 못했던 상우를 잃어버렸다. 상우 또한 수많은 정아와 헤어졌겠지.

우주가 무한하다면, 그곳에는 얼마나 많은 상우와 정아가 살고 있을까. 그녀는 생각했다. 아기 상우와 국민학생 정아, 유치원을 다니는 상우와 거울 속의 자기 모습을 보지 않게 된 중학생 정아, 툭하면 무릎이 깨지는 초등학생 상우와 교생실습에 나가 떨리는 모습을 들키지 않기 위해 노력하는 정아, 상우의 중학교, 고등학교 시절 동안 조금씩 망가졌던 정아. 그러나 시간은 수많은 상우와 정아를 지금, 여기에서 사라지게 했다. 여기 남은 상우와 정아는 누구도 바랐던 모습이 아니었다.

그렇지만. 정아는 자기 집이 있는 골목 입구에서 걸음을 멈췄다. 그렇지만 나도, 상우도 아직 여기에 있어. 정아는 발걸음을 돌려 천변의 주차장 길로 걸어갔다. 얼굴에 아직 남아 있는 눈물을 손등으로 닦으며 정아는 자신을 울게 하고 잠 못 들게 하고 화나게 하는 마음이 무엇인지 가만히 바라봤다.

사랑하는 사람을 잃은 사람에게 남은 우주는 다리를 쭉 펼 수도 없는 작은 방, 시간은 고통스럽게 치러야 할 형벌의 집행 기간에 불과하다는 것을 그녀는 알았다. 정아는 상우를 그런 식으로 잃고 싶지 않았다. 손도 써보지 못하고 사랑하는 사람이 사라지는 모습을 바라봐야 하는 사람들의 대열에 줄을 보태고 싶지 않았다. 하지만 이제 어디로 가지. 정아는 천변 주차장에 멈춰 서서 하늘을 봤다. 아직 이른 시간이었지만 대기는 이미 어두워지고 있었다.

비가 온 다음 날이라 바람이 몹시 차가웠다. 상우의 집에 외투를 벗어놓고 왔다는 사실을 깨달은 건 그 애의 집을 떠난 지 한참이 지나서였다. 몸의 열이 가라앉자 한기가 들었고, 그녀는 그 느낌이 나쁘지만은 않다고 생각했다. 정아는 주머니 속에 손을 넣고 진동하는 핸드폰을 꼭 쥐었다. 조금만 기다려줘, 조금만. 그녀는 걸음을 멈추고, 검은 바닥이 드러난 개천을 말없이 내려다봤다. ▪

최진영

돌담

1981년생. 덕성여대 국문과 졸업.
2006년 『실천문학』 등단.
소설집 『팽이』. 장편소설 『당신 옆을 스쳐간 그 소녀의 이름은』 『끝나지 않는 노래』
『나는 왜 죽지 않았는가』 『해가 지는 곳으로』. 경장편 『구의 증명』.
〈한겨레문학상〉〈신동엽문학상〉 수상.

돌 담

    기차역에서 고향 집까지 천천히 걸어오는 동안 먼 산이 검어졌다. 대문을 열고 마당에 들어서자 집의 창도 산처럼 검었다. 엄마에게 전화를 걸어 나 집에 왔다고, 엄마는 어디 있느냐고 물었다. 엄마는 밥에 집이, 아니 집에 밥이 없을 거라고, 냉장고 문에 전화번호가 붙어 있을 테니 그 번호로 전화해서 치킨을 시켜놓으라고 했다.

    "엄마는 어딘데."

    "나는 가는 길이야."

    "어디를?"

    "집에."

    "언제 오는데."

    "치킨보다 먼저 간다."

    전화를 끊고 치킨 가게에 전화를 걸었다. 통화 대기음이 오래 울렸다. 끊으려 할 때 목소리가 들렸다.

"네, 말씀하세요."

"치킨집 맞나요?"

"네, 말씀하세요."

"지금 배달하시나요?"

"네, 거기가 어딘데요."

"여기 문주로 8번길 10 다시……."

"그렇게 말하면 우리는 몰라요."

"네?"

"그렇게 말하면 우리는 못 찾아가."

"제가 방금 주소를……."

"그런 거 말고 그 집의 특징을 말해야지."

나는 당황해서 집을 둘러봤다. 흔한 골목길 중간에 있는 뻔한 단층 가옥. 이 집의 고유한 특징이라곤 주소뿐인데.

"여기 대문이 파란색이고요."

"……"

"기찻길 뒷동네인데요. 대촌 올라가는 방향으로요. 앞집에 돌담이 있는데……."

"돌담 집요?"

"네. 돌담 뒷집이에요."

"돌담 집이면 파란색 대문이고 뭐고 거기 뒤에는 집이 없는데?"

"아니요. 여기 집 많은데. 이 골목에만 대여섯 채가 주르륵 있는데요."

"그럼 그 집에는 뭐가 있어요?"

나는 계속 당황했다. 치킨을 시키려면 우리 집에 뭐가 있는지 말해야 하나?

"대문이 파란색이고 마당에 감나무가 있는데 그게 지금 잎이 다 떨어져서 누가 보더라도 저게 감나무인지……."

"아, 감나무 집. 상고동 오형제 맞은편 집 그 집."

"네?"

"거기 알지. 늘상 시키는 그걸로 가져가면 되지요?"

"그게……."

"알았어요. 곧 갑니다."

정말 곧 왔다. 20분도 지나지 않아 환갑은 넘은 것 같은 남자가 자기 집처럼 태연히 대문을 열었다. 남자는 왼손에 헬멧을, 오른손에 치킨 봉지를 들고 마당을 가로질러 현관으로 걸어왔다.

"이 집은 감나무 집이라고 여기 아줌마랑 내가 벌써 말을 맞춰놨는데."

남자가 봉지를 건네주며 말했다. 치킨보다 먼저 올 거라던 엄마는 아직 오지 않았고, 나는 다 몰랐다. 여기 아줌마, 그러니까 우리 엄마가 치킨을 자주 시켜 먹는 것, 우리 집이 감나무 집이라는 것, 맞은편 집에 아들이 다섯이라는 것도. 우리 집 감나무는 그다지 우람하지 않았고 옆집에도 그 뒷집에도 감나무가 있는데, 우리 집이 감나무 집이라면 다른 집들은 뭐라고 불릴까. 앞집에는 내 키보다 높은 돌담이 있고 진작부터 그 돌담이 무척 인상적이라고 생각했었다. 하지만 아까 남자가 전화로 말하길 그 집은 돌담 집이 아니라 상고동 오형제 집이다.

"돌담 뒷집이라고 하면 아실 줄 알았어요."

"여기 돌담은 저 아랫집에 대면 암것도 아니지. 저 밑에 어마어마한 돌담 집이 있는데. 다음부터는 감나무 집이라고 하면 내가 딱 알아듣고서 이렇게 옵니다. 맛있게 들어요!"

남자는 한 손을 번쩍 들어 보이면서 대문을 닫고 나갔다. 멀어지는 오토바이 소리를 들으며 봉지를 열어봤다. 엄마가 늘 시킨다는 그거는 간장치킨이었다.

그리고 엄마가 왔다. 엄마가 말하길 앞집 돌담은 그 집 할아버지가 쌓은 건데, 중학교 수학 선생이었던 할아버지는 퇴직한 다음 날부터 강과 산을 돌아다니며 돌을 주워 와 시멘트도 바르지 않고 돌담을 쌓았다고 했다. 오래 걸릴 줄 알았는데 한 계절도 채 걸리지 않았다고, 퇴직하고 마음이 허전하니까 담을 쌓은 거라고 했다.

"그럼 그다음엔?"

"응?"

"담을 다 쌓고 그다음에는 허전한 마음을 어떻게 하셨대?"

"그런 걸 어떻게 할 수는 없는 거고, 익숙해지는 과정이 필요한 거지. 그러다 보면 이것저것 섞여서 본래 마음에 가까워지는 거지."

"본래 마음이 뭔데."

"그건…… 바다 같은 거지."

"바다?"

"바다에는 고래도 상어도 있고 꽁치도 해파리도 있고 미역도 있고 플랑크톤인가 그것도 있는 거 아니냐. 다 같이 섞여서……."

"엄마 요즘…… 뭐 배우는 거 있어?"

"뭔 소리냐."

"엄마 말이…… 뭔가 예전이랑은 다른 것 같으니까……."

"BTN을 본다."

"뭘 본다고?"

"넌 일은 어쩌고 왔냐. 휴가 썼어?"

"……그만뒀어."

엄마는 입에서 뼛조각을 빼내며 나를 빤히 쳐다봤다. 나는 시선을 피하며 흐리게 중얼거렸다.

"나도 과정이 있어."

"니가 나온 거야? 아님 잘린 거야?"

"근데 엄마 저 밑에 어마어마한 돌담 집이 있어?"

엄마는 주먹으로 가슴을 툭툭 치다가 콜라를 들이켰다. 회사 사람들에게 나는 입속의 뼈 같은 존재였고 결국 나오는 수밖에 없었다. 그래도 퇴사는 가장 나중으로 미루고 싶었는데…… 부장이 나를 배신자로 몰면서 내게는 아무 일도 주지 말고 어떤 정보도 공유하지 말라고 사람들에게 명령하는 것을 보았을 때 내게는 다음 정거장이 없음을 깨달았다. 가장 나중에 도착한 것이다. 엄마에게 그 과정을 다 말할 수는 없었다.

*

어린이용 장난감과 완구를 만드는 회사에서 4년 넘게 일했다. 사장의 남동생이 영업부장, 아내가 회계팀장이고 아들은 상품 허가와 유통 담당이었으며 교외에 있는 공장은 처남이 운영했다. 사장 가족을 제외한 직원은 다섯 명에서 두어 명씩 늘거나 줄었는데, 모두 계약직으로 시작했고 2년 뒤 무기 계약직이 되거나 퇴사했다. 나는 사무실 구석 책상을 차지하고 앉아 상품 디자인과 자잘한 서류 업무를 도맡아 했다. 사장은 빼어난 디자인이나 창의력을 원하지 않았다. 무난한 디자인을 빠르게 뽑아내고 어떤 일에서건 상상력을 발휘하지 않길 원했다. 사장은 돌돌 만 신문을 들고 다니면서 매일 소리 질렀다. 누구한테든 생각 좀 하고 일하라고, 돈이 썩어 나냐고 말하면서 책상을 탕탕 치거나 문을 쾅쾅 닫았다. 뭘 묻는 걸 극단적으로 싫어하면서도 묻지도 않고 마음대로 일을 처리한다고 화를 냈다. 영업부장은 늘 술에 취한 사람처럼 보였다. 허풍을 떨다가도 갑자기 비굴해졌고 잠깐씩 음흉한 표정을 지었다. 회계팀장은 매사 걱정이 많아서 잠시도 입을 다물지 못했다. 아들은 부모를 애정하고 증오하며 열심히 일했다. 입사했을 때 영업부장은 내게 "일머리가 제일 중요하다"라고 말했다. 일머리가 없어서, 일머리가 나빠서, 일머리는 얻다 팔아먹고 같은 말을 하루에도 수십 번씩 들었다. 잘해도 못해도 일머리였다. '일머리'란 단어에 노이로제가 생겨서 그 말만 들으면 귀에서 뇌까지 벌레가 기어 다니는 것 같았다. 가족이 아닌 사원들은 묵묵했다. 안 됩니다, 잠깐만요, 곤란합니다 같은 말은 거의 하지 않았다. 나보다 오래 일한 직원은 두 명이었다. 김 과장과 정 과장. 김 과장은 15년 차였고 정 과장은 10년 차였다. 사장은 그들을 대단히 신뢰하면서도 은근히 깔봤다. 그 두 가지 대우가 어떻게 공존할 수 있는지, 신뢰와 경멸의 배합으로 사람을 어떻게 단련할 수 있는지 그곳에서 조금 배웠다. 나는 단련되었던가? 모르겠다. 나는 나빠졌다. 매일 조금씩 나빠지다가 어느 순간 급격히 나빠졌다.

다음 날 엄마 몰래 담배를 피우러 나왔다가 즉흥적으로 어마어마한 돌담 집을 찾아 걸었다. 치킨 남자가 "저 아랫집"이라고 했던 것 같은데 아래가 어느 쪽을 가리키는지 알 수 없어서 내키는 대로 방향을 잡았다. 골목을 빠져나가 기찻길을 왼편에 두고 걸었다. 겨울바람이 쉼없이 불었다. 나는 트레이닝 바지에 후드 티셔츠만 입고 슬리퍼를 신고 있었다. 오래 걸을 수 없는 상태였는데도 집으로 돌아가길 자꾸 미뤘다. 조금만 더 가보자. 어마어마하다니까 멀리서도 알아볼 수 있겠지. 이상한 오기가 겨울바람처럼 내 등을 떠밀었다. 아니다. 이상할 것도 없이 그게 그냥 나다. 나는 자주 그런 식으로 걸었다. 길은 끝이 없다는 걸 알면서도, 끝이 없으니까, 지쳐 화날 때까지 걷다가 포기하는 사람.

눈보라가 불기 시작했다. 얼굴과 손발이 얼어 감각이 사라졌다. 무서울 정도로 추웠다. 휘청거리며 돌아설 수밖에 없었다.

"그쪽 아니고 반대쪽. 연못까지 가야 돌담이 보여."

엄마가 말했다.

"저쪽에 연못이었던 데가 있어. 지금은 물이 없는데 얼마 전까지 물이 있었어."

"나도 알아. 연못. 근데 물이 없다고?"

"연못을 안다고?"

"어릴 때 연못 근처에서 자주 놀았는데."

"거기서 놀았다고?"

"응."

"왜?"

"노는 데 뭔 이유야. 근데 연못에 왜 물이 없어?"

엄마가 멈칫했다.

"말랐을걸."

"못이 말라? 마르기도 해?"

"말랐는지 어쨌는지……."

엄마는 말끝을 흐리며 텔레비전으로 눈을 돌렸다. 저녁 예불이 끝나가고 있었다.

*

다음 날 운동화를 신고 점퍼를 입고 털모자에 목도리까지 두르고 집을 나섰다. 집에서 할 일도 없었고 서울로 올라가기도 싫었다. 가면 바로 구직을 시작해야 할 테고, 나는 분명 쫓길 것이다. 시간과 세금과 잔금과 기타 등등에. 일단 돌담을 보자. 얼마나 어마어마한지 보자. 그리고 다음을 생각하자. 이젠 말라버렸다는 연못을 보고도 싶었다. 생각할 일이 없어 여태 잊고 살았지만 연못은 어린 시절 장미와 나의 아지트였다. 연못과 장미 집이 가까웠다. 장미의 풀네임은 장미루. 열한 살부터 열두 살까지 우린 아주 친했다. 장미는 마당 넓은 이층집에 살았고 장미 부모는 과수원을 했다. 나는 장미 부모를 '땅 부자'로 알고 있었다. 누가 내게 그런 얘기를 해주었을까? 모르겠다. 어쨌든 장미는 좋은 집에 살았다. 당시 우리 가족은 단층집 구석에 딸린 셋방에 살았다. 방은 한 칸뿐이었고 화장실은 바깥에 있었다. 욕실이 따로 없어 부엌에서 씻었다.

또래 아이들 중 열에 아홉은 재잘재잘 떠들고 이야기 지어내기를 좋아했는데, 장미는 열에 하나에 속했다. 말수가 적었고 천천히 움직였고 편을 가르는 놀이를 싫어했다. 장미는 여섯 살 어린 동생을 무척 아꼈다. 같이 놀다가도 동생이 보고 싶다며 먼저 집에 가버릴 때가 많았다. 다락방이 있는 이층집 쪽으로 서둘러 걸어가는 장미의 뒷모습을 보면서 나는 때로 놀라워했다. 저런 아이가 내 친구라니. 장미는 귀족이고 나는 하인인데 우리는 피로 맺은 사이여서 우리를 떼어놓으려는 어른들의 방해와 음모를 함께 헤쳐 나가는 상상에 빠지기도 했다. 현실에서는 아무도 우리를 떼어놓으려고 하지 않았다. 우리가 친한 사이라는 걸 어른들은 몰랐으니까. 알았더라도 무심했을 것이다. 자기 자식이 누구와 친한지, 하루 종일 뭘 하고 지내는지 관심을 가지는 어른은 없었다.

연못에서 놀다가 지루해지면 장미 집 마당으로 갔다. 장미 집에는 담도 대문도 없었다. 어른 허리 높이로 자란 사철나무가 담 대신 마당을 대충 둘러싸고 있었는데, 사철나무는 꼭 박제된 것처럼 더 자라지도 마르지도 않았다. 넓디넓은 마당 안쪽에 덩그러니 2층 가옥이 있었고, 마당 양옆으로 광활한 과수원이 펼쳐져 있었다. 장미는 종종 집에 들어가 물에 씻은 앵두나 청포도를 가지고 나왔다. 나는 흙 묻은 손을 바지에 대충 문질러 닦고 그것들을 집어 먹었다. 집에 엄마 아빠 없느냐고 물어보면 장미는 드넓은 과수원을 가리키며 "저기 어딘가에 있을 거야" 하고 대답했다.

나는 2층 가옥에 들어가고 싶었다. 집 안에 있을 게 분명한 나무 계단을 천천히 밟아보고 싶었고 장미의 방도 구경하고 싶었다. 거실에는 커다란 가족사진이 걸려 있겠지. 화장실에는 쪽배 같은 욕조가 있을 거야. 주방에는 등받이가 높은 의자 여러 개가 있겠지. 커다란 창의

양옆에는 새하얀 레이스 커튼이 달리지 않았을까? 하지만 장미는 나를 집 안으로 초대하지 않았다. 내 동생이 잠에서 깰 거야, 내 동생에게 나쁜 게 묻을 거야, 내 동생이 겁을 내고 울지도 몰라……. 방에 들어가서 놀면 안 되느냐고 물어보면 장미는 늘 동생 걱정을 했다.

장미와 뭘 하고 놀았던가. 한쪽이 이기면 다른 쪽이 지는 놀이는 전혀 하지 않았다. 가위바위보 하나 빼기나 묵찌빠조차 하지 않았다. 마당이나 연못 테두리를 맴맴 돌면서 풀 따고 흙 만지고 돌멩이 줍고 돌멩이 던지면서 이따금 터무니없는 이야기를 나누었던 것 같다. 장미는 나를 무척 편하게 생각했다. 경쟁적으로 떠들지 않아도 되고, 강박적으로 편 가르지 않아도 되고, 혼자 있는 것처럼 같이 있을 수 있는 사람이 나였던 것이다. 나도 장미가 편했던가? 모르겠다. 나는 내가 장미루 친구여서 가치 있다고 느꼈다. 그 외에는 별로 없었다. 스스로를 가치 있다고 느꼈던 순간은.

장미와 멀어진 뒤에는 연못 쪽으로 가지 않았다. 중학생이 되고 나와 다른 교복을 입은 장미를 길에서 마주치기도 했지만 그럴 때마다 못 본 척했다. 장미를 생각하면, 그렇게라도 만나버리면 나는 화끈거렸고 내가 너무 싫어서 일부러 하루를 망쳐버렸다.

*

진동이 느껴졌다. 주머니에서 핸드폰을 꺼냈다. 모르는 전화번호였다. 사장일 수도 있고 영업부장일 수도 있다. 증거를 남기지 않으려고 다른 사람 핸드폰을 사용하는 것일지도 모른다. 전화가 끊어지고 다시 진동이 시작되었다. 그러기를 다섯 번. 잠잠해졌다. 문자도 음성 메시지도 오지 않았다. 내가 겁낼 것은 없지만 겁이 났다. 내가 잘못한 것은 아니지만 내 잘못도 있다. 다른 사람은 몰라도 나는 안다. 계속 회사에 있었다면, 뱉어지지 않았다면, 그래도 내가 신고했을까? 고민하고 갈등하면서 1년, 2년을 보내고 그렇게 10년을 채웠을지도 모른다. 100년을 근무해도 부장이 될 수 없는 과장이 되면서 단련되었을지도 모른다.

대개 2년을 채우지 않고 퇴사했다. 사장은 사람이 자주 바뀌는 것을 싫어하면서도 정규직으로 계약하지는 않았다. 사장의 머릿속에는 정규직이란 단어 자체가 없었다. 아니, 무기 계약직이 바로 정규직이었다. 사장은 두 가지가 다르지 않다 생각했고 실제로 그렇게 말했다. 그렇다면 정규직으로 사람을 써도 상관없을 텐데, 아무도 사장에게 그렇게 되묻지는 않았다. 김 과장과 정 과장 머릿속에는 어떤 질문이 들어 있었을까? 어쨌든 그들은 그 회사를 다니며 적금과 청약 저축을 부었다. 결혼을 하고 아이를 키웠다. 사장은 가족 대하듯 직원을 대했다. 집안 사업 하는데 야근이나 주말 근무가 무슨 대수냐, 장사가 잘돼서 회사가 돈을 많이 벌면 모두에게 이로운 일 아니냐는 식으로 말했다. 사장의 이득은 결코 나의 이득이 되지 않았다. 사장의 손해는 나의 손해가 되었다.

아무도 연차 휴가를 따지지 않았다. 여름휴가는 주말과 붙여서 사흘이었고 사장이 정해주는 날짜에 쉬어야 했다. 피치 못할 사정으로 휴가를 내야 할 때면 부장과 사장에게 사정을 말하고 허락을 구해야 했다. 당당하게 요구하려고 해도 그들 앞에 서면 비굴해졌다. 야근과 특근 수당도 따로 없었다. 명절이나 연말 보너스도 사장 마음대로 주거나 주지 않았다. 여자는 출산하면 회사를 그만둬야 했고 남자는 아내가 아이를 낳은 날만 쉴 수 있었다. 한때 나는 김 과장과 정 과장도 사장의 먼 친척이 아닐까 생각했었다. 묻지는 않았다. 회사에서 나는 뭘 묻는 사람이 아니었다. 친척이라도 맥 빠지고 아니라도 황당할 것 같아서 상상만 해보고 말았다.

 2년 만기 적금이 끝나면 이직하려고 했다. 만기 때 원룸 월세가 올랐다. 적금을 찾은 돈에 대출을 더해 보증금을 올려줬다. 계기가 오리라 막연히 짐작했다. 더 나은 조건의 다른 회사에 입사한다든가 어느 날 우연히 나도 모르던 재능을 발견한다는 식으로 내게 좋은 방향으로만 그 계기를 상상했다. 그러던 어느 날 우연히 알게 되었다. 제품 안전성 인증을 받기 위해 공장에서 만드는 제품이 따로 있으며, 인증을 통과한 다음부터는 사용이 금지된 화학 첨가제를 쓰고 있다는 사실을. 그 첨가제를 쓰면 제품이 훨씬 말랑말랑하고 부드러워진다고 했다. 제조 단가도 현저히 떨어진다고 했다. 사장과 영업부장과 생산부장이 사장실에 모여 앉아서 하는 얘기를 들었다. 몰래 들은 것도 아니다. 그들은 내가 자기들 옆에 서 있는 걸 알면서도 태연히 그런 말을 주고받았다. 뭐지? 나도 가족이 된 건가? 그런 생각을 하지 않을 수 없었다. 그들은 첨가제 이름을 제대로 말하지 않고 '그것'이라고만 했다. 사장실을 나오자마자 인터넷 검색을 시작했다. 잠깐의 검색만으로도 '그것'이 '프탈레이트 가소제'라고 확신할 수 있었다. 회사 이름과 프탈레이트 가소제를 붙여서 검색 버튼을 눌렀다. 웹페이지 가득 블로그가 떴다. 그중 하나에 들어갔다. 독성 물질을 사용한 회사와 장난감 목록을 정리해둔 블로그였다. 거기 사장의 회사도 있었다. 이미 몇 년 전에 프탈레이트 가소제 기준치 초과로 단속에 걸렸고 제품 수거 명령을 받았던 것이다. 내가 막 입사했던 시기였다. 리콜 사건으로 다들 신경이 날카로웠던 게 그제야 기억났다. 그땐 아무도 내게 뭐가 문제인지 말해주지 않았다. 눈치만 살피다가 눈이 닳아 없어질 것만 같던 때였다.

리콜 사건이 잠잠해지자 다시 그 첨가제를 사용하는 것이다. 모르는 채로 나는 나쁜 짓에 가담하고 있었다. 그렇다는 걸 알게 된 다음부터는 알고서도 가담하는 거였다. 어디에 신고하지? 112? 시청? 환경부? 중소기업청? 소비자보호원? 신고한 다음엔? 리콜을 하겠지. 시간이 지나면 또 사용하겠지. 난 내부 고발자가 되는 건가? 당연히 잘리겠지? 대출금 이자는 어쩌지? 신고하기 전에 다른 회사를 알아봐야 하나? 바로 이직할 수 있을까? 내부 고발자인데? 이거 정확한 정보일까? 잘못 들은 거 아닐까? 괜히 신고했다가 무고죄 같은 걸로 고소당하면 어쩌지? 며칠 동안 편두통이 심해지도록 고민했다. 아침저녁 초조한 마음으로 프탈레이트 가소제를 검색했다. 그것이 인체에 미치는 영향을 달달 외울 만큼 들여다봤다. 생식기관에 유해한 독성 물질이었다. 환경호르몬 추정 물질이며 발암 물질이라고 했다. 그런데도 장난감뿐 아니라 각종 생활용품에서 자주 검출된다고 했다. 다들 알고도 쓰는 건가? 그렇게 나쁘지는 않은 건가? 당장 해를 끼치지는 않는다는 말인가? 독성 물질인데? 생각할수록 헷갈렸다. 내가 바로 옆에 서 있는 걸 알면서도 사장과 부장들이 그런 얘기를 나눴던 걸 보면 비밀이 아닐 수도 있다. 다른 회사에서도 다 쓰는 건지도 모른다. 나쁜 짓이 아니라 사업 수완일 수도 있다. 플라스틱 제품에 많이 쓰인다면 내가 쓰는 물건들에도 첨가되었을 것이다. 하지만 난 괜찮잖아. 아프지 않잖아. 몸에 쌓이겠지. 언젠가는 병들겠지. 지금도 병들어가고 있겠지. 나를 병들게 하는 게 환경호르몬뿐인가? 그렇게 하루하루가 지나갔다. 두어 달 뒤에는 플라스틱에 담긴 음식을 전자레인지에 데울 때나 잠깐씩 고민했다.

"필드에서 일할 때는 좋은 대학 좋은 스펙 그런 거 다 필요 없거든요."

그렇게 말하고 있었다.

"일머리가 있어야 돼. 일머리가. 일머리 없으면 자기도 자기지만 주변에서 죽어나거든요."

수습사원인 이찬양 씨 옆에 앉아 편의점 도시락을 먹으면서, 다른 사람도 아닌 내가, 그렇게 말하고 있었다.

"찬양 씨 있잖아요. 설탕 말이야. 그거 많이 먹으면 몸에 나쁘잖아요? 근데 적당히는 먹어줘야 사람이 살잖아요."

도시락의 돈가스에서 플라스틱 맛이 났다.

"프탈레이트 가소제라고 있어요. 그게 뭐냐면 화학 첨가제인데, 혹시 들어봤어요? 내가 진짜 오래 고민해봤는데, 내 생각에는 그게 설탕 같아. 그게 좀 들어가줘야 사람이 쓰기 편한 제품이 되는 거지. 그렇지 않으면 나쁜 줄 알면서도 왜들 그렇게 쓰겠어요? 그게 기준치 넘게 검출되면 리콜하는 건데요. 근데 기준치란 것도 웃기지 않아요? 기준치를 딱 맞추면 해롭지 않은데 기준치에서 1만 넘어가면 갑자기 해로워진다 이건가? 음주 측정이랑 뭐가 다르지? 나는 그것도 되게 이상하더라고요. 찬양 씨가 생각해도 이상하지 않아요? 난 세상의 모든 기준치라는 게 너무너무 이상해. 그렇지 않아요?"

이찬양 씨는 아무 대꾸도 하지 않았다. 고개를 끄덕이지도 가로젓지도 않았다. 햄버거를 천천히 씹으며 다른 생각을 하는 것 같았다. 도시락의 숙주나물무침을 입에 넣자마자 쉰 맛이 올라왔다. 뱉지 않고 먹었다. 괜찮을 테니까. 상한 것 좀 먹는다고 죽진 않을 테니까.

*

앙상한 나무들이 연못을 둘러싸고 있었다. 메마른 이파리와 오래된 쓰레기가 여기저기 흩어져 나뒹굴었다. 기억 속 연못보다 훨씬 작고 초라했다. 연못 너머 두 시 방향으로 돌담이 보였다. 완성된 돌담이 아니라 진행 중인 돌담이었다. 담 끝에 사람이 있었다. 작은 노인이 느리게 움직이며 담을 쌓고 있었다. 그 담 너머에는 집이 한 채뿐이었다. 예전에, 거의 15년 전에는 거기 장미 가족이 살았다.

장미 동생이 되고 싶었다. 장미가 세상에서 제일 사랑하는 그 아이가 되고 싶었다. 장미 집 다락방에 살고 싶었다. 나를 집 안으로 초대하지 않는 장미에게 서운한 마음도 들었다. 그래도 좋았다. 연못에서 장미네 마당까지 전속력으로 달릴 때면 지구를 가로지르는 기분이었다. 연못 근처 작은 버드나무 아래에 우리만의 보물 창고를 만들기도 했다. 연못과 마당에서 주먹만 한 돌을 주워 버드나무 아래로 날랐다. 그 돌을 동그랗게 쌓아 작은 동굴을 만들었다. 걷다가 예쁜 것을 발견하면 그 동굴에 보관했다. 청색 빛이 나는 돌, 붉은빛이 나는 돌, 과수원에서 발견한 조개껍데기, 마른 꽃잎과 나뭇잎, 야광 별과 도토리, 기찻길 옆에서 주운 손바닥만 한 액자, 과수원에서 주운 펜던트, 빨간색 파란색 노란색 분필……. 사탕이 예뻐서 넣어뒀는데 다음 날 개미가 바글바글해서 기겁한 적도 있다. 겨울에는 작은 눈사람 두 개를 만들어서 넣어두기도 했다. 여름에 비가 많이 내려서 연못이 넘쳐도 동굴은 무너지지 않았고 보물들은 안전했다. 동굴에 보물을 넣을 때마다 우리는 그것이 보물인지 아닌지 회의했다. 한 명이 보물이냐고 묻고 다른 한 명이 보물인 이유를 말하면 회의의 끝이었다. 회의가 끝나면 장미는 작은 수첩에 날짜를 적고 보물의 내용과 의미를 기록했다. 그럴 때 장미는 정말 특별했다. 나는 흉내도 못 낼 품격이 느껴졌다.

돌담을 쌓는 노인을 쳐다보다가 버드나무를 찾아 연못을 돌았다. 버드나무 밑동에 쌓인 눈이 얼어 있었다. 돌 하나를 주워 들고 쪼그려 앉아 눈을 파냈다. 아직도 장미 집일까? 저 노인은 장미 아버지일까? 여전히 땅 부자겠지? 그럼 장미도 부자겠지? 그냥 인부 아닐까? 설마 직접 담을 쌓겠어? 그런데 왜 담을 쌓지? 이층집은 그대로 있을까? 보물들은? 보물은 무슨, 죄다 쓰레기지. 쓰레기를 보물이라고 주워 모은 거지. 장미 방에는 더 예쁜 보물들이 있겠지. 돌을 쌓아 보물 창고라고 이름 붙이고 나하고는 거기 쓰레기만 모아놓고, 진짜 예쁜 것들은 혼자만 보고 만지고 간직했겠지. 나는 더러우니까 집에도 못 들어오게 했겠지. 자기 예쁜 것들을 함부로 만지고 망칠까봐. 동생한테 나쁜 게 묻을 수도 있다고 했지. 그건 무슨 뜻이었을까? 나랑 그러고 노는 게 재밌었을까? 내가 신기했나 장미는? 쓰레기를 보물이라고 모으는 내가? 열두 살에 그런 생각들을 했었다. 나를 보호하기 위해 장미를 가식적인 나쁜 애로 만들려고 애썼다. 그러면 마음이 좀 편해질 줄 알았는데 더 비참해졌다.

돌이켜 보면 그리 가난하지도 않았다. 장미네 집과 비교하면 그렇게 느껴졌을 뿐. 부모님은 사글세 판잣집에 살면서 부지런히 돈을 모았고, 내가 중학생이 되고 얼마 지나지 않아 아파트로 이사했다. 낡은 아파트에 10년 융자를 끼고 들어갔지만 어쨌든 그곳에는 나만의 방이 있었다. 우리 가족이 머물렀던 마지막 셋방으로 이사 가기 며칠 전 엄마는 나의 일기장과 스케치북을 모두 버리겠다고 했다. 내 것을 왜 버리느냐고 울며 대들었다. 엄마는 이사 갈 때 이런 걸 다 정리해 버려야한다고 대답했다.

"우리 또 이사 가?"

"……"

"왜 또 가? 멀리 가?"

"아니야. 옆 동네로 가는 거야."

"그럼 전학 안 가도 돼?"

"집만 옮기는 거야."

"그러면 아무것도 버리지 말고 그냥 여기 살면 되잖아."

"더 좋은 데로 가는 거야."

"뭐가 좋은데."

"방이 두 개야."

"내 방이야?"

"골방이어서 추워. 거기서 잠도 못 자. 창고처럼 쓸 거야."

"그래도 내 방이야?"

"여름에는 그럴 수도 있고."

"옆 동네 어디로 가는데?"

"제일교회 바로 뒤에 하얀색 양옥집이 있어. 거기로 갈 거야."

바로 뛰쳐나가 제일교회를 향해 달렸다. 교회 뒤에는 정말 양옥집이 있었다. 오래되고 낡아서 벽에 때가 많이 묻었지만 어쨌든 하얀색 양옥집이었다. 창살로 된 대문에 매달려 집 안을 엿봤다. 좁지만 마당도 있었다. 창문이 여러 개인 걸 보면 방이 두 개보다는 많을 것 같았다. 엄마는 왜 거짓말을 했지? 아닌가? 커다란 방이 두 개인 건가? 어쨌든 양옥집이다. 내 방이 생긴다. 장미를 초대할 수도 있을 것이다. 다음 날 학교에서 장미를 만나자마자 기쁜 소식을 전했다. 나도 이제 양옥집에 살 거야. 거기엔 내 방도 있대. 이사하면 꼭 놀러 와. 장미는 나만큼 기뻐하지는 않았고 차분하게 고개를 끄덕였다. 그래서 나는 또 서운해졌다.

이사하는 날 수업이 끝나자마자 제일교회 쪽으로 달려갔다. 아침부터 이사할 거라고 했으니 이미 짐을 다 옮겼을 것만 같았다. 어서 내 방을 구경하고 싶었다. 심장이 아프도록 뛰어 양옥집에 도착했다. 대문을 지나 엄마에게 다가가면서 나는 이상한 느낌에 사로잡혔다. 텔레비전을 짊어진 아저씨가 양옥 옆에 코딱지처럼 붙은 판잣집으로 들어가고 있었다. 엄마가 나를 돌아봤다. 나는 엄마를 보고 판잣집을 쳐다봤다. 그리고 다시 엄마를 봤다. 엄마가 판잣집의 검은 문으로 쑥 들어갔다. 나는 쭈뼛거리며 검은 문으로 다가가 그 안을 들여다봤다. 우리 밥솥과 냉장고와 옷장이 그곳에 있었다. 방은 두 개였다. 엄마는 거짓말을 하지 않았다. 작은방은 연탄 창고처럼 좁고 어두웠다. 장미 말고 유령을 초대해야 어울릴 것 같았다. 하지만 나는 이미 장미에게 신신당부해놓은 참이었다. 금요일 학교 끝나면 우리 집에 놀러 가자고. 금요일은 내일이었다.

장미의 이층집을 부러워했었다. 그렇다고 판잣집을 부끄러워하진 않았었다. 그런데 부끄러워졌다. 이젠 나도 장미처럼 양옥집에 살 거라고 믿었는데 계속 판잣집에 살아야 한다는 걸 알아버린 그 순간.

수습 기간이 끝나는 날 퇴근 시간 넘어서야 영업부장은 이찬양 씨에게 계약을 할 수 없다고 통보했다. 지난 석 달간 이찬양 씨가 주로 한 일은 서류 작성과 복사와 전화 연결과 청소 같은 잔심부름뿐이었다. 회사는 영업 뛸 사람이 부족하다며 이찬양 씨를 뽑았다. 하지만 영업부장은 이찬양 씨를 없는 사람 취급했다. 영업부장은 자기 일을 김 과장 아닌 다른 사람과는 나누기 싫어했다. 자기가 쌓아온 리스트와 노하우를 공유하면 언젠가는 배신당하리라고 확신했다. 경력 사원을 뽑아놓으면 일하는 스타일이 구려서 같이 못 해 먹겠다고, 거래처 다 떨어져 나갈 판이라고 대놓고 배척했다. 신입 사원이 들어오면 일머리가 없어서 성가시다고 잘라버렸다. 그래 놓고 회사 돈은 자기 혼자 다 벌어 오는 것 같다면서 우는소리를 했다.

조용히 사무실을 나가는 이찬양 씨의 등을 보면서 나는 지겨운 환멸을 느꼈다. 저 사람은 왜 저토록 조용히 나가는가. 어째서 나가는 순간까지 영업부장에게 고개 숙여 인사하는가. 저 사람은 왜 석 달을 버텼나. 이 회사에서 계속 일하고 싶었을까? 여기서 나오는 돈으로 살고 싶었나? 그럼 나는? 프탈레이트 가소제를 알게 되고 석 달 가까이 지났다. 공장은 쉼 없이 돌아갔고 장난감은 매일 쏟아져 나왔다. 이찬양 씨라면 어떻게 했을까. 주저 없이 신고했을까? 모른 척했을까? 어쨌든 나는 남아 월급을 받고 있었다. 장난감을 팔아서 받는 월급이었다. 그러지 말라고 말해야 했다. 내 정당한 월급을 그런 돈으로 주지 말라고. 그런 돈으로 내가 살아가게 하지 말라고.

정 과장에게 같이 점심을 먹자고 했다. 정 과장은 무엇을 어디까지 아는지, 진짜 친척인지 아닌지 알고 싶었다. 정 과장은 김 과장과 같이 나왔다. 둘보다는 셋이 낫지. 밥은 여럿이 먹을수록 맛있는 거야. 정 과장이 어색하게 웃으며 말했다. 김 과장이 맛있는 걸 사주겠다며 중국집에 가자고 했다. 맛있는 거 시켜. 비싼 요리 시켜도 돼. 테이블에 앉으며 김 과장이 말했다. 나는 볶음밥을 시켰다. 김 과장과 정 과장은 짬뽕으로 통일했다. 볶음밥은 반도 먹지 못했고 나는 아무것도 알아내지 못했다. 그들은 내가 질문할 틈도 주지 않고 자기들끼리 계속 이야기를 나눴다. 그들보다 뒤처져 중국집을 나오면서 나는 결론 내렸다. 그들이 친척이든 아니든, 프탈레이트 가소제를 알든 모르든 상관없고. 그들은 자기들이 모른다는 것조차 몰라서 아무 죄도 짓고 싶지 않은 사람들이었다.

"요즘 사람들이 하도 유난스러워 그렇지 그게 그렇게 나쁜 게 아니야. 그거 사용 금지된 지도 얼마 안 됐고, 우리 어릴 때는 다 그거를 물고 빨고 하면서 컸어. 근데 봐, 내가 죽었나? 아니잖아? 이 사원 어릴 때 쓰던 장난감에도 그거 다 들어갔어. 그래서 이 사원이 잘못됐나? 아니잖아? 지금 내 앞에서 따박따박 말대꾸하고 있잖아? 우리 공장에서 만든 장난감을 내가 우리 애들한테는 안 줬을 것 같아? 연필 한 자루 만들어본 적도 팔아본 적도 없는 사람들이 현장 일은 뭣도 모르고 유해 물질이다 뭐다 그러는 거라고. 막말로 우리가 고무로 고기 만드는 회사도 아니고, 제품에 청산가리 바르는 것도 아니고, 아니잖아? 겨우 장난감이잖아. 그 정도로 나쁜 거는 세상에 널렸다 이거야."

영업부장에게 프탈레이트 가소제 얘기를 꺼내자마자 돌아온 대답이었다. 독성 물질을 쓴다고 자신 있게 말할 사람은 없다. 포장이 필요하고, 영업부장은 뭐든 잘 포장하는 사람이었다. '독성 물질이므로 절대 쓰면 안 된다'라는 원론적인 말로는 영업부장을 이길 수 없었다.

"우리 때문에 사람이 죽었나? 우리 제품 때문에 누가 죽었다는 기사라도 떴어? 우리 모두 잘 살고 있잖아. 사람 우습게 보지 마. 사람 그렇게 쉽게 죽거나 병들지 않는다고. 그러니까 우리가 그런 걸 쓰는 거보다 당신이 떠들어서 사람들 불안하게 하는 게 더 큰 문제다 이 말이야. 문제 삼지 않으면 문제 될 게 없는 거야."

그렇다. 당장 죽지는 않을 것이다. 병들 뿐이다. 병들어 죽을 때 어느 누가 어릴 적 갖고 놀던 장난감이 원인이라고 지목하겠는가. 영업부장 말대로 세상에는 이렇게 나쁜 게 널렸는데. 나쁜 걸 서로 조금씩 나누면서 우리는 살아가고 있는데.

"그래도 제가 이걸 안 이상 그냥 있을 수가 없습니다."

"그냥 있지 않으면 뭐, 뭘 하겠다는 건데? 당신 월급 주는 회사를 신고해서 당신한테 돌아갈 이익이 뭐 있나? 당신 힘들어질 거 뻔하고, 당신만 그렇겠나? 우리 다 같이 죽는 거야. 여기 다 가정 있는 사람들이야. 당신 때문에 제품 수거되고 불매운동 일어나서 월급 밀려봐. 애들 학교는 어떻게 보내고 밥은 어떻게 먹이나? 이 사원은 싱글이라 가장의 그걸 몰라. 모르니까 지금처럼 똥 된장도 구분 못 하는 거야. 여러 사람 원망 들을 일을 왜 나서서 하겠다는 거지? 머리가 그렇게 안 돌아가나?"

영업부장과 말하는 동안 나는 점점 이상한 사람이 되어갔다. 다들 괜찮다는데 분란을 일으켜서 사람들 밥줄 끊으려는 협박범으로 몰렸다.

"당신만 옳으면 다야? 당신 빼고 다 바보야? 저기 정 과장도 김 과장도 설마 몰라서 가만있겠어? 생계잖아. 생계. 당신한테는 이 일이 뭐, 취미세요?"

"아니요. 저는 정당하게 일하고 싶은 겁니다."

그렇게 말하는 순간 깨달았다. 프탈레이트 가소제가 아니더라도 나는 이미 부당하게 일하고 있다는 사실을. 월급이 통장에 찍힐 때마다, 사장이 돌돌 만 신문으로 내 정수리를 치며 고함칠 때마다, 죄 짓듯 휴가를 쓰고 매년 명절 직원 선물로 남성 양말 세트를 받을 때마다 나는 돌담을 쌓듯 모욕감을 쌓아왔다. 돌아보기 싫은 감정이라 대충 쌓아뒀던 그것이 흔들리고 있었다.

"내가 지금 이 자리에 거저 앉아 있겠어? 조사도 징계도 다 때가 있는 거야. 우리 회사 하나 조지겠다고 그 큰 조직이 움직일 것 같아? 내가 그쪽에 아는 사람이 한둘이겠냐고."

영업부장이 말했다.

"당신 마음대로 해봐. 뭐가 어떻게 되는지 두고 보라고."

*

수업이 끝나면 장미와 나는 학교 쪽문에서 만났다. 특별한 일이 없으면 거의 매번 그랬다. 쪽문은 거미줄 같은 골목으로 이어졌고 골목에는 취한 어른들이 많았다. 담배 피우고 욕하고 침 뱉으면서 무서운 눈으로 사람을 노려보는 중학생도 있었고 종종 싸움도 일어났다. 우리는 손을 잡고 씩씩하게 그 길을 빠져나와 연못까지 갔다.

금요일에 나는 정문으로 나갔다. 도망치듯 달렸다. 장미는 아주 오래 나를 기다릴 것이다. 길이 어긋날까봐 교실로 나를 찾으러 가지도 않을 것이고 제일교회 뒤 하얀 양옥집을 찾아가지도 않을 것이다. 그저 나를 기다릴 것이다. 장미가 그러리라는 걸 잘 알았다. 너무 잘 알아서, 그래도 설마 그러겠어? 생각했다. 아무리 장미라도 조금만 기다리다 집으로 가겠지. 밤이 오도록 기다리진 않겠지. 그렇게 믿고 싶었다.

일을 마치고 집에 돌아온 장미 부모님은 집 치우고 씻고 밥 차리느라고 장미가 집에 없는 줄도 몰랐을 것이다. 밥 먹자고 장미루를 부르고, 아무리 불러도 장미루가 나오지 않아서 집과 마당과 과수원을 다 뒤진 다음에야 장미루가 근처에 없다는 걸 알게 되었으리라. 부모님은 경찰서로, 학교로 달려갔다. 당직 선생과 같이 교실을 뒤지고 정문 근처의 문구사와 슈퍼를 모두 찾아다녔을 것이다. 장미네 담임은 반 아이들 집에 전화를 돌렸고 장미와 내가 친하다는 사실을 알게 되었다. 마침내 우리 집으로 전화가 왔다. 오늘 미루를 언제 마지막으로 봤어? 오늘도 미루랑 놀았어? 담임이 다급하게 물었다. 장미루랑 정문에서 만나기로 했는데 장미가 나오지 않아서 기다리다가 집에 왔어요. 놀란 채로도 나는 거짓말을 했다. 전화를 끊고는 무서워서 울었다. 쪽문으로 가볼 생각도 못 하고 울기만 했다.

"사고가 있었어."

물을 한 모금 마시고 엄마가 말했다.

"그 집 딸이 죽었어."

밥을 먹다 말고 엄마를 쳐다봤다.

"누가 죽어?"

"그 집 딸이."

"장미가 죽어?"

"장미가 누군데?"

"죽었다며. 장미가."

나는 밥을 삼키지 못하고 밥상에 뱉어냈다.

"그 집 딸을 알아?"

"내 친구야. 내 친구."

"어떻게 니 친구냐. 나이 차이가 얼만데."

"내 친구라고. 장미라고."

"아…… 딸이 둘이지. 그렇지. 언니가 있지."

엄마는 물을 한 모금 더 마시고 이야기를 시작했다.

이층집과 과수원은 장미 당숙 소유였다. 장미 부모님은 이층집 지하에 살면서 과수원 일을 맡아 했다. 장미 당숙은 이층집과 도시를 오가며 큰 사업을 벌이다가 2-3년 전 장미 부모님에게 집과 땅을 싼값에 넘기고 도시로 완전히 떠났다. 장미 동생 미래는 어릴 때 심장이 아파서 큰 수술을 받았고 남들보다 1년 늦게 학교에 들어갔다. 중학교 다니면서 1년 더 쉬었고 작년에 근처 대학에 입학했다. 중간고사 끝나고 미래네 학과 학생들은 가까운 유원지로 엠티를 떠났다. 엠티를 마치고 돌아오던 밤, 버스에 탄 학생들 대부분이 잠들어 있던 그 밤, 버스 뒤쪽 엔진 부근에서 불이 났다. 기사는 경적을 울리며 버스를 갓길에 세웠고 잠에서 깬 학생들은 하나뿐인 문으로 탈출했다. 유독가스가 깜깜한 버스 안을 메웠다. 학생들이 다 내리기도 전에 뭔가 터지는 소리가 들렸다. 검은 그을음이 솟구쳤고 불길이 거세졌다. 그래도 다 내린 줄 알았다. 모두 살아남은 줄 알았다. 서로 이름을 부르면서 존재를 확인하다가 장미래가 없다는 것을 알게 되었다. 누가 없어? 미래가 없어? 버스 기사는 허겁지겁 버스에 올랐다. 버스가 펑 소리를 내며 휘청거렸다.

버스 기사는 버스 주인 오명곤이었다. 오명곤은 그 동네에서 태어나 자라고 늙은 사람이었다. 젊을 때는 시내버스를 몰아서 동네 사람들 누가 몇 날 몇 시면 어디에 가는지 다 꿰고 있었다. 퇴직한 다음에는 젊어서 모은 돈으로 낡은 관광버스를 샀다. 그 버스를 10년 넘게 굴렸다. 동네 사람들은 저 버스가 아직도 굴러다니느냐, 저러다 큰 사고 친다, 뭔 일이든 당한 뒤에야 폐차시킬 작정이냐고 구시렁거리면서도 결혼식이나 야유회 등 단체로 타지에 가야 할 일이 생기면 오명곤의 버스를 빌려 탔다. 한동네 사람이 버스 장사를 하는데 모르는 사람 것을 빌려 타기도 민망하고, 좀 낡긴 했어도 아는 사람이 운전하는 버스가 더 편하고 안심된다고 했다. 장미래가 엠티를 간다고 했을 때 아버지는 말했다. 버스를 빌릴 거면 오 씨네 버스를 써줘라. 그 사람 벌이가 없다고 맨날 울상이더라.

장미래도 오명곤도 버스에서 나오지 못했다.

동네 사람들은 장미 부모님을 위로하려고 이런저런 말들을 했다. 그중에는 절대 하지 말아야 할 말도 섞여 있었다. 그래도 그 집에는 자식이 하나 더 있잖아. 오 씨네는 가장이 죽었어. 자식은 여럿이어도 아버지는 하나 아닌가. 미래는 어려서부터 죽을 고비 여러 번 넘겼잖아. 명보다 오래 살았다고 생각하면 맘이 좀 편할지도 몰라. 호사다마라고, 부자 삼촌이 과수원이랑 집이랑 넘겨준 게 화근이지. 재산 들어오니 사람 나가잖아. 장미래의 건강을 걱정해서 여럿 들어놓은 보험을 두고도 어떤 사람들은 위로를 가장한 나쁜 말을 주고받았다. 결국 큰 싸움이 났다. 슈퍼 앞 평상에 모여 쑥덕거리던 사람들을 향해 장미 어머니가 돌을 던진 것이다. 사람들이 말렸고, 어머니는 말리는 사람들을 물어뜯었다. 경찰이 와서 어머니를 데려갔다. 아버지는 도끼를 들고 슈퍼로 달려가 평상을 부수었다. 모이면 입으로 똥만 싸는 인간들! 살아 있는 게 뭔 유세라고 죽은 내 딸 목숨까지 저울질이야! 운 좋아 산 작자들! 니들이 죽을 수도 있었잖아! 니들도 죽어! 내 딸도 죽었으니 니들도 다 죽어! 아버지 말에 발끈한 사람이 아버지 멱살을 쥐어뜯었다. 아버지가 그를 내팽개쳤다. 두 사람은 서로를 맘껏 때렸다.

다음 날부터 장미 부모님은 집 밖으로 나오지 않았다. 과수원도 썩고 마르도록 내버려두었다. 과수원이 병들자 연못도 말랐다. 정돈된 식물로 아름답던 이층집 주변은 황폐해졌다. 산 사람은 살아야지. 저 넓은 땅을 언제까지 놀릴 작정이야. 손에서 일 놓으면 사람 금방 망가져. 부모가 이러면 안 돼. 자식은 무너져도 부모는 무너지면 안 돼. 사람들은 장미 부모님을 자꾸만 일으켜 세우려고 했다. 어서 땅을 일구고 나무를 키우고 열매를 거두라고 했다. 일을 하고 움직여야 슬픔도 옅어진다고, 먹고 움직이고 사람처럼 살라고 어르고 달랬다.

겨울이 깊어질 무렵 집 밖으로 나온 장미 부모님은 수레를 끌고 다니며 돌을 모았다. 담 없이 살던 집에 담이 쌓였다. 돌담이 높고 길어질수록 사람들 마음도 불편해졌다. 오고 가며 이런저런 참견과 걱정을 건네면 장미 부모님은 그 말을 묵묵히 들으면서 돌을 쌓았다. 어떤 사람은 눈물을 훔쳤고 어떤 사람은 혀를 찼다. 어떤 사람은 성을 냈고 어떤 사람은 성내는 사람에게 성을 냈다. 그리고 어떤 사람들은 돌을 가져다쳤다. 오다가 주웠어. 산에 갔다 가져왔어. 생각나서 들렀어. 돌과 함께 그런 말을 내려놨다. 사람들이 두고 가는 돌이 많아질수록 돌담은 길어졌다.

"돌은 왜 갖다준대. 담을 더 쌓으라고?"

"그러면 그 사람들 맘이 편해질까 싶어 그러는 거겠지."

"불편하니까 보이지도 말라는 거 아니고?"

"……그런 마음도 있을 수 있지."

"버스 아저씨 가족은?"

"그 사람들은 떠났어."

"어디로?"

"모르지. 간다는 말도 없이 갔어."

＊

쪽문과 벽 모서리에 기대앉아 잠들었던 장미는 내가 조금 흔들자 놀라며 깼다. 운동장 쪽에서 어머니가 장미루를 부르고 있었다. 얼른 일어나. 엄마가 널 찾잖아. 그렇게 말하고 나는 돌아서서 골목으로 달려갔다. 심장이 터질 것처럼 뛰었다. 나는 내가 도망치고 있다는 걸 잘 알았다. 무엇 때문에 도망치는지는 몰랐다. 모퉁이에 몸을 숨기고 장미를 바라봤다. 장미는 내가 달려온 쪽을 처다보다가 뒤를 돌아봤다. 엄마? 망설이며 부르다가 어머니 목소리가 가까워지자 엄마! 엄마! 큰소리로 불렀다. 어머니는 장미를 붙들고 꺽꺽 울다가 화를 냈다. 뭐 하고 있었느냐고, 왜 이 시간까지 집에 안 들어와서 이 난리를 만드느냐고 크게 꾸짖었다. 멀뚱히 서서 야단만 맞던 장미가 깜짝 놀라며 물었다. 근데 엄마 미래는? 미래는 어디 있어? 미래는 혼자 있어?

　장미는 끝내 내 얘기를 하지 않았다. 분명 어른들이 화내며 이유를 물었을 텐데 혼자 야단맞고 오해를 사고 벌을 서면서도 내 이름을 말하지 않았다. 내 잘못이 드러나지 않고 아무 대가도 치르지 않아서 난 더 큰 죄책감에 빠져버렸다. 그날 만약 장미 담임이 내게 전화하지 않았다면? 장미가 집에 없다는 걸 부모들이 몰랐고 쪽문에서 잠든 장미가 아주 깜깜한 밤에야 눈을 떴다면? 괜찮겠지, 괜찮겠지 생각하며 그 밤을 그냥 보냈다면? 그러다가 나쁜 일이라도 당했다면? 나는 매일 그런 상상을 했다. 끔찍한 상상이었다. 장미를 바로 볼 수 없었다. 장미에게 한마디도 건넬 수 없었다. 그때 내가 무엇을 피하려고 했는지 이제는 안다. 수치심이었다. 내가 어떨 때 거짓말하는 인간인지, 무엇을 부끄러워하고 무엇에서 도망치는 인간인지 생각하기 싫었다. 그런 나를 내게서 빼고 싶었다. 그래서 잊고 살았다. 비슷한 일이 반복될수록 더 잊으려고 했다. 결국 나는 나쁜 것을 나누며 먹고사는 어른이 되었다. 괜찮지 않다는 걸 알면서도 괜찮겠지, 괜찮겠지, 아직은 괜찮겠지, 기만하는 수법에 익숙해져버린 형편없는 어른.

　핸드폰 진동이 울렸다. 모르는 번호였다. 전원을 꺼버렸다.
　아직까지는 부장 말이 맞다. 신고했지만 아무것도 달라지지 않았다. 공장은 계속 돌아간다. 언젠가는 단속에 걸리고 수거 명령을 받을 수도 있다. 나의 신고와 그 '언젠가'는 상관이 있는가? 모르겠다. 돌 하나를 쌓았을 뿐이다. 계속 신고하면서 조사를 재촉하고 인터넷 카페와 SNS에 터트리면 돌은 더 쌓이겠지. 내게 그럴 책임이 있는가? 의무가 있는가? 나는 뱉어졌다. 나도 처음부터 뼈는 아니었다. 살이 될 수도

있었다. 그들의 살이 되고 싶었나? 아니. 절대 아니야. 그럼 뭐가 되고
싶었지? 모르겠다. 더 나빠지고 싶지 않다.

한때 나는 장미의 동생이 되고 싶었다. 장미가 세상에서 가장 사랑
하는 그 아이.

눈보라가 몰아쳤다.

돌을 찾으며 길을 걸었다.

무슨 마음인지 알 수 없었다. ▪

한유주

왼쪽의 오른쪽, 오른쪽의 왼쪽

1982년 서울 출생. 홍익대 독문과 졸업. 서울대 미학과 대학원 수료.
2003년『문학과사회』등단. 소설집『달로』『얼음의 책』
『나의 왼손은 왕, 오른손은 왕의 필경사』등. 장편소설『불가능한 동화』.
〈한국일보문학상〉 수상.

왼쪽의 오른쪽, 오른쪽의 왼쪽

나는 첫 문장이 떠오르지 않을 때마다 다른 사람들의 책을 펼치고는 했어, 책에서는 늘 첫 문장을 발견할 수 있었다. 내가 쓰지 않은 문장들이었다. 그렇게 많은 책들이 펼쳐졌지, 그렇게 많은 책들이 펼쳐졌다. 펼치다, 펼쳐지다. 펼쳤다, 펼쳐졌다. 그리고 나는 늘 첫 문장을 발견했어, 수없이 많은 첫 문장들이 마지막 문장들을 기다리고 있었다. 하지만 내 것은 아니었다. 내가 쓴 문장들은 아니었다. 그중에는 내가 쓰고 싶은 문장들도 있었어, 그런 걸 보면, 그런 걸 읽으면 훔치고 싶었다. 하지만 훔치지 않았지, 훔치지 않는다고 생각하면서 훔쳤는지도 모를 일이다. 그렇게 어느 날에는 개가 나타났지, 바람이 불었고, 달도 떴다. 이야기를 쓰려다가 지우고 지우려다 썼다. 지금도 눈앞에 어떤 풍경이 있네, 하지만 흐려서 풍경의 세부가 잘 보이는 건 아니다. 언젠가 이런 날이 있었지, 겨울이었다. 전날 눈이 많이 내렸어, 그

래서 그날, 눈이 많이 내린 다음 날, 기온이 영하로 떨어졌던 날, 눈길
이 빙판길로 돌변했던 날, 얼음이 사나웠던 날이었다. 나는 어딘가로
가야 했어, 목적지가 어디였는지는 기억나지 않는다. 차에 시동이 걸
리지 않았어, 좀처럼. 목적지는 기억나지 않지만 그날, 무척 급하게 어
딘가로 가야 했던 건 기억이 난다. 그래서 나는 급하게 시동을 걸고 또
걸었어, 그리고 마침내 엔진이 돌아가는 소리가 들려왔다. 하지만 전
날 내린 눈이 전면 유리창에도 가득 쌓여 있었어, 차 안의 공기는 차가
웠고 전방이 보이지 않았다. 온통 하얬지, 너무나 희었다. 눈구름이 걷
히고 해가 뜬 날이었어, 겨울의 공기는 투명할 정도로 희다는 걸, 눈
이 오지 않아도 희다는 걸 나는 언젠가부터 알게 되었다. 히터가 돌아
가기 시작했어, 나는 와이퍼를 작동시켰다. 하지만 와이퍼가 움직이려
들지 않았어, 눈의 무게 때문이었고, 아니, 눈이 얼어 있었기 때문이었
다. 언 눈이 완강하게, 너무나 고집스럽게, 꿈쩍도 하지 않았다. 와이
퍼는 고작 몇 센티미터쯤 움직였을까, 나는 눈을 치워야 했다. 먼눈으
로 운전할 수는 없으니까, 언제나 전방은 중요해, 늘 앞을 보고 있어야
해, 그때 내가 이런 생각을 했는지는 기억나지 않는다. 히터를 더 세
게 가동시켰던 기억은 난다. 차 안의 온도를 높여 전면 유리창을 차가
운 담요처럼 덮은 눈을 녹이려고 했던 기억은 난다. 와이퍼가 한 번에
손가락 한 마디씩 움직이기 시작했지, 하지만 눈이 걷힌 자리에 여전
히 불투명한 얼음이 끼어 있었어, 언젠가 나는 유리창 대신 얼음을 끼
웠으면 좋겠다고 쓴 적이 있다. 거짓말이야, 거짓말이다. 나는 그런 걸
바란 적이 없었어, 나는 어서 출발해야 했다. 늦었으니까, 늦었기 때문
이다. 이미 한참 늦어 있었지만 더 늦을 수는 없었어, 나는 눈과 얼음
과 유리를 노려보며 와이퍼를 작동시켰다. 온도를 높일 대로 높인 히

터가 필사적으로 열기를 내보내고 있었고, 얼음이 된 눈이, 눈이었던 얼음이 조금씩 얇아지고 있는 것처럼 보였다, 마침내. 그리고 서서히, 1센티미터씩, 전방이 나타나고 전방이 드러나기 시작했다. 그렇게 하얀 장막이 걷히던 걸 기억해, 이 기억이 이토록 선명한 까닭은 눈이, 얼음이 사라지던 마지막 순간 때문이다. 와이퍼의 움직임에 따라 전면 유리창 한가운데 거꾸로 매단 원뿔 형태의 눈 혹은 얼음막이 생겨났다. 그것이 마지막으로 녹으며 전면 유리창 한가운데로 가늘고 긴 물줄기가 흘렀다. 짧지만 기나긴 한순간이었다. 전방은 겨울이었다. 나는 어서 도망쳐야 했어, 도망쳐서 갈 곳이 있었다. 돌아갈 곳은 없었다. 돌아가면 다시 도망쳐야 했으니, 하지만 그날은 도망쳐서 어딘가로 가야 했어, 네 이야기를 들어야 했다. 적어도 네 이야기의 흔적을 발견해야 했지, 그리고 이야기를 시작해야 하는 지금, 나는 자동차 전면 유리창에서 눈이 걷히면서 녹아 흘러내린 물줄기로 시작해야 하겠다고 생각한다. 유용한 장면은 아닐지도 몰라, 예나 지금이나 나는 묘사에 별 재능이 없다. 하지만 그때 나는 그 물줄기가 많은 걸 암시할 수 있다고 생각했어, 예컨대 기다림, 예컨대 눈물, 예컨대 슬픔, 예컨대 도망, 예컨대 시간. 하지만 실패한 암시겠지, 늘 그랬던 것처럼. 그리고 나는 지금 운다. 원해서 우는 건 아니다. 아파서 우는 거지, 너무 아프기 때문에 눈물이 절로 흘러내리려고 한다. 내게 생각할 시간이 더 있을까, 네 이야기를 시작해야 하는데, 이미 늦었지만 더 늦기 전에. 이것이 첫 문장이 될 수 있을까, 네 이야기를 시작해야 하는데, 이미 늦었지만 더 늦기 전에. 나는 이야기를 시작해야 해, 내게는 시작해야 할 이야기가 있다. 하지만 어떻게 시작해야 좋을지 모르겠어, 도무지 알 수가 없다. 그래도 시작해야 해, 네 이야기를 써야 한다고 생각했다.

네가 원하는 일일까, 모르겠다. 너는 내게 네 이야기를 한 적이 있지만 그걸 글로 써달라고 한 적은 없다. 내가 너를 써도 될까, 망설이다가, 망설이다가, 눈이 녹고 있었다. 눈이 녹아 흐르던 짧고도 긴 시간, 영원처럼 느껴지던 그 시간, 나는 그 시간을 잡고 싶었다.

나는 지금 머리채가 잡혀 있어, 누군가가 내 머리채를 잡고 있다. 비유적 표현이 아니야, 실제로 그렇다는 말이다. 내가 좀 더 묘사에 재능이 있었다면 좋을 텐데, 아무튼 설명을 해보기로 한다. 지금 나의 왼발은 열세 번째 계단에, 오른발은 열두 번째 계단에 아슬아슬하게 걸쳐져 있네, 왼손으로는 난간을 붙들고 있다. 움켜쥐고 있다는 표현이 나을지도 모르겠어, 어쨌거나 나는 고꾸라지지 않도록, 머리채를 붙든 우악스러운 손길에 이끌리지 않도록, 젖 먹던 힘까지 동원해 난간을 붙들고 있다. 오른손으로도 난간을 잡을 수 있다면 좋겠지, 그러면 지금처럼 오른쪽 몸이 내 머리채를 휘어잡은 손 쪽으로 젖혀지지 않았을 것이다. 그 전에 머리채를 붙들리지 않았다면 더 좋았을 것이지만 지금 이 상황에서 거기까지 생각하기란 힘이 부친다. 힘, 그렇다. 지금은 힘없이, 힘없이 버티고 있을 뿐이다. 그 부위를 뭐라고 하더라, 두피라고 했던 것 같다. 두피가 아파서 생각하기가 힘들어, 머리카락이 한꺼번에 뽑히는 고통이 이런 것이군, 나는 간신히 생각한다. 저 손길은 지나치게 그악스럽군, 이래서야 생각할 수가 없다. 하지만 생각해야 해, 겨우 자동차 전면 유리창에서 고집스럽게 물러나지 않던 눈과 얼음을 생각하고 났더니 그다음을 어떻게 이어가야 할지 알 수가 없다. 하지만 생각해야 해, 나는 네 이야기를 시작해야 한다. 일단 시작부터 하고 볼까, 아니, 시작은 시작되었다. 늦었지만 나는 너를 불렀어, 그리고 네가 나타났다. 그러니 이제부터 네게 형태를 부여해야지, 다시 묘사의 시간이다. 가능한 저지하고 싶은 시간이지, 하지만 시작해야 한다. 네 이야기를 시작하려면 덩페르 로슈로역이라는 곳을 설명해야 한다. 파리의 전철역. RER B선과 일반전철 4호선, 6호선이 교차하는 지점. 역 밖으로 나가면 카타콤이 있다. DENFERT에는 ENFER라는 단어가 들어 있다. 지옥. 하지만 이 이야기에서 별 의미를 갖지는 못하는 단어다. 여름이었다. 아마 RER B선 승강장이었을 거야, 거기서 나는 그대로 들어오는 전철을 타고 시테 위니베르시테역으로 가야 했다. 그 역에서 내려 기숙사로 돌아가야 했다. 하지만 그 전에, 열쇠를 던져야 했다. 6호선 파스퇴르역 방향으로 가는 사람에게, 그 사람은 지금 널 기억하고 있을까. 그렇지 않을 것이다. 나는 열쇠를 던졌고, 나는 늘 던지기에 자신이 있었다. 열쇠는 포물선을 그리며 날아갔고, 승강장과 승강장 사이의 폭은 정확히 얼마나 될까. 5미터? 6미터? 벌써 12년 전의 일이고 나는 그 거리를 정확히 기억하지 못한다. 아무튼 나는 열쇠를 던졌고, 반대편 승강장에 있던, 지금은 이름도 얼굴도 기억나지 않는 사람이 열쇠가 그리는 포물선을 바라보았고, 기다렸고, 열쇠가 낙하했고, 승강장 턱에 열쇠가 턱, 부딪혔고, 선로에 떨어졌다. 열쇠가 부딪히던 소리, 열쇠가 떨어지던 소리, 소리가 종결되는 소리가 기억이 난다. 하지만 설명할 길이 없군, 아무튼 이편 승강장에는 나, 저편 승강장에는 그 사람, 이렇게 둘뿐이었던 걸로 기억한다. 아무도 없었지, 열차가 들어오는 소리는 들리지 않았다. 내가 던진 열쇠는 그 사람의 집 열쇠였어, 새 열쇠였다. 나는 열쇠를 그에게 전달해야 했고, 그 열쇠가 없으면 그 사람은 집에 들어갈 수 없었다. 나는 좁고 복잡한 환승 통로를 달려 그 사람이 있던 승강장으로 갔어, 그러다 역무원으로 짐작되는 사람과 마주쳤다. 나는 역무원에게, 더듬거리며, 이렇게 말했다. 나, 열쇠에, 떨어진다, 선로를. 역무원은 고개를 갸웃하더니 이내 크게 끄덕였다. 나는 안심했지, 아직 12년 후를 살기 전이었어, 네 이야기를 시작하지도 못했는데 머리채를 잡힐 거라는 생각을 꿈에도 할 수 없던 때였다. 12년 전의 이야기니 내가 역무원에게 정확히 어떻게 말했는지 알 수 없다. 일단 그에게 정확하게 말하지 않았다는 건 기억이 난다. 나, 떨어졌다, 선로, 열쇠 위에. 이렇게 말했을 수도 있다. 그에게 내 말이 어떻게 들렸을까, 알 수가 없군, 어쩌면 다음과 같이 말했을지도 모른다. 나, 떨어졌을지도 모른다, 열쇠, 선로 위에. 하지만 잡힌 머리채가, 아니, 머리카락이 붙은 살갗이 아파서, 너무 아파서 더 생각할 힘이 없다. 그래도 생각해야 해, 언젠가 '13초'라는 제목의 프랑스 소설을 읽은 적이 있다. 내가 프랑스에 가보기 전에 읽은 소설이었지, 그 책에는 RER선이 여러 번 등장하고 나는 이 독서로 인해 각각의 RER선은 알파벳 네 개로 구성된 이름이 붙어 있다는 걸 알았다. 가만, 13초가 아니었을 수도 있다. 18초이거나 19초이거나, 아무튼 20초는 넘지 않았을 거야, 20초는 때로 너무 긴 시간이다. 한 사람이 죽고 한 사람의 인생이 사라지고 한 사람의 영혼이 소멸하기에 20초는 때로 너무 긴 시간이다. 아마 13초였을 거야, 어쩌면 10초였을지도 모른다. 어쨌거나 그 책에는 RER선 폭발물 사고로 가족을 잃은 사람의 이야기가 나온다. 그가 승강장에 서 있다. 그런 장면이 있었어, 그리고 열차가 들어온다. 그 열차의 이름이 ZEUS였던가, DEUS였던가, 그랬을 것이다. 나는 우연의 가속화라는 실증될 수 없는 종류의 현상이 있다고 생각한다. 이런 걸 믿고 살면 삶의 많은 부분들을 놓칠 수 있지, 하지만 삶의 의미를 재구성할 때는 이보다 편리한 믿음도 없다. 어학원에서 나는 내내 입을 닫고 지냈다. 무해한 짐승처럼 가만히 앉아만 있었지, 그걸 보다 못한 누군가가 내게 이렇게 말했어, 직역하면 다음과 같은 뜻이었다. 너는 좀 더 현명해져야 해. 나는 무해한 짐승처럼 웃었다. 그 말을 듣고, 나의 현명하지 못함이, 그 상태가, 12년이 지나 누군가에게 이토록 고통스럽게 머리채를 잡히는 순간을 만들어내리라고는 생각하지 못했다. 나는 RER B선, 시테 위니베르시테역과 덩페르 로슈로역을 거의 매일 왕복했다. 그러면서 열차의 발착을 알리는 모니터 앞에서 B선 열차의 이름들을 관찰했다. 대부분 의미 없는 조합처럼 보였지, 하지만 어느 날, 나는 좀 더 현명해져야 한다는 말을 들었던 날, 혹은 그다음 날, 혹은 다음 날의 다음 날, 나는 SAGE라는 이름의 열차에 오르게 되었다. 그래서 나는 웃었지, 기억에 남지 않을 거라 생각했지만 갑자기 지금 그 순간이 명료하게 떠오르는 걸 보니 아마 나도 모르게 내가 좀 더 현명해져야 한다고 생각했던 것이다. 그때 나는 알량한 저축에 의지해 파리에 체류하고 있었다. 그래서 너는 내게 좀 더 분명하게 각인되었지, 우리는 시간을 함께 보냈기 때문이다. 그전부터도 우리는 친구였지, 나는 그렇게 믿었다. 너도 나를 친구라고 생각했겠지, 그래서 내게 죽기 사흘 전 전화를 걸어왔던 것이다. 12년 전의 일은 아니다. 8년쯤 전일까, 잘 모르겠어, 2010년이었다. 정확히, 정확한 숫자들을 기억해보자. 하지만 날짜는 기억나지 않는군, 그러니까 내가 열쇠를 던졌던 날의 날짜 말이다. 8월이었을 것이다. 네 일행이 돌아가고, 나는 네가 빌려 지냈던 집 열쇠를 맡아두었다. 네 일행은 모두 내 친구들이기도 했어, 네가 빠진 나머지 일행은 여전히 모두 내 친구들로 남아 있다. 나이를 먹었고 삶이 달라졌으므로 우리는 예전처럼 자주 어울리지는 않게 되었다. 주로 멀리서 들려오는 소식으로 기억을 추억이라 기만하며 살아가고 있지, 적어도 나는 그렇다. 그런데 지금, 추억이 되었을지도 모를 기억들이 사라지기 직전이군, 그러니 시작해야 해, 더 늦기 전에 나는 시작해야 한다. 나는 현명해지기 이전에 강해져야 했어, 저 손길을 뿌리칠 수 있을 정도로 체력과 근력을 키웠어야 했다. 늦었을까, 이미 늦은 것일까. 알 수 없다. 어서 풀려나야 하는데, 이대로 무사히, 문자 그대로 무사히 도망쳐서 네 이야기를 시작해야 한다. 어쩌면 이미 시작되었는지도 모르겠군, 열쇠 이야기를 했으니 어쩌면 시작한 것일지도 모른다. 제대로 된 시작이라고 할 수 있을지는 모르겠군, 하지만 방법과 시간이 없다. 내게는 시간이 없다. 이대로 살해당하기 전에 나는 도망쳐야 해, 이 이야기가 내게서 빠져나가기 전에 문자로 고정시켜야 한다. 나는 늘 나와 결별하고 싶었지, 하지만 이런 방식으로는 아니었다. 나는 더는 나를 쓰고 싶지 않았어, 하지만 나를 지우고 너를 쓰기도 전에 내가 나에게서 사라지고 있다. 아파서 견딜 수가 없군, 하지만 견뎌야 한다. 저 손을 끊어내면 좋을 텐데, 지금 바라는 것은 저 손아귀에서 풀려나는 것, 그것뿐이다. 더 늦기 전에 너를 묘사해야 할 텐데, 생각해보자. 너는 나보다 서너 살 아래였다. 네 살 어렸던 것으로 기억한다. 네게는 나와 동갑인 누나가 있었다. 너는 누나를 몰래 미워했다고 했다. 아직도 그 미움이 가신 건 아니라고 네가 말했다. 그 뒤로 어떤 이야기들이 더 오갔는지는 기억나지 않아, 머리채가 모조리 뽑히는 고통 때문이다. 시야가 흐릿하지만 저 아래, 계단 밑에 칼이 떨어져 있다는 건 알고 있다. 보지 않아도 알 수 있지, 기억만 하고 있다면 계속해서 알 수 있다. 하지만 저 칼이 내 손에서 떨어진 것인지, 지금 내 머리채를 움켜쥔 손에서 떨어진 것인지는 기억나지 않는다. 중요한 건 어서 저 칼을 주워야 한다는 것이다. 가능하면 저 칼의 손잡이를 제대로 꽉 움켜

쥐어야 한다는 것이다. 빼앗기기 전에. 빼앗길 거라면 차라리 더 멀리, 보이지 않는 곳으로 던져버리는 것이 나을 것이다. 하지만 지금도 보이지는 않아, 잘 보이지가 않는다. 아까도 말했지만 시야가 흐릿하기 때문이다. 이토록 격렬한 아픔을 느끼는 건 아주 오랜만이지, 이보다 덜한 아픔들은 여러 번 경험했다. 아픔의 기록 경신이군, 하지만 여기서 멈춰야 할 텐데, 그러려면 저 칼을 손에 쥐어야 한다. 그런데 여전히 왼발은 열세 번째 계단에, 오른발은 열두 번째 계단에 머무르고 있네, 머리카락은 여전히 장력을 유지하고 있고, 온몸에는 진동이 있다. 진동이라기보다는 떨림이라고 불러야 할지도 모른다. 나는 어색하고 우스꽝스러운 동작으로, 마치 정지한 듯, 순간에 속박되어 있다. 이제야 하루가 천 년 같고 천 년이 하루 같다는 표현이 이해되고 있어, 순간이 영원이고 영원이 순간이라는 말, 그건 고통의 시간이다. 우연의 가속화와 더불어 시간과 고통의 상대성 원리, 아직 덜 맞은 모양이지, 내 머리채가 잡히기 전, 이런 말을 들었던 것 같다. 오른발이 아슬아슬하게 계단 턱을 딛고 있다. 전체적인 균형은 왼발이 담당하고 있다. 왼다리에 힘이 너무 들어가서 허벅지와 종아리에도 긴장된 근육이 통증을 유발하고 있지만 두피, 두피가 아파서 하반신의 고통은 잠시 잊힌다. 언제부터 시작된 일일까, 적어도 12년 전에는 내가 지금 이런 꼴로 잡혀 있을 거라는 생각을 할 수조차 없었다. 아프다. 하지만 여기서 이대로 끌려가면 더 아플 것이다. 전에도 겪은 적이 있어, 하지만 나는 노력하면 나아진다는 말을 곧이곧대로 믿었다. 처음 시작은 이러했어, 텔레비전과 스피커를 잇는 선이 필요했다. 오디오 케이블이었는데, 이 케이블의 종류가 제각각이고 저마다 이름이 있다는 걸 나는 그제야 알았다. RCA······ RCA2······ R2D2······ REC······ RA2······ 나는 케이블을 사러 갔다. 정확히 하자면 내가 필요해서 사러 간 건 아니었어, 사 오라는 말을 들었고, 나는 그 말을 요구가 아닌 부탁으로 받아들였다. 하지만 부탁이 아니었다. 요구도 아니었지, 그건 지시였고 명령이었다. 그리고 나는 잘못된 케이블을 샀어, 물론 이 말은 틀렸다. 케이블에게는 잘못이 없었어, 내게도 잘못은 없었다. 케이블은 억세고 단단하고 투명한 플라스틱으로 포장되어 있었어, 칼로 포장이 뜯겼다. 하지만 단자라고 했나, 코드라고 했나, 연결부위라고 했나, 그런 말들이 들렸고 잘못된 케이블을 사 온 내가 잘못이라는 말도 들렸다. 그리고 당장 다시 마트로 가서 포장이 다 뜯겨 나간 케이블을 환불해 오라는 말이 들렸다. 겨울이었어, 그날 나는 밤을 걸어 마트로 가서 포장이 다 뜯겨 나간 케이블을 환불해달라고 했다. 점원은 난처한 표정을 지었지만 그날의 난처함 대결에서 승자는 나였지, 내 얼굴을 본 점원은 묵묵히 포장이 다 뜯겨 나간 케이블을 받고 지폐 한 장과 동전 몇 개를 내주었다. 그게 시작이었지, 그게 시작이었다.

12년 전, 나는 파리에 체류하고 있었다. 언어를 배운다는 명목에서였다. 그때 나는 스물네 살이었고 5백만 원가량의 저축이 있었다. 이렇게 생각하니 과거로 돌아간다는 것도 좋은 선택지로 보이는군, 하지만 불가능한 일이다. 그때는 12년 후를 상상하지 못했어, 일주일 후 정도만 그럭저럭 상상할 수 있었을까, 그랬을 것이다. 그런데 지금은 고작 1분 후의 일도 상상할 수가 없군, 여전히 나의 왼발은 열세 번째 계단에, 오른발은 열두 번째 계단에 위태로이 걸쳐져 있다. 내가 계단 수를 정확히 알고 있는 건 몇 달 전부터 계단참에 불이 들어오지 않기 때문이다. 그래서 계단의 숫자를 세기 시작했다. 하나, 둘, 셋, 넷, 다섯, 여섯. 수를 세는 건 안심이 된다. 일곱 다음에는 여덟이 오고 아홉 다음에는 열이 온다. 그리고 세 칸 더. 그렇게 계단을 내려가 유리문을 밀면 밖이 있고, 가게가 있고, 나무가 있고, 고양이들이 있고, 운이 좋다면 사람들이 있다. 입이 막힌 지금, 청테이프로 입이 막힌 지금, 말할 수도 소리를 지를 수도 노래를 부를 수도 없는 지금, 나를 본 행인이 도움을 줄 수 있다면 좋을 텐데, 살 수 있을 텐데, 하지만 여전히 나의 왼발은 열세 번째 계단을, 오른발은 열두 번째 계단을 딛고 있다. 이 자세로 얼마나 오랫동안 있었던 것일까, 백 년처럼 여겨지지만 실제로는 1초도 지나지 않았을 것이다. 이 시간. 이 순간. 이 시각. 눈꺼풀 밑으로 눈물이 차올랐다. 그것이 뺨을 타고 흘러 턱 끝에서 떨어져 바닥에 닿기 전에 도망쳐야 한다. 그리고 동시에 나는 생각해야 해, 파리의 어학원에서 전미래라는 시제를 배운 적이 있다. 내가 좀 더 현명해져야 한다는 말을 듣기 전이었던 걸로 기억한다. le futur antérieur, 미래의 어떤 시점에 행해지고 있을 사건을 말할 때 사용하는 시제. 미래의 어떤 시점에 끝나야 할 일을 말할 때 사용하는 시제. 이 시제를 처음 배우던 날, 나는 문법책이나 옛 소설에서만 볼 수 있을 시간이라고 생각했다. 그날 나는 오늘을 상상하지 못했어, 12년 후 어느 겨울, 12월, 일요일, 새벽, 두 시쯤, 오늘이 며칠이더라, 그건 모르겠어, 일요일이라는 건 알고 있다. 마포구 주민들은 화요일, 목요일, 그리고 일요일에 쓰레기를 배출해야 하는데 화요일과 목요일에는 이틀 치 쓰레기를, 일요일에는 사흘 치 쓰레기를 배출하게 되므로 보통 일요일에 내놓는 쓰레기의 양이 가장 많다. 그러니까 오늘은 일요일이야, 아니, 이제 월요일이 되었다. 쓰레기를 내놓아야 하는데, 분리도 해두었다. 음식물 쓰레기와 종이 쓰레기와 플라스틱 쓰레기와 알루미늄 쓰레기와 유리 쓰레기와 먼지와 파편과 조각과 담뱃재와 욕설과 분노와 초조와 공포와 두려움을 모두 잘 분리해서 묶어두었다. 미래의 어떤 시점에 오늘의 쓰레기들은 제대로 버려질 수 있을까, 미래의 어떤 시점에 나는 여전히 존재하고 있을까.

다시, 다시 생각하자. 나는 이 이야기를 마쳐야 해, 하지만 글로 쓰이지 않는 이야기는 미래의 어떤 시점에 어떻게 존재할 수 있을까. 모르겠어, 모르겠다. 하지만 다시, 다시 생각하자. 너와 네 일행은 모두 내 친구들이었다. 너희들은 유럽으로 여행을 왔지, 그리고 런던을 거쳐 파리에 도착했다. 나는 북역으로 너희들을 맞으러 나갔어, 여름이었고, 근사한 날씨였다. 너희는 지하철 6호선 파스퇴르역 근처에 아파트를 빌렸다고 했어, 누구였는지는 기억나지 않지만 너희들 중 하나가 그 아파트에 세를 들어 살고 있는 유학생의 친구라고 했다. 너희는 모두 다섯 명이었지만 비좁은 아파트에서 즐겁게 머물렀다. 나도 오전 수업을 마치면 너희를 찾아갔다. 우리는 이곳저곳 같이 돌아다녔다. 개선문에서 따분한 관광사진을 찍고 에펠탑 아래 잔디밭에 드러누워 실없이 농담했고 센강 둔치에서 포도주를 마셨다. 우리는 스물, 스물하나, 스물넷, 스물다섯의 나이였고 아직 막연한 희망을 저버리지 않고 있었다. 그러던 어느 날, 일주일 중의 어느 날, 일요일이었다. 나는 전날 그 비좁은 아파트에서 화장지 롤 하나를 베고 잤다. 날이 밝았고, 너희는 하나둘씩 일어나 커피를 마시거나 이를 닦았다. 웃고 떠들면서 외출 준비를 하던 시간을 나는 아직도 기억하고 있어, 그 좁은 아파트에는 내가 살던 허름한 기숙사 방과는 다른 따스함이 있었다. 아마 볕이 잘 드는 집이었기 때문일 것이다. 누군가는 배가 고프다고 했고, 누군가는 진짜 커피를 마시고 싶다고 했다. 집 안은 엉망이었고 이탈리아로 짧게 여행을 간 집주인이 돌아오기 전에 대청소를 한번 해야겠다고 누군가 말했다. 그러면서 우리는 외출 준비를 마쳤어, 저마다 얇은 겉옷을 입고 가방을 챙기고 신발에 발을 꿰는 동안 나는 열쇠를 챙기라고 당부했다. 하지만 다들 한 귀로 듣고 한 귀로 흘렸던 거겠지, 등 뒤로 육중한 현관문이 닫히자마자 우리는 아무도 열쇠를 챙기지 않았다는 걸 깨달았다. 서둘러 건물 밖으로 달려 나가 열쇠집을 찾았지만 문이 닫혀 있었지, 너는 소방서에 전화를 해보라고 했다. 거기서 유일하게 프랑스어 비슷한 걸 말할 줄 아는 사람이 나였으므로 나는 소방서에 전화를 걸었고 이런 일로는 출동하지 않는다는 답을 들었다. 예상했던 답변이었다. 열쇠집 유리창에 일요일 비상 전화번호가 적혀 있었다. 나는 그 번호로 전화를 걸었고, 한두 시간 이내로 기사가 방문하겠다는 말을 들었다. 그쪽에서 주소를 불러달라고 하기에 나는 길 이름을 말해주었어, 안타깝지만 그 길의 이름은 지금 기억나지 않는다. 다만 이건 기억이 나, 그 집은 파리 15구에 있었고, 안타깝게도 나는 늘 서수를 제대로 말하지 못했는데, 아무리 머리를 쥐어짜내도 다섯 번째를 뜻하는 cinquième만 생각날 뿐이어서, 수화기 너머 상대방에게 결국 퀴즈를 내고 말았다. 실례합니다만 quatorzième, 그다음이 뭔지 아십니까? 상대방은 웃으면서 대답했다. 그것은 quinzième입니다. 그러고는 웃음기가 가시지 않은 목소리로 일요일이니 가는 데 오래 걸릴 수도 있다고 덧붙였다. 전화를 마치고 나는 내 문법을 점검했다. 우리, 열쇠, 잃어버렸다. 문, 닫혔다. 우리, 들어가지 않는다. 주소, 다음과 같다. 실례합니다. 우리는 기다렸다. 두 시간이 지나고 마침내 기사가 도착했다. 그는 자물쇠를 살펴보았고, 부수었고, 새 자물쇠를 설치했고, 문을 열었다. 외출이 좌절되고 오랫동안 기다리다 지친 우리는 터덜터덜 좁고 아늑한 아파트에 들어섰다. 기사가 요금을 청구했다. 잠긴 자물쇠를 떼어내는 비용, 새 자물쇠를 설치하는 비용, 새 자물쇠 값, 기본 출장비, 일요일 특별 출장비가 합산된 금액은 850 유로였다. 우리는 한동안 입을 다물지 못했고, 기사는 안타깝다는 표정으로 다음부터는 부디 조심에 조심을 거듭하라는 말만 되풀이했다. 이건, 돈이다. 많은 돈. 조심하시오. 다 돈입니다. 기사가 돌아가고 우리는 뭘 했더라, 무엇을 먹고 무엇을 마시고 무슨 이야기를 했더라, 지금은 기억나지 않는다. 도무지 기억이 나지 않는다. 아마 이내 얼굴에서 허탈한 표정을 지웠겠지, 누군가는 일정을 조정했을 것이고, 누군가는 배가 고프다며 투덜거렸을 것이다. 하지만 어떤 기억도 정확하지 않다. 네 이야기를 써야 한다고 생각했을 때, 가장 먼저, 그날, 12년 전 여름 파리에서의 어느 일요일 오후가 생각이 났다. 네가 가족 이야기를 했던 것이 그 전이었는지, 후였는지는 기억나지 않는다. 너는 쾌활했고, 잘 웃었고, 혼자 센강 주변으로 산책을 나갔다가 아마도 프랑스인일 어떤 사람이 아파트 5층 창가에서 투척한 계란에 맞았다는 이야기를 할 때도 그다지 화를 내지 않았다. 너는 착한 사람이었어, 타고난 성격이 그렇기도 했고 무엇보다도 착함을 저버려야 할 정도로 나이가 많지 않았다. 하지만 착하건 말건, 너는 살았어야 했다. 그래서 내게 이야기를 마저 들려주어야 했어, 이제는 늦은 것일까. 정말 늦은 것일까. 이제 곧 눈물이 아래로 떨어질 것 같은데, 몸의 중심이 왼발에서 오른발로 가까스로 이동하게 되면 왼발은 곧 열두 번째나 열한 번째 계단을 밟을 수 있을 텐데. 열둘이나 열하나를 가리키는 프랑스어 단어는 생각나지 않는다. 다섯, 열넷, 그리고 열다섯만 기억날 뿐이다. 하나, 둘, 셋, un, deux, trois. 수를 셀 수 있는 걸 보니 아직 내가 의식을 잃지는 않은 모양이군, 입 밖으로 소리 내어 수를 셀 수 있다면 좋을 텐데. 이제는 늦은 것일까, 이미 늦은 것일까. 눈물이 떨어지기 직전이다. 직전의 시간. 딱히 슬퍼서는 아니야, 온몸의 통각이 반응하고 있기 때문이다, 열렬히. 그래도 생각해야 한다. 왜 너는 죽기 사흘 전에 내게 전화를 했을까, 나는 그 이유를 오랫동안 생각했다. 하지만 충분히 오래는 아니지, 고작 몇 년이었다.

그리고 우리의 삶은 각자 다른 방향으로 흩어졌다. 누군가는 학교에 남았고, 누군가는 아침에 출근하고 밤에 퇴근하는 직장을 잡았고, 누군가는 고향으로 돌아갔고, 누군가는 결혼했다. 그러는 동안 연락은 뜸해졌고 1년에 한두 번 누군가의 결혼식이나 장례식에서 만나게 될 때마다 조용히 파리에서 있었던 일을 추억했다. 그 이야기는 우리 공통의 화젯거리였고 언제 들어도 물리지 않았다. 그러다 너는 내게 문득 묵혀둔 가족 이야기를 꺼냈다. 마치 귤 하나를 꺼내 툭 내미는 것처럼 간결하고 단순한 시작이었다. 네 이야기는 그 자체로 고유한 것이었으나 동시에 어디선가 들어본 적 있는, 그러니까 내가 직접 경험하지는 않았지만 비슷한 걸 겪었거나 들었던 적이 있는 이야기였다. 나는 고개를 끄덕였고, 그날의 대화가 어떻게 마무리되었는지는 기억나지 않는다. 다만 네 표정을 기억해, 네 얼굴에 스치던 표정을 안도라고 불러도 좋지 않을까, 나는 생각했다. 그리고 나는 대부분의 시간 동안 너를 생각하지 않았다. 네가 죽고 난 다음에도 한동안 나는 너를 생각하는 일이 드물었다. 그러다 문득, 마치 누군가 내게 귤 하나를 툭 들이미는 것처럼, 누군가 툭 들이민 귤을 보는 것처럼, 네 생각이 났다. 그리고 네 이야기를 써야겠다고 생각했지, 좀 더 정확할 필요가 있어, 그러니까 내게 알려지지 않은 너의 시간에 대해 써야겠다고 생각했다. 하지만 답이 없는 문제를 풀고 있는 기분이었어, 네가 죽기 사흘 전,

일요일, 내게 전화를 해오지 않았다면 나는 네 이야기를 쓰겠다고 생각하지 않았을지도 모른다. 우리는 딱히 가까운 사이는 아니었다. 사람들이 흔히 선후배 관계라고 말하는 사이였지, 그런데 너는 왜 내게 전화를 했을까. 그날은 내 생일이었고 너는 내게 생일 축하한다고 했다. 딱히 예민하지 않은 귀를 가졌지만 그래도 나는 네 목소리에서 어떤 징후를 들었다. 하지만 고맙다는 말만 했을 뿐이었어, 지나가는, 지나가는 말로 곧 보자고 덧붙였다. 너는 힘없이 웃었어, 웃음소리만 들었을 뿐이지만 나는 네 표정을 쉽게 상상할 수 있었다. 그리고 너는 죽었고, 몇 년 전의 일이다. 나는 수업 중이었고, 생각을 해보자, 전화가 걸려왔다. 파리의 비좁은 아파트에서 일주일을 같이 머물렀던 친구였다. 그는 억지로 울음을 참는 목소리로 네가 죽었다고 말했다. 나는 사인을 묻지 않았고…… 묻지 않아도 알 수 있었는데…… 어째서 묻지 않아도 알 수 있었는지는 도저히 알 수 없다. 그리고 그날, 네 장례식장으로 날 태워준 사람은 지금 내 머리채를 단단히 붙들고 있는 사람이었다. 동일 인물이지, 이자, 저자, 그자. 뭐라고 불러야 좋을까, 부르고 싶지 않지만 이자라고 하자. 이자는 주차장에서 나를 기다렸다. 나는 빈소에 있었다. 친구들이 있었고, 할 말이 많았지만 아무 말도 하지 못하고 있었다. 이자는 내가 빈소에서 너무 꾸물거린다며 재촉하는 메시지를 연달아 보내왔다. 나는 답장하지 않았고, 마침내 이자의 차로 돌아갔을 때, 이자는 사나운 눈길로 나를 쏘아보며 이렇게 말했지, 배고파. 배고프다고. 배가 고프다고. 배고파. 그때 나는 차에서 내렸어야 했어, 그랬다면 지금 계단을 내려갈 수 있을 텐데, 아니 그 전에, 지금 이 계단을 내려갈 필요도 없었을 텐데. 그때 나는 이런 일이 벌어질 거라고 예상하지 못했다. 아니, 약간 짐작했는지도 모르지, 하지만 약간이란 대체 얼마를 가리키는 단어일까. 막연하게, 애매하게, 나는 지금 이 순간, 영원처럼 길지만 실제로는 아마도 찰나에 가까울 이 순간을 그때 약간 짐작했는지도 모른다. 아주 약간을. 배고파. 배가 고프다고. 이자는 내게 배가 고프다고 했다. 나는 귀를 의심했고, 이어 나를 의심했다. 나는 언제나 장악하기보다는 장악당하고 싶다고 생각했어, 왜였을까…… 모르겠어…… 장악하고 장악당한다는 것이 정확히 뭘 가리키는 것인지도…… 모르겠어…… 하지만 지금은 아니다. 이제는 아니다. 더는 아니다. 나는 살해당하고 싶지 않다. 살해하고 싶다는 건 아니야, 어쨌거나 지금, 나는 살해당할 수도 있다는 생각을 하고 있다. 어떤 생각을 하고 있다고 말할 수는 없지, 왜냐하면, 내가 계속해서 말하고 있는 지금이라는 순간은 너무 짧아서, 지나치게 순간적이어서, 어떤 생각을 곰곰이 되뇌기가 힘들기 때문이다. 지금이라는 순간은 사실, 말 그대로, 계속해서 말할 수도 없는 시간이다. 지나치게 짧기 때문이다. 단말마라는 표현이 생각이 난다. 주마등이라는 표현도 생각이 난다. 나는 시간을 정지시키고 싶은 거야, 그래서 세상 모든 것들이, 이자를 포함해서, 정지하고 나면, 나는 시간의 틈을 빠져나와 흔적도 없이 사라질 것이다. 그리고 네 이야기를 어디선가 마저 쓰겠지, 쓰기 전에 시작해야 할 거고. 그러려면 먼저 몸의 중심을 잡아야 해, 먼저 계단을 내려가야 해, 먼저 시간을 멈추어야 한다. 그러나 지금 이 순간은 끝이 없는 것처럼 보이고, 그래서 멈출 수 없는 시간으로 보인다. 지금 이 순간은 왜 이토록 긴가. 왜 이토록 기나긴 것인가. 내 입을 막은 테이프는 청색이다. 청테이프라고 부르니까. 그런 이름을 갖고 있으니까. 나는 며칠 전 철물점에 갔고…… 청테이프를 달라고 했다. 짐을 챙겨야 했고…… 이 집에서 나와야 했으니까…… 생각이 이어지지가 않는군, 머리채가 뽑혀 나가고 있기 때문이다. 지금 이대로 시간이 정지한다면, 그런 것처럼 여겨지기도 하는데, 아무튼 시간이 이대로 멈춘다면, 나는 산발로 도망칠 수 있다. 머리 없이 도망치는 것보다야 산발로 도망치는 편이 백 번 낫겠지. 그런데 산발이라니, 문득 신발을 신고 있지 않다는 데 생각이 미친다. 나는 맨발이다. 맨발로 도망치려고 했던 거야, 미처 발에 신을 뀔 시간이 없었지, 아까는 그토록 시간이 부족했다. 지금처럼 맨발로 도망치다가는 멀리 가지 못할 거라는 생각도 할 시간이 없었다. 발에서 피가 흐르는 것 같아, 아래쪽을 내려다보고 싶지만 그럴 수가 없다. 하나, 둘, 셋. 숫자를 세어보자. 하지만 온갖 숫자들이 한꺼번에 나를 향해 달려들고 있는 기분이다. 두피가 아프고, 온몸이 아프다. 나는 언제 무너지게 될까, 그러니까 내 몸이 언제 저 계단 밑을 구르게 될까. 일단 입에서 청테이프를 벗겨내고 싶다. 비명이라도 마음껏 지르고 싶다. 어째서 다른 집 사람들은 지금 침묵을 지키는가. 새벽이라서? 잠들었기 때문에? 내 비명을 듣지 못해서? 내가 비명을 지르지 않기 때문에? 내가 비명을 지를 수 없기 때문에? 나는 풀려나려고, 저항하려고 안간힘을 쓴다. 나는 안간힘을 쓰고 있다. 나는 아직 첫 문장을 쓰지도 못했는데, 쓰지 못한 첫 문장이 사라지려고 한다. 그것은 계속해서 사라지는 중이다. 내 입을 막은 청테이프는 통상적인 용도와 다르게 사용되고 있다. 이자는 내게 배가 고프다고 했다. 그리고 이렇게 물었지, 슬퍼? 나는 고개를 끄덕이지 않았다. 귀를 의심하느라 아무 말도 할 수 없었다. 이자는 자신이 더 슬프다고, 그 이유는 배가 고프기 때문이라고 말했다. 나는 그대로 차에서 내렸어야 했다. 하지만 계속해서 귀를 의심하고만 있었지, 내 귀에 들리는 말을 믿을 수가 없어서, 나는 내 귀를 의심했다. 나는 나를 의

심한 거야, 나는 나를 의심했다. 이자를 의심했어야 했는데.

그때부터였을 거야, 내가 조급해졌던 건, 아마 어떤 막연한, 실체를 알 수 없는 불길한 예감을 느꼈기 때문일 것이다. 그날의 실체 없음이 오늘의 이 고통으로, 아픔으로, 통증으로, 분노로, 무기력으로 구체화되었고 나의 실체는 시체가 되어가고 있다. 아아, 아아아, 아아아아, 아악, 아직 덜 맞은 모양이지, 이자는 이렇게 말했고 실체에서 시체를 떠올리는 걸 보니 이자의 말이 맞는지도 모르겠다. 맞다. 맞음. 맞다. 맞음. 지금 나는 소리를 지를 수조차 없고 여전히 첫 문장이 떠오르지 않는다. 내 것이 아닌 누군가의 문장을 훔칠 수만 있다면, 네가 내게 첫 문장을 귀띔해주었더라면. 늦었지만 나는 너를 불렀고…… 불렀는데…… 다시, 다시 생각해보자. RER B선, 덩페르 로슈로역 승강장으로 돌아가보자. 8월 중순이었을 거야, 여름, 다시 묘사의 시간이다. 이 공간은 너와 구체적으로 연결되지는 않는다. 하지만 이 공간이 중요한 까닭은…… 내가 열쇠를 던졌기 때문이고, 열쇠가 반대편 승강장에 안착하지 못했기 때문이고, 내가 틀린 문법으로 더듬거리며 역무원에게 이 사실을 알렸기 때문이다. 열쇠가 날아가던 각도와 속도, 찰나의 시간, 나, 떨어뜨렸다, 열쇠에, 선로를. 열쇠의 주인은 황당하다는 표정을 지었고 그건 나도 마찬가지였다. 덩페르 로슈로역. 그러고 보니 레몽 크노의 책에서 본 구절 하나가 생각이 난다. '파리를 아십니까?'라는 제목의 책이었다. 덩페르 가rue d'Enfer가 덩페르 로슈로rue Denfert Rochereau로 변경된 것처럼, 시의회가 말장난 때문에 이름을 바꾸었던 거리들은 어디인가? 알 턱이 있나, 지금 여기가 지옥이라는 건 알겠다. 여기가 지옥이라는 건 통증이 말하고 있다. 하지만 그날, 지옥이라는 건 단어로만 존재한다고 생각했다. 살아서 지옥이라는 말을 한 번도 이해하지 못했지, 그리고 지금 이 순간, 이 짧고도 기나긴 순간, 머리채가 모조리 뽑혀 나가기 직전인 지금, 이 순간, 살아서 지옥이라는 말이 지닌 무게를 나는 완벽하게, 완전하게, 가감 없이, 지나치게, 모자라게, 앞에서 뒤로, 뒤에서 앞으로, 오른쪽에서 왼쪽으로, 왼쪽에서 오른쪽으로, 아, 아아아, 아아, 아아아, 안에서 밖으로, 밖에서 안으로, 아, 아아아, 아아악, 아아, 이해하고 있는 중이다. 나는 저 계단을 내려가야 해, 하지만 눈물이 앞을 가려 계단이 보이지 않는다. 눈물이 앞을 가린다는 표현은 예전부터 알고 있었지, 여러 번 이해할 수 있었던 표현이다. 자동차 전면 유리창을 하얗게 덮은 눈이 녹아 물이 되는 시간, 그 조급했던 시간, 그때도 나는 눈물이 앞을 가린다는 표현을 생각하고 있었는지도 모른다. 통상적인 비유가 이끌어내는 경험들. 비유로 완전해지는 경험들. 경험으로 완벽해지는 비유들. 아, 아아아, 아아, 아아악. 나는 입을 열어야 해, 그리고 완전한 비명을 지르고 저 계단을 내려가야 한다. 어쩌면 비명을 지르면서, 저 밖으로, 나를 안전하게 가려 줄 세상이 있는 곳으로. 네가 살아 있을 때 나는 너의 이야기를 쓰려고 생각한 적이 없다. 네가 죽고 나서야, 그것도 시간이 한참 지난 후에야 너의 이야기를 써야겠다는 생각이 들었다. 왜였을까, 모르겠어, 지금도 그 이유를 모르겠다. 하지만 나는 너의 이야기를 써야 해, 그러려면 나는 살아 있어야 한다. 살아서 안전한 곳으로 도망쳐야 해, 첫 문장을 시작해야 해, 그러면 마지막 문장도 쓸 수 있을 것이다. un, deux, trois. quatorzième 다음에는 quinzième가 온다. 14 다음에는 15가 오기 때문이다. 나는 몇 번째 숫자까지 셀 수 있을까. 오늘은 일요일이고 일주일은 7일이다. 5백만 원을 저축하는 데 소요된 일주일들은 파리에서 그것을 소모하는 데 걸린 일주일들보다 많았다. 나는 석 달 동안 5백만 원을 지출했고 그 뒤로는 곡예하듯 그곳에 머물렀다. 나는 한국으로 돌아오고 싶지 않았고 그건 얼마든지 무해한 짐승으로 있어도 좋을 단기 체류자의 막연한 환상과 서울의 가혹함과 아직 오지 않은 시간에 대한 두려움 때문이었다. 나는 거기서 머무는 동안 전미래라는 시제를 배웠고 지금 그것을 내 방식대로 완벽하게…… 이해…… 하는데…… 나는 지금 머리채가 잡혀 있고…… 벗어날 수가 없고…… 13초. 어쩌면 10초…… 미래든 전미래든 좋으니 내게는 시간이 필요하다.

아프다. 아파서 견딜 수가…… 없다. 그리고 어떻게 되었더라, 5백만 원을 모두 써버린 다음에는 어떻게 지냈는지 잘 기억이 안 나, 여기저기 닥치는 대로 잠잘 곳을 구하고 일거리를 찾으면서 곡예하는 기분을 느꼈다는 것, 체류증을 얻어내기 위한 얄팍한 수단들에 대해 들었던 것, 옷을 잘 입고 다녀야 한다는 말을 들었던 것밖에는 별다른 기억이 나지 않는다. 결국 나는 런던과 홍콩을 경유해 서울로 돌아왔고 겨울이었다. 그해 겨울, 어느 새벽, 나는 방에 앉아 있었고…… 초인종 소리가 들렸는데…… 그래, 나는 누구시냐고 물었고…… 너무 춥다는 대답이 들려왔다. 가늘게 떨리는 여자의 목소리였다. 여자는 울고 있는 것 같았고, 너무 춥다고, 추워서 견딜 수 없다고, 그러니 이불 한 채만 달라는 말을 반복했다. 나는 문을 열지 않았고, 일단 문밖의 사람을 믿을 수 없었고, 아니 그렇다기보다는 문밖의 사람이 실제로 존재하는 사람인지 확신할 수 없었다. 그래서 나는 묵묵부답으로 목소리가 물러가기를 기다리고만 있었다. 그는 발소리도 없이 가버렸고, 날이 밝아 문을 열었을 때, 문밖에는 아무도 없었다. 나는 이 일을 글로 쓰려고 여러 번 노력했고…… 실제로…… 여러 번 썼던 기억이 난다…… 하지만 번번이 실패했고…… 그때마다 나는 내가 실제로 문을 열지 않았기 때문에, 문을 열어주지 않았기 때문에 실패하는 거라고 생각했다. 그날 새벽에 있었던 일에 대해 들은 누군가는 목소리의 주인이 아마 유령일 거라고 했고, 나는 웃었고, 그러자 그는 유령들은 대개 추워한다고, 자못 심각한 얼굴로 말했다. 유령이건 사람이건 나는 문을 열었어야 했다. 그리고 점차 알게 되었지, 어떤 사람들은 유령이 되어서야만 목소리를 내게 된다는 걸, 전에도 목소리는 있었지만 누구의 이목도 끌지 못했으리라는 걸, 나는 알게 되었다. 그리고 너는 죽었고, 살아서 너는 내게 별다른 말을 하지 않았지만 나는 너를 써야겠다고 생각했고, 그리고…… 유령의 귀환, 유령의 목소리에 대해서도 할 말이 많은데…… 하지만 머리가, 머리카락이, 두 발이, 허리가, 어깨가, 등이, 가슴이, 심장이, 머리가, 두피가, 아파서, 너무 아파서, 이 이야기는 다음 기회에, 다음 기회란 것이 있다면, 그렇기를 바라지만, 진심으로, 진심이라는 것이 있다면, 왜냐하면 지금, 진심이라는 것이 존재하는지도 모르겠으므로, 통증이 진심이라는 것을 압도하고 있기 때문에, 아무튼, 다음 기회에, 있기를 바라며, 다시 이야기하기로 한다. 나는 네 이야기를 마저 해야 하는데, 이 말은 틀렸다. 네 이야기가 시작되지도 않은 것처럼 보이기 때문인데, 아니, 아무것도 보이지 않는다. 눈물이 앞을 가려…… 울 생각은 전혀 없었는데…… 일단 팔 하나를 움직이면…… 나는 오른손잡이니까…… 오른팔이 중요하다…… 오른손으로 펜을 쥐어야 하니까…… 오른손으로 문을 열었어야 했는데…… 그의 말을 들었어야 했다. 이불을 주었어야 했다. 안으로 들였어야 했다. 어쩌면 그 사람도 맨발이었을 것이다. 어쩌면 그 사람도 할 이야기가 있었을 것이다. 안간힘, 안간힘을 써서 도망쳤을 것이다. 그래서 입을 막았던 청테이프를 떼어내고, 맨발로, 초인종을 눌렀던 것인지도 모른다. 그러니까 네 장례식장에서 이자의 차에서 내리지 않은 걸 후회하기 이전에, 그날 새벽 이불 한 채 달라는 사람에게 문을 열어주지 않았던 걸 후회해야 했다. 무슨 말인지 모르겠군, 지금은 논리적으로 생각하는 것이 가능하지 않다. 아까도 말했던 것 같은데…… 누구에게 하는 말인지는 알 수 없지만…… 지금 나는 머리채가 잡혀 있고, 저 계단 아래쪽에는 아마 칼 한 자루가 뒹굴고 있을 것이고, 왼발은 열세 번째 계단에, 아프고…… 오른발은 열두 번째 계단에 아슬아슬하게 걸쳐져 있고, 마치 그날, 승강장 턱에 부딪히고 선로로 떨어져버린 열쇠처럼, 아슬아슬하게, 하지만 아직 떨어지지는 않았다. 저 칼을 쥐어야 하는데…… 저 칼을 손에 넣어야 한다…… 한시라도 빨리…… 아직 떨어진 건 아니야, 곧 떨어질 수도 있지만, 장엄하고 비참하게, 아래로 굴러떨어질 수도 있지만, 아직 떨어지지는 않았다. 문득…… 노래 하나가 생각이 나…… row row row your boat…… 어기야 디여 어기여차…… 뱃놀이…… 가잔다…… 이미 지옥이니…… 나도 유령이 된 것일까…… 나는 비명을 질러야 하는데…… 미래의 어떤 시점…… 그것이 올까…… 몸에서 힘이 빠져나가고 있어…… 나는 시간을 세어야 하는데…… 시간이 얼마나 흘렀을까…… 그러니까…… 그러니까…… row row row your boat…… 뱃놀이를…… 칼…… 저 칼을 쥔다면…… 펜 대신 칼을…… 일단…… 입에서 테이프를 뜯어내고…… 청색…… 그날 나는 문을…… 유령…… 목소리…… 아마 10여 초라고 생각되지만 실제로는 1초도 지나지 않았을 것이다. 유령…… 목소리…… 너는…… 너의 이야기는…… 나는 굴러떨어지기 직전이고…… 눈은 녹아 흐르기 직전이고…… 너는 죽기 직전이

고…… 사흘…… 1초…… 나는 좀 더 현명해져야…… 했어야…… 했
는데…… RCA…… 아니야…… 시간이 없다…… 좀 더…… 좀 더 좋
은 것을…… 생각하자…… 이를테면 첫 문장 같은 것…… 첫눈 같은
것…… 아프다…… 가뭄 속의 단비…… 단자…… 코드…… 입력……
송출 오류…… ㄱ…… ㄹ…… 너는…… 나는…… 점차 알게 되었
지…… 어떤 사람들은…… 유령이 되어서야만…… 목소리를…… 내
게…… 네게…… 그런데 나는…… 지금…… 이 순간…… 굴러떨어지
고…… 한없이 오래…… 지옥으로…… 굴러떨어지고…… 자꾸만……
첫 문장을…… 목소리…… 비명…… 왼발이…… 눈앞이…… 아무것
도…… 도저히…… 아무것도…… 나는…… 입을…… 열어야…… 하
는데…… ㄹ…… 다시…… 하나…… 셋…… 둘……. ∎

역대 수상작가 최근작

레오니
김성중

밤의 흔적
윤대녕

소돔의 하룻밤
이승우

김성중

레오니

1975년 서울 출생. 명지대 문창과 졸업.
2008년『문예중앙』등단.
소설집『개그맨』『국경시장』.
〈현대문학상〉수상.

레오니

빼드로와 레오니는 비행기를 타러 갑니다. 빼드로는 나의 오빠 이름이고 레오니는 내 이름입니다. 우리는 여섯 살 물병자리 쌍둥이입니다. 빼드로가 5분 먼저 태어났지만 내가 모은 원형 딱지를 받으면서 그냥 동시에 태어난 걸로 하기로 했습니다. 팥죽 한 그릇에 장자의 권리를 판 에사오의 경우와 마찬가지라고 할까요. 동생이며 여자인 내가 영악한 야곱에 어울립니다. 이 모든 것은 성경 공부를 시작한 열두 살 이후에 알게 된 일이지만 어쨌든 여섯 살에 우리는 동시에 태어난 것으로 약정을 맺었다―는 것을 서두에 밝혀두기로 하겠습니다.

우리 가족은 필리핀 여행을 앞두고 있습니다. 아빠의 엄마의 엄마가 정한 규칙으로 5년에 한 번씩 전 세계에 흩어진 가족들이 한자리에 모이는 주간입니다. 5년이라는 기간이 딱 적당하다고 증조할머니가 그러셨대요. 그보다 자주 모이기는 힘들고, 그보다 뜸하게 만나면 핏

줄을 아예 잊게 될 거라고요. 필리핀의 많은 가족들이 그렇듯 우리 식구들도 전 세계에 뿔뿔이 흩어져 있습니다. 몹시 앓고 난 증조할머니가 죽기 전에 자식들 한자리에 모아 밥이라도 먹는 게 소원이라고 하셨고 그때 다들 처음으로 모였다나요. 증조할머니는 아직까지 살아 계시고 이번이 세 번째 모임이라고 합니다.

부모님은 몇 달 전부터 걱정이 태산이었습니다.

첫 번째 걱정은 아무래도 막대한 여비겠지요. 네 가족이 보름간 필리핀에 머물 수 있는 돈을 마련하기 위한 두 분의 고생은 이루 말할 수 없습니다. 그건 마치 몇 년에 걸쳐 자수를 놓기 시작해 마지막 한두 땀을 남겨놓은 것과 같았습니다. 아빠는 머나먼 칠레에서 자리 잡느라 한 번도 가족 모임에 참석하지 못하셨대요. 그래서 10년 넘게 저축을 해왔습니다. 휴가를 받는 것도 큰일이었는데 이 역시 몇 년에 걸친 교묘하고도 성실한 근무 덕분에 가능했습니다.

또 다른 고민은 이제 여섯 살인 두 아이를 데리고 두 번 경유해 산티아고에서 마닐라까지 37시간을 비행하는 일입니다. 잠시도 가만히 있지 않는 쌍둥이를 어떻게 통제할 수 있을까, 장시간의 비행에 아프지나 않을지, 분명 떼를 쓸 텐데 다른 승객의 눈치를 어떻게 감당해야 하나 엄마는 걱정이 한가득입니다. 하지만 걱정은 어른들의 것이지요. 우리는 '비행기를 타러 간다'는 말에 한껏 들떴기 때문에 '비행기는 오래 탈수록 좋다'는 결론을 내렸습니다.

우리 해바라기 유치원에는 비행기를 타고 여름휴가를 다녀온 아이들이 세 명 있습니다. 곤잘레스는 미국, 훌리아나는 스페인, 아드리안은 아르헨티나에 다녀왔습니다. 셋 다 휴가를 다녀와서 엄청나게 뻐겼기 때문에 나머지 아이들은 부러워하면서도 약이 오르지 않을 수 없었습니다. 너희들은 돈이 없으니까 비행기를 못 타는 거야. 이런 식으로 아드리안이 말했을 때 나는 어이가 없었습니다. 왜냐하면 맞는 말이니까요. 당연한 말을 대단한 뉴스라도 된다는 듯 알려주다니, 아드리안은 예의라는 것을 한참 더 배워야 할 것 같습니다. 뻬드로와 내가 모래밭으로 가서 친절하게 '예의'를 알려주었더니 아드리안은 엉엉 울면서 이렇게 소리치는 것이 아니겠어요?

"더러운 필리피노들, 네 나라로 돌아가!"

네, 그럴 참입니다. 우리는 오늘 출국합니다. 세상이 두 쪽 나는 한이 있더라도 5년에 한 번씩 모이는 가족 모임에는 가야 한다고, 어쩌면 노할머니가 돌아가시기 전 마지막 모임이 될지도 모르니 꼭 가야 한다고 아버지는 강조하셨습니다.

어머니는 그 참에 민다나오에 있는 친정에 다녀올 수 있겠다는 기대를 품고 아버지와 함께 돈과 뜻을 모았습니다. 우리는 그저 비행기 타는 게 신이 났을 뿐이죠. 아드리안의 콧대를 정당하게 꺾어줄 기회가 온 것이니까요.

비행 과정은 생략하겠습니다. 처음에는 신났지만 금세 지루하고 피곤해 죽을 지경이었다는 것만 말해둘게요. 뻬드로가 바지에 한 번 똥 싼 얘기만은 빼놓을 수 없군요. 여섯 살인데 똥을 지리다니, 어지간히 긴장한 모양이에요.

마닐라에 도착해보니—

휴, 너무 덥고 습해요. 공항에 내릴 때부터 깜짝 놀랐어요. 우리가 사는 칠레와 달리 이곳의 더위는 무겁고 축축한 이불을 뒤집어쓰고 있는 것 같았습니다. 사방에서 풍겨오는 달짝지근한 음식 냄새도 신기했어요. 가장 신기한 것은—당연한 말이지만— 대부분이 동양인이라는 것입니다. 우리 동네에 아시아인은 우리 가족뿐이거든요. 그런데 여기는 전부 비슷한 사람들만 있으니까 편하기도 하고 신기하기도 하더라고요.

뻬드로는 감기에 걸려버렸습니다. 저도 좀 으슬으슬해요. 비행기에서 에어컨을 너무 세게 틀어서 그런 걸까요? 어른들은 마닐라의 집에 도착하자마자 우리에게 칼라만시즙을 먹였습니다. 감기에 특효약이라나요.

그러면 묻습니다. 감기약을 왜 음식마다 집어넣는 걸까요? 수프에도 뿌리고 고기요리, 생선요리 할 것 없이 죄다 칼라만시 맛이 났습니다. 맛이 없었냐고요? 맛있었어요. 평소에 먹는 음식보다 달았지만 음식은 다 맛있고 입에 맞았습니다. 다만 감기약을 요리마다 왜 집어넣는 것일까 궁금했을 뿐입니다.

필리핀 집은 생각보다 넓었습니다. 2층으로 된 튼튼한 벽돌집으로 별채도 따로 있습니다. 한 번에 지은 것이 아니고 조금씩 늘려갔기 때문에 약간 괴짜 같은 느낌이 나는 집입니다. 전 세계에 흩어진 자식들이 십시일반으로 부쳐오는 돈 때문에 집은 계속 자라나는 중입니다. 튼튼하게 짓지 않았다면 집이 터져 나가고 말았을 거예요. 수십 명 넘게 들락거리는 데다 별채도 모자라 옆집까지 빌려 쓰는 처지니까요.

어디를 가나 우글대는 사람들 때문에 정신을 차릴 수 없었습니다. 지금까지 가족은 엄마와 아빠와 뻬드로, 이렇게 세 사람이 전부였는데 갑자기 열 배도 넘는 사람들이 전부 '가족'이라며 쓰다듬고 뽀뽀하고 난리니 말예요. 낯선 사람들 사이에 있으려니 뻬드로와 내가 쌍둥이라는 게 참 다행이라는 생각이 들어요. 어쨌든 우리는 혼자가 아니라 둘이니까요.

자동 세차장의 걸레손(마구 돌아가는 대걸레 말이에요. 그걸 뭐라고 부르는지 모르겠네요)처럼 여기저기 날아드는 어른들의 손과 한바탕 전쟁을 치른 후 우리는 증조할머니에게 인사를 드리러 갔습니다. 노할머니 이야기를 하도 들어서 살아 있는 성녀 같은 느낌이었는데, 막상 뵐 때는 울지 않으려고 무지 노력해야 했어요. 이빨이 다 빠져 쪼그라든 입은 정말로 무서웠습니다. 증조할머니는 물고기 영화에 나오는, 알을 다 낳고 배가 홀쭉하게 줄어든 암컷 물고기 같았어요.

저는 할머니와 눈을 마주치지 않으려고 벽에 붙어 있는 가족사진을 쳐다보았습니다. 사진 속에는 이 집을 배경으로 대가족이 활짝 웃고 있습니다. 그 옆에 붙어 있는 세계지도도 눈길을 끌었습니다. 군데군데 색칠이 되어 있는데 우리 식구들이 이주해 간 나라를 표시해둔 것이라고 해요. 대단하지요. 이 꼬부랑 할머니의 몸에서 나온 자식들이 아프리카를 제외한 4대륙에 가 있다고 생각해보세요! 마닐라에서 한 발짝도 나가지 않은 증조할머니에게 '세계'라는 말은 '내 새끼들 살고 있는 곳'일지도 모르겠습니다.

"너희가 제이미의 아이들이구나."

할머니가 우리를 지그시 내려다보았는데 겁쟁이 뻬드로는 울음을 터뜨렸습니다. 그렇게 늙은 사람을 처음 본 것이니까요. 비행기에서 똥을 지린 것처럼 뻬드로는 참다 참다 울어버린 것이죠.

뻬드로가 사고를 칠수록 저는 의젓해집니다. 예의 바르게 인사를 드렸더니 증조할머니가 제 머리를 쓰다듬어주셨어요. 할머니의 손길이 신부님의 축성만큼이나 성스러운 것이라고 아빠가 말했습니다. 세계 어디를 가더라도 할머니가 내린 축복은 사라지지 않을 것이라고요.

아빠의 말 중에는 틀린 것이 더 많았지만 이 말은 맞는 것 같습니다. 제가 여섯 살을 지나, 열두 살을 지나, 스무 살을 지나, 그렇게 점점 이 시간에서 멀어져보니까 말이에요.

이 집은 꼭 동물원 같았습니다. 한 종류의 동물들만, 그러니까 '리살'이란 성씨를 달고 있는 동물들만 들어 있지만 말이에요.

어른들이 식사 준비를 하는 동안 할머니가 아이들에게 할로할로를 주었습니다. 할로할로는 새콤달콤한 빙수 같은 것인데 필리핀에 머무는 동안 하루에 세 번씩은 먹은 것 같습니다. 망고가 특히 맛있더군요.

제 눈에 가장 대단해 보인 사람은 증조할머니의 며느리, 즉 우리 할머니입니다. 자그마한 체구지만 엄청나게 박력이 넘쳐요. 부엌에서 만들어지는 음식을 최종적으로 간 보는 것도, 늦게 온 사람들의 방을 정해주는 것도, 우왕좌왕하는 어른들에게 적당한 일을 주거나 필요한 것들을 내주는 것도 모두 할머니의 몫이었습니다. 어떨 때는 말도 없이 손만 휙휙 휘둘렀는데 그럴 때마다 어른들이 일사분란하게 움직였습니다. 꼭 지휘자 같다고나 할까요.

필리핀에 있는 동안 하루는 식사 중심으로 돌아갔습니다. 다들 못 먹은 고향 음식에 복수라도 하듯 먹어댔고, 나머지 시간은 어슬렁거리며 한담이나 나누곤 했어요.

여섯 살 인생 중 그렇게 많은 음식이 쌓여 있는 것은 처음 보았습니다(5년이 지나 내가 두 번째로 마닐라에 갔을 때는 증조할머니가 돌아가셨기 때문인지 인원도 줄고 음식도 전과 같지 않았거든요). 우리 앞의 식탁 좀 보세요. 새콤한 생선수프, 코코넛 식초와 땅콩기름을 넣고 버무린 채소 요리들, 잎과 꽃으로 화려하게 장식된 통구이, 산더미 같이 쌓인 판싯비혼, 그린 망고가 곁들여진 삼겹살, 온갖 종류의 아도보…… 달고 짜고 시고 맛있는 요리가 지천으로 널려 있었습니다.

처음에는 전통식이었지만 갈수록 할머니의 요리는 기묘한 것으로 변했습니다. 요리에 관한 한 언제든 실험할 준비가 되어 있는 할머니는 친척들이 가져온 향신료를 활용해 색다른 요리를 선보였는데요, 엉망진창일 때도 있었지만 성공할 때가 더 많았습니다. 국적 불명의 요리는 우리 집의 정체성 같은 거였어요. 터키에서 온 샤프란, 멕시코에서 온 살사, 인도에서 온 커리, 한국에서 온 고추장, 그 밖에도 온갖 조미료와 소스들이 총동원되어 요리에 뿌려졌고 모두의 입을 통해 배 속으로 들어갔습니다. 그 음식들이 배 속에 쌓여갈수록 친척들은 원래부터 필리핀에서 살아온 대가족처럼 친밀해졌지요.

할아버지는 있으나 마나 한 존재였지만 술판에서는 달랐습니다. 할머니는 할아버지더러 '젊어서는 여자와 놀아나더니 늙어서는 텔레비전 앞에 죽치고 앉아 술이나 축내는 것이 주특기'라고 하셨지만 할아버지의 진짜 주특기는 노래입니다. 할아버지는 흥겨운 노래도 구슬픈 노래도 다 잘 부르셨습니다. 할아버지가 슬픈 노래를 부르면 가족들은 따라 부르면서 눈물을 흘렸습니다.

그러다 모두가 자리에서 일어나 춤을 추는 댄스파티로 이어졌지요. 증조할머니는 휠체어에서 잠깐 일어섰다 다시 앉았는데, 전 그걸 '증조할머니의 춤'이라고 생각합니다. 날마다 파티. 필리핀에서의 첫 일주일은 그런 느낌이었어요.

물갈이 설사를 줄기차게 해대는 빼드로는 방구석에 늘어져 있을 때가 많았습니다. 엄마는 오빠를 잘 돌보라고 하는데 저도 똑같은 여섯 살이라고요. 여섯 살이 여섯 살을 봐야 얼마나 잘 보겠어요? 엄마도 딱히 기대하고 한 말은 아니라고 봐요. 그래서 뻬드로를 내버려두고 혼자서 돌아다니기 시작했습니다.

그러다 단짝 하나를 만들었는데요, 저의 새 단짝은 '덴마크 삼촌' 크리스티안입니다. 덴마크 삼촌이라 부르는 이유는 "덴마크에서는 말이야" "덴마크는 정말 이상해" "이렇게 있으니까 덴마크 생각이 난다" 등 등 말끝마다 덴마크, 덴마크 그러거든요. 꼭 노래의 후렴구처럼요.

덴마크 삼촌은 집안을 통틀어 가장 공부를 많이 한 사람이고 유일하게 유럽에서 온 사람입니다. 뭐라더라, 박사님이래요. 학위가 하나도 모자라 두 개나 된대요. 삼촌은 말씀을 정말 재미나게 하세요. 말을 너무 잘하는 사람을 보면 감탄스럽기도 하고 즐겁기도 하잖아요? 삼촌이 꼭 그래요.

"사람은 환경의 지배를 받는 동물 아닙니까? 알래스카와 나이지리아에 있는 사람들이 같을 수 없고 양을 치는 사람들과 사탕수수를 베는 사람들이 같을 수도 없는 노릇이죠. 기후나 사회, 문화 환경이 개인에게 흔적을 남기는 것은 당연해요. 그러니까 국민 전체를 하나로 볼 순 없지만 멀리서, 아주 멀리에서 놓고 보면 하나의 캐릭터처럼 보일 수도 있지요. 저는 한동안 중세를 연구했습니다. 계속 들여다보니 천년의 사람들이 한 명처럼 여겨지기도 하더군요."

삼촌은 중세에 대한 흥미로운 연구를 잔뜩 늘어놓았습니다. 어려운 말이긴 한데 하도 설명을 잘하니까 머릿속에 통째로 쏙 들어오는 느낌이에요. 하지만 지금 중세 얘기나 할 때가 아니잖아요?

이민자들의 무용담이 시작되자 덴마크 삼촌의 말은 들리지 않았습니다. 병에 걸리고, 사기를 당하고, 여권을 빼앗기고, 음식이 입에 맞지 않고, 두들겨 맞거나 돈을 못 받고, 말이 안 통해 별별 꼴을 다 겪고……. 누가 더 힘들게 살았나 내기라도 벌인 것 같았어요. 그러다가 호주가 좋다느니 일본이 좋다느니, 캐나다가 인건비를 많이 쳐준다느니 하는 정보들이 오가기 시작했습니다. 무슨 일을 해서 얼마를 벌었다, 적응하는 데 몇 년이 걸렸다, 이런 얘기들이 끝없이 이어졌지요.

제 새로운 단짝은 가족들에게 존경은 받지만 사랑은 받지 못하는 것 같아요. 어른들 사이에 끼지 못한 삼촌은 그래서인지 주로 저랑 놀았습니다. 저는 삼촌처럼 똑똑한 사람이 참 좋아요. 삼촌은 8년 후 갑작스레 돌아가셨지만 매년 생일 선물과 크리스마스카드를 보내주셨습니다. 제가 덴마크에서 대학을 다니게 된 것도 삼촌이 등록금을 남겨주셨기 때문입니다.

삼촌이랑 이마를 맞대고 놀고 있는데 누군가 지나가는 말처럼 톡 쏘아붙이더라고요. '가족들 등골 빼고 공부를 했으면 출세를 해야 하는데 결혼도 못 하고 돈도 못 번다' 이렇게요. 돈, 어른들에게는 돈이 중요합니다. "돈 있으면 존경, 없으면 멸시, 이게 전 세계에 통용되는 법칙이지"라며 덴마크 삼촌은 한숨을 쉬었습니다.

"내가 007가방 하나 들고 쿠바에 갔을 때……."

미국에서 온 호세 삼촌의 연설이 시작되자 모두가 집중해서 듣기 시작합니다. 영어를 쓸 줄 아는 이민자들이 최종적으로 뿌리내리고 싶어 하는 나라는 결국 미국입니다. 거기에서 성공한 사람이 입을 열었으니 다들 눈빛이 뜨거울 수밖에요. 사실 저는 두 번이나 들은 내용이지만 호세 삼촌의 이민담은 하나의 각본처럼 잘 짜여 있어서 여러 번 들었던 사람의 귀도 열리게 만든답니다.

호세 삼촌은 다섯 나라쯤 거쳐 성공을 거머쥔 인물입니다. 태국, 말레이시아를 거쳐 멕시코에서도 좀 살았고 쿠바로 넘어갈 때는 안경이 가득 든 가방을 가지고 갔답니다. 그때 쿠바는 미국으로부터 경제 봉쇄를 당해 모든 물자가 귀했기 때문에, 안경은 얼마든지 웃돈이 붙는 상품이었대요. 세 번 부도나고 네 번 사기를 당했지만 결국 삼촌은 미국에서 사장님이 되는 데 성공했습니다. 주유소를 세 개나 가지고 있으니까요. 학위 두 개보다는 가족의 존경을 받을 만한 업적이었습니다.

"경험 없이 사업을 시작하려는 사람은 돈으로 경험을 사려고 들지. 그러다 보니 사기꾼에게 걸리게 된단 말씀이야. 하지만 사기꾼의 경험을 내 것으로 만들면 그게 다 수업료가 되는 거라고."

호세 삼촌의 말에 다들 고개를 끄덕끄덕합니다. 친척이지만 거물을 상대하고 있다, 이런 느낌이려나요. 심지어 호세 삼촌은 이 집에서 지내지도 않아요. 시내의 고급 호텔에 머물면서 저녁 식사에나 몇 번 참여하는 겁니다. 그때마다 친척들이 삼촌을 에워싸고 알랑방귀를 뀌지요.

나흘째 저녁 식사에는 레천이 등장했습니다. 통돼지 바비큐 말이에요. 거대한 쟁반에 머리부터 꼬리까지 고스란히 올라앉은 새끼 돼지를 보자 다들 탄성과 휘파람을 불어댔습니다. 저만 비명을 질렀어요.

"잠깐, 이거 마당에서 놀던 피기 아니에요? 내가 이름까지 붙여주고 놀았는데요!"

사람들은 와하하하 웃으면서 보기에도 끔찍한 칼을 들고 피기를 자르기 시작했어요. 이렇게 잔인할 수가! 며칠 동안 별별 바비큐가 식탁에 올라오는 걸 봤지만 설마하니 키우던 돼지까지 잡아먹을 줄 알았겠어요. 그러고는 뭐라는 줄 아세요? '원래' 잡아먹으려고 키우던 거래요. 저는 세상에서 가장 듣기 싫은 말이 '원래'예요. 어른들은 그 말을 곤봉처럼 휘두르면서 아이들을 납작 깔아뭉개거든요. 하지만 이번엔 너무했어요. 절대, 절대, 용서할 수 없다고요!

나를 달래준 것은 역시 덴마크 삼촌입니다. 삼촌은 눈앞에서 잔인한 접시를 치워주고 우는 나를 정원으로 데려가주었습니다. 그러고는 별을 가리키면서 별자리에 얽힌 이야기들을 늘어놓았습니다. 제 신경을 돌리려는 수작인 줄 알면서도 삼촌 얘기가 재밌었기 때문에 저는 또 빠져들었습니다.

한바탕 울고 났더니 힘이 없네요. 그래서 저는 뻬드로에게 가보겠다고 하고 실내로 들어갔습니다.

방을 잘못 찾은 것 같아요. 비슷하게 생긴 방이지만 뻬드로는 보이지 않았습니다. 피기가 어떤 꼴이 되었는지 말해주고 싶은데 말이죠. 그대로 나오려는데 이상한 소리가 들려와 걸음을 멈췄습니다. 그 소리는 하마가 거친 숨을 쉬는 것 같기도 했고, 고양이가 울어대는 소리처럼 들리기도 했어요. 어떤 예감이, 들키면 안 된다는 예감이 번개처럼 지나가 옷장 아래 엎드렸습니다. 저는 항상 눈치가 빨랐거든요.

"……이러면 안 돼요."

"하지만 레나, 언제나 이 순간을 그려왔어. 꿈속에서 너는 대서양을 가로지르고 신발도 신지 않은 채 내 방문 앞에 서 있었지. 문을 열자마자 내 품에 들어와 새벽이슬이 걷히기 전까지 안겨 있었어. 그렇게 5년 동안 한결같이 나와 함께였어."

"우리는 죄인이에요. 천벌을 받을 거예요."

그 말에 남자는 와락 여자를 껴안았습니다. 대체 누가 이런 영화 대사 같은 말을 하는 걸까요?

이윽고 남자와 여자는 침대에서 일어나 주섬주섬 옷을 꿰입고 나갔습니다. 달빛에 그들의 얼굴이 슬쩍 보였습니다. 두 사람이 나간 후 저는 좀 더 있다가 가만히 방문을 열고 나왔는데 누군가 제 앞을 가로막았습니다.

안젤라 숙모였어요. 캐나다에서 미용 일을 하고 있는 숙모, 숙모는 사납게 저를 기둥 쪽으로 밀더니 낮은 목소리로 묻더군요.

"너, 저 방에서 나왔어?"

고개를 끄덕일 수밖에요.

"뭔가 봤지?"

저는 머리에 떠오르는 대로 말할 수밖에 없어요. 이것은 말을 배운 지 얼마 안 되는 모든 아이들의 운명입니다. 어렸을 때 저는 자주 토했습니다. 엄마가 말하기를 유아들은 식도와 위장이 일직선으로 되어 있어 걸핏하면 구토를 한다고 했습니다. 기억에는 없지만 토하면서 수치스러웠을 거예요. 수치심이란 그런 것입니다. 약한 모습을 적나라하게 보일 수밖에 없는 무력함. 나를 노려보는 숙모 앞에서 줄줄이 비밀을 불어버리는 게 정말로 싫었습니다.

"똑바로 말해. 그 방에서 우리 그이를 봤어, 못 봤어?"

"……봤어요."

"또 누구를 봤지?"

"레나 고모요."

이렇다니까요. 협박하듯 다그치는 사람에게 진실밖에 말하지 못하다니. 하지만 식도와 위장이 일직선인 것처럼 마음과 입도 일직선으로 이어져 있는 걸 어떡합니까.

제 말에 숙모는 얼어붙었습니다. 나중에 안 사실이지만 레나 고모와 삐올로 삼촌은 어린 시절부터 금지된 관계에 빠져 있었다고 합니다. 각각 다른 대륙에서 가정을 꾸린 두 사람이 이런 짓을 벌이고 있었다는 건 아무도 몰랐을 것입니다. 숙모는 냉장고에 낀 성에처럼 날카롭고 차가운 얼음이 되고 말았어요.

밖에서 사람들의 웃음소리가 커다랗게 들려왔고 숙모는 그제야 얼음에서 풀려났습니다. 그러고는 조용히 대문을 열고 나가버렸고 필리핀이라는 보다 큰 원 밖으로도 나갔습니다. 캐나다에 있는 자기 집으로 돌아가지도 않았습니다. 그렇게 안젤라 숙모는 우리 가족에게서 영원히 사라져버렸습니다. 이 모든 비밀은 제가 다 커서 알게 된 사실이지만요.

다음 날 정오에는 모두들 가장 좋은 옷으로 갈아입었습니다. 마당에 모여 가족사진을 찍기로 했거든요. 이제 증조할머니 뒤에 있는 5년 전 사진은 오늘 찍은 사진으로 바뀌겠지요. 지도에는 새로운 깃발이 꽂히듯 다른 색으로 채색되는 나라들이 늘어날 것입니다.

저는 나비가 그려진 노란 원피스에 리본으로 머리를 묶고, 뻬드로는 하얀 남방에 남색 반바지를 차려입었습니다. 뻬드로는 싱글벙글 웃으며 우리보다 두어 살 많은 사촌들의 꽁무니를 따라다니고 있습니다. 예전부터 그랬고 앞으로도 쭉 이어질 수수께끼 중 하나가 이건데요. 우리를 처음 본 사람들은 저보다 뻬드로를 좋아합니다. 왜 그럴까요? 제가 훨씬 말도 잘하고 사고도 치지 않는데 뻬드로가 항상 더 인기가 많거든요. 지금도 뻬드로는 한 무리의 아이들과 즐겁게 어울리는데 저는 덴마크 삼촌처럼 우중충한 어른이랑 놀잖아요.

사진을 다 찍고 정원에서 덴마크 삼촌과 장난감을 만들고 있는데 검은 옷을 입은 한 남자가 대문에 들어섰습니다.

그 사람을 보자 다들 놀란 표정이었습니다. 유령이 돌아오기라도 한 듯 말이죠. 제가 '타투 삼촌'이라고 부르게 될 그는 멀리서도 눈에 확 띄는 존재감을 발산하고 있습니다. 타투 삼촌은 시선을 끄는 게 너무 많아요. 우선 굉장한 미남입니다. 여섯 살 평생 그렇게 아름다운 남자는 처음 봐요. 머리카락도 무지하게 길고요.

게다가 얼굴을 제외하고 옷 밖으로 드러난 몸은 전부 문신으로 뒤덮여 있습니다. 할머니가 달려와 무슨 짓을 하다가 이제 왔냐며 목을 끌어안고 우는 건지 야단치는 건지 모를 말을 늘어놓았을 때도 삼촌은 별말이 없습니다. 검은 민소매에 긴 바지 차림인 삼촌의 머리 위에만 먹구름이 동동 떠 있는 것처럼 감히 말을 붙일 수 없는 분위기를 풀풀 풍겼습니다.

할머니가 음식을 차리러 들어가자 다들 힐끔대기만 할 뿐 말을 걸지 않았습니다. 그러니 괴짜를 좋아하는 제가 나설 수밖에요. 저는 고개를 까닥하고 오른쪽 팔을 가리켰습니다.

"안녕하세요, 삼촌. 이 팔에 쓴 게 뭐예요?"

"누군가의 이름."

"그게 누군데요?"

삼촌은 물끄러미 나를 바라보기만 하더니 들릴락 말락 한 목소리로 "이게 내 고해소란다"라고 대답해주었습니다. 고해소라니, 신부님이 들어 있는 나무 장롱 말인가요? 어른들 말 중에는 이상한 것이 많지만 그중에서도 가장 말도 안 되는 소리네요.

타투 삼촌이 탁자에 앉자 일본에서 살고 있는 루이자 고모와 우리 아빠, 덴마크 삼촌이 옆자리에 앉았습니다. 다른 대륙에서 살아온 삼남매가 한 식탁에 모인 거지요. 가족 속의 가족이라고 할까요. 타투 삼촌이 음식을 먹는 동안 어린 시절 이야기가 줄줄이 나왔습니다. 그들은 즉시 이 집에서 보내던 10대 시절로 돌아갔고 자기들끼리만 아는 얘기를 나눴습니다. 홀가분하고 친숙하게, 보이는 세상이라고는 작은 마을이 전부였던 시절의 자신이 되어.

"젊은 남자들의 대화는 오로지 술과 칙스뿐이잖아. 지겨웠어. 오빠들 대화에서 빠지고 싶었지."

저는 참지 못하고 '칙스'가 뭐냐고 물어보았어요. "어른 말씀하시는데 끼지 좀 마라." 제 평생 듣는 말을 아빠가 백만 번째로 또 하네요. 그러자 고모가 '어린 여자애'라고 슬쩍 알려주더군요.

루이자 고모의 무기는 강력한 비웃음입니다. 아무리 강심장이래도 고모의 비웃음을 들으면 하던 말을 더 이상 이어나갈 수 없을 거예요. 루이자 고모의 웃음에는 '너는 하찮고 네가 하는 말은 전부 개소리다'라는 메시지가 들어 있다고 아빠가 말했습니다.

루이자 고모는 가족 내에서 '허튼소리 감별사'라는 막강한 지위를 가지고 있습니다. 누군가 너무 잘난 체를 하거나 시비를 걸 기미만 보이면 루이자 고모는 신랄한 말투로 그 사람의 코를 납작하게 눌러버립니다. 루이자 고모도 덴마크 삼촌만큼이나 말을 잘하는데, 둘의 차이점이 있다면 고모의 말에는 다들 귀를 기울인다는 것입니다.

부자가 된 호세 삼촌은 루이자 고모가 일찍 결혼해 들어앉아버린 것이 두고두고 애석하다고 합니다. 처음 필리핀을 떠날 때, 사촌 누나인 고모와 함께 떠나기로 했는데 갑자기 임신을 해버려서 무지하게 화를 냈다나요. 호세 삼촌이 허튼짓을 하려다 고모 말을 듣고 정신을 차린 적이 한두 번이 아니라서 누구보다도 고모를 신뢰한다고 했습니다. 지금이라도 미국으로 오라고 했지만 루이자 고모는 "퍼낼 수 있는 우물물은 다 써버렸어"라며 쓴웃음을 지었습니다.

고모의 신랄한 어조는 특히 자신을 향할 때 심해졌는데요. 나더러는 결혼하지 말라고 했습니다. 앞으로 네 몸에서 뭔가가 변할 것인데, 자물쇠를 튼튼히 채우고 절대 남자에게 보여주지 말라고 했고요.

"무슨 말인지 모르겠어요."

"그래. 이 말을 이해하려면 한참 더 자라야겠지. 꼬마 아가씨는 행복하게 클 거라고 믿어. 네 부모는 선량하고 용기도 있지. 아주 바보들도 아니고 말이야. 네 엄마랑 몇 마디만 말해봐도 알겠더라."

그렇지도 않습니다. '선량하고 용기도 있고 아주 바보도 아닌' 우리 가족은 15년 후에 각자의 운명으로 뿔뿔이 흩어졌거든요. 엄마는 아빠와 이혼하고 나와 빼드로 또한 어떤 일을 계기로 두 번 다시 보지 않을 사이가 되고 말았습니다. 사각형의 선분이 다른 방향으로 향하듯 우리 가족은 서로에게 상처를 입힌 채 다음 삶으로, 식어버린 희망을 품고 나아갈 것입니다. 이별의 순간에 마닐라의 밤들은 아무런 힘도 발휘하지 못했습니다. 좋은 순간보다 나쁜 순간이 훨씬 더 힘이 세다는 것을 저는 10대가 지나기 전에 깨닫게 되었습니다.

마지막 만찬의 밤, 할머니는 가족나무 아래 탁자란 탁자는 다 내놓아 길쭉한 식탁을 만드셨습니다. 그러고는 오지 못한 가족의 자리까지 남김없이 식기를 놓아두셨어요. 그렇게 해두는 것만으로도 그들의 일부가 이곳에 있기라도 한 것처럼 말이에요.

화사한 천으로 덮인 식탁에는 올라올 수 있는 모든 요리들이 올라왔고, 채울 수 있는 모든 잔들이 채워졌고, 기억나는 모든 추억도 불려왔습니다. 음식을 먹으면서 또 다른 음식 이야기를 하는 건 마지막 날까지 똑같습니다. 각 나라들의 희한한 요리 이야기 중에 1등은 역시 중국이네요. 중국에 사는 작은할아버지가 대화의 승자입니다.

"나는 산둥에 사는데 거긴 전갈도 먹어."

"전갈? 독은 어쩌고?"

"굵은 소금으로 문지르면서 꼬리의 독을 빼는 거야. 바삭하게 튀기면 생선튀김보다 백배는 맛있는 요리가 되지."

이어서 작은할아버지는 뱀의 쓸개, 낙타 발톱, 새끼 거북이와 썩은 두부가 어떤 맛인지도 자세히 묘사했습니다. 이런 말을 가장 열심히 듣는 사람은 우리 할머니입니다. 할머니는 결심을 하나 털어놓았는데, 증조할머니가 돌아가시면 루이자 고모가 살고 있는 일본을 시작으로 세계 일주를 떠날 거라고 합니다. 물론 친척들 집만 돌아다니면서요. 역시 할머니는 배짱이 대단합니다.

"큰방의 지도만 떼어가지고 가면 되겠지!"

"그럼요. 형수는 비행기 값만 들고 오세요. 얼마든지 모시고말고요."

술에 취한 작은할아버지가 큰소리를 떵떵 칩니다. 여기저기서 언제든 오시라고, 대환영이라고 초대가 난무합니다. 가족들에게 음식만 해주면서 살기에 우리 할머니는 그릇이 너무 커요. 그런 할머니의 자손들이라 고국을 떠나 먼 나라에서 살고 있는 것인지도 모르겠지만요.

"이렇게 모여 밥 한 끼 먹는 것만으로도 대단한 거지. 다들 성공했다고 할 수 있어."

할아버지가 웬일로 묵직한 말씀을 하십니다. 모두들 고개를 끄덕거립니다. 5년에 한 번 있는 가족 모임에 참석한 것만으로도 성공한 이민자들인 거예요. 오지 못한 가족들에 비하면 말이죠. 살던 나라에서 다시 청소부, 택시 기사, 가정부로 돌아간다 해도 할머니의 식탁에 앉아 있는 이 순간에는 성공한 인생입니다.

자화자찬이 끝나자 비밀들이 불려 나왔습니다. "외국인 아내와 곧 헤어져요" "언제까지 육체노동을 할 수 있을지……" "애들이 마약을 하는 것 같아요" "아무래도 필리핀으로 돌아올까 봐요" 누구는 울고, 누구는 대신 화를 내주고, 누구는 자기가 있는 나라로 오라는 호언장담을 했습니다. 호세 삼촌은 벌써 미국으로 돌아갔기 때문에 이 자리에 없습니다. 이상하게도 호세 삼촌이 없으니까 다들 편하게 속엣말을 하는 것 같아요.

이윽고 기타가 등장합니다. 기타 소리에 맞춰 필리핀 사람들이 최고로 잘하는 것—노래하고 춤추는 것—을 하며 마지막 밤을 보냈습니다. 타투 삼촌이 그렇게 기타를 잘 칠 줄 누가 알았겠어요? 삼촌은 정말 멋있는 요소만 모아 만든 남자 같습니다. 이후로 제 연애사가 순탄치 않았던 것은 순전히 타투 삼촌 때문입니다. 멋있고 비극적인 분위기에 기타까지 잘 치는 남자와의 연애는 끝이 좋지 않거든요. 각설하고,

나는 기묘한 바깥으로 나갔다 돌아오곤 합니다. 그 바깥에서 어항 속의 물고기를 보듯이 우리 가족들을 바라봅니다. 거인처럼 커버린 몸으로 부서진 알 속의 세계를 바라봅니다. 다정한 친척들 속에 앉아 있는 노란 원피스의 레오니. 나는 자꾸자꾸 불어납니다. 열두 살의 레오니, 스무 살의 레오니, 서른넷의 레오니, 그리고 앞으로 만날 마흔일곱과 일흔다섯의 레오니까지……. 나를 통과할 수많은 레오니들이 영원히 그리워하게 될 마닐라의 밤을 들여다봅니다.

그 밤이 내게 가르쳐준 것은 세상이 크다는 것, 그 커다란 세상에 내가 아는 사람들이 있다는 것입니다. 그것은 많은 용기를 줍니다. 도저히 용기를 낼 수 없을 때에도 위안이 됩니다. 최악의 경우 가족나무가 있는 이 식탁 밑으로 돌아오면 된다는 생각 때문에 나는 많은 나라를 떠돌게 될 것입니다.

만찬의 끝은 기억이 나지 않습니다. 꾸벅꾸벅 졸다가 안으로 옮겨졌고 깨어났을 때는 다 끝난 후였거든요.

창밖을 내다보니 접시들이 잔뜩 쌓여 있는 식탁은 난파선처럼 보였습니다. 난파선 끝자락에는 잠에 침몰되지 않은 몇 명이 앉아 있습니다. 누구일까요? 두런두런 낮은 목소리로 이야기를 나누는 사람들의 모습은 잘 보이지가 않네요.

그 뒤로 가족들의 잠이 두텁게 드리워져 있습니다. "같은 강물에 두 번 발을 담글 수는 없다." 덴마크 삼촌이 즐겨 하는 말입니다. 맞아요. 그 밤을 이루는 대가족의 잠, 그 깊은 숨소리는 두 번 다시 담글 수 없는 강물 같은 것이겠지요. 위장에 골고루 나눠진 음식이 그들의 육체에 똑같은 담즙을 분비하게 만들겠지요. 동일한 갈색 담즙 아래 각자의 꿈과 피로를 지닌 채 뒤척이겠지요.

갑자기 눈물이 날 것 같아 옆에 누운 아빠를 흔들었습니다.

"아빠."

그때까지 잠을 이루지 못했는지 아빠는 눈을 뜬 채로 내 쪽으로 돌아누웠어요.

"내일 엄마네 집 갔다가 칠레로 돌아가는 거지?"

"그렇지."

"5년 후에 다시 돌아오고?"

"그럼 그럼. 아빠는 그 5년 후를 위해서 열심히 일할 거야."

"5년 후에 돌아오기 위해 먼 나라에서 일하는 거야?"

아빠의 인생은 수수께끼입니다. 5년에 한 번 있는 가족 모임을 몇 번만 거쳐도 아빠는 중년을 훌쩍 넘길 것입니다. 그 삶은 무엇입니까? 마닐라에서 무엇을 얻어 가기 때문에 그 고생을 하는 걸까요?

물론 이런 말들을 제대로 건네려면 한참 더 자라야 할 것입니다. 그래서 내가 물은 말은 "우리 여기서 살면 안 돼?" 정도였을 겁니다. 보는 사람마다 예뻐해주고 나쁠 뿐 아니라 모두가 방학인 것 같아서 이 집을 떠나기 싫었으니까요.

아빠의 대답은 기억이 나지 않습니다. "필리핀에는 일자리가 없어." 이런 답을 해주기에도 나는 너무 어렸으니까요. 일자리를 찾아 지구 반대편까지 갔던 아빠. 거기에서 이룬 가족을 데리고 집으로 돌아와 웃음이 떠날 줄 모르는 아빠. 돌아가면 다시금 쌍둥이를 부양하기 위해 허리가 휘도록 일할 아빠. 그래서 이른 나이에 늙어버린 아빠.

돌아오는 도중에 부모님의 표정을 봤더니 불이 꺼진 밤 비행기 같았습니다. 몇 만 피트의 상공에 떠 있지만 아무도 거기에 있는 줄 모르는 밤의 비행기. 이민자의 삶은 언제나 강퍅한 것이니까요.

우리 가족들은 때가 되면 다시 마닐라를 향해 날아오겠지요. 미국과 유럽과 남미와 아시아에서, 지금 내가 누워 있는 이 집을 향해. 그 풍경을 떠올려보았습니다. 만약 친척들 사이에 천을 드리울 수 있다면 세상의 절반쯤 덮을 수 있겠더군요. 너무나 거대하고 터무니없어 상상 속에서도 얼른 그 천을 치워버렸지만요.

하지만 지금은 여섯 살인 레오니가 마닐라 집에서 보내는 마지막

밤입니다. 대가족 모두가 잠든 시간, '따호 따호'를 외치며 지나가는 두부 장수의 목소리가 골목에 길게 드리워집니다. 저는 그 소리를 가만히 듣습니다. 먼 훗날 세상에서 가장 외로운 사람이 되었을 때 떠올리는 소리가 될 줄 모른 채. ∎

윤대녕

밤의 흔적

1962년 충남 예산 출생. 단국대 불문과 졸업.
1990년 『문학사상』 등단.
소설집 『은어낚시통신』 『남쪽 계단을 보라』 『많은 별들이 한곳으로 흘러갔다』 『누가 걸어간다』
『제비를 기르다』 『대설주의보』 『도자기 박물관』. 중단편선집 『반달』.
장편소설 『옛날 영화를 보러 갔다』 『추억의 아주 먼 곳』 『달의 지평선』 『미란』
『눈의 여행자』 『호랑이는 왜 바다로 갔나』 『피에로들의 집』 등.
〈오늘의 젊은 예술가상〉 〈이상문학상〉 〈현대문학상〉 〈이효석문학상〉
〈김유정문학상〉 〈김준성문학상〉 등 수상.

밤의 흔적

1

장호와 현수가 점심을 먹고 사무실로 들어왔을 때 테이블 위에 놓여 있는 전화벨이 울렸다. 다급하고 신경질적으로 들리는 벨 소리였다. 마치 개가 짖어대는 느낌이었다. 장호가 잠시 전화기를 노려보다 수화기를 집어 들자 대뜸 거친 소리가 튀어나왔다. 60대 초반으로 짐작되는 남자였다.

"거기 청소용역업체 맞습니까?"

업종 분류상으로는 '특수청소하청업체'이고 '유물정리업체'라고 달리 부르기도 한다.

"왜 이렇게 전화가 안 되는 거요?"

단둘이 꾸려가는 사무실이어서 점심시간이나 출장 시에는 전화를 받을 사람이 없었다. 인터넷 홈페이지에 휴대폰 번호가 나와 있지만, 굳이 사무실 전화로 통화를 하려는 사람들이 있었다. 제대로 등록이 돼 있는 업체인지 확인하려는 것일 터였다.

"말씀하시죠."

"여기 합정동인데 오늘 좀 와줘야겠소. 며칠 전부터 냄새가 진동한다고 세입자들이 전화를 걸어대서 혹시나 하고 문을 따고 들어가봤더니, 번개탄을 피워놓고 일을 저질렀더군."

전화를 걸어온 사람은 집주인인 듯했다. 일을 저지른 사람은 세입자 중 하나일 거였다.

"경찰은 다녀갔습니까?"

"오전에 현장 감식하고 신원 확인 마치고 사체를 내갔소. 와서 청소하고 소독하면 돼요. 방에 온통 냄새가 배어 있으니 벽지 뜯어내고 장판까지 들어내야겠습디다. 에이, 재수 없게시리!"

"유가족은요?"

청소하청업체에서 관여할 일은 아니지만 장호는 습관적으로 물어보았다.

"경찰에서 연락을 해보니 가족은 해외에 있다고 합디다. 기러기 신세였던 모양이지. 비용은 내가 지불할 테니 어서 와주기나 하쇼."

장호는 그가 불러주는 대로 현장의 위치를 받아 적으며 창가에서 믹스 커피를 마시고 있는 현수에게 출장 나갈 준비를 하라고 눈짓을 보냈다. 그러자면 비좁은 사무실 안에 쌓여 있는 청소와 소독 작업에 필요한 기구들부터 트럭에 옮겨 실어야만 했다. 현수는 이마에 주름을 세우고 마뜩잖은 표정을 지었다.

"담배 한 대 피울 정도의 시간은 있겠지?"

출장을 나갈 때마다 그가 반문하듯 내뱉는 말이었다. 장호는 방호복을 챙겨 입으며 청소 도우미 영숙에게 연락을 했다.

"한 시간 뒤에 상수역 근처에 있는 홍익산부인과 앞으로 오세요. 네, 4번 출구로 나와서 50미터쯤 직진하면 됩니다. 두 시까지, 늦지 마시고요."

"비까지 슬금슬금 내리니 냄새깨나 나겠군. 아무튼 오늘 저녁도 제대로 먹긴 글렀어. 일 끝내고 같이 소주나 한잔하지?"

"이따 봐서."

이렇게 대꾸했지만 장호도 출장을 나갔다 온 날이면 으레 식사를 하지 못했다. 김치찜이나 절인 생선, 젓갈 냄새가 조금만 나도 아예 수저를 들지 못했다. 두 사람에 비해 영숙은 작업 중에 자장면을 시켜 먹을 정도로 비위가 강하고 표정도 늘 무덤덤했다. 그녀는 3년 전 장호가 이 일을 처음 시작할 때부터 함께해온 파트너였다. 초등학교에 다니는 딸을 하나 둔 미혼모였다. 고등학교 동창인 현수는 지난여름에 합류했는데 언제라도 그만둘 것처럼 굴었다. 그의 아내는 아직까지 남편이 무슨 일을 하는지조차 모르고 있었다.

트럭을 몰고 합정동으로 가는 길에 비는 눈으로 변하고 있었다. 홍익산부인과 앞에서 영숙을 픽업해 장호는 내비게이션이 알려주는 대로 약국과 세탁소 사이의 골목 안으로 들어섰다. 머리에 헤어롤을 단 영숙이 봉지에서 박카스를 꺼내 뚜껑을 딴 다음 장호와 현수에게 건네주며 물었다.

"오늘 중에 일이 끝날까요? 내일은 저 다른 곳에 가봐야 하는데."

작업은 때로 며칠씩 걸리는 경우도 있었다.

"현장에 가봐야 알겠지만, 원룸이라니까 조금 늦더라도 끝내야 하지 않겠어요?"

'목적지 부근입니다. 시스템을 종료합니다.'

내비게이션에서 흘러나오는 소리를 들으며 장호는 동네 구멍가게 건너편에 차를 세웠다. 그들이 도착한 곳은 오래된 다세대 주택들이 밀집해 있는 비좁은 골목이었다. 집주인에게 연락을 하자 잠시 후 낡은 가죽점퍼를 걸친 머리가 희끗한 사내가 나타나 트럭 앞에 서 있는 장호에게 다가왔다. 낮술을 마신 듯 얼굴에 불콰하게 열이 올라 있었다. 그는 구멍가게 옆의 다세대 주택을 가리키며 말했다.

"현관에서 계단을 내려가 왼쪽 두 번째 방, 102호요. 문이 열려 있으니 그대로 들어가면 될 거요."

"작업을 하기 전에 견적부터 내야 하는데요."

"나는 다시 내려가보기 싫으니까 전화로 알려주쇼. 그럼 일들 보시오. 저녁에 눈이 꽤 내릴 거라니까 되도록 빨리 끝내도록 합시다."

집주인과 말을 주고받는 사이 현수와 영숙은 트럭 짐칸에서 장비들을 끌어내렸다. 반지하 방으로 내려가기 전에 세 사람은 담배를 한 대씩 피우고 생수를 마신 다음 각자 방호 마스크를 착용했다.

2

102호의 문을 열고 들어서자마자 현수는 윽, 하고 밭은소리부터 냈다. 침대 아래 사체가 누워 있던 자리는 불에 탄 자국처럼 혈흔과 부패액으로 얼룩져 있었다. 침대에서 몸부림을 치다 바닥으로 굴러떨어진 듯했다. 현장 상태를 보니 사체가 방치된 지 보름 이상은 경과한 듯했다. 창틀은 빈틈없이 청테이프로 봉해져 있고 집주인 말대로 번개탄을 피운 흔적이 고스란히 남아 있었다.

혼자 살았던 사람일수록, 연령대가 높을수록 대개 정리할 물건은 많지 않았다. 우선 눈에 띄는 것은 접이식 침대인 라꾸라꾸와 미니 냉장고, 소형 텔레비전, 책상, 간이 옷장 정도였다. 재산적 가치가 있는 현금이라든가 귀금속, 통장, 도장, 보험증서, 부동산 계약서 등과 정서적 유품으로 분류되는 사진이나 다이어리는 따로 챙겨두었다가 유가족에게 전달해야 했다. 물론 큰 액수의 현금이나 귀금속이 발견되는 일은 드물었다. 장호는 집주인에게 견적 내용을 알린 뒤 유품부터 정리했다. 현수는 바닥에 말라붙은 혈흔과 부패액을 제거하고 영숙은 주방과 화장실을 맡았다. 파리나 구더기, 번데기가 보이지 않는 게 그나마 다행이었다.

50대 중반의 기러기 아빠가 남긴 물건은 태블릿 PC, 해외 송금에 쓰인 서류, 처세술에 관한 책, 양복과 와이셔츠 두 벌, 낡은 구두와 운동화 한 켤레뿐이었다. 지갑은 신원 확인을 위해 경찰에서 가져갔는지 보이지 않았다. 주방에는 아직 뜯지 않은 라면 몇 봉지와 인스턴트 음식 봉지가 쌓여 있었고 배달 음식 포장지와 찌꺼기가 싱크대에 수북했다. 화장실 옆에는 소주병이 어지럽게 널려 있었다. 장호는 유품을 정리하며 고인이 유서를 남겼는지, 유서의 내용이 무엇인지 궁금했으나 청소업체를 운영하는 사람으로서는 자세한 내막을 알 수 없었고 사실 알 필요도 없었다. 유가족에게 전달할 물건을 정리한 후 단순 쓰레기로 분류되는 것은 대용량 봉투에 넣어 우선 현관 밖으로 내놓았다. 그런 다음 장호는 현수의 일을 거들었다. 바닥에 혈흔 제거제를 살포하고 부패액이 스며든 자리에는 악취를 없애기 위해 자외선 오존으로 살균 작업을 했다. 천장과 벽에 붙어 있는 도배지를 뜯어내고 연막

항균제를 뿌린 다음 고온 스팀까지 마쳐야 비로소 작업이 완료될 터였다. 침대 모서리의 벽지를 뜯어내다가 장호는 볼펜으로 낙서가 돼 있는 부분을 발견하고 잠시 손을 멈췄다.

'한사코 끌어안고자 했던 삶이 마침내 칼이 되어 내 심장을 찌르는구나.'

그 아래엔 흐릿한 사진 한 장이 붙어 있었는데, 자세히 들여다보니 백양나무 가로수 사이로 당나귀 한 마리를 끌고 가는 남자의 뒷모습이 흐릿하게 찍혀 있었다. 어딘가 사막 근처인 듯했다. 사진 속에는 눈이 내리고 있었다. 벽지를 마저 뜯어내기 전에 장호는 휴대폰을 꺼내 그 부분을 카메라에 담아두었다.

작업은 밤 아홉 시에나 마무리되었다. 장호는 집주인에게 작업이 종료됐음을 알리고 문자로 통장 계좌번호를 남겼다. 허기를 참으며 일을 서둘렀으므로 다들 지친 기색이 역력했다. 저녁을 먹고 가라고 했지만 영숙은 약속이 있다며 지하철역 입구에 내려달라고 했다.

장호와 현수는 눈길에 트럭을 끌고 밤늦게 사무실로 돌아왔다. 내일 아침 당장 트럭에 실려 있는 쓰레기부터 처리해야 하는데 폭설이 내리고 있었다. 사무실 옆에 있는 사우나에 들렀다 나와 두 사람은 야식집에 마주 앉아 삶은 두부를 시켜놓고 막걸리와 소맥을 마셨다. 늘 그렇듯 식욕은 없었다. 젓가락으로 두부를 깨작거리던 현수가 장호에게 물었다.

"오늘 그 방에 살았던 사람, 가족이 외국에 있다고 했나?"

현수도 따지고 보면 기러기 신세나 다를 바 없었다.

"아무리 힘들어도 가족이 있는데, 왜 그런 짓을 저질렀을까?"

"글쎄, 남모르는 사정이 있었겠지."

실직에 따른 생활고, 늘어나는 부채, 자신만 알고 있는 지병, 배우자의 불륜 등 사정은 다양할 것이었다. 다만 짐작할 수 있는 것은 주위에 자신의 진심을 털어놓을 사람이 없었을 거라는 사실이었다. 현수가 한숨을 내쉬고 나서 말했다.

"다음 출장은 언제지?"

"모레 연신내 쪽. 독거노인의 방인데 사망한 지 다섯 달 만에 발견됐다는군. 자살은 아닌 것 같고 고독사한 모양이야."

"다섯 달."

이 일을 하다 보면 흔히 접하게 되는 일이었다. 명절 때면 특히 이런 일이 잦았는데, 혼자 사는 부모에게 자식이 전화를 했다가 뒤늦게 사망 사실을 알게 되는 경우였다. 지난 추석에는 일용직 노동자였던 아버지를 1년 만에 찾아왔던 딸이 사체를 발견하고 경찰에 신고한 적도 있었다. 그는 몇 년째 관리비를 연체해 도시가스 공급이 중단된 상태에서 고독사한 케이스였다. 사망한 지 3일 이후에 발견되면 보통 고독사로 분류했다. 그때마다 가족이 나타나는 것도 아니었다. 경찰에서 연락을 해도 별다른 반응을 보이지 않거나 애써 수소문해서 알려줘도 찾아오지 않아 무연고 사망으로 처리되곤 했다.

장호가 특수청소업체를 운영하게 된 계기는 인터넷을 통해서였다. 대학을 졸업하고 장호는 10년 가까이 중소 가구회사에서 영업직으로 일했다. 대학에서는 국문학을 전공했지만 마땅히 직장을 구할 수가 없었던 것이다. 손재주가 있는 편이어서 목수 일을 배워볼까 해서 입사했는데 그게 뜻대로 되지 않았다. 그러다 몇 해 전 가구를 납품한 대형 가구점이 부도가 나는 바람에 은행에서 어음을 할인받지 못해 경영악화로 회사가 문을 닫게 되었다. 그 후 장호는 보험회사와 정수기 업체 등을 전전했으나 실적이 좋지 않아 몇 달 만에 그만두고 말았다. 그러다 어느 날 인터넷에서 중고 시장 정보를 검색하다 유물, 유품을 정리하는 사업이 각광받고 있다는 사실을 알게 되었다. 그러나 그때만 해도 그것이 온갖 불행한 죽음을 담보로 한 사업이라는 것은 미처 짐작하지 못하고 있었다. 그런데다 은행에 근무하는 친구를 통해 어렵사리 융자를 받아 시작한 일이어서 중간에 사업을 정리하기도 쉽지 않았다.

첫해는 일주일에 두세 건의 일을 처리하며 바쁘게 지냈고 수입도 그다지 나쁘지 않았다. 당시엔 직원도 네 명이나 됐다. 그러나 최근에는 수주 경쟁이 점점 치열해져 일도 그만큼 적어졌고 작업 단가도 낮아지는 추세였다. 이런 상황에서 현수를 받아들인 것은 당시 그의 사정이 워낙 다급했기 때문이었다. 신도시에서 커피숍을 운영했던 그는 장호와 달리 30대 초반에 결혼을 했고 아이까지 낳았다. 한데 일을 벌이기 좋아하는 그의 아버지가 주위에서 마구잡이로 돈을 빌려 무리하게 동네 목욕탕을 인수했는데, 와중에 현수는 아파트를 담보로 돈을 빌려주었고 적금까지 깼다. 그러나 채 몇 달도 지나지 않아 근처에 초대형 찜질방이 들어서면서 목욕탕은 불과 몇 달 만에 문을 닫아버렸다. 아파트에서 쫓겨난 현수는 처자식을 처가에 맡기고 몇 푼 되지 않는 권리금이라도 챙기기 위해 서둘러 커피숍을 처분했다. 장호를 찾아와 먼저 손을 내민 것도 현수였다. 지금은 고시원에서 생활하며 장호의 일을 거들고 있었으나 여전히 적응하지 못하는 눈치였다. 언젠가 술자리에서 현수는 자조적으로 이런 말을 내뱉은 적이 있었다.

"우리는 죽음의 언저리를 맴돌며 그것을 파먹고 사는 까마귀 같은 존재라는 생각이 들어. 안 그래?"

달가울 리 없었으나 장호는 현수에게 내색을 하고 싶지 않아 에둘러 말했다.

"누군가는 해야 될 일이고, 생각하기에 따라서는 장례업처럼 꼭 필요한 일이기도 하잖아."

"장례업이야 그렇지만, 저번 일을 생각하면 그렇게만 얘기할 수도 없는 거잖아."

현수가 무엇을 두고 말하는지 장호는 금세 알아들었다. 두 달 전에 자살한 20대 청년의 방을 뒷수습한 적이 있었다. 그날 출장을 나가면서 현수는 사뭇 예민하게 굴었다.

"오늘 일은 왠지 좀 찝찝하지 않아?"

"무슨 말이야?"

"뭔가 예감이 안 좋아."

"글쎄."

그 일주일 전 20대 후반으로 짐작되는 청년에게서 장호의 휴대폰으로 전화가 걸려왔다. 낮게 가라앉은 목소리에 주저하는 기색이었다.

"홈피 보고 전화했는데요."

상대가 젊은 사람이어서 장호는 본능적으로 긴장했던 것 같다. 잠시 사이를 두었다가 청년이 더듬더듬 말을 이었다.

"다음 주 화요일에 여기로 와주시겠습니까? 정리할 물건은 많지 않지만, 그래도 부탁을 해야겠기에 연락드렸습니다."

"좀 더 구체적으로 얘기해주셔야겠는데요. 가령 고인의 유물을 수습하는 일인지, 단순히 집 안 정리를 하고 청소, 방역을 하는 일인지 알아둘 필요가 있거든요."

"그렇다면 단순 정리 작업이라고 해야겠네요."

"방의 크기는요?"

"7평 원룸입니다. 비용을 알려주시면 미리 계좌로 입금하겠습니다."

"작업 비용은 수거물의 종류와 무게와 부피에 따라 다릅니다. 참고로 그 정도 크기의 공간이면 대개 3, 40만 원 정도 나옵니다."

"……40만 원 입금하겠습니다."

"비용은 작업이 끝나고 주셔도 됩니다."

"그날은 제가 여기 없을 거예요. 그래서 미리 부탁하는 거고요."

석연찮은 느낌이 없지는 않았으나 장호는 그가 알려주는 대로 주소와 도어록 비밀번호를 받아 적고 계좌번호를 알려주었다. 실제로 의뢰인과 대면하지 않고 작업을 하는 경우가 종종 있었다. 집주인이나 건물 관리인의 부탁을 받고 현장에 나가 작업을 끝낸 다음 전화로 통보하고 다음 날 입금 여부를 확인하면 그걸로 끝이었다.

현장에 도착한 장호는 돌연 어두운 함정에 빠진 심정이었다. 화장실 안에서 목을 매 자살한 청년의 사체를 발견했던 것이다. 장호는 서둘러 신고부터 했고 경찰이 올 때까지 꼼짝없이 대기하고 있었다. 현수는 누구에게랄 것도 없는 욕설을 연신 내뱉으며 거푸 담배를 피워댔다. 장호의 심정도 사납기는 마찬가지였다. 이런 일이 일어날 줄은 몰랐다고 하지만, 결과적으로 누군가 죽을 때까지 기다렸다가 때맞춰 찾아온 형국이었다.

다음 날 장호는 경찰에 불려가 참고인 형식으로 조사를 받았다. 고인의 통화 내역을 조회해본 결과 일주일 전 장호와 통화한 기록이 나왔던 것이다. 청년은 지방에서 서울로 올라와 일정한 직업 없이 혼자 지내왔던 것으로 밝혀졌다. 까마귀 같은 존재. 장호는 그날 처음으로 자신이 하는 일에 심각한 회의를 느꼈고 사무실 문을 닫고 한동안 밖으로 나가지 않았다.

3

비록 현수에게는 얘기하지 않았지만, 장호는 한 달 전쯤 그 청년의
경우와 유사한 전화를 받은 적이 있었다. 아무래도 나이를 짐작하기
힘든 음성의 여자였는데, 김포공항에서 가까운 방화동에 산다고 했다.
그녀도 청년과 같은 질문을 해왔고 장호는 잔뜩 긴장한 상태에서 사
무적으로 답했다. 아무래도 불길한 느낌이 들었다. 장호는 통화를 끝
내고 나서 결국 경찰에 연락을 했다.

사흘쯤 지나 그녀에게서 장호의 휴대폰으로 전화가 걸려왔다. 잠에
취한 듯한 목소리였다. 그녀는 당신 덕분에 그날 파출소에서 밤새 붙
들려 있었다며 대뜸 따지는 투로 말했다. 감기에 걸렸는지 밭은기침을
한 뒤 그녀는 허스키한 목소리로 덧붙였다. 당신이 도대체 뭘 안다고
내게 관여하는 거야. 누가 당신더러 경찰에 신고해달라고 했어? 나에
대해 뭘 안다고. 그러더니 제풀에 흐느끼기 시작했다. 묵묵히 듣고 있
다가 장호는 전화를 끊었다.

이후 그녀는 전화 대신 카톡을 통해 장호에게 문자 메시지를 보내
왔다. 처음엔 부러 외면했지만 새벽까지 불면에 시달리던 밤에 장호는
침대 모서리에 기대앉아 그녀가 보내온 메시지를 꼼꼼히 읽어보았다.
그녀는 자신이 반복적으로 꾸는 꿈에 대해 말하고 있었다. 이를테면
'숲속의 웅덩이'에 대한 얘기.

'언젠가 한번은 분명 그곳에 가본 적이 있다는 느낌이 들어요. 네,
숲속의 웅덩이 말예요. 단풍이 우거진 가을의 고요한 숲입니다. 늘 혼

자서 그 숲속에 숨어 있는 웅덩이를 찾아가곤 해요. 새소리조차 들려 오지 않는 적막한 기운이 감도는 숲. 그곳에 처음 갔을 때 저는 거기 에서 커다란 물고기를 한 마리 본 것 같아요. 어째서 숲속의 웅덩이에 물고기가 살고 있는 걸까요? 아마도 저는 그 물고기를 찾아 매번 그곳 에 갔는지도 모르겠어요. 하지만 처음 갔을 때 보았던 그 물고기는 그 후 더 이상 볼 수 없었어요. 아무튼 매번 똑같은 꿈을 계속 꾸게 됩니 다. 아주 오래전부터, 한 달에 한 번일 때도 있고 두세 달 만일 때도 있 습니다. 근데 말예요, 그곳에서 돌아 나올 때는 늘 길을 잃어버리곤 해 요. 어둑한 숲속에서 돌아 나오는 길을 아무래도 찾을 수가 없어요. 캄 캄한 미로에 갇힌 것처럼 말예요. 그렇게 온통 괴로움 속을 헤매다 한 밤중에 불현듯 깨어나곤 합니다. 혹시 아세요? 이 꿈이 무엇을 의미하 는지.'

장호는 단풍이 우거진 숲과 웅덩이와 물고기 한 마리와 어둠 속에 서 길을 잃고 헤매는 여자를 차례대로 떠올려보았다. 그러나 그 의미 를 쉽게 짐작할 수는 없었다. 때문에 그녀에게 섣불리 대꾸를 하지도 않았다.

며칠이 지나 그녀가 다시 메시지를 보내왔다. 이번에는 '기차'에 관 한 꿈이었다.

'어렸을 때 저는 누군가를 만나기 위해 작은 기차를 타고 시골로 갔 던 것 같아요. 물론 이것도 실제였는지 꿈인지는 확실히 모르겠어요. 아무튼 누군가를 찾아가는 꿈이에요. 창밖으로 아름다운 풍경이 흘러 가고 이윽고 저는 어떤 작은 마을의 간이역에 내리게 되죠. 가을 한낮의 조용한 동네예요. 노인들이 가끔 지팡이를 들고 지나가고 검은 옷을 입은 맹인이 개의 목줄을 잡고 어딘가로 가고 있어요. 저는 늘 빵집 앞을 지나치게 돼요. 빵 굽는 냄새를 맡기 위해 그 앞에 한동안 서 있곤 하죠. 그때 여우비가 지나가고 금세 저녁이 찾아와요. 처마 밑에 서 있던 저는 문득 내가 왜 여기에 와 있는 거지? 라는 의혹에 빠지곤 해요. 분명 누군가를 만나기 위해 온 것 같은데, 왠지 그게 아닌 것도 같고. 또 어느 집을 찾아가야 하는지도 알 수 없는 상태가 돼버리죠. 그럼 저는 막연히 돌아가야겠다고 생각해요. 그런데 막상 제가 내렸던 간이역을 찾을 수 없어요. 네, 늘 똑같이 말예요. 그렇게 어두워진 거리를 여기저기 헤매다 낯선 곳인 듯 현실에서 깨어나곤 하죠.'

숲속의 웅덩이와 기차를 타고 어떤 마을을 찾아가는 이야기는 뭔가 공통점이 있는 것 같았다. 그러나 장호로서는 아무래도 그 의미를 해석할 수 없었다. 그래서 그녀에게 신경정신과 전문의를 찾아가 보는 게 어떠냐는 식으로 짧게 메시지를 보냈다. 그러자 그녀가 곧 이런 반응을 보였다.

'제 꿈은 병원에서 치료할 성질의 것은 아니라고 봐요. 의사라는 사람한테 진단받고 싶지도 않고요. 그런데 왜 당신에게는 얘기하냐고요? 어쨌든 당신은 저를 살려낸 사람이기 때문입니다. 제가 원했든 원하지 않았든. 언젠가 저를 한 번쯤 만나게 될 거예요. 네, 그럴 거라고 생각합니다. 그때 마저 다른 이야기를 할 수 있었으면 합니다.'

메시지를 주고받으면서 장호는 그녀에 대한 호기심이 생겼으나 만

나는 일만은 자제하는 게 좋겠다고 생각했다. 업무를 통해 사적인 관계를 만들고 싶지 않았던 것이다. 그것은 금기라기보다는 오히려 자신에 대한 저항에 가까웠다. 언제부턴가 자신은 고독하게 혼자 지내는 것이 당연하고 익숙하다는 생각을 하고 있었다.

자정 무렵이 되어 장호와 현수는 헤어졌다. 현수는 고시원으로 돌아가기 전에 또 어딘가에 들를 것이었다. 서로 알고 있는 비밀이기도 하지만 장호는 그때마다 모른 척했다. 작업에서 받는 스트레스가 어느덧 트라우마로 변해 있는 눈치였다. 한동안 혼자 영화관에 가거나 스포츠센터에서 수영 강습을 받기도 했지만, 근래 들어 누군가의 죽음을 처리하고 온 날이면 현수는 사창가에서 하루를 봉인하는 눈치였다. 커피 볶는 냄새와 시취 사이에서 그는 늘 위태롭게 흔들리고 있었다.

장호는 자신이 거주하는 원룸으로 돌아와 술을 조금 더 마시며 창밖 가로등 속으로 쏟아져 내리는 눈을 무연히 바라보았다. 옆방에서 안드레아스 숄이 부르는 「백합처럼 하얀」이 눈에 젖은 듯 희미하게 들려오고 있었다. 매일 밤 이 시각에 들려오는 저 노래는 누가 듣고 있는 것일까? 그는 잠시 백양나무 가로수 사이에 난 길로 당나귀를 끌고 걸어가는 사내의 뒷모습을 떠올리고 있었다.

4

연신내 독거노인의 방은 고물상이나 벼룩시장처럼 온갖 잡동사니로 가득 차 발을 들여놓을 수 없을 지경이었다. 어떤 물건도 버리지 못하거나 심지어 수집까지 하는 저장강박장애를 가진 노인이었던 모양이었다. 족히 사흘은 걸려야 작업을 마칠 수 있을 것이었다.

작업을 하는 동안 뒤늦게 연락을 받고 유가족이 도착했다. 40대 중반의 이들 남매는 무표정한 얼굴로 문밖에 서서 장호가 건네주는 유물을 낚아채듯 건네받고는 번갈아 어딘가로 통화를 했다. 장호가 듣자 하니 그들은 서울에 살고 있었고 장례 절차에 대해 서로 밀고 당기기를 하는 눈치였다. 이만하면 그나마 나은 편이라고 해야 할까. 연락을 받고 아예 잠적을 하는 유가족도 있으니 말이다.

　이 일을 시작하고 얼마 지나지 않아 장호는 무연고 사망자의 분향소에 찾아간 적이 있었다. 광화문 지하보도에 무연고, 홈리스 사망자를 추모하는 위패가 세워졌는데 일종의 합동 분향소였다. 그러나 부러 그곳을 찾는 사람은 없을뿐더러 행인들은 그 주변을 피해 다녔다. 장호도 이후 다시는 그곳에 가지 않았다. 무의미한 일이라는 것을 알았던 것이다.

　시베리아에서 덮쳐온 이상 한파가 한반도 상공에 머물며 연일 강추위가 계속되고 있었다. 언제까지 이 일을 할 수 있을까? 장호는 트럭에 쓰레기를 옮겨 실으며 문득 그런 생각을 했다. 딱히 새삼스러운 것은 아니었으나, 전에는 그런 생각이 떠오르면 애써 외면하곤 했다. 언젠가 현수가 말한 대로 트럭에 생활용품을 싣고 여기저기 떠돌아다니는 방물장수가 되는 편이 나으리라는 생각이 드는 것도 사실이었다. 장호에게는 현수처럼 딸린 식구가 있는 것도 아니었다. 나이는 이미 30대 후반이었으나 딱히 결혼을 하고 싶은 마음도 없었다. 아직은 젊은 편이니 혼자 먹고사는 일이라면 뭐라도 찾을 수 있을 거였다. 애초에 이 일도 그렇게 시작한 것이었다.

　사우나에서 나오면서 현수는 오늘은 처가에 들를 거라며 장호에게 월요일에 사무실에서 보자고 했다. 그러고 보니 주말이었다. 영숙도 이미 돌아간 터였다. 그녀는 근래 어떤 남자와 만나는 눈치였다. 잘되면 좋으련만. 장호는 막연히 그런 생각을 하며 식당으로 향하던 발길을 돌려 충동적으로 지하철역으로 내려갔다. 자신이 지금 어디로 가는지도 모른 채.

장호는 용산역에 내렸고 어느덧 거기서 멀지 않은 홍등가를 비틀거리며 걷고 있었다. 쇼윈도 안에 앉아 있던 여자들이 저마다 얼굴을 빼꼼히 내밀고 그에게 손짓을 했으나, 장호는 정작 그럴 마음이 있어서 여기에 찾아온 게 아니라는 것을 깨달았다. 다만 극도의 외로움에 사로잡혀 있었던 것이다. 장호는 치를 떨며 다시 발길을 돌려 지하철역 방향으로 걸어갔다. 그때 그의 주머니 속에서 까톡! 까톡! 하는 소리가 마치 새가 지저귀는 소리처럼 들려왔다.

그것은 바로 '그녀'가 보내온 신호였다.

'제가 꿈에서 늘 보았던 그 숲속의 웅덩이입니다.'

문자 아래 사진이 한 장 첨부돼 있었는데, 눈여겨보니 그것은 분명 '숲속의 웅덩이'였다. 그녀가 보내온 메시지를 읽을 때마다 장호는 어둑한 숲을 떠올리곤 했다. 한데 그녀가 지금 보내온 사진은 웅덩이 주위에 노랗고 빨간 단풍이 가득 우거져 있었다. 웅덩이 안에는 말간 가을 햇빛이 수은처럼 고여 있었다. 그 풍경은 지극히 적막해 보였다. 무어라 대꾸를 하고 싶었으나 장호는 막상 할 말이 떠오르지 않았다. 뒤미처 그녀에게서 다시 카톡 메시지가 도착했다.

'저는 지금 당신 사무실 근처에 있는 중국 음식점에 앉아 있습니다.

혹시 만날 수 있을까 해서요. '락락'이라는 중국집.'

장호는 손목시계를 확인했다. 그새 밤 아홉 시가 가까워지고 있었다. 그렇다면 한 시간 후면 중국집은 문을 닫을 터였다. 장호는 역시 충동적으로 지나던 택시에 올라탔다. 순간적으로 저항의 느낌이 밀려왔으나 이미 어쩔 수 없다는 생각이 들었다. 그녀와 만나지 못할 이유는 또 어디 있단 말인가.

5

그녀는 여럿이 합석할 수 있는 원탁 테이블을 혼자 차지하고 앉아 아직 손을 댄 흔적이 보이지 않는 양장피를 장식물처럼 앞에 두고 칭다오 맥주를 마시고 있었다. 짙은 화장을 한 얼굴에 검은빛이 스민 빨간 벨벳 원피스 차림이었고 까만 뿔테 안경을 쓰고 있었다. 왼쪽 귀 옆에 하얀 꽃무늬의 머리핀을 꽂은 게 보였다. 어림잡아 30대 중반쯤으로 보였다. 옆 의자에는 검은 코트가 반으로 접힌 채 걸려 있었다. 장호가 맞은편에 가 앉자 그녀는 담장에 앉아 있는 고양이를 보듯 그의 얼굴을 힐끗 바라보았다. 눈에는 어떤 표정도 드러나 있지 않았다. 잠시 후 그녀가 목이 잠긴 소리로 입을 열었다.

"당신을 뭐라고 불러야 할까요?"

전화에서 듣던 대로 허스키한 음색이었다. 장호는 무심코 대꾸했다.

"스위퍼, 혹은 가드맨이라고 부르죠."

그녀는 메마른 미소를 지어 보였다.

"짐작했던 모습과 신기할 정도로 똑같네요."

무슨 뜻으로 그런 말을 하는지 장호는 알 수 없었다.

"어쨌든 살아 있으시니 다행입니다."

그녀가 앵무새처럼 고개를 갸웃, 하고 나서 되받았다.

"그런가요? 뭐 그렇다면 그런 거겠죠. 어느 쪽이 됐든 저로서는 별 차이가 없으니까요."

오른손에 잡고 있던 맥주잔을 들어 깨끗이 비운 뒤 그녀가 말을 이었다.

"말했던가요? 그때는 현실에서 사라지는 일만이 저한테 남겨진 유일한 선택이자 희망이었어요. 더 이상 할 수 있는 일이 아무것도 남아 있지 않다고 생각했거든요."

"희망이란 말은 그렇게 쓰는 게 아닌 걸로 알고 있습니다."

그녀가 반박하듯 대꾸했다.

"아뇨, 저는 오래전부터 줄곧 파괴되고 있었어요. 조금씩, 지속적으로, 쉼 없이. 안락사를 원하는 사람처럼 어떤 사람에게는 죽음이 곧 마지막 남은 희망일 수도 있어요."

"자살과 안락사는 성질이 다릅니다."

그녀가 조성하는 분위기에 말려들고 싶지 않아 장호는 앞접시에 양장피를 덜어 겨자를 듬뿍 뿌린 다음 입으로 가져갔다.

"오랫동안 저는 죽은 거나 다름없는 상태로 살아왔어요. 무려 20년 동안 말예요. 하루하루가 끔찍한 고통의 연속이었죠. 죽은 상태에서 늘 깨어 있어야 했으니까요. 그것을 끝낼 수 있는 방법은 말했다시피 현실에서 사라지는 것밖에 없었어요. 네, 저는 진심으로 죽음을 원했어요. 그런데 난데없이 가드맨이 등장해 그것을 가로막았죠. 당신은 막 하늘로 날아오르려던 새를 추락시킨 거예요."

장호는 단순하게 말했다.

"관념이나 추상으로 죽음을 말하는 것은 매우 사치스러운 일입니다. 그동안 제가 경험한 처절한 죽음들을 생각하면 말입니다."

그녀는 숨이 막힌 표정으로 눈을 부릅뜨고 장호를 바라보았다.

"아무튼, 그 기회를 놓치고 나서 저는 궁극의 무의미에 빠져 있는 상태입니다. 제로이자 무無인 상태. 식물인간처럼 더 이상 파괴되는 것조차 없이 호흡만 유지하고 있는 상태. 먼지 쌓인 화병에 꽂혀 있는 드라이플라워 같은 상태."

장호는 못 들은 척 맥주를 따라 마시며 그녀에게 물었다.

"무슨 일을 하시는지 물어봐도 될까요?"

그녀는 가방에서 담배를 꺼내 입술에 물고 불을 붙였다. 식당 안에서 담배를 피우고 있었지만 웬일인지 주인은 간섭하지 않았다. 다른 손님이 없어서일까.

담배 연기가 장호의 얼굴로 날아왔다.

"아마 믿지 않을 거라고 짐작하지만, 저는 글을 쓰는 사람이었습니다. 작가는 아니지만, 계속 무언가를 쓰고 있었죠."

대학에서 국문학을 전공한 장호로서는 그 말이 예사롭지 않게 들렸다.

"한때는 그 일이 저에게 살아갈 수 있는 의미를 가져다줄 거라고 믿었습니다. 아마 누군가에게는 분명히 그럴 테지만."

"그런데 그쪽은 그게 아니었던 모양이죠?"

새처럼 눈을 감았다 뜨고 나서 그녀가 되받았다.

"어느 날 글 쓰는 일이 또한 저를 파괴하고 있다는 것을 깨달았습니다. 파랗게 좀이 먹듯 점점 회복할 수 없는 지경으로. 그것이 저한테는 과거의 어렴풋한 기억을 파먹는 일이었는데, 그 희미한 기억마저 글을 쓰면서 마침내 지워져버리고 이윽고 텅 빈 공동만이 남게 되더군요. 그러니까 제로의 상태. 누군가 저한테 글을 쓰는 일은 집을 짓듯 자아를 하나씩 구축하는 일이라고 얘기했는데, 저에겐 그게 아니었습니다."

"무엇에 대한 글인지 혹시 물어봐도 될까요?"

그녀는 날카로운 금속에 목을 찔린 듯 이마를 찡그린 채 한동안 고개를 숙이고 있었다. 잠시 후 검불이 묻은 듯한 얼굴을 들고 그녀는 가까스로 입을 열었다.

"네, 그것은 어떤 여자에 대한 이야기입니다. 그녀는 불과 열다섯 살 때 죽으려 한 적이 있습니다. 가까운 사람에 의해서 몸과 마음이 유린된 경험을 한 후였죠. 네, 아주 가까운 사람에게서요. 상처 입은 짐승으로 변한 자신을 보며 그녀는 더 이상 살아갈 자신이 없다고 생각했습니다. 그래서 어느 날 무작정 기차를 타고 혼자 먼 곳으로 갔습니다. 그리고 어느 간이역에 내려 숲속으로 걸어 들어갔죠. 가을 단풍이 우거진 참으로 고요한 숲이었어요. 숲속을 헤매다 그녀는 파란 물이 고여 있는 웅덩이를 발견했죠. 주위에는 낙엽이 가득 쌓여 있었고요. 그녀는 거기에 몸을 던졌습니다. 네, 그날 그녀는 그렇게 죽었죠."

"……."

숨을 몰아쉬고 나서 그녀는 손수건으로 이마를 훔쳐냈다.

"한참의 시간이 지나고 그녀는 어디선가 까마득히 깨어났어요. 작고 낯선 방이었죠. 나중에 알았지만 거긴 어떤 농부의 집이었어요. 깨어났지만 그녀는 대부분의 기억을 잃어버린 상태라는 걸 문득 깨달았죠. 그 후 그 농부의 집에서 그들 부부의 딸로 성장했어요. 네, 스무 살 때까지. 그들은 선한 사람들이었죠. 그래서 그녀는 그들이 키우는 농

작물처럼 무심하고 건강하게 클 수 있었어요. 하지만 스무 살이 되어 그 집을 떠나게 되면서부터 그녀는 극심한 결락감에 사로잡혀 방황을 시작했어요. 무엇보다 자신이 누구라는 걸 몰랐으니까요. 그대로는 삶을 지속하기가 힘들었죠. 그녀는 다니던 학교를 그만두고 여기저기 떠돌며 살았어요. 카페나 식당, 백화점과 화장품 매장 등을 전전하며 아무런 집착도 희망도 없이 살았어요. 낯모르는 사람의 허울을 쓰고 살아가는 느낌의 연속이었죠. 몇 년 후 그녀는 급기야 병이 들어 가평에 있는 늙은 양부모를 찾아갔어요. 네, 그 농부의 집 말예요. 거기서 앓아누워 있는 동안 양부모가 그녀한테 말했어요. 더 이상 방황하지 말고 이제부터는 글을 한번 써보라고요. 양부모는 둘 다 교사 출신이었고 양엄마는 시를 쓰는 사람이었어요. 그녀는 양부모의 말대로 그때부터 조금씩 글을 쓰기 시작했죠. 자신이 어렴풋이 기억하고 있거나 경험했던 이야기들을. 그러나 그들의 바람과 달리 글을 쓰면 쓸수록 자신이 점점 더 깊은 늪에 빠지는 느낌을 받았어요."

"왜 그런 걸까요? 글 쓰는 사람들이 모두 그런 건 아닐 텐데요."

그녀는 다시 담배를 꺼내 불을 붙였다.

"물론 글을 쓰면서 자신에 대해 알게 된 사실이 있어요. 그녀는 과거에 자신에게 어떤 일이 일어났는지를 글을 쓰면서 깨달았죠. 또 숲속의 웅덩이에서 무슨 일이 있었는지를. 그러나 거기까지. 더 이상은 허망하게도 한 발자국도 나갈 수 없었어요. 늘 어두운 꿈의 늪을 헤매는 느낌이었죠."

그쯤에서 장호는 지금 듣고 있는 이야기가 바로 그녀 자신의 이야기라는 것을 깨달았다. 장호는 되도록 신중한 태도로 물었다.

"아까 저한테 카톡으로 보낸 사진은 어디서 난 거죠?"

"……양부모님이 마지막으로 저한테 보내온 것입니다. 얼마 전에 그들은 나란히 세상을 떠났어요. 그들은 그동안 제가 어떻게 살아왔는지 잘 알고 있었습니다. 그리고 세상을 떠나기 전에 저를 최초로 발견했던 장소, 그러니까 숲속의 웅덩이를 찍은 사진을 보내온 것이었죠. 거기엔 아마도 어떤 뜻이 담겨 있을 거라고 생각합니다."

긴 침묵이 이어진 뒤에 장호가 무심코 내뱉었다.

"암리타."

그녀가 눈을 홉뜨고 장호를 바라보았다.

"무슨 뜻이죠?"

장호는 다시 천천히 말했다.

"생명의 물이라는 뜻입니다. 인도 신화에 나오는."

그녀가 홀린 표정으로 되받아 중얼거렸다.

"생명의 물."

"숲속의 그 웅덩이 말입니다. 아마도 양부모님이 전하려고 했던 뜻은 그게 아니었을까요?"

그녀는 눈을 감고 한동안 무언가를 깊이 생각하는 눈치였다. 장호가 말했다.

"지금부터 그 숲속의 웅덩이를 오래, 그리고 계속 들여다보면 어떨까요. 그러다 보면 어느 순간 거기에 자신의 모습이 뚜렷이 떠오르지 않겠습니까?"

순간 그녀의 눈가에 한 줄기 눈물이 비쳤다.

"사진을 보니 아주 아름다운 숲속의 웅덩이더군요. 아마 그래서 제가 여기로 오게 된 것 같습니다. 그 사진 때문에요. 몹시 막연하다는 거 압니다. 왜냐하면, 사실 누구나 막막하고 막연할 때가 있거든요."

화교인 식당 여주인이 다가와 문을 닫을 시간이 됐다고 말했다. 퇴근 시간이 지났는지 종업원이 밖에 있는 입간판과 음식물 쓰레기통을 식당 안으로 밀고 들어왔다. 그녀는 인상을 찌푸리며 의자에 걸쳐놓았던 코트를 집어 들었다. 두 사람은 밖으로 나와 불빛이 환한 쪽으로 나란히 걸어갔다. 주말의 식당가였으므로 거리는 시장처럼 붐볐다.

가마솥에서 김이 솟아오르는 만두 가게 앞을 지나다 그녀가 중얼거렸다.

"당신도 언젠가 큰 고통을 겪은 적이 있죠? 어떤 사람 때문에."

"……"

"그래서 아직도 괴로워하고 있고요. 어쩌면 그게 모두 자신 탓이라고 생각하면서. 아닌가요?"

"……"

"당신은 좀처럼 상대의 얼굴을 쳐다보지 않더군요. 어쩌면 타인을 기피하거나 자신에게 늘 분노하고 있는 것 같습니다. 네, 그 정도는 알 수 있습니다."

그녀는 마치 무당처럼 말했다. 하긴 차림새를 보면 아니라고 할 수도 없는 것이다. 편의점 앞에 다다랐을 때 택시가 옆에 와 멈춰 섰고 그녀는 어리둥절한 표정으로 장호를 바라보다 머뭇머뭇 뒷좌석에 올라탔다.

그녀가 떠나고 나서 장호는 인파에 섞여 좀 더 앞으로 걸어갔다. 10분쯤 후에 그녀에게서 문자가 도착했다.

'오늘 당신과 만날 수 있어서 다행이에요. 저와 얘기 나눠줘서 고맙습니다.'

그날 밤 장호는 기차를 타고 숲속의 웅덩이를 찾아가는 꿈을 꾸고 있었다. 아주 생생한 꿈이었다. 숲에는 눈이 가득히 내리고 있었다. 이윽고 찾아간 웅덩이에도 하얗게 눈이 쌓이고 있었다. 그는 숲속에서 길을 잃고 헤매다 온몸에 식은땀을 흘리며 새벽에 불현듯 깨어났다.

6

월요일에 사무실에 나타난 현수가 조용히 장호를 불렀다.

"나가서 얘기 좀 할까?"

장호는 사무실 문을 열어둔 채 현수의 뒤를 따라 밖으로 나갔다. 하늘은 맑았으나 여전히 맹추위가 계속되고 있었다. 커피숍에 마주 앉은 순간 장호는 현수가 무슨 말을 하려는지 눈치챘다. 현수는 주저하는 태도로 이제 이 일을 그만두고 싶다고 했다. 장호는 담담하게 그의 말을 받아들였다.

"대책은 있고?"

현수는 당분간 무주에 귀농해 사는 작은아버지의 감 농사를 거들며 지내게 될 거라고 했다.

"농사, 좋지. 우리가 지금 하는 일에 비하면 건강하고 또 생산적이고. 그쪽은 반딧불이 서식지로 알고 있는데, 감도 많이 나나 보지?"

"어째 비꼬는 투로 들린다?"

"그럴 리가 있나."

"이번 주까지는 같이 출장 나갈게. 다음에 들어올 사람도 구해야 할 테고."

"고마워, 마침 내일 오피스텔 정리 작업이 있는데. 어제 의뢰인한테 전화가 왔더라고."

"혹시 또 고독사 뒷정린가?"

"애완동물 사체 수습."

그만 사무실로 올라가봐야겠기에 장호는 테이크아웃 커피 잔을 들고 먼저 자리에서 일어났다.

다음 날 오피스텔에 도착한 세 사람은 참혹한 광경을 목격했다. 대략 열두어 마리쯤 될 고양이, 강아지들의 사체가 곳곳에 흩어져 있었는데 그것은 마치 대량 학살이 이루어진 현장을 방불케 했다. 사체마다 구더기들이 들끓고 있었고 바닥에 시커먼 부패액이 흥건하게 고여 있었다. 주인은 사육할 능력도 없으면서 동물들을 데려다 키우는 이른바 애니멀 호딩animal hoarding이었던 것이다. 늘 무덤덤해 보였던 영숙조차 차마 안으로 들어서지 못하고 현관문 앞에서 몸을 돌려세운 채 꼼짝도 하지 않았다. 현수는 복도로 나가 거푸 담배를 피워대고 있었다.

장호는 집주인에게 곧장 전화를 걸었다. 한참 후에야 전화를 받은 중년 여자는 자신이 지금 여행 중이며 일주일 후에나 돌아올 거라고 했다. 그 전에 오피스텔을 정리해달라고 사뭇 애원조로 말하는 것이었다. 비용은 온라인으로 즉시 지불하겠다고 했다. 장호는 잠시 기다려달라고 말한 뒤 현수와 영숙을 불러 의견을 물었다. 그들이 원하지 않으면 장호는 이대로 철수할 생각이었다. 영숙은 아무 대꾸가 없었다. 뒤에 멀뚱하게 서 있던 현수가 앞으로 나서 이왕 왔으니 작업을 시작하자고 했다. 장호는 영숙에게 내일 다시 오라고 한 뒤 돌려보냈다.

장호와 현수는 사체를 수거하기 전에 소독 작업부터 시작했다. 그러지 않고서는 도저히 오피스텔 안으로 들어갈 엄두가 나지 않았다.

진공 포장 팩 안에 제각기 사지가 분리된 동물들의 사체를 집어넣으며 장호는 진저리를 쳤다. 몇 번이나 속에서 신물이 입으로 넘어왔다. 현수는 여느 날과 달리 묵묵히 작업을 했다. 아마 마지막이라는 생각을 하고 있을 것이었다.

오후 여섯 시에 장호와 현수는 일찌감치 그날 작업을 마쳤다. 저녁 참이 되자 다시 눈발이 날리기 시작했다. 두 사람은 여느 날처럼 사우나에 들렀다 나와 야식집에서 술을 마셨다. 장호는 이번 일을 끝내고 며칠 바람을 쏘이고 와야겠다는 생각을 하고 있었다. 현수가 돌아간 뒤에도 장호는 야식집에 그대로 앉아 있었다. 문득 그녀 생각이 났다. 두어 번 망설이다 장호는 그녀에게 카톡 메시지를 보냈다.

'사진에서 보았던 숲속의 웅덩이를 찾아가는 꿈을 꾸었습니다. 중국집에서 만났던 바로 그날 밤에. 웅덩이는 하얗게 눈에 덮여 있더군요.'

잠시 후 그녀가 답장을 보내왔다.

'아, 그랬군요. 저 지금 많이 놀란 상태예요.'

다시 메시지가 올 때까지 장호는 초조하게 기다렸다.

'실은 엊그제 그곳에 다녀왔거든요. 혼자 기차를 타고 가평에. 겨울 숲속에서 간신히 찾아낸 웅덩이는 당신 말대로 온통 눈에 덮여 있더군요. 네, 웅덩이는 그렇게 깊이 잠들어 있었어요.'

그녀가 가평에 다녀왔다는 말에 장호도 내심 놀라고 있었다.

'그런데 당신이 왜 그런 꿈을 꾸게 된 걸까요?'
장호는 그 질문에 얼른 대꾸하지 못했다. 장호가 침묵하자 그녀도 더 이상 문자를 보내오지 않았다.

7

현수가 무주로 떠난 뒤 장호는 당분간 사무실 문을 닫기로 했다. 그리고 차를 몰고 서울을 벗어났다. 겨울 바다에 가보고 싶었다. 동해로 운전해 가는 동안 장호는 오랫동안 자신이 누구와도 관계를 맺지 않고 고립된 채로 살아왔음을 깨달았다. 왜 그랬던 것일까? 의도하지 않았건만 단지 그렇게 된 것뿐이라고 장호는 생각했다. 그럼에도 뼈아픈 느낌이 몰려왔다. 그동안 고유하다고 믿었던 자신의 모든 것들이 흔적 없이 사라져버리고 이윽고 부서지기 쉬운 껍데기만 남은 느낌이었다. 유물정리업을 앞으로 계속할지에 대해서도 이번에 다시 생각해보기로 했다. 묵호에 도착한 장호는 식당에 들어가 어시장 앞에서 오랜만에 생선찌개를 먹고 저녁의 해안도로를 따라 삼척과 울진의 경계인 임원항에 이르렀다. 그곳은 장호가 대학에 다닐 때 혼자 여행을 왔던 곳이었다. 기이할 정도로 사위가 훤한 밤이었다.

장호는 항구 모텔에 방을 잡아놓고 나와 방파제를 거닐다 그제야 하늘에 커다란 달이 떠 있음을 발견했다. 밤바다는 얼음장처럼 번쩍이고 있었다. 바다가 내다보이는 선술집에 앉아 장호는 무주에 내려가 있는 현수와 통화를 했다. 이어 영숙에게 문자를 보내 지금 만나는 사람과 앞으로 잘됐으면 좋겠다는 말을 남겼다.

선술집에서 나가기 전 장호는 마지막으로 '그녀'에게 문자를 보냈다.

'삼척 임원항에 와 있습니다. 눈앞에는 아주 큰 웅덩이, 밤바다가 달빛에 유전처럼 일렁이고 있습니다. 하늘엔 슈퍼문이 떠 있고요. 하고 싶은 말이 있습니다. 저는 아무래도 당신이 계속 글을 썼으면 좋겠다는 생각이 듭니다. 네, 꼭 그랬으면 합니다. 왜냐하면 처음 만난 순간부터 당신은 영락없이 작가로 보였거든요. 앞으로 뭔가 새로운 이야기가 시작될 거라는 예감이 듭니다. 뭔가 특별하고도 고유한 당신의 이야기가. 그리고 언젠가 저도 그 글을 읽어볼 수 있었으면 합니다.'

장호가 모텔에 들어가 잠들기 직전에야 그녀가 문자를 보내왔다. 장호는 감았던 눈을 비벼 뜨고 그녀가 보내온 메시지를 한 글자씩 확인했다. 창밖엔 여전히 커다란 달이 위협적으로 떠 있었다. 장호는 마치 달 속에 누워 있는 느낌이었다.

'네, 저도 이제 알고 있어요. 암리타.' ▪

이승우

소돔의 하룻밤

1959년 전남 장흥 출생. 서울신학대 졸업.
1981년 『한국문학』 등단.
소설집 『구평목씨의 바퀴벌레』 『일식에 대하여』 『미궁에 대한 추측』 『목련공원』
『사람들은 자기 집에 무엇이 있는지도 모른다』 『나는 아주 오래 살 것이다』 『심인광고』
『오래된 일기』 『신중한 사람』 『모르는 사람들』 등. 짧은 소설 『만든 눈물 참은 눈물』.
장편소설 『에리직톤의 초상』 『내 안에 또 누가 있나』 『생의 이면』 『식물들의 사생활』
『그곳이 어디든』 『한낮의 시선』 『지상의 노래』 『사랑의 생애』 등.
〈대산문학상〉 〈동서문학상〉 〈현대문학상〉 〈황순원문학상〉 〈동인문학상〉 〈동리문학상〉 등 수상.

소돔의 하룻밤

1-1. 저녁 무렵 두 명의 나그네가 소돔에 이르렀다. 성문 어귀에 앉아 있던 롯이 그들을 보고 일어나 맞으며 자기 집에 가서 자고 아침에 길을 떠나라고 청했다. 그들은 롯의 청을 거절하며 말했다. "아닙니다. 우리는 그냥 길에서 하룻밤을 묵을 생각입니다." 그들이 그렇게 말한 것은 정말로 그렇게 해야 하기 때문이었다. 그들은 그 도시에 대한 사람들의 한탄과 부르짖음이 하늘에 사무쳐서 그것이 사실인지 감찰하기 위해 온 천사들이었다. 그들은 소돔과 그곳에 사는 사람들을 살펴야 했고, 그러기 위해서는 누군가의 집 안으로 들어가면 안 되었다. 집 안으로 들어가 문을 닫으면 집 바깥에 대해 알 수 없기 때문이다. 살피기 위해서는 대상과의 거리를 유지해야 한다. 밀착하면 시야가 좁아지고 매몰되면 시야가 없어진다. 내부자는 내부밖에 보지 못하는 것이 아니라 내부도 잘 보지 못한다. 담은 경계를 위해 만들어진다. 사람들

은 움직임과 소리를 차단하고 살피는 시선을 차단하기 위해 담을 쌓는다. 담쌓기는 거리를 없애는 기술이다. 그런 점에서 담이 둘러 쳐진 집은 밀폐 용기와 같다. 밀폐된 집에 들어간 사람이 살필 수 있는 것은 집주인이 보여주려고 한 것, 꾸민 것, 위장한 것, 연출한 것밖에 없다. 살피는 자가 보려 하고 보아야 하는 것은 꾸미지 않은 것, 감추지 않은 것, 연출하지 않은 것인데, 그것은 집주인이 보여주려고 하지 않는 것이다. 집주인이 감춘 것을 들춰내서 살필 수 있는 방문자는 없다. 집주인의 초청을 받아들이는 순간 그가 볼 수 있는 것은 주인이 보여주려고 한 것으로 제한된다. 그러니까 살피려는 자는 집 안으로 들어가면 안 되는 것이다. 집 밖에 있어야 하는 것이다. 그래서 이 소돔성에 찾아온 두 천사는 그냥 길에서 하룻밤을 지낼 거라고 말한다. 살피는 것이 그들의 일이기 때문이다. 그들은 그 일을 밤에 길에서 하려고 한다. 롯은 그들에게 자기 집으로 가서 '발을 씻고 푹 자고 내일 아침 일찍 일어나서' 길을 떠나라고 말했다. 롯이 권한 것은 휴식과 수면이다. 오늘 밤은 쉬고 자라. 그리고 내일 아침 떠나라. 그러나 그들은 쉬러 온 것이 아니라 일하러 왔다. 그들에게 필요한 것이 휴식과 잠자리였다면 롯의 초청을 받아들이는 것이 수월했을 것이고, 아마 바람직했을 것이다. 그러나 그들은 일하러 온 길이었다. 그들은 집이 아니라 길에 있어야 했다. 그들이 롯의 초대를 받아들이지 않은, 받아들일 수 없었던 이유이다.

1-2. 저녁 무렵 두 명의 나그네가 소돔에 이르렀다. 성문 어귀에 앉아 있던 롯이 그들을 보고 일어나 맞으며 자기 집에 가서 자고 아침에 길을 떠나라고 청했다. 롯은 그 시간에 왜 그곳에 앉아 있었을까? 성

문 어귀는 도시의 초입이고, 사람들의 왕래가 많은 곳이다. 광장을 중심으로 주변에 사원과 관청과 시장이 형성되어 있었을 것이다. 그렇다고 해도 해가 질 무렵에 그곳에 혼자 앉아 있는 롯의 사연을 알기는 어렵다. 성문 어귀의 조건을 따라 유추해볼 수는 있다. 예컨대 그곳에 위치해 있는 것으로 추측되는 사원과 관청과 시장과 광장에 그를 배치시켜 상상해보는 방법. 그럴 경우 그는 시간에 맞춰 사원에서 경배를 드리는 신심 깊은 신자거나 주민들의 민원을 들어주고 판결을 내리는 일을 맡아 하는 지역 원로거나 집에서 기른 축산물이나 농산품을 팔러 나온 상인일 수 있다. 어느 쪽이든 가능하고 또 어느 쪽이든 상관없지만, 그가 성문 어귀에 앉아 있다가 낯선 사람들을 극진히 맞이하는 장면은 경배자나 재판관이나 상인보다 손님을 맞는 주인 역할에 더 어울려 보인다. 경배자이거나 재판관이거나 상인인 롯은 올 것으로 예정된 그들을 맞이하기 위해 그곳에 앉아 기다린 것처럼 보인다. 물론 그는 그들이 올 것을 몰랐다. 그들이 그들이라는 것을 몰랐다. 그들이 그 도시를 감찰하러 온 천사들이라는 걸 몰랐다. 그러나 누군가 성안으로 들어오면 맞이하려고 그곳에 앉아 있었던 것은 맞다. 날이 저무는 시간에 잠자리가 필요한 나그네들을 기다리기 위해 성문 어귀에 앉아 있었던 것은 맞다. 그는 그 외에는 아무도 하지 않고, 굳이 그렇게 하지 않아도 되는 일을 하고 있다. 그날만 그런 것이 아니라 매일 저녁 성문이 닫히는 시간까지 그곳에 앉아 있다가 돌아가는 것이 그의 일이었다. 그리하여 이날 마침내 나타난 이 낯선 나그네들에게 자기 집에 가서 자고 가라고 초청한다. 그는 왜 그렇게 하는가. 그가 살고 있는 도시가, 특히 나그네들에게 위험하기 때문이다. 소돔은 크고 화려하고 풍요롭고 자유로운 것으로 유명했고, 무자비하고 차별하고 문란한 것으로 유명했다. 그래서 불가피한 업무적 필요가 있을 때를 제외하고는 이 도시에 머물려는 외지인은 별로 없었다. 그러나 이 도시에 대한 소문을 듣지 못했거나, 들었더라도 사정이 있어 어쩔 수 없이 하룻밤을 지내기 위해 성안으로 들어오는 사람들도 없지 않았다. 그런 사람들이 무슨 일을 당할지 모른다는 것이 롯이 저녁이면 성문 어귀에 나와 앉아 있는 이유였다. 그의 우려는 노파심이나 기우가 아니었다. 실제로 도시에서는 흉악한 일들이 심심찮게 일어났다. 롯에게는 해서는 안 되는 일에 대한 분별력이 있었다. 대부분의 도시 사람들이 잃어버린 감각이었다. 그가 어두워질 무렵에 그가 사는 도시로 낯선 두 사람이 들어오는 것을 보고, 마치 기다리고 있던 사람을 맞이하듯 바로 일어나서 자기 집으로 데리고 간 데에 까닭이 없지 않았던 것이다. 나그네들을 맞이하는 그의 태도는 다급하고 간절하다. 그는 마치 다른 사람이 보고 이 나그네들을 빼앗아 갈까봐 걱정하는 사람처럼 서두르고, 마치 이 나그네들을 자기 집에 모시는 것이 큰 영광이라도 되는 것처럼 간절하게 행동한다. 처음에는 길에서 자겠다고 거절하던 두 나그네는 롯이 그토록 간절히 권하자 마지못해 롯의 집으로 들어갔다. 롯은 그들에게 누룩이 들어가지 않은 빵을 구워서 상을 차려주었다. 그들을 집에 들인 다음에야 누룩이 들어가지 않은 빵을 구워서 준 것으로 보아 이들은 오기로 예정되어 있는 손님들이 아닌 게 분명하다. 오기로 예정되어 있는 손님맞이는 다급하지 않다. 이 성에 오기로 예정되어 있는 손님은 없다. 오는 사람이 누구일지 언제 올지 아무도 모른다. 올지 안 올지도 모른다. 올지 안 올지 모르기 때문에 기다릴 수 없고, 올지 안 올지 모르기 때문에 기다리지 않을 수 없다. 올지 안 올지 모르기 때문에 롯은 성문 어귀에 나가지 않을 수 없고, 올지 안 올지 모르기 때문에 누룩 넣은 빵을 항상 준비해둘 수 없다. 모든 손님맞이는 다급할 수밖에 없다.

1-3. 저녁 무렵 두 명의 나그네가 소돔에 이르렀다. 성문 어귀에 앉아 있던 롯이 그들을 보고 일어나 맞으며 자기 집에 가서 자고 아침에 길을 떠나라고 청했다. "아닙니다. 우리는 그냥 길에서 하룻밤을 묵을 생각입니다." 롯은 생각했을 것이다. 이 낯선 사람들은 이 도시가 어떤 곳인지 모른다. 그래서 자기의 호의를 거절한다. 그러나 롯은 이 도시가 어떤 곳인지 알기 때문에 그들을 길에서 자게 할 수 없다. 그래서 그는 간곡하게, 받는 사람이 부담스러울 정도로 깍듯이 예의를 갖춰 자기 집에 들어와 쉬라고 간청한다. 그는 그들을 향해 얼굴을 땅에 대고 엎드리기까지 한다. 호의를 베푸는 사람의 이런 모습은 자연스럽지 않다. 일반적으로 간청은 호의를 필요로 하는 사람이 하는 것이지 베푸는 사람이 하는 것이 아니다. 그런데 호의를 받을 입장에 있는 것으로 추정되는 이들은 간청하지 않는다. 간청하지 않을 뿐 아니라 거절한다. 호의를 받을 생각이 없기 때문이다. 상대방의 호의가 필요하지 않은 사람은 호의를 구하지 않는다. 필요하지 않은 타인의 적극적인 호의는 고마운 것이 아니라 거북하고 귀찮은 것이 된다. 천사들은 롯의 호의가 필요하지 않기 때문에 구하지 않을 뿐 아니라 귀찮기 때문에 거절한다. "아닙니다. 우리는 그냥 길에서 하룻밤을 묵을 생각입니다." 상대방이 원하지 않는 호의를 베풀려는 사람은 불가피하게 간청하는 자가 된다. 간청을 해서라도 호의를 베풀어야 할 이유를 가진 사람은 기꺼이 간청한다. 그 이유가 양보할 수 없이 중요한 것일 때, 거기다가 그의 호의를 받아들여야 하는 사람이 받아들이려 하지 않는

이유가 무지, 즉 상황 인식의 부재에서 말미암을 때, 그런데도 그 사실을 고지해서 상대방을 설득시킬 수 있는 여건이 되지 않는다고 판단될 때, 그의 간청은 과도해지고, 간절해지고, 상식을 넘어서는 것이 되고, 마침내 강요가 된다. 사실 모든 호의에는 어느 정도 강요적 성격이 포함되어 있다. 베풂은 일방적이어서 협상의 여지가 배제되어 있기 때문이다. 베풂은 받는 자에게 타협할 권리를 주지 않는다는 점에서 봉건적이다. 베풂의 정도와 시기와 수준을 놓고 협상할 기회는 제공되지 않는다. 그럴 때 그것은 거래가 된다. 베푸는 자의 주는 행위는 강요하는 몸짓이다. 물론 베푸는 자 역시 어떤 식으로든(관습이든 양심이든 제도든 체면이든) 강요를 받아서 베푸는 자가 되지만, 동시에 그는 그 행위로 받는 사람을 강요한다. 거절하기 힘든 극진한, 과도한, 간청의 형식을 갖춘 호의는 거절하기 힘든 강요이다. 호의가 강요로 변할 때 자발성은 내면화되고 의무가 관계의 거의 유일한 소통 규칙으로 대체된다. 롯은 원치 않는다는 이들에게 극진하고 과도하고 간절히 권해서 마침내 자기 집으로 데리고 들어가는 데 성공한다. 롯의 성공은 나그네들이 강요를 수용한 결과이고, 그들의 호의의 결과이다. 그들은 마지못해, 어쩔 수 없이, 강요되어 롯의 호의에 응했다. 호의에 반응하는 것도 호의이다.

2-1. 그들이 잠자리에 들기 전에 소돔성 각 마을에서 남자들이 몰려와서 집을 둘러쌌다. 그들은 롯에게 소리쳤다. "오늘 밤에 너의 집에 온 남자들이 어디 있느냐? 그들을 데리고 나오너라." 롯은 은밀하게 손님들을 데리고 들어왔지만, 그랬다고 생각했지만, 그 집에 외지인이 들어온 사실은 삽시간에 알려졌다. 성안의 남자들은 롯이 가진

것과는 다른 이유로 나그네들에게 관심을 기울였다. 어떤 사람은 악수하기 위해 기다리고 어떤 사람은 쓰러뜨리기 위해 기다린다. 롯은 나그네가 혹시 올까봐 걱정하며 기다리고, 그래서 조마조마하고, 그러니까 그의 기다림은 기다림이 성취되지 않기를 바라는 기다림이고, 성안의 남자들은 나그네가 자기들 앞에 나타났을 때 벌어질 일을 상상하며 기다리고, 그래서 느긋하고, 그러니까 그들의 기다림은 기다림을 선취한 기다림이다. 기다리는 일이 일어나지 않기를 바라며 기다리는 사람은 안절부절못하지만, 기다리는 일이 일어나기를 바라며 기다리는 사람은, 흥분을 예열하고 있다. 예열된 흥분은 자극을 받으면 분출할 것이다. 롯은 한 자리, 성으로 들어오는 입구에서 기다렸지만 남자들이 기다린 한 자리는 없었다. 그들은 아무 데서도 기다리지 않은 것 같은 방식으로 아무 데서나 기다렸다. 그들이 아무 데서도 기다리지 않은 것은 아무 데서나 기다렸기 때문이다. 롯의 눈은 둘이었지만 그들의 눈은 무수히 많았다. 롯의 눈은 보이는 눈이었지만 그들의 눈은 보이지 않는 눈이었다. 보이지 않는 눈이 더 세세하고 더 은밀하다. 보이는 눈앞에서는 생길 수도 있는 경계심이 보이지 않는 눈앞에서는 생기지 않기 때문이다. 롯은 그 조심성과 다급함과 은밀함에도 불구하고, 그 눈들로부터 나그네들을 감출 수 없었다. "오늘 밤에 너의 집에 온 남자들이 어디 있느냐? 그들을 데리고 나오너라. 우리가 그 남자들과 재미를 좀 봐야겠다." 젊은이 노인 할 것 없이 여기저기서 남자들이 몰려왔다. 누가 먼저 알고 알렸는지 말할 수 없다. 주동자가 있었는지, 어떻게 선동했는지 말할 수 없다. 젊은이 노인 할 것 없이 몰려와서 한 목소리를 내고 있는 것이라면 선동자가 있었는지, 그가 누구인지는 말할 필요가 없다. 한자리에 같이 있고 모두 같은 목소리를 내고 있기 때문이다. 여럿이지만 하나이기 때문이다. 여럿으로 하나이기 때문이다. 개인은 없고 무리만 있기 때문이다. 젊은이와 노인의 차이도 없고, 교육과 신분의 차이도 없기 때문이다. 이들이 어떤 위기를 느끼고 있었는지, 어떤 내적 외적 요인들의 충동을 받고 있었는지 말할 수 없다. 설령 그런 것이 있었다고 하더라도 그런 것에 관심을 보이거나 어떤 조치를 취하려는 태도는 보이지 않고 다만 외지인을 욕보이려는 비이성적인 열기로 가득 차 있는 것이라면 이들이 어떤 위기를 느끼고 있었는지, 이들이 어떤 내적 외적 요인들의 충동을 받고 있었는지는 말할 필요가 없다. 이들은 자기들의 행동을 정당화할 구실을 내놓지 않고 있기 때문이다. 자기들이 무엇을 하려고 하는지는 숨기지 않으면서도, 그런 것을 숨김없이 말할 정도로 주저함이 없으면서도, 그것을 왜 하려고 하는지에 대해서는 아무 말도 하지 않기 때문이다. 당연하게 받아들이고 있어서라기보다 그런 것에 대한 인식이 없기 때문이라고 보는 편이 더 타당하다. 집단적으로, 관성에 따라, 오랫동안 되풀이된 행동들은 동기와 타당성을 요구받지 않는다. 요구되지 않는 것은 말해지지 않는다. 인간의 행동에 동력을 부여하는 것은 의식화된 신념이다. 도를 넘는 무시무시한 행동은 도를 넘는 무시무시한 의식화와 신념을 필요로 한다. 사람이 쉽게 사로잡힐 수 없는 무시무시한 신념에 사로잡힌 사람은 사람이 쉽게 할 수 없는 무시무시한 행동을 쉽게 한다. 이념과 종교는 종종 인간의 비정상적인 행동들에 동기를 제공하는 신념 체계로 작동한다. 이때 이 이념과 종교가 제공하는 신념은 일종의 알리바이다. 그러나 그 알리바이조차 필요하지 않게 되는 순간이 있다. 그 행동에 동력을 제공하는 신념이 의식 안쪽으로 숨었을 때에야 비로소 도를 넘는 상식 밖의 행동들은 제 모습을 좀 더 확실히 드러낸다. 그 신념이 표면에 달라붙어 있을 때의 행동은 의식적으로 하는 행동이어서 작위적 요소를 완전히 벗지 못한다. 그러나 외부에서 달라붙은 그것이 몸의 일부가 되어 떼어지지 않을 때, 어디서 왔고 무엇으로 이루어졌는지 구별되지 않아 자기주장을 할 필요가 없어졌을 때, 흡수의 방식으로 사라졌을 때, 완전히 흡수되어 눈에 띄지 않게 되었을 때, 없는 것처럼 되었을 때, 신념도 의식도 없이 오로지 소리치고 움직이는 몸뚱이만 있는 것처럼 되었을 때, 비정상적인 무시무시한 행동들이 아무렇지 않게, 비정상적이지 않고 무시무시하지도 않은 것처럼, 원래 그렇게 되도록 되어 있었던 것처럼 자연스럽게 일어난다. 말하자면 순수한 짐승의 차원. 그들은 자기들이 무슨 일을 하는지 알 필요가 없어진 상태에서 무슨 일을 하는지 알지 못한 채 그 일을 한다. 무슨 일을 하는지 알지 못한 채 하는 행동은 의식적이지 않고 따라서 여기에는 작위적 요소가 철저하게 배제되어 있다. 그런 점에서 순수하다. 몸의 본능밖에 없는 짐승처럼 순수하다. 롯의 집에 쳐들어와서 외지인을 내놓으라고 한목소리로 소리 지르는 이 남자들, 젊은이 노인 구별 없는 이 남자들의 행동에는 거리끼는 것, 부자연스러운 것, 짓눌린 것, 오염된 것이 없다. 의식 없는, 반성을 모르는 순수한 몸뚱이들이다. 순수한 욕망의 기계들이다.

2-2. 그들이 잠자리에 들기 전에 소돔성 각 마을에서 남자들이 몰려와서 집을 둘러쌌다. 그들은 롯에게 소리쳤다. "오늘 밤에 너의 집에 온 남자들이 어디 있느냐? 그들을 데리고 나오너라. 우리가 그 남자들과 재미를 좀 봐야겠다." 롯은 밖으로 나가 등 뒤로 문을 잠그고 그들을 타일렀다. "여보게들, 제발 이러지들 말게. 이건 악한 짓일세. 이건

해서는 안 되는 나쁜 짓일세." 롯은 자기 집에 몰려온 사람들이 하려고 하는 행동이 악한 짓임을 알렸다. 이것은 그들이 모르는 것이다. 그들이 의식 없는 몸뚱이, 반성을 모르는 기계들이 되어버렸기 때문에 모르는 것이다. 그래서 롯은 그들이 하려고 하는 짓이 악하다고, 하지 말라고 분명히 말했다. 그들이 하려고 하는, 그들이 모르는 나쁜 짓은 큰 무리, 무리 지어 이루어진 힘센 한 집단이 개별자로 떨어져 있는 힘없는 존재를 위협하는 것이다. 다수의 무리로 이루어진 집단이 집단을 이루지 못한 개인이나 집단이라고 할 수 없는 소수를 향해 폭력을 휘두르는 것이다. 젊은이나 늙은이나 구별되지 않는 동일성의 한 세계가 낯설고 이질적인 외부자에게, 단지 그들과 다르다는 이유만으로 위해를 가하는 것이다. 영역 안의 다수의 구성원들이 영역 밖에서 들어온 비구성원, 개인이나 소수의 외지인들을 욕보이는 것이다. 나그네들에게 성적으로 폭행을 가하겠다는 소돔성 남자들의 위협 속에서 확인할 수 있는 것은 폭력의 극한에 있는, 모든 물리적 폭력의 심중에 있으며 모든 폭력이 그 폭력을 통해 명중시키려고 하는 표적이기도 한 혐오와 모욕이다. 신체의 어느 부위에 대한 폭력보다 혐오스럽고 모멸스러운 것이 뺨에 대한 것이다. 뺨을 때리는 것보다 훨씬 큰 혐오의 표현이면서 가장 큰 모멸감을 안겨주는 것이 성기(와 유사 성기)에 가해지는 폭력이다. 이 폭력이 집단에 의해 개인에게 행해질 때 혐오와 모멸감의 수치는 배가된다. 성기를 향한 이 집단 폭력은 무의식적으로, 아무 거리낌 없이, 오로지 폭력의 내재적 효과만을 향해, 자연스럽게 이루어진다. 외부에서 들어온 이방인인 나그네를 기죽이고 주저앉히고 길들이려는 의도를 숨긴 채, 정작 숨긴 줄도 모르고 내지르는 소돔 안 주민들의 관습화된 폭력을 롯은 나무라고 말린다. "제발 이러지들 말게.

이건 악한 짓일세." 악한 짓은 행위자가 그 행위의 악함을 인지하든 하지 않든 악하다. 악한 짓은 그 행위를 유도하는 동기가 그럴듯하든 그 럴듯하지 않든 악하다. 악한 짓은 짓의 악함이다.

2-3. 그들이 잠자리에 들기 전에 소돔성 각 마을에서 남자들이 몰려와서 집을 둘러쌌다. 그들은 롯에게 소리쳤다. "오늘 밤에 너의 집에 온 남자들이 어디 있느냐? 그들을 데리고 나오너라. 우리가 그 남자들과 재미를 좀 봐야겠다." 롯은 밖으로 나가 등 뒤로 문을 잠그고 그들을 타일렀다. "여보게들, 제발 이러지들 말게. 이건 악한 짓일세. 이건 해서는 안 되는 나쁜 짓일세." 그러자 소돔의 남자들이 롯에게 비켜서라고 소리를 질렀다. "이놈이 자기도 나그네살이를 하는 주제에 우리에게 재판관 행세를 하려고 들어? 어디 네놈이 먼저 혼 좀 나봐라." 흥분한 소돔의 남자들은 롯에게 달려들었다. 그들은 그들이 하려고 하는 악한 짓에 대한 의식이 없었고, 롯은 그 사실을 지적했다. 롯이 의도한 것은 구별하는 것이었다. 악과 악이 아닌 것, 해도 되는 것과 하면 안 되는 것을 대비시키는 것이었다. 차이를 만드는 것이었다. 섬세해지는 것이었다. 잠든 그들의 윤리적 감각을 깨우는 것이었다. 그것은 무분별, 무차별의 함몰 상태를 벗어나는 것에서 시작된다. 똑바른지 휘어졌는지, 명중했는지 빗나갔는지, 선 안에 있는지 선 밖에 있는지 묻고 따지는 것에서 비롯된다. 롯은 몰려온 소돔 사람들에게 그것을 요구했다. 무엇이 악한 짓인지 아닌지, 선 안에 있는지 밖에 있는지, 무엇을 해도 되고 무엇을 하면 안 되는지 구별해내라. 차이를 찾아내라. 어떤 점에서 이것은 재판관 행세일 수 있다. 소돔의 남자들은 그 점을 지적했다. 무분별과 무차별의 늪에 매몰된, 흥분한 본능 덩어리 같은 소

돔 사람들에게 롯이 재판관으로 보인 것은 이상해 보이지 않는다. 그리고 재판관 행세를 하는 롯을 못 견뎌 하는 것도 이해할 만하다. 그러나 그가 하고 있는 것은 재판관 역할과는 사뭇 다르다. 재판관은 판단하고 선고하지만 롯은 알려주고 말린다. 물론 재판관이 판단과 선고를 통해 알리고 말리는 기능을 한다고 말할 수 있지만, 그러나 이때의 알림 기능은 사후적이고, 말림도 앞으로 일어날 유사한 다른 행위에 대해서만 효과를 기대할 수 있기 때문에 간접적이다. 재판관은 멀리서, 위에서 내려다보고 하달한다. 롯은 가까이에서, 바로 옆에서 호소한다. 하달은 내려오고 호소는 올라간다. 하달의 언어는 수신자의 처지를 고려하지 않는다는 점에서 무차별적이고 수신의 환경을 고려하지 않는다는 점에서 무자비하고 수신이 일률적이어야 한다는 점에서 획일적이다. 롯은 여보게들, 하고 부르고, 제발, 하고 호소한다. 롯은 판단하고 선고하고 하달하는 언어를 쓰지 않는다. 그는 옆에서 알려주고 가까이에서 말린다. 이렇게 하는 사람은 재판관이 아니다. 그는 재판관이 아니라 교사, 교사가 아니라 친구에 가깝다. 아니, 그는, 결국 소돔 사람들의 입을 통해 말해진 대로, 지금 집단 폭력의 위험 앞에 노출되어 있는, 무력한 소수, 외지에서 온 나그네에 가깝다. 그는 재판관이 아니라 그 나그네들의 편에 서서 말하고 있다. 그는 자기가 데리고 들어온 그 나그네들과 자기를 동일시하고 있다. "이놈이 자기도 나그네 살이를 하는 주제에 우리에게 재판관 행세를 하려고 들어? 어디 네놈이 먼저 혼 좀 나봐라." 분별력과 판단력을 상실한 이 흥분한 군중들은 롯의 재판관 행세를 견딜 수 없어 한다. 그들은 롯이 재판관도 아니면서 재판관 행세를 한다고 생각한다. 롯이 실제로 재판관이었거나 재판관 역할을 하며 살았다면 '재판관 행세'한다는 식의 표현은 쓰지 않았을 것이다. 롯이 훌륭한 인품으로 그 도시 사람들로부터 존경을 받았을 것이라든지, 성문에 앉아 사람들의 시시비비를 가려주는 역할을 했을 것이라는 가설은 당착적이다. 롯의 인품을 알아보고 그에게 시비를 가리는 역할을 맡기려면 악하지 않아야 한다. 인품을 알아볼 정도로는 악하지 않아야 한다. 최소한 젊은이 노인 할 것 없이 전적으로 악하지는 않아야 한다. 그런데 그들이 전적으로 악하지 않다면 롯이 하지 말라고 말리려고 하는 전적으로 악한 짓은 할 수 없다. 악한 짓을 막으려는 롯에게 달려들어 네놈부터 혼을 내겠다고 할 수 없다. 그들에게 누군가의 인품을 알아보고 존경을 표하고 재판을 맡길 만큼의 안목이나 감각이 있다고 가정하기 어렵다. 무엇보다 그들은 재판관을 인정하지 않는다. 재판관을 인정한다는 것은 행위 판단의 기준을 외부에, 자기 밖에 둔다는 뜻이다. 군중의 성격을 띤 집단은 행위 판단의 기준을 내부에, 자기 안에 가지고 있으므로, 혹시 내부의 재판관이라면 몰라도, 자기 밖의 재판관을 절대로 인정할 수 없다. 그들은, 자기 내부의 어떤 필요나 요인에 의하지 않는 한 누구에게도, 무엇으로부터도 제한받지 않는다. 그들을 막을 수 있는 것은 그들 말고는 없다. 그들은 외부의 개입과 선동 없이 자발적으로 모이고 자발적으로 움직이고 자발적으로 소리친다(고 간주된다). 이 자발성은 무차별성에서 나온다. 그들은 무리를 이루고 있는 개별자인 자기를 다른 개별자인 타인과 구별하지 않는다. 자기가 남과 다르지 않고 남이 자기와 동일하므로 개입과 선동은 들어올 자리가 없다. 오직 스스로 개입하거나 스스로에게 선동할 수 있을 뿐이다. 그러므로 외부의 판단과 가르침을 불필요한 것으로 느낀다. 자기들 행위의 옳고 그름을 구별하고 알려줄 자기 밖의 권위를 인정하지 않는다. 그들이 (재판관 행세가 아니라) 호소하고 간청하는 롯을 향해 과도하게 화를 내는 것은 그래서이다. "우리에게 재판관 행세를 하려고 들어? 어디 네놈이 먼저 혼 좀 나봐라." 그들이 화를 내는 것은 롯이 그들이 하는 일을 막기 때문이 아니라 그가 재판관 행세를 하기 때문이다. 그가 그들에게 그들이 하는 일이 악한 짓이라고 구별해서 판단하고 규정하기 때문이다.

2-4. 그들이 잠자리에 들기 전에 소돔성 각 마을에서 남자들이 몰려와서 집을 둘러쌌다. 그들은 롯에게 소리쳤다. "오늘 밤에 너의 집에 온 남자들이 어디 있느냐? 그들을 데리고 나오너라. 우리가 그 남자들과 재미를 좀 봐야겠다." 롯은 밖으로 나가 등 뒤로 문을 잠그고 그들을 타일렀다. "여보게들, 제발 이러지들 말게. 이건 악한 짓일세. 이건 해서는 안 되는 나쁜 짓일세." 그러자 소돔의 남자들이 롯에게 비켜서라고 소리를 질렀다. "이놈이 자기도 나그네살이를 하는 주제에 우리에게 재판관 행세를 하려고 들어? 어디 네놈이 먼저 혼 좀 나봐라." 소돔의 남자들을 더 화나게 한 것은 롯이 '자기도 나그네살이를 하는 주제에' 재판관 노릇을 하려 했기 때문이다. 그들은 그들 밖의 누군가에게서 판단받는 것을 싫어하지만, 그 누군가가 자기들에게 빌붙어 살고 있는, 그들이 욕보이려는 집 안의 두 나그네와 크게 다르지 않은 롯이기 때문에 더 못 견뎌 한다. 그들은 흥분한다. 누구도 그들에게 재판관이 될 수 없지만, 나그네살이를 하고 있는 롯은 더욱 될 수 없다. 누구도 그들을 재판할 수 없지만 나그네와 다르지 않은 롯은 더욱 그럴 수 없다. 그들과 함께하지 않는 사람은 모두 그들에게 속하지 않지만 나그네나 마찬가지인 롯이야말로 더욱 그들에게 속하지 않기 때문이다. '자기도 나그네살이를 하는 주제에'라고 비난받은 롯은 그 땅에서

20년 이상 살고 있었다. 그런데 나그네살이라니? 롯을 향한 이 비난은 어찌된 것인가. 롯은 삼촌을 따라 이 땅으로 스며든 후 여기저기 떠돌다가 베델 근처에서 살았는데, 삼촌은 물론 그도 재산이 많아져서 부득이 헤어져야 하는 상황이 생겼다. 땅은 한정되어 있고 양쪽의 목동들이 자주 다툴 정도로 두 사람이 거느리고 있는 양 떼와 소 떼가 많았다. 어느 날 삼촌이 말했다. "너와 나 사이에, 그리고 너의 목자들과 나의 목자들 사이에 어떤 다툼도 있어서는 안 된다. 여기는 다른 민족들의 땅이고, 우리는 한 핏줄이 아니냐." 삼촌은 롯이 혼자 독립해 살 만큼 성장했음을 인정했다. 그는 롯에게 선택권을 주었다. "네 앞에 땅이 얼마든지 있으니 이제 따로 떨어져 살자. 네가 먼저 선택해라. 네가 왼쪽으로 가면 나는 오른쪽으로 가고, 네가 오른쪽으로 가면 나는 왼쪽으로 가겠다." 롯은 사방을 살펴보았다. 동편의 비옥한 들판과 평지의 성읍들이 그의 눈을 사로잡았다. 가뭄을 피해 잠깐 머물렀던 이집트의 화려한 도시와 같은 성읍들이 그를 유혹했다. 롯은 망설이지 않았다. 그는 곧바로 자기 양 떼와 소 떼와 목동들을 데리고 삼촌을 떠났다. 평지의 여러 성읍들을 돌아다니다가 가장 화려한 도시 소돔에 와서 정착했다. 그곳이 이집트의 도시처럼 황홀했기 때문이었다. 이집트는 그만큼 강렬한 곳이었다. 그 도시의 화려함과 풍요로움과 자유로움은 젊은 롯을 홀렸다. 그렇지 않아도 삼촌과 함께 짐승들이 먹을 풀을 찾아 황량한 산악 지대를 떠돌아다니는 생활에 싫증이 나던 참이었다. 롯은 도시 사람이 되는 쪽을 선택했고, 그렇게 도시 사람으로 산 지 20년이 넘었다. 그의 딸들은 장성해서 약혼자가 생겼다. 20년은 결코 짧은 세월이 아니었다. 그런데도 그는 그 땅의 구성원으로 인정받지 못했다. 그가 그 도시에 스며들지 않은 것이 아니라 그 도시 사람들이 그를 스며들지 못하게 했다. 그가 그 도시 사람들을 거부한 것이 아니라 도시 사람들이 그를 받아들이지 않았다. 아무 일 없을 때는 일원처럼 대했지만 무슨 일이 있을 때는 영역 밖의 존재로 간주했다. 그의 삼촌도 마찬가지였지만, 그는 20년 이상 살고 있는 그 도시에서 한 평의 땅도 소유하지 못했다. 삼촌 역시 죽은 부인을 매장할 땅조차 가지고 있지 않았다. 땅의 소유는 정착의 상징성을 갖는다. 삼촌도 그랬거니와 롯도 큰 부자였다. 땅을 살 경제력이 없었던 것은 아니다. 그가 사지 못한 이유는 경제력이 아니라 자격이 없어서였다. 그가 땅을 갖도록 그 땅의 사람들이 허용하지 않았기 때문이다. 소돔의 주민들은 롯이 정착민이 되지 못하게 하기 위해 땅의 소유를 허락하지 않았다. 나그네로 사는 것은 길 위에서 사는 것과 같다. 그런데 길은 머물러 사는 곳이 아니고 (어딘가로) 가는 곳이다. 고정된 장소가 아니고 유동하는 흐름이다. 누구에게도 소유되지 않는 트인 공간이다. 길 위의 사람은 어딘가로 가는 중에 있는 사람이다. 길 위에서 사는 것은 어딘가로 가는 중의 상태를 유지하며 사는 것이다. 도착은 한없이 연기되고 머묾은 영원히 유보된다. 어딘가로 가는 중의 상태를 유지한 채 사는 것만 허용된다. 20 몇 년 동안 소돔에서 롯의 삶이라는 것이 그러했다. 롯은 그 도시에 매혹되어 20년 넘게 그곳에 살았지만 아직 그곳에 도착하지 못했다. 그것이 그 도시 사람들이 그를 향해 '나그네 살이를 하는 주제에'라고 비난한 이유이다.

3-1. 그들은 롯을 밀치고 대문을 부수려고 한다. 당황한 롯은 흥분한 군중을 향해 제안한다. "이것 보게. 나에게 남자를 알지 못하는 두 딸이 있네. 그 아이들을 자네들에게 줄 터이니 자네들 좋을 대로 하게.

그러나 이 남자들은 나의 집에 보호받으려고 온 손님이니까 그들에게는 아무 일도 저지르지 말게." 롯은 자기 집에 있는 나그네들을 자기 집에 보호받으려고 온 손님들이라고 말한다. 엄밀하게 말하면 롯의 이 말은 사실이 아니다. 그들은 보호받으려고 그의 집에 들어온 것이 아니다. 오히려 그들은 들어오려고 하지 않았다. "아닙니다. 우리는 그냥 길에서 하룻밤을 묵을 생각입니다." 들어오려고 하지 않는 그들을 간청해서 집으로 데리고 온 사람은 롯이다. '보호받으려고 온 손님들'이 아니라 '보호하려고 데리고 온' 손님들이다. 그들은 원하지 않았지만, 롯은 그들이 길에서 머물면 보호받지 못할 것을 염려했기 때문에 집으로 데리고 왔다. 그들이 보호받으려고 하지 않은 것은 길에서 머물면 보호받지 못한다는 것을 모르기 때문이라고 생각했기 때문에 집으로 데리고 왔다. '이 남자들은 나의 집에 보호받으려고 온 손님'이라는 문장을 통해 롯은 집이 안전하고 보호받는 곳이라는, 그래야 한다는 믿음을 전한다. 집의 안전을 위협하는(지금 무리들이 하고 있는 것과 같은) 일의 부당함을 피력한다. 그는 그의 집이 안전하지 않다는 사실을 간과했다. 그는 그들을 길의 위험에서 보호하려고 했으나, 그래서 강권/간청해서 데리고 왔으나 자기 집 역시 안전하지 않다는 사실을 염두에 두지 못했다. 자기 집 역시 길이나 마찬가지라는 것을, 그 역시 20년이 넘도록 길 위에 임시로 머물러 있는 것과 같은 상태로 거주 중이라는 것을 미처 자각하지 못했다. 그러나 그는 그들을 데려왔으므로 그들을 책임져야 했다. 누군가를 보호하려고 데리고 들어온 사람은 자기가 데리고 들어온 사람을 보호해야 하는 의무를 스스로에게 부여한다. 보호하기 위해 데리고 들어온 사람은 보호받아야 하는 사람이 된다. 그가 보호받아야 하는 것은 그가 훌륭한 일을 했거나, 할 예정이거나, 고귀한 신분이거나, 가치 있는 인물이어서가 아니라 단지 보호하려고 데려온 사람, 보호받지 않으면 안 되는 사람이기 때문이다. 보호받아야 하는 사람의 됨됨이에 대한 질문은 생성되지 않는다. 그는 조건과 이유 없이 보호받아야 한다. 유일한 조건과 이유는 그가 보호받지 않으면 안 될 처지에 있다는 것이다. 그가 나그네고 손님이라는 것이다. 그가 조건과 이유 없이 보호받아야 한다는 이 명제는 그를 조건과 이유 없이 보호해야 한다는 일종의 정언적 명령으로 의역된다. "그들에게는 아무 일도 저지르지 말게." 롯은 다급하게 말한다. 아무 일도 하지 않게 하는 것이 그가 그들을 보호하는 길이다. 그리고 롯은, 문제의 발언, 자기 두 딸, 남자를 가까이한 적 없는 두 딸을 내줄 테니 마음대로 하라고 말한다. 딸들에게는 마음대로 하라고 하고 손님들에게는 아무 일도 하지 말라고 말한다. 아무 일도 하지 못하게 하는 것이 보호하는 것이라면, 마음대로 하게 하는 것은 보호를 포기하는 것이다. 롯은 손님들은 보호하고 딸들은 보호하지 않는 듯한 태도를 보인다. 아니, 손님들을 보호하기 위해 딸들의 보호를 내팽개치는 것으로 보인다. 보호 상태에 있던 딸들을 비보호 상태로 바꾼다. 가장이자 아버지인 그를 이해하는 것은 쉽지 않다. 그는 손님들을 보호하라는 명령을 받고 있다. 이 명령은 무조건적이고 절대적이어서 다른 모든 것을 조건화하고 상대화한다. 이 명령의 이행을 위해서는 포기되지 않을 수 없는 것이 없다. 딸들이라고 제외되지 않는다. 그런 점에서 손님은 신과 같다.

3-2. 그들은 롯을 밀치고 대문을 부수려고 한다. 당황한 롯은 흥분한 군중을 향해 제안한다. "이것 보게. 나에게 남자를 알지 못하는 두

딸이 있네. 그 아이들을 자네들에게 줄 터이니 자네들 좋을 대로 하게. 그러나 이 남자들은 나의 집에 보호받으려고 온 손님이니까 그들에게는 아무 일도 저지르지 말게." 오늘 밤 너의 집에 온 남자들을 내놓으라고 흥분해서 소리 지르는 무리들을 향해 롯은 이해하기 힘든 제안을 했다. 나그네 둘 대신 자기 딸 둘을 광기에 사로잡힌, 무슨 일을 저지를지 예측할 수 없는, 폭도나 마찬가지인 남자들에게 내놓겠다고 했다. 하고 싶은 대로 하라고 했다. 가장의 이 제안은 너무 충격적이고 패륜적이지만(더구나 그 딸들에게는 약혼자가 있었다. 이 사실은 롯에게 손님 보호의 명령이 얼마나 준엄한 것인지 깨닫게 하면서 동시에 그에게 다른 의중이 있지 않은지 생각하게 한다), 집 앞에 몰려온 무리들이 솔깃해할 만한 것임에 틀림없다. 적어도 이 흥분한 무리들이 정말로 원하는 것이 난잡한 성적 쾌락이라면 그렇다. 그러나 뜻밖에도 이 남자들은 그의 제안을 받아들이지 않는다. 무차별적이고 무분별한 이들의 극도의 흥분 상태를 감안하면 이상한 생각이 들 정도로 분별 있는 처신이다. 롯의 딸들에게는 아무 관심도 보이지 않는 이들은 자기 딸을 보호하지 않겠다는 롯만큼, 아니 그보다 더 이상하다. 너의 딸들은 관심 없어. 우리가 원하는 것은 오늘 밤 우리 도시에 들어온, 너의 집 안에 숨어 있는 나그네들이야. 너의 딸들이 아니라 그들을 내놓아. 그들의 행동은 이렇게 말하고 있지 않은가. 남자를 가까이한 적 없는, 장성한 처녀들을 거부하는 그들의 태도는 그들의 궁극적 관심이 성적인 것이 아님을 시사한다. 성행위나 성폭력은 수단일 뿐 목표가 아님을 시사한다. 그들은 나그네들을 내놓으라고 말하면서 그들과 성행위를 하겠다고 위협했다. 그러나 이들이 하려고 한 것은 외지인에 대한 (성행위를 통한, 그것도 집단적으로, 강제적으로, 동성을 향해 자행하는) 모욕과 처벌이지 성행위 자체는 아니었다. 그들이 모욕하고 처벌하려고 한 대상은 오늘 밤 이 도시에 들어온 낯선 이들이지 줄곧 이 도시에 살고 있는 익숙한 이들이 아니었다. 익숙한 이들을 모욕할 수는 없다. 익숙한 이들은 모욕당하지 않기 때문이다. 롯이 모든 것을 주고라도 보호하려고 한 손님들이 그들에게는 모든 것을 제쳐두고라도 욕보여야 할 외부인들이었다. 이 장면에 대해 소돔의 남자들이 여자들과의 성적 결합에는 도무지 관심이 없고 남자들과의 관계에서만 쾌락을 느끼는 풍조가 일반적이었기 때문이라고 해석하는 것은 롯의 딸들이 낯선 이들이 아니고 익숙한 이들이었기 때문이라고 해석하는 것보다 부자연스럽다. 인류는 동성 간의 성행위가 더 보편적이고 더 일반적인 사회를 가져본 적이 없다. 만연해 있었다고 해도 더 보편적이고 더 일반적이지는 않았을 것이다. 이 무리들이 정말로 원한 것이 외지인들에 대한 모욕과 처벌이라고 한다면, 이 장면을 근거로 그곳에 그런 풍조가 만연해 있었다고 단정하는 것도 신중하지 않은 일일 수 있다. 그들이 행한, 멸망에 이를 정도의 악한 짓이 동성 간의 성행위였다고 규정해버리는 것도 마찬가지다. 집 밖의, '젊은이나 노인이나 할 것 없는' 소돔의 남자들이 이의 없이 동의한 집요한 요구는 동성 간의 성행위가 아니고 '오늘 밤 이 도시에 온' 나그네들을 자기들 앞에 끌어내라는 것이다. 이 생각은 누가 보아도 분별력을 잃은 것이 분명한 이 흥분한 무리들에게 자기 딸들을 내놓겠다고 하는 롯의 자연스럽지 않은 제안에 의해 지원된다. 이 생각은 그런 제안을 하는 롯에 의해 지원되면서 동시에 그런 제안을 하는 롯을 지원한다. 롯은 그 흥분한 무리들이 그의 집 안에 있는 낯선 남자들과 집단적으로 성행위를 하겠다고 주장하는 것이 아니라 그의 손님인, 외지에서 온 나그네들을 모욕

주고 길들이겠다고 주장하는 것임을 알았다. 비상식적이고 제어하기 힘든 성적 욕망에 사로잡혀 있는 것이 아니라 비이성적이고 무비판적인 외지인 혐오에 붙들려 있다는 것을 파악했다. 그의 딸들은 '오늘 밤이 도시에 들어온' 외지인들이 아니므로 안전할 것을 아마 확신했을 것이다. 남자들이 딸들을 범하지 않으리라는 믿음이 그런 제안을 하게 했다고 할 수 있다. 그럼에도 불구하고 자기가 보호해야 할, 자기 책임인 딸들을 대신 내놓겠다는 그의 제안이 무모하지 않다고 할 수는 없는데, 그는 이 무모한 제안, 그가 내놓을 수 있는 것 가운데 최고의 것인 딸을 제시함으로써 그의 손님 보호 의지가 얼마나 크고 양보할 수 없는 것인지를 전달하려 했던 것이 아닐까? 그럼으로써 그는, 어떤 경우에도 손님은 반드시 보호되어야 한다는 사실을 집 앞의 성난 무리들이 깨닫기를 바랐던 것이 아닐까? 자기 딸들을 마음대로 하라고까지 하는 그의 뜻을 이해하고 어쩌면 그들이 난동을 멈출지 모른다고 기대했을 것이다. 그런 기대를 갖는 것이 어리석어 보일지라도 그렇게 하는 것 말고 다른 방법이 없다고 생각했을 것이다. 기대하면서도 그는 내심으로는 기대대로 되지 않으리라고 예상했을 것이다. 그렇게 예상하면서도 기대를 내버릴 수는 없었을 것이다.

3-3. 그들은 롯을 밀치고 대문을 부수려고 한다. 당황한 롯은 흥분한 군중을 향해 제안한다. "이것 보게. 나에게 남자를 알지 못하는 두 딸이 있네. 그 아이들을 자네들에게 줄 터이니 자네들 좋을 대로 하게. 그러나 이 남자들은 나의 집에 보호받으려고 온 손님이니까 그들에게는 아무 일도 저지르지 말게." 흥분한 소돔의 남자들은 더욱 크게 소리지른다. "아니, 오늘 밤 너의 집에 온 남자들을 내놓아라. 그렇지 않으

면 가만두지 않겠다." 기대는 빗나갔고 예상은 들어맞았다. 그들은 대문을 부수려고 함으로써 자기들의 관심이 오로지 집 안에 있는 외지인들에게만 있음을 일관되게 표현했다. 그들의 요구를 거절하는 롯에게 달려들면서 그들이 한 말은 '너부터 혼을 내겠다'였지, '그들 대신 네가 혼나봐라'가 아니었다. 폭력의 대상은 대체되지 않고 추가된다. 그들은 롯에게만 달려든 것이 아니라 동시에 대문을 부수려고 했다. 대문 안에 그들이 욕보이려는 나그네들이 있기 때문이다. 롯을 향한 폭력과 문안의 나그네들을 향한 폭력은 구별되지 않는다. 일촉즉발의 순간, 롯이 그들 손에 붙잡히기 직전에 안에 있던 두 사람이 손을 내밀어 그를 안으로 잡아끈 다음 문을 닫아걸었다. 그러고는 대문 밖에 몰려들어 난동을 부리는 무리들의 눈을, 젊은이 노인 할 것 없이, 멀게 해서 서로를 치게 했다. 갑자기 눈이 어두워져 앞을 볼 수 없게 된 무리들은 대문을 찾을 수 없었다. 볼 수 있을 때는 바로 앞에 있던 대문이 볼 수 없게 되자 어디 있는지 모르게 되었다. 대문은 멀어지고 급기야 사라졌다. 사라졌으므로 그들은 대문을 찾을 수 없었다. 그들은 서로를 때리며 엉겨 붙어 난장판을 벌였다. 누가 때리는지 모르기 때문에 누구든 때렸다. 대문이 부서졌을 때 그들이 대문 안의 나그네들에게 하려고 했던 일을 대문 밖에서 그들은 서로에게 행했다. 대문은 사라졌지만, 사라져서 찾을 수 없게 되었을 뿐이지만, 아마 그들은 대문이 부서졌다고 여겼을 것이다. 그러니 이제 대문이 부서지면 하려고 했던 일을 하는 것이 순서라고 생각했을 것이다. 아니, 그런 생각조차 하지 않았을 것이다. 대문이 부서졌는지 부서지지 않았는지도 신경 쓰지 않았을 것이다. 부서진 다음의 상황이 전개되고 있으므로 이제 대문을 부수는 문제는 관심에서 사라졌을 것이다. 그저 새로운 난장판

속에 빨려 들어가 난장판의 일부를 이루는 데에만 몰두했을 것이다. 대문 밖의 남자들을 하나로 묶어놓고 있던 폭력에 대한 기대는 그런 식으로 이루어졌다. 그들은 서로를 향해 폭력을 씀으로써 흥분을 폭발시키고, 서로에게 나그네, 낯선 사람이 되었다. 눈이 멀자 이제까지 익숙하던 사람이 낯선 사람이 되었다. 눈이 멀 때 모든 사람은 낯선 사람, 함부로 해도 되는 사람이 된다. 낯섦을 정하는 것은 대상의 조건이 아니라 주체의 맹목이다. 이는 나와 다른 사람, 나그네, 외지인에 대한 차별과 적대감이 눈먼 행위임을 깨닫게 한다. 대문 밖은 삽시간에 아수라장이 되었다.

4-1. 그 두 사람이 그제야 롯에게 자기들의 정체를 밝혔다. "우리는 이곳을 멸하려고 왔습니다. 이 성안에 있는 사람들을 규탄하는 울부짖음이 너무 커서 주께서 이 성을 멸하시려고 우리를 보냈습니다. 그대의 식구가 여기에 더 있습니까? 사위나 아들이나 딸들이나 그대에게 딸린 가족들이 이 성안에 더 있습니까? 그들을 다 성 밖으로 데리고 나가십시오." 천사는 이 성안에 사는 사람들을 규탄하는 울부짖음이 너무 크다고 말한다. 울부짖는 사람은 누구일까? 성안에 있는 사람들에게서 해코지를 당했거나 당하기로 예정되어 있는 사람들일 것이다. 롯의 집에 들어온 이 나그네들이 당한 것과 같거나 유사한 일을 겪은 사람들일 것이다. 하지 않은 일로 처벌당하고 어떻게 해볼 수 없는 일로 차별당한 사람들, 억울한 사람들, 그들의 울부짖음이 하늘에 사무쳤을 것이다. 그가 살고 있는 도시의 멸망을 예고하는 천사의 말을 듣고도 놀라지 않는 롯이 놀랍다. 그는 이 악한 짓을 하는 사람들, 울부짖음을 만들어내는 사람들이 사는 성이 망하는 것이 조금도 이상하지

않다고 생각했음에 틀림없다. 그렇기 때문에, 이 소식을 접한 그의 삼촌이 항의하고 호소했던 것과는 달리 (그의 삼촌은 의인과 악인을 동일하게 취급해서 같이 죽게 하는 것은 공정하지 않다고 이의를 제기하고, 그 성안에 의인이 있으면 어떻게 할 거냐고 물어 결국 의인이 열 명만 있으면 멸망시키지 않겠다는 신의 답을 받아낸다) 롯은 항의도 하지 않고 호소도 하지 않는다. 롯은 그의 삼촌과는 달리 그 성안에 살고 있고, 그 성이 어떤 곳인지 잘 알고 있다. 그는 항의도 호소도 하지 못한다. 의인은 없기 때문이다. 선하거나 악한 성이 있을 수 없다. 선하거나 악한 사람들이 사는 성이 있을 뿐이다. 선하거나 악한 사람이 따로 정해져 있는 것이 아니다. 선한 일을 하거나 악한 짓을 하는 사람이 있을 뿐이다. 그러니까 어떤 성이 악하다고 평가되는 것은 그곳에 악한 짓을 하는 사람들이 산다는 뜻이다. 그런데 무엇이 악한 짓일까? 악한 짓을 규정하는 것은 이들을 규탄하는 울부짖음이다. 소돔을 멸하려고 온 천사들은 이 성 사람들이 행한 악한 짓의 구체적인 목록을 열거하지 않는다. 이런 짓을 했거나 저런 규범을 어겼기 때문에 멸망당할 거라고 설명하는 대신 '성안에 사는 사람들을 규탄하는 울부짖음'이 너무 크다고만 말한다. 무슨 짓을 하거나 어떤 규범을 범하는 것이 아니라 사람을 울부짖게 하는 것이 악이다. 울부짖는 자는 울부짖는 것 말고는 다른 대응 수단이 없기 때문에 울부짖는다. 울부짖는 것 말고 다른 대응 수단을 갖고 있는 자는 그 수단으로 대응할 것이다. 울부짖는 자는 사회적 제도적 보호로부터도 제외된 자들이다. 천사는 직접 거명하지 않지만, 가령 가난한 자들, 병든 자들, 과부들, 고아들, 보호자가 없는 자들, 떠돌이들, 아무 데도 소속되지 않는 자들, 소외된 자들, 외지인들을 떠올릴 수 있다. 이들의 울부짖음은 고발이고 증언이다. 울부짖음이 신의 법정에서 이루어지는 유죄 판결에 영향을 미치는 가장 확실한, 어쩌면 유일한 증거이다. 신은 '규탄하는 울부짖음'만을 유죄 증거로 인정하고 판결한다는 것이 천사가 롯에게 한 말의 내용이다. 롯은 이 성을 위해 울부짖지 못한다.

4-2. 그 두 사람이 그제야 롯에게 자기들의 정체를 밝혔다. "우리는 이곳을 멸하려고 왔습니다. 이 성안에 있는 사람들을 규탄하는 울부짖음이 너무 커서 주께서 이 성을 멸하시려고 우리를 보냈습니다. 그대의 식구가 여기에 더 있습니까? 사위나 아들이나 딸들이나 그대에게 딸린 가족들이 이 성안에 더 있습니까? 그들을 다 성 밖으로 데리고 나가십시오." 이 말을 들은 롯은 자기 딸들과 약혼한 사윗감들에게 가서 곧 멸망할 이 도시를 빠져나가야 한다고 일렀다. 그러나 그의 사위가 될 두 청년은 그가 농담을 한다고 생각했다. 이 사윗감들은 소돔의 남자들이다. 어쩌면 그들은 롯의 집 문 앞에 몰려들어 롯이 보호하고 있는 나그네들을 내놓으라고 소리를 지르며 소란을 피웠던 무리들 속에 있었는지 모른다. 거기 없었다고 하더라도 거기 있는 이들과 구별되는 다른 인간이었을 거라고 추측할 만한 단서는 없다. 거기 없었어도 거기 있는 이들과 뜻을 같이한다면 거기 있는 것이나 마찬가지다. 장인이 될 어른이 한 말을 농담으로 들었다는 것은 그들이 천사들에 의해 선포된 소돔성의 심각성을 도무지 느끼지 못하고 있었다는 의미이다. 천사로부터 그 도시의 멸망을 예고받은 롯이 놀라지 않은 것과 이들의 태도는 대조적이다. 롯은 그 도시가 멸망당할 만하다는 것, 그처럼 악하다는 것을 인정하지만 그들은 그렇지 않다. 이 심각한 경고의 말이 그들에게는 농담으로 들린다. 위기의식이 전혀 없었다는 의미

이다. 도시와 도시에 만연한 풍조와 도시가 주는 쾌락으로부터 자기들을 분리해서 사유하지 않는 사람에게 도시는 어떤 위기도 두려움도 제공하지 않는다. 악취 속에서 악취를 뿜고 마시며 사는 사람은 악취에 대한 감각을 잃어버린다. 그가 마시는 악취가 그가 내뱉는 악취이기도 하기 때문에, 이 냄새는 분리되지 않는다. 분리가 없으므로 위기도 없다. 위기의식이 없는 사람에게 진지한 이야기는 농담이 된다. 가장 진지한 이야기는 가장 어처구니없는 농담이 된다. 노아의 시대에 사람들이 그랬던 것처럼 소돔의 이 젊은이들도 그들이 살고 있는 도시와 시대의 기류에 흡수되어 있다. 흡수되어 있는 자에게 모든 위기는 농담이다.

5-1. 천사들은 롯을 재촉하고 롯은 꾸물거린다. "서두르시오. 여기에 있는 부인과 두 딸을 데리고 여기를 떠나시오. 꾸물거리고 있다가는 함께 죽고 말 것이오." 그런데도 롯이 꾸물거리자 둘은 롯과 그의 아내와 두 딸의 손을 잡아끌어서 성 바깥으로 대피시켰다. 그 가운데 하나가 롯의 가족에게 말했다. "뒤를 돌아보거나 들에 머무르거나 하지 말고 저 산으로 도피하시오. 그렇게 하지 않으면 죽고 말 것이오." 죽지 않으려면 서둘러 성 밖으로 나가라고 다그치는 천사들의 성화에도 꾸물거리기만 하는 롯의 태도를 어떻게 이해해야 할까. 그는 왜 그러는가. 롯은 왜 꾸물거리는가. 그는 무엇 때문에 망설이는가. 그가 살고 있는 도시가 멸망할 거라는 말을 들었을 때 그는 그 도시가 그렇게 된다 해도 슬퍼하지 않을 만큼 타락했다고 생각했으므로 놀라지 않았지만, 그럼에도 불구하고 그곳은 그가 수십 년 동안 살아온 땅이었다. 비록 성안의 주민들로부터 제대로 된 거주자 취급을 받지 못하고 차

별당한 일이 많았지만, 그래도 삼촌과 함께 고향을 떠나 여기저기 떠돌아다니던 그가 스스로 결정하고 정착한 곳이었다. 따르던 삼촌을 기꺼이 떠나게 한 황홀한 땅이었다. 젊은 그의 혼을 빼놓았던 이집트의 도시를 연상시키는 소돔을 그는 스스로 선택했고 그 도시가 주는 풍요로움과 화려함과 자유로움을 즐겼다. 차별과 악덕과 문란함은 그 도시의 풍요로움과 화려함과 자유로움의 뒤편에 있는 그늘이었다. 그늘에도 불구하고 도시가 내뿜는 매혹은 사라지지 않았다. 어떤 경우에는 그 그늘까지가 매혹의 요소에 더해졌다. 그것이 그가 소돔을 떠나지 않은 이유였다. 그는 대부분의 도시인들과는 달리 소돔의 풍요로움과 화려함과 자유로움의 뒤에 있는 차별과 악덕과 문란함을 구별해낼 줄 알았지만, 그러나 그 역시 그 공기 속에서 살고 있는 사람이었다. 그가 들이마시는 공기는 그의 일부가 되었다. 도시는 그를 완전히 받아들이지 않았지만 그는 도시가 제공하는 것들을 받아들였다. 그는 도시인이었다. 그는 도시에 사는 모든 사람이 무조건 나쁘다고 생각하지 않았으며 도시가 무조건 사람을 나쁘게 만든다고 생각하지도 않았다. 그는 소돔을 싫어했고 또 사랑했다. 좀 더 정확히 말하자면, 그는 소돔 사람들을 싫어했고 도시를 사랑했다. 그는 소돔 사람들(의 차별과 악덕과 문란함)의 멸망에 대해서는 놀라지도 않고 아쉬워하지도 않았지만, 도시(의 풍요로움과 화려함과 자유로움)가 사라진다는 것에 대해서는 놀라고 아쉬워했다. 그 도시가 곧 사라진다는 사실을 받아들이는 게 어려웠다. 머리는 이해했지만 몸은 동의하지 못했다. 그래서 그는 그곳을 쉽게 떠나지 못했다. 곧 없어질 도시를 조금이라도 더 보고 더 갖고 싶었다. 그 도시를 떠나지 않는 것이 그가 그 도시를 유지시키는 방법이었다. 그는 꾸물거리면서 곧 사라질 도시에서의 시간을 자꾸만 연기했다. 그리고 그것이 그가, 산으로 도망가야 한다는 천사들에게 산이 아니라 가까이 보이는 작은 성으로 피신하게 해달라고 청하게 되는 이유이기도 하다. 그는 도시가 주는 즐거움에 길들여진 자이다. 도시인이다.

5-2. 천사들은 롯을 재촉하고 롯은 꾸물거린다. "서두르시오. 여기에 있는 부인과 두 딸을 데리고 여기를 떠나시오. 꾸물거리고 있다가는 함께 죽고 말 것이오." 그런데도 롯이 꾸물거리자 둘은 롯과 그의 아내와 두 딸의 손을 잡아끌어서 성 바깥으로 대피시켰다. 그 가운데 하나가 롯의 가족에게 말했다. "뒤를 돌아보거나 들에 머무르거나 하지 말고 저 산으로 도피하시오. 그렇게 하지 않으면 죽고 말 것이오." 그는 말한다. "다른 길을 말해주십시오. 내가 저 산까지 가다가는 이 재난을 피하지 못하고 죽게 될까 두렵습니다. 보십시오. 저기 작은 성이 하나 있습니다. 저 성이면 피할 만합니다. 아주 작은 성이 아닙니까? 저기로 가면 제가 안전할 것입니다." 천사는 산으로 가라고 하고, 롯은 멀지 않은 곳 평지에 있는 다른 성으로 가게 해달라고 부탁한다. 천사는 산으로 도망가지 않으면 죽을 거라고 하는데 롯은 자기가 그 산으로 가다가는 죽을 거라고 말한다. 천사는 산에 가야 살 거라고 하는데 그는 산에 가면 죽을 거라고 한다. 산이 롯에게 두려움의 대상이었을 것으로 추정할 필요는 없다. 그는 삼촌과 떠돌아다니는 동안 산악 지대를 경험했다. 그 경험이 그에게, 두려움이 아니라, 산에서 사는 삶의 무미건조함을 상기시켰을 것이다. 천사의 말대로 산으로 가면 죽지 않고 살 테지만, 그러나 그 삶은 죽은 것 같은 지루한 삶일 것이다. 그는 이미 도시의 맛을 본 사람이었다. 도시의 풍요로움과 화려함

과 자유로움에 길들여진 롯에게 산골에서의 삶은 '죽게 될까 두려운' 삶이었다. 그는 그런 삶을 원하지 않았다. 그리고 산으로 간다는 것은 떠나왔던 삼촌에게로 돌아간다는 상징으로 이해될 수 있었다. 천사가 그에게 요구하는 것도 그것일 수 있다는 사실을 어렴풋이 깨닫고 롯은 고개를 저었다. 삼촌을 싫어하는 것은 아니었다. 그는 싫어할 수 없는 인물이었다. 어릴 때부터 롯은 그의 처신과 인품을 신뢰하고 존경해왔다. 고향을 떠나온 이후 수없이 많은 은혜를 입었다. 포로로 잡혀간 곳에서 삼촌의 도움으로 풀려난 적도 있었다. 그때 소돔을 떠나 삼촌에게 돌아갈 수도 있었으나 그는 그렇게 하지 않았다. 그는 이제 자기가 삼촌과는 다른 방식의 삶을 살고 있다는 사실을 이해하고 있었다. 그는 멸망할 도시에서 피신해야 하지만 도시를 떠날 수 없는 사람이 되었다. 그래서 꾸물거리고, 더 지체할 수 없게 되었을 때 산으로 가는 대신 눈앞에 보이는 작은 성으로 들어가게 해달라고 청했다. 그는 그 성이 아주 작은 성이라는 걸 두 번이나 강조해서 말한다. 아주 작은 성이라는 것이 어떻단 말인가? 롯은 그가 들어가게 해달라고 청하는 성 역시 도시라는 사실을 의식하고 있다. 멸망하는 도시를 빠져나가면서 다른 도시로 들어가 살게 되기를 바라는 부탁의 부적절함을 그는 인지하고 있다. 그는 쑥스러워하지만, 그만큼 간절하다. 아주 작은 성이라고 성의 규모를 축소해서 표현하는 그의 의도는, 그가 가게 해달라고 부탁하는 성이 소돔과는 그 풍요로움이나 화려함이나 자유로움에 있어서, 그리고 그것들의 그늘인 차별과 악덕과 문란함에 있어서도 마찬가지로, 비교도 되지 않는, 거의 도시라고 할 수도 없는, 따라서 소돔처럼 멸망할 일도 없는, 천사가 가라고 하는 산과 별 차이가 없는, 안전한 곳이라는 사실을 설득시키려는 데 있는 것 같다. "저 성이면 피할 만합니다. 아주 작은 성이 아닙니까? 저기로 가면 제가 안전할 것입니다." 물론 그의 의중 속에는 소돔은 멸망당할 만했지만, 그것은 (그곳 주민들이 악한 짓을 해서이지) 그저 그곳이 도시이기 때문은 아니었다는, 바람과도 같은, 도시에 대한 그의 여전한 사랑이 들어 있다.

5-3. 천사들은 롯을 재촉하고 롯은 꾸물거린다. "서두르시오. 여기에 있는 부인과 두 딸을 데리고 여기를 떠나시오. 꾸물거리고 있다가는 함께 죽고 말 것이오." 그런데도 롯이 꾸물거리자 그 두 사람은 롯과 그의 아내와 두 딸의 손을 잡아끌어서 성 바깥으로 대피시켰다. 그 가운데 하나가 롯의 가족에게 말했다. "뒤를 돌아보거나 들에 머무르거나 하지 말고 저 산으로 도피하시오. 그렇게 하지 않으면 죽고 말 것이오." 롯은 눈앞에 보이는 작은 성으로 들어가게 해달라고 간청하고, 천사는 그 청을 들어준다. "좋소. 저 성은 멸하지 않겠소. 당신네가 거기에 이르기까지는 내가 아무 일도 하지 않을 테니 빨리 그리로 가시오." 그 약속을 받아 든 다음에야 롯은 멸망할 도시를 빠져나간다. 천사들은 마음이 급하다. 그들에게는 두 가지 임무가 주어져 있다. 그들은 소돔을 멸망시켜야 하고, 동시에 멸망하는 그 도시에서 롯의 가족을 구해내야 한다. 그들 가족을 구해내기 전에는 도시를 멸망시킬 수 없다. 멸망과 구원이 동시에 일어난다. 이 두 가지 임무는 실은 한 가지 사건의 양면이다. 물에 잠긴 곳에서만 물에서 건져지는 사람이 생기는 이치이다. 물에 빠지지 않은 사람을 건지는 것은 불가능하다. 롯이 들어가게 해달라고 간청한 작은 성은, 천사의 말("좋소. 저 성은 멸하지 않겠소")로 미루어 짐작건대 롯이 부탁하지 않았다면 소돔과 함

께 멸망했을 것이다. 그 성 사람들이 소돔만큼 악했는지 그렇지 않았는지 알 수 없지만, 어쨌든 롯의 개입으로 멸망의 순간에 구원을 얻게 된 것은 사실이다. 롯의 구원만큼 획기적이고 그보다 극적이다. 물론 롯이 그 성에 있는 사람들을 위해 그 성을 구한 것은 아니다. 그가 그 성에 사는 사람들에 대해 어떤 감정을 가지고 있었는지 추측할 수 있는 단서가 없다. 구원은 가끔 이런 식으로, 예측할 수 없고 대비할 수 없는 우연한 변수에 의해 일어난다. 롯이 신의 계획을 바꾸게 했다. 그러나 이런 구원, 애초의 계획에 없던 우연한 개입에 의한 변화가 바람직한 일인지는 섣불리 말할 수 없다. 그 성을 찾아 들어간 롯은 그곳에 사는 것이 두려워서 곧 두 딸을 데리고 나와 산으로 들어갔기 때문이다. 그 성이 롯을 두렵게 했다는 것은 무슨 뜻일까. 그 성 사람은 롯을 반기지 않았던 것 같다. 아마 그 성 사람들 역시 소돔 사람들과 마찬가지로 악해서, 가령 소돔의 남자들이 롯의 집에 들어온 두 나그네에게 하려고 했던 것처럼 다른 데서 온 외지인인 롯을 욕보이려고 해서, 혹은 실제로 욕보여서 롯은 두려웠을지 모른다. 거기로 가면 안전할 것이라는 롯의 생각은 틀렸다. 그곳은 안전한 곳이 아니라 두려운 곳이었다. 그는 성이 아니라 산으로 도망가라는 천사의 말을 들었어야 했다. 주변의 큰 도시들이 한순간에 없어졌는데도 그 엄청난 사건으로부터 어떤 교훈도 얻지 못하고 아무 반성도 하지 않았다면 이 성 사람들의 둔감함이 어느 정도인지 유추할 수 있다. 하늘에서 소나기처럼 쏟아지는 유황불에 의해 파괴되어 없어진 이웃 성의 멸망에 대해 죄와 악에 대한 심판이라고 해석할 만한 감각을 소유한 이는 그 성 안에 없었던 것 같다. 이웃 성의 파멸과 그 성에 사는 사람들의 죽음을 슬퍼하거나 애도하는 이도 아마 없었을 것이다. 그저 운 나쁜 자들의 우연한 재앙에 자기들이 포함되지 않은 것만을 기뻐하며 우쭐했을 것이다. 그들이 소돔 사람들보다, 어떤 면에서든 나았을 거라고 추측할 수 있는 근거는 아무것도 없다. 파괴되지 않은 성이 파괴된 성보다 더 정의로웠을 거라고 단정할 수 없다. 불행한 일을 당하지 않은 사람이 불행한 일을 당한 사람보다 더 착할 거라고 판단할 수 없다. 오늘 살고 있는 사람이 어제 죽은 사람보다 살 가치가 더 있는 사람이라고 단정할 수 없다. 롯은 그들과 함께 사는 것이 두려웠고, 성으로 피신한 자기 선택을 후회했고, 산으로 도망가라는 천사의 말을 들었어야 한다고 뒤늦게 깨달았고, 그래서 산으로 도망가서 숨어 살았다.

6. 롯이 그 성에 이르렀을 때에 해가 떠올라서 땅을 비쳤다. 소돔과 고모라에 유황과 불이 하늘에서 소나기처럼 쏟아졌다. 그 두 성과 성 안에 사는 모든 사람과 넓은 들과 땅에 심은 채소가 흔적도 없이 사라졌다. 롯의 아내는 뒤를 돌아보았으므로 소금 기둥이 되었다. 롯은 그 작은 성에 사는 것이 두려워서 두 딸을 데리고 그곳을 떠났다. 롯과 두 딸은 산으로 들어가서 숨어 살았다. ▪

심사평

수상소감

시대와 나란히

강지희

한 해 동안 발표된 소설들의 면면들을 다시 되짚어보는 동안, 이 시대가 지향하는 바와 나란히 서서 한국 문학 역시 치열하게 싸우고 있는 지점들이 조금 더 손에 잡히듯 들어오는 것 같아 반가웠다. 그중에 많은 소설들이 등단 5년 차 이상이라는 제한에 걸려 이 자리에 함께하지 못해 아쉬웠으나, 그들의 쟁투 역시 곧 이 지면에서 빛을 발하리라 생각한다.

윤이형의 「마흔셋」은 엄마가 암 투병으로 돌아가신 지 얼마 되지 않았으며 ftm 전환 시술을 받는 중인 동생을 둔 한 여자의 이야기다. 이렇게 요약하면 굉장히 극적인 애도의 장이 펼쳐질 것만 같지만, 정작 이 소설을 가득 채우며 마음을 흔드는 것은 나이가 들어가며 서서히 군살이 붙어가는 몸처럼 외부 상황이 점점 사나워지고 이로 인해 때로 깊어지는 외로움에 대한 서술에 있다. 화자는 엄마와 동생의 치열함에는 미치지 못했던 자신의 삶에 면구스러워하며, 혼자 이리저리 애써왔지만 기대만큼 잘 되지 않는 인생에 대한 상심을 절제한 채 잔잔하게 이어간다. 혼자 늙어가는 여성에 대한 소설들을 그간 접하지 못한 것도 아닌데, 자기 연민이 주는 처연함 없이 어딘가 우스운 듯 우는 듯 흘러가는 이 소설의 흐름이 좋아 몇 번이나 다시 읽게 되었다. 그 과정 속에 전환 시술을 받으며 변해가는 동생을 받아들이는 일과 흘러가는 인생의 무게를 받아들이는 일이 그리 다르지 않게 느껴져서, 이 소설의 윤리성에 대해서도 신뢰할 수 있었다.

이주란의 「넌 쉽게 말했지만」을 포함해 그의 모든 소설들이 내게는 언제나 매력적인 수수께끼로 다가온다. 생각나는 대로 조금씩 흘려놓은 것 같은 단상들이 모여 어떻게 소설이 되는가. 이 소설 속에 등장하는 슬라임처럼, 이주란의 소설은 마지막에 어떤 모형으로 완성시키는 것이 목적이 아니라 계속해서 주물럭거리는 그 과정의 유희가 중요해 보인다. 가장 중요해 보이는 '그 일'에 대해서는 더 설명하지 않고 장막을 내린 채 진행되는 이 소설 방식에 먼저 매혹되었지만, 낙담을 넘어 자신으로서 살아가는 일을 서서히 받아들이기 시작하는 이 회복기를 둘러싸고 있는 사물들이 어느 순간 마치 우주를 유영하는 행성들처럼 아름다워 보이던 때의 경이로움을 한동안 잊지 못할 것 같다.

정영수의 「우리들」은 완벽한 관계와 글쓰기의 불가능에 대한 소설이다. 처음 두 사람이 진행하던 사랑에 대한 글쓰기는 화자 자신의 실패한 사랑에 대한 글쓰기로 옮겨지고, 그 글쓰기는 오히려 알고 있다고 믿었던 것들까지 흔들어버린다. 그리고 마침내 세 사람이 '우리들'이 되어 가장 충만한 순간을 누린 완벽한 여름밤은 공허를 감지한 채 균열로 이어진다. 그 균열 앞에서 할 수 있는 일은 언어를 계속해서 주입하는 것뿐이지만, 언어는 현실을 단정하게 정리해내지 못하고 모르는 것들을 점점 더 늘려간다. 이 소설은 언어로 규정짓는 순간 무너져내리고 마는 아슬아슬한 관계에 대한 이야기처럼 보이면서도, 신기루 같은 언어를 직조해나가는 데 있어 아름다움과 외로움을 느끼는 메타소설처럼도 보였다. 어느 쪽으로 읽어도 균형이 탄탄하게 잡혀 있어 놀라웠다. 이 작가의 두 번째 소설집을 응원하는 마음으로 기다리고 있다.

최은영의 「상우」는 읽는 자를 끝까지 밀어붙이며 심문하는 작품이다. 최은영의 소설에 대해 막연히 따뜻하고 부드러운 이미지를 갖고 있었던 독자라면, 이 소설의 날에 세게 베일지도 모르겠다. 그러나 남동생과 HIV라는 질병이 연결되며 주는 충격이 소재로서 소비되지 않도록 감정을 섬세하게 재배열하는 것은 최은영 특유의 손길이다. 그 배열은 남매간의 갈등을 적당한 강도로 조절하고 피하는 쪽이 아니라 갈등을 증폭시키는 방향으로 이루어져 있어, 자연스럽게 작가의 결기를 감지할 수 있었다. 감정을 매만지는 방식만이 아니라, 그간 한국 소설에서는 충분히 다루어지지 않았던 이야기들을 정확히 짚어내는 점에 있어서도 이제 최은영은 독보적인 자리에 이르고 있는 것 같다.

한유주의 「왼쪽의 오른쪽, 오른쪽의 왼쪽」은 내게 한유주라는 작가를 새롭게 발견하게 하는 작품이었다. 작가가 구축해왔던 서사적 실험의 중핵에 자리한 비밀 한 자락이 풀려나온 것 같았다고 해도 될까. 언제나처럼 우아하게 서사를 진행시키며 또 지워나가지만 여기에 어른거리는 슬픔의 밀도가 짙어 먹먹함 속에서 읽었고, 한유주만이 써낼수 있는 소설의 깊이가 점점 더해가고 있다는 것을 확인할 수 있어 좋았다.

박민정의 「모르그 디오라마」는 예심에서 가장 먼저 올렸던 소설이
자, 세 심사위원의 합의 역시 빠르게 이루어졌던 소설이었다. 한국에
서 횡행하는 불법 촬영물들과 무책임한 유포에 대한 문제를 시간과
공간을 훌쩍 뛰어넘은 역사 속에서 19세기 말 파리의 모르그 디오라
마로 연결시키는 힘은 강력하다. 디지털 성범죄를 둘러싼 거대한 웹하
드 카르텔이 분쇄되지 않고, 이에 대한 편파 수사가 멈추지 않는 한 분
노한 여성들의 목소리는 점점 더 커져갈 것이다. 우리에게는 현실을
깨뜨리기 위해 더 많은 분노가 필요하고, 그때까지 여성 소설들의 전
진도 멈추지 않으리라는 것을 「모르그 디오라마」는 다시 한 번 확인시
켜준다. ▪

숲길

서희원

  최근 몇 년 사이에 소설을 게재하는 잡지들이 많이 폐간이나 정간
이 되었다. 『Axt』나 『Littor』 같은 격월간지가 등장했지만 사라진 지면
을 만족스럽게 채워주지 못하고 있는 실정이다. 불경기에는 되는 집만
된다고 사정이 이렇다 보니 신인들이 보여줄 예측하기 어려운 미래에
청탁하기보다는 안정적인 기성들이나 사회가 요구하는 어젠다를 서
사화하는 소설가들의 작업에 원고가 집중되는 형편이다. 새로운 잡지
가 나오면 평소 관심을 두고 있던 작가들의 작품을 찾아 읽는 것이 일
종의 습관처럼 되어 있기에 2018년에 발표된 단편들의 지형도는 대략
적으로 알고 있다고 생각했었다. 하지만 〈현대문학상〉 예심을 계기로
지난 1년 동안 발표된 단편들을 한꺼번에 읽어보니 그 자신감은 우물
속의 편협에 불과하다는 것을 깨닫게 되었다. SNS에서 쉽게 경험하
는, 친구들로 이루어진 친교의 공동체 안에서 주고받은 정보를 세계의

공통감각으로 착각하는 그런 편협 말이다.

비유하자면 눈길을 많이 주던 나무만을 바라보며 짧은 산보를 하다가 문득 고개를 들어 숲 전체를 바라보는 그런 긴 산책을 하게 된 것이라고 말할 수 있을까. 숲길에서 나는 평소 눈여겨보지 않았던 작가의 변화된 면모에 감탄하기도 하고, 알고 있다고 치부하며 주의 깊게 보지 않던 소재나 주제가 자체의 경쟁 속에서 발전하며 깊은 사유의 울림을 담아내는 것도 경험하게 되었다. 자유로운 독서만이 좋은 생각을 주는 것이 아님을, 어떤 경우에는 책임감 있는 독서가 더 많은 것들을 생각하게 해준다는, 그런 경험을 이번 기회에 하게 되었다.

본심에 오른 모든 작품을 거론할 넉넉한 지면은 아니기에 심사가 끝난 후에도 생각이 오래 머물렀던 몇 편의 작품만 말해보려 한다. 먼저 우다영의 「노크」는 소설의 분위기가 대단히 유니크한 작품이었다. 평행우주라는 세계관을 통해 우다영은 각자의 사정이 서로 기묘하게 연결되는 몽환적인 세계를 매력적으로 그려놓는 데 성공하였다. 한국 소설가들이 흔히 하는 소재적 겹침에 피곤을 느꼈던 독자라면 주목해볼 작가라 판단한다. 윤이형의 「마흔셋」은 ftm 성전환을 소재로 기존의 자매가 남매로 변화하는 과정에서 생기는 심리적 갈등과 긴장을 특유의 세밀함으로 서사화한 작품이다. 개인적으로는 윤이형이 종종 보여주는 대중문화적 난장을 더 좋아하는 편이지만 「마흔셋」의 울림은 충분히 상찬을 받아야 한다고 생각했다. 최진영의 「돌담」은 읽는 사람을 압도하는 문장의 힘이 제일 먼저 느껴진 작품이다. 최진영은 단단한 단어들로 지어진 마치 '돌담'처럼 견고한 세계를 보여주었다. 평소 최진영의 작품을 신뢰하고 있었지만 이제는 누구에게 권해도 손색이 없는 경지로 나아갔다고 생각한다. 박민정의 「모르그 디오라마」

는 눈감고 싶은 직장에서의 일과 기억하고 싶지 않은 과거의 끔찍한 경험을 병치하며 이를 통해 한국 사회의 타락을 제시하는 작품이다. 박민정의 표현처럼 인터넷과 SNS를 통해 확산되는 참혹한 음란 동영상의 범람은 '모르그'라고 불리는 시체 공시소에 모여든 프랑스 대중들의 모습과 다르지 않은 끔찍한 현실의 재연이다. 시취를 따라 모여드는 파리 떼처럼 우리는 누군가의 불행과 고통에 모여들어 이를 향락하는 구경꾼에 지나지 않을지도 모른다.

심사평을 작성하는 말미에 최종 수상자로 박민정 작가가 선정되었다는 소식을 들었다. 그 결과에 흔쾌히 동의하고 있기에 기쁜 마음으로 박수를 보낸다. ▪

페미니즘 리부트 이후, 진화하는 한국 문학

소영현

2019년 〈현대문학상〉 예심 대상 작품의 수가 적지 않았다. 합의가 쉽지 않았다는 말이다. 그만큼 한국 소설의 성격이 다채로워졌다는 말이기도 하다. 특정한 소설가나 특정한 소설로 호오의 판정이 쉽게 수렴되지 않았다는 것은 좋은 소설에 대한 감각의 진폭이 그만큼 다양해지고 넓어졌다는 증표일 것이다.

예년과 마찬가지로 2017년 겨울에서 2018년 가을에 이르는 계간지와 월간지 게재 소설을 대상으로 심사를 진행했고, 1차 추천작 스물세 명의 작가의 스물여섯 편의 작품을 중심으로 논의 끝에 열두 명의 작가의 열세 편의 작품을 심사 대상작으로 추천했다. 우선 연륜이 두텁게 쌓인 소설가의 작품에서 새로운 경향을 몰고 온 신진 소설가의 작품에 이르기까지 꽤 넓은 소설적 경향의 스펙트럼을 열어두고 예심이 시작되었고, 길지 않은 심사가 이루어지는 동안에도 여러 차례 심사 대상을 둘러싼 전반적 재논의가 반복적으로 이루어졌다.

작품 선정 과정에 직접적 영향력을 행사하지는 않았다 해도, 2015년 이후로 표절 시비, 문단 내 성폭력·미투 해시태그 운동 등 일련의 사건들이 문단에 미친 영향을 무시할 수는 없다. 특정한 작품에 대한 평가를 즉각적이고 전면적으로 달라지게 한 외적 자극으로 단순화할 수는 없지만, 지난 3여 년의 시간이 문학에 대한 인식을 뒤흔들어놓았으며, 문학의 가치 판정을 이전과는 다른 방식으로 수행하게 했음을 부인하기는 어려울 것이다.

아마도 이러한 변화의 흐름에 대한 각기 다른 비평적 체감이 지금 이곳의 문학에 대한 판정을 둘러싼 다채로운 풍경을 만들어내는 동력일 것이다. 말하자면 지금이야말로 비평을 둘러싼 활기와 활력을 새롭게 만날 수 있는 흥미로운 시절이다.

*

올해 심사 대상이 된 작품 중에는 소재적 현실성을 획득하고 이곳 현실의 문제와 직접적으로 대결하는 작품으로, 소재적 우세종이라고 해야 할 '페미니즘'과 '퀴어'와 그로부터 야기된 사회적 갈등과 충돌을 다룬 작품이 다수 눈에 띄었다. 어떤 의미에서 이 소설들에서 현실의 문제는 현실과의 소설적 거리가 충분히 확보되지 않은 채 소재로서 모티프로서 다각도의 성찰 없이 소모되고 있는 것처럼 보일 수 있다. 하지만 예측과는 다른 방향에서 불어온 독서 대중의 호응을 통해 확인할 수 있듯, 이 소설들은 실질적으로 지금 이곳을 사는 우리가 겪는 (전 지구적 상황에서 야기되었으며 역사적으로 연원이 깊은) 구조적

고통에 깊이 개입함으로써, 폭넓은 소설적 공감의 연대를 마련한다.

문학상은 문학의 미래에 적극적으로 개입하는 주요한 문학 제도 가운데 하나이다. 문학상 제도는 문학장의 변화와 세심하게 호흡하면서 실행되어야 하는 것이다. 한국 문학은 현재 새롭게 벼려진 문학적 시야를 통해 그간 눈 두지 않았던 많은 영역의 발굴에 왕성하며, 이 과정에서 피할 수 없는 질문들, '무엇을' '어떻게' 쓰거나 쓰지 않을 것인가를 두고 진지한 고민을 이어간다. 문학 제도로서의 〈현대문학상〉이 새롭게 부상한 한국 문학의 고민의 의미를 날카롭게 감지하고 다가올 문학의 얼굴을 당겨 전망하는 수행적 실천이 되(었)기를 기대한다.

*

이주란의 「넌 쉽게 말했지만」은 이전 작품인 「일상생활」과, 최진영의 「돌담」은 이전 작품인 「의자」와 함께 놓일 때 소설이 전하는 풍경이 더 뚜렷해지는 작품들이다. 이주란의 소설은 고의로 만들어놓은 듯한 빈틈들을 통해 재현해야 할 것을 부러 누락시키는 방식으로, 최진영의 소설은 삶 사이로 흘러가버리는 것들을 잡기 위해 재현할 수 없는 것들을 그리고 덧그리는 방식으로, 깊이 할퀴어진 마음과 회복 불가능한 상처의 치유를 말한다.

윤이형의 「마흔셋」과 최은영의 「상우」는 가족의 외피로 둘러싸인 퀴어 서사를 한 걸음 더 깊이 밀고 들어간다. 가족이라는 이름으로 나눴던 친밀성을 전면적으로 해체하고 재조립하는 과정에서 그것은 여성의 문제로, 늙음의 문제로, 혼자인 삶을 꾸리는 여성들의 늙음의 문제로, 퀴어를 둘러싼 윤리적 편견의 문제로 풍요롭게 직조된다. 사회

전체가 감당해야 할 문제들과 적극적으로 대결하는 방식으로 작가로서의 본분을 소설적으로 실천하는 두 작가의 작업을 통해 우리는 이론적으로 오랜 시간 숙고해온 '문학의 정치이자 정치의 문학'론이 문학적으로 실행되는 장을 만나게 된다. 아니 그 실행의 무게를 고스란히 함께 겪게 된다.

성범죄를 문학적으로 다루기는 쉽지 않다. 이 말에는 복합적인 의미가 담긴다. 창작과 향유의 장 전체에서 성범죄를 '어떻게 가시화할 것인가' 즉 '어떻게 재현할 것인가' 혹은 다루어진 성범죄를 '어떻게 읽을 것인가'라는 질문을 매번 풀기 어려운 숙제로 직면해야 하기 때문이다. 박민정의 「모르그 디오라마」는 한국 초고속 성장의 상징인 여의도의 마천루나 테크놀로지 기술의 최첨단을 자랑하던 종로의 마천루를 그 안에서 벌어지는 저열하고 천박한 삶의 수준과 병치한다. 첨단 의술이 고작해야 친자 확인에 나선 졸렬한 아버지의 혈액형 검사를 위해 쓰이고, 최첨단의 미디어 테크놀로지가 '몰카' 피해자 여성의 고통을 폭력적으로 착취하는 저질 콘텐츠나 이른바 '진짜' 비동의 유포 성적 촬영물을 업로드하고 유포하는 디지털 성범죄에나 쓰이는 삶의 수준을, 시간이 흘러도 반복되는 저열한 삶의 수준을, 소설은 되풀이해서 전시하듯 병치한다. 성범죄 피해자인 한 소녀가 살아남기 위해 (말하자면 성범죄 피해 생존자가 되기 위해) 종말론적 상상력을 빌려 성범죄 피해를 임사 체험으로 가공하고 그것을 이야기로 반복하면서 자기 보호의 성을 스스로 쌓아야만 했던 고통스러운 시간 동안, 우리 삶의 수준은 과연 질적으로 진전했는가. "누구 하나 성범죄 피해자 아닌 사람 있을까." 종말론보다 먼저 당도한 종말을, 이미 죽어버린 이곳을 환기하게 하는, 우리에게 던져진 이 질문을 언제까지 외면할 수 있을 것인가. 삶의 저열한 수준의 병치 속에서 「모르그 디오라마」는 확인하듯 다시 묻는다. 우리가 더 나은 삶 쪽으로 나아가고 있는가를.

한국 소설은 삶의 치유력을 여전히 신뢰하지만, 그 삶의 윤리를 치열하게 심문하고, 지금 당장 논의가 시급한 현실 자체로 직접 개입해 들어간다. 삶에 더 밀착하고 한층 더 깊이 성찰하면서 그렇게 진화 중이다. ▪

데이터베이스의 얼굴을 한 생명권력

김동식

2019년 〈현대문학상〉 본심은 열세 편의 작품을 대상으로 진행되었다. 본심에서는 후보작들에 대한 개별적인 논의를 거친 후 검토 대상 작품을 구병모의 「곰에 대해 생각하지 말 것」, 박민정의 「모르그 디오라마」, 정영수의 「우리들」, 윤이형의 「마흔셋」(저자 이름의 가나다순)으로 압축했다. 그리고 세심한 논의를 거쳐 「모르그 디오라마」를 수상작으로 선정했다.

수상작 「모르그 디오라마」는 인터넷을 떠돌고 있는 비동의 유포 성적 촬영물(몰카, 리벤지 포르노 등)에 관한 소설이다. 주인공은 한때는 세계적인 기업이었지만 지금은 성적인 웹툰을 서비스하고 있는 포털 사이트에 재직하고 있다. 그곳에서는 실제 촬영(실사)과 성기 노출은 안 된다는 법률적 금지를 교묘히 준수하면서, 불법 촬영물들을 만화로 탈바꿈시키고 모자이크 처리를 해서 유통시킨다. 웹하드를 가득 채우고 있는 비동의 유포 성적 촬영물의 목록을 보며, 그녀는 19세기 파리 시민의 구경거리였던 모르그 디오라마(시체 사진)를 연상한다. 현대의 모르그 디오라마, 그 어딘가에서 자신의 자리를 발견했던 것이리라. 그녀는 자신의 기억에서 죽음처럼 지워져 있던 장면을 서서히 떠올리게 된다. 어떤 일이 있었던 것일까. 초등학교 입학 첫해의 신체검사에서, 그녀는 B형의 혈액형을 가진 부모 밑에서 태어난 A형의 혈액형을 가진 아이로 등재되었다는 것. 아버지는 그녀를 병원으로 데려가서 검사를 받게 했고, 우뚝 솟은 63빌딩에서 영화도 보여주었다. 하지만 아버지가 잠시 자리를 비운 사이에 그녀는 나체 사진을 찍혔고, 담뱃갑에 인쇄된 실종 아동 사진에서 범인의 얼굴을 발견하고는 기절해버렸다. 필사적인 방어기제였을 것이다. 그녀는 나체 사진이 찍히던 순간을 자신이 죽었던 시간으로만 기억하며 살아왔다. 21세기 한국 사회의 모르그 디오라마인 비동의 유포 성적 촬영물들의 목록들에서 수많은 일반인 그녀들과 함께 자신의 시체 사진이 놓였을 자리를 발견하기 전까지.

거칠게 요약한 대강의 줄거리에서 알 수 있듯이, 소설 「모르그 디오라마」는 세 가지의 목록을 제시하고 있다. 국가-학교-아버지가 관리하는 신체에 관한 목록, 국가-학교-아버지의 관리 바깥에 놓인 실종 아동에 관한 목록, 그리고 국가-법률의 경계를 넘나들며 축적된 성적 촬영물들의 목록. 개인의 신체와 관련된 세 가지의 목록이 형성하고 있는 경계선들 위에, 그녀들의 벌거벗은 생명(신체)이 대중들에게 전시된 모르그 디오라마처럼 걸쳐져 있다. 모르그 디오라마란 무엇인가. 모르그 디오라마는 19세기의 프랑스에서 유족을 찾기 위해서 전시되었던 신원 미상의 시체 사진들을 말한다. 국가가 개인의 생명부터 죽음까지 관리한다는 사실을 천명한 통치 기술이자, 시체의 이미지를 즐겁게 구경하는 권력을 시민들에게 배분했던 근대의 스펙터클이기도 하다. 소설 「모르그 디오라마」는 비동의 유포 성적 촬영물이 21세기 디지털시대의 스펙터클이자, 여성들의 죽음(시체)에 관한 방대한 목록이며, 벌거벗은 생명에 가해지는 폭력과 살인의 메커니즘이라는 사실을 환기한다. 더 나아가 현대사회에서 생명정치의 통치 메커니즘은 전통적인 국가기구를 넘어서 사적 영역에 구축된 데이터베이스에 의해서도 작동하고 있음을 가시적으로 보여주고 있다. 벌거벗은 생명과 관련된 생명정치 및 생명권력은, 수용소와 같은 억압적인 공간에 집중되어 있는 것이 아니라 우리의 일상생활 속에 몸을 숨기고 폭력적으로 작동하고 있다는 것. 비동의 유포 성적 촬영물의 방대한 데이터베이스가 생명권력에 대한 일상적인 공모와 동의의 구조에 다름 아니라는 사실을 보여주고 있는 작품. 여기까지 이르렀다면 어떻게 이 소설에 눈길을 주지 않을 수 있을까. 심사평을 쓰고 있는 동안에, 모 사이트에서 여자친구 인증 사진을 올리는 일이 문제가 되고 있다는 기사를 접했다. 동의를 얻지 않은 촬영물이고 얼굴이 노출된 경우도 있다고 한다. 성적 촬영물의 비동의 유출이 게임의 양식으로 전화된 경우라고 보면 크게 틀리지 않을 것 같다. 소설 「모르그 디오라마」의 현재성과 함께 우리 시대의 생명권력에 대해 다시 생각하게 된다. ■

폭력의 서사, 순간의 응시

김인숙

"그저 눈을 감은 듯 깨끗하고 아름다운 소녀의 시체를 두고 '그 소녀는 왜 죽었을까?'를 집요하게 물었던 사람들." 오래전 파리 시체 공시소에 공개되었던 시체를 보기 위해 몰려들었던 사람들의 시선에 대해 「모르그 디오라마」가 묘사한 문장이다. 이 시선은 죽은 소녀를 바라보는 오래전 사람들의 것이기도 하고, 자신을 스스로 죽임으로써만이 그 순간을 관통할 수 있다고 믿은 작중 화자의 것이기도 하고, 물론 작가이거나 독자의 시선이기도 하다. 바라보는 것은 달라졌다. 보여지는 것도 달라졌다. 그러나 그러한 시선을 존재하게 하는 폭력의 근원은 여전하다. 세계도 여전하다. 은밀함을 넘어, 더는 은밀할 필요조차 없이, 세상 밖으로 나와버린 시선들. 그 시선들과 맞설 수 있을까. 폭력과 맞서는 것이 아니라 그 폭력을 묵인하고 보호하고 향유하는 시선이라면. 그 시선을 '나'는 뭐라고 말할 수 있을까. 죽음, 종말, 감각으로는 아무것도 남은 것이 없는 공간.

박민정의 「모르그 디오라마」는 한 번에 읽히는 소설이 아니다. 다양하게 변주된 이야기들이, 어떤 의미에서는 지나치게 많다 싶은 이야기들이, 그러나 날카롭게 교차되어 있기 때문이다. 그 이야기들이 발화의 지점에 이른다. 마지막 문장에 이르면 '나'는 결국 어떤 순간에 갇혀버린다. 나는 지금 시체 공시소에 누워 있나, 나는 보여지고 있나, 보고 있나.

이 소설을 수상작으로 결정하는 데 흔쾌히 동의했다. 여러 겹의 이야기가 불안하게 직조되는데, 그 직조의 방식은 오히려 선명하다. 불안과 종말의 시선으로 남은 이 이야기의 결을 하나하나 더듬어가는 것은 고통스럽지만 피할 수 없는 일이다. 수상자에게 축하를 드린다.

「모르그 디오라마」와는 달리 정영수의 「우리들」은 스며들듯이 읽히는 소설이다. 불륜 관계에 있는 작중 인물들은 그 관계의 성질이 아닌 밀도로 읽힌다. 지나가는 것은 그냥 지나가지만은 않는다. 지나가는 자리들. 그 자리들을 꼼꼼히 훑는 성실한 문장들. 그 때문일까, 이야기가 좀 더 단단해도 좋았을 거라는 아쉬움이 있었다.

전혀 모르는 사람의 짐작할 수 없는 전갈을 기다리며 잘 모르는 사람과 밤을 보내고 있는 한 여자가 있다. 불길한 소식은 외부에서 올까, 아니면 내부에서부터 소리를 낼까. 어느 쪽이 더 두려운 일일까. 우다영의 「노크」는 매력적이다. 미지와 적막과 두려운 것의 이미지들은 섬세하면서 깊다. 자칫 도식적이거나, 자칫 과잉으로 보였음에도, 여전히 그 이미지에 사로잡힐 수밖에 없다. 이 작가의 다음 작품을 어느새 기다려보게 된다. ▪

압도적 울림에 보내는 뜨거운 호명

윤대녕

본심에 올라온 열세 편의 작품들을 두고 긴 논의가 오갔으나, 막상 수상작을 결정하는 시간은 짧았다. 논의와 상관없이 내가 주목한 작품들에 대한 느낌을 적는다.

최진영의 「돌담」은 그야말로 돌을 하나씩 올려 쌓아 탑을 만드는 방식으로 힘겹게 이야기체를 구축하고 있다. 작가의 진지함을 확인할 수 있는 대목이다. 그러나 과거에 자신을 기만했던 기억에서 벗어나 비리와 맞서는 주인공의 모습이란 늘 그렇듯 기시감을 불러온다.

윤이형의 「마흔셋」은 그간 작가가 탐구해오던 세계에서 벗어나려는 기미를 보여준다는 점에서 흥미롭다. 이 소설은 주인공이 마흔의 나이를 넘기면서 느끼는 자신과 가족, 주변에 대한 인식의 변화를 보여주는 작품이다. 언제까지라도 혼자일 수 있다고 믿었던 주인공이 어머니의 죽음 이후 갑작스럽게 생의 허무(혹은 두려움과 떨림)와 대면

하면서 '이대로 과연 괜찮은 것인가?'라는 갈등 섞인 고뇌를 한다. 이야기는 성전환 수술을 하는 여동생을 받아들이는 것으로 마무리되는데, 그 자체로 '그리고 삶은 계속된다'라는 의미를 구현하고 있다. 그래서일까? 나는 이 소설을 반갑고 따뜻한 느낌으로 읽었다.

우다영의 「노크」는 유니크하고 재기발랄하다. 무방비한 상태에서 왜곡되는 상황의 연출을 통해 작가는 일상에 내재해 있는 부조리함을 죽음처럼 음산한 톤으로 서술하고 있다. 나는 이 작가의 작품을 이번에 처음 읽게 되었는데, 앞으로 계속 눈여겨봐야 할 작가라는 생각이 들었다. '자기만의 스타일'을 가진 작가를 발견하는 일은 그리 흔하지 않기 때문이다.

박민정의 「모르그 디오라마」는 압도적이다. 작가가 제시하는 장면 자체가 그렇다. 이 소설은 우선 '19세기 말. 파리의 센강 가운데, 시테 섬에 있었던 시체 공시소 모르그'를 서사의 중심에 위치시킨다. 그리고 주인공이자 화자인 '나'가 초등학교 때 경험했던 '사건'을 겹쳐놓으면서 폭력으로 와해되는 여성 주체의 모습을 진지하고 집요하게 부조해낸다. 나는 이 소설을 「세실, 주희」의 연속선상에 놓인 작품으로 읽었는데, 「세실, 주희」에 비해 보다 울림이 선명할뿐더러 앞으로 이 작가가 나아갈 방향을 분명히 암시하고 있는 것으로 읽었다. 그렇다면 이쯤에서 우리는 이 작가를 한번 뜨겁게 호명해볼 필요가 있지 않을까? 이번 수상은 그런 의미를 담고 있다. 축하의 말을 전한다. ▪

재난 이후부터

박민정

지금은 이미 그 이후다, 여기는 종말 이후라고 생각하는 건 나이브하지만 매혹적인 일이기도 하다. 이 소설의 반쯤엔 그런 정서가 깔려 있다.

세기말의 종말론에 심취했던 1999년에는 상상하지도 못한 '피토레스크', 언제나 구글 페이지에서 자료를 찾다 보면 그런 생각이 들곤 했다. 지금 우리는 이미 종말 이후를 살고 있는지도 모르겠다고. 불법 촬영 따위가 인간의 존엄을 영영 파괴할 수는 없으리라고 믿지만(그러려고 하지만) 간혹 그런 생각이 들었다. 다 끝난 거 아닌가, 이만하면.

이 소설은 누군가 플래시-빛을 터뜨릴 때, 자기 삶에서 빛이 영영 꺼져가던 순간에 대해서 종말론적 우화로 말하기를 즐겨 했던 여자의 이야기다. 그녀는 자기가 잠깐 죽었다고 이야기하지만, 실은 범죄의 피해자였음을 자각하게 된다. 끝없는 자기분석을 통해서. 상담사와의 대담을 통해서. 결코 입 밖에 꺼낼 수 없었던 말을 비로소 꺼내는 결말이 내겐 중요했다. 불법 촬영물이 돌아다니는 지금, 자기 인생의 지옥과 대면하는 사람의 이야기야말로 진정한 포스트 아포칼립스 아닌가. 나는 그렇게 믿었다. 믿고 썼다.

이 소설을 쓰면서도 많은 것들에 빚졌다.

자신이 잠깐 죽었다고 이야기하는 소녀의 설정은 넷플릭스 「The OA」에서 모티프를 가져왔고, 시테섬 모르그와 디오라마에 관한 이야기는 중앙대 사진학과 현혜연 교수의 강의에서 가져왔다. 파편적인 필기 노트를 펼쳐보며, 대학원 마지막 학기를 보냈던 흑석동 시절을 떠올렸다. 사진학 강의에서 그 자신이 범죄 현장의 사진을 본 이후 삶의 질이 이만큼 낮아졌다고 무심하게 눙치듯 이야기하던 교수의 표정 같은 것들. '비동의 유포 성적 촬영물'을 검수하는 사람들의 이야기. 한때는 흥했으나 지금은 망한 무수한 매체, 플랫폼의 실제 사례들.

그리고 친구들의 어린 시절.

그 이야기들이 내겐 조금도 놀랍지 않지만 매번 경악스럽다 ▪

2019 現代文學賞 수상소설집
모르그 디오라마 외

지은이 ｜ 박민정 외
펴낸이 ｜ 김영정

초판 1쇄 펴낸날 ｜ 2018년 12월 17일

펴낸곳 ｜ ㈜현대문학
등록번호 ｜ 제1-452호
주소 ｜ 06532 서울시 서초구 신반포로 321(잠원동, 미래엔)
전화 02-2017-0280
팩스 02-516-5433
홈페이지 ｜ www.hdmh.co.kr

ISBN 978-89-7275-949-2 03810